DER BERGSTRASSEN-KRIMI

5

Rainer Martin Mittl, 1960 in Stuttgart geboren, wuchs in Berlin auf. Nach einer abgeschlossenen Ausbildung als Modellschreiner verschlug es ihn 1982 nach Mannheim.

Während und nach seinem Studium an der dortigen Hochschule für Musik arbeitete er in diversen Kulturorchestern sowie als Lehrer an der Musikschule Badische Bergstraße in Weinheim. Nach einer erneuten beruflichen Veränderung war er mehrere Jahre als Krankenpfleger auf einer Intensivstation tätig.

2006 erschien sein erster Kriminalroman *Mannheimer Dreck.* Er war so erfolgreich, dass ein Jahr später mit seinem Roman *Brüderchen komm stirb mit mir* »Deutsche Krimiunterhaltung vom Feinsten« (WDR-Köln) folgte. 2008 ergänzte der Autor mit *Der Fröhlichmann* mehrfach hoch belobigt die wahnwitzig-skurril-rabenschwarz-makabren Erzählungen um die Kommissare Kindlein und Morgenthaler zu einer Trilogie.

Mit dem vorliegenden Buch und dem Kehl Verlag entfernt sich Rainer Martin Mittl für einen Moment von seinem beliebten Ermittlerduo, knüpft aber erneut an das Erfolgskonzept gefragter Kriminalautoren an: Den Leser für Stunden zum Zeugen tief bewegender Vorgänge, zum Begleiter mit Herzblut gezeichneter Charaktere und zum fiebernden Beobachter hoch spektakulärer, sich mitunter überraschend ändernder Handlungsverläufe zu machen.

Rainer Martin Mittl lebt als freier Autor mit Frau und Tochter in Ludwigshafen am Rhein. Über *r.m.mittl@arcor.de* ist die Kontaktaufnahme mit ihm ausdrücklich erwünscht.

Rainer Martin Mittl

SEPTEMBER MORDE

VERLAG STEFAN KEHL
HAMM AM RHEIN

Originalausgabe
1. Auflage

Lektorat + Korrektorat: Susann Säuberlich, Neubiberg
Umschlaggestaltung: Gaby Klampferer, Darmstadt
Autorenfoto + Foto Seite 6: Rudolf Uhrig, Osthofen
Druck und Bindung: CPI books GmbH, Leck
Neue deutsche Rechtschreibung
Printed in Germany 2009
ISBN 978-3-935651-32-5

www.kehl-verlag.de

Seit den frühen Morgenstunden blies ein warmer Wind über die Halde. Aus Südosten kommend, strich er über die zu gigantischen Hügeln aufgehäuften Abfälle, trug strenge Gerüche fort und trocknete nach und nach faulige Substrate sowie das, was nächtlicher Tau durchfeuchtet hatte. Nur am südlichen Rand der Deponie stand die Luft. Hier, diesseits des Schutzwalls, im Lee, war sie geschwängert von derben Ausdünstungen und den Abgasen eines Baggers, der seit Stunden die oberen Schichten eines Müllbergs abtrug.

Ruckartig, wie das Maul eines urzeitlichen Reptils, fassten die schweren Schalen des Baggergreifers auch jetzt mehrere Male nach, bis die langen Metallzähne tief genug in den Berg eingedrungen waren. Erst dann entrissen sie ihm, begleitet vom angestrengt klingenden Grummeln eines kräftigen Dieselmotors, einen tonnenschweren Batzen Abfall. Dieser Vorgang löste Erschütterungen aus, und was am höchsten Punkt des Müllhaufens zurückblieb, war ein unförmiger Krater, von dessen Rand aus ihrem Verbund gelöste Materialien ins Innere nachrutschten.

Auch im Umkreis der Aushubstelle veränderten die erdstoßartigen Bewegungen Verhältnisse. Zwar lag die tote Frau noch immer an jener Stelle, an der man sie vor Tagen verscharrt hatte, aber durch die ständigen Verschiebungen der sie umgebenden Massen war ihr provisorisches Grab freigelegt worden. Ihre sterblichen Überreste lagen jetzt an der Oberfläche und auch längst nicht mehr in ihrer ursprünglichen Position.

Die Lage der Gliedmaßen hatte sich verändert, und beim letzten Aushub hatte sich der Rumpf stark gewunden, sodass nun der Kopf, bislang stabil gelegen, zur Seite fiel. Dieser Bewegung folgte der linke Arm – er rutschte über den geblähten Bauch. Einen Moment verharrte der Körper noch in dieser Schräglage, dann drehte er sich – einmal um die eigene Achse.

Schon im Kindesalter hatte Myriam Tenner ein lebhaftes Interesse an allem gezeigt, was andere erschaudern ließ. Bereits als Sechsjährige begab sie sich ganz allein in den finsteren Keller des Elternhauses, las dort Kleingetier auf und sezierte es mit Nagelschere und Pinzette. Später, im Alter von zehn, kletterte sie beinahe täglich in die Krone des höchsten Baumes, um über die Mauer des benachbarten Schlachthofs zu spähen. Und manchmal, wenn ihre Oma Mittagsschlaf hielt, schlich sie sich heimlich an sie heran und streute Brezelsalz in die Wunden ihrer offenen Beine.

Solche und ähnliche Dinge hatten der kleinen Myriam Freude bereitet. Nicht, dass sie ein boshaftes Mädchen gewesen war, aber ein Hausbrand hatte ihr früh Eltern und Geschwister genommen, sodass außer der kranken Großmutter niemand für sie da war. Und weil sie sich irgendwie beschäftigen musste und die Alte ihr nur selten Beachtung schenkte, musste sie hin und wieder Dinge tun, die deren Aufmerksamkeit weckten.

Die Großmutter zu piesacken war zudem spannend gewesen – umso mehr, je älter und hinfälliger sie wurde, und es war beileibe nicht wenig, was Myriam dabei über den Unterschied zwischen dem Menschen und anderen Geschöpfen lernte. Die meisten Kreaturen, so stellte sie bald fest, reagierten recht einförmig, wenn man ihnen körperlich zusetzte. Ein Großteil zeigte selbst in der Agonie nur geringe mimische oder gestische Teilnahme. Einige machten, was ausgesprochen öde war, einfach mit dem Leben weiter, so, als wenn nichts geschehen wäre – wie Regenwürmer, wenn man sie zerteilte. Andere wiederum verendeten völlig unspektakulär, wie Pflanzen, denen sie die Wurzeln entfernte – das war am langweiligsten gewesen. Der Mensch hingegen schien zum Leiden geboren. Jedenfalls war die Palette an Ausdrucksmitteln, die ihre Großmutter bereithielt, um Not zu demonstrieren, enorm. Wurde ihr etwa Schmerz zugefügt, reagierte sie mit schrill klingenden Klagelauten, und das Verzerren der Gesichtszüge, ihr Weinen sowie das auffällige Krümmen ihres Körpers stellten beeindruckende Äußerungen dar. Aber die Alte jammerte auch dann gern, wenn man ihr nicht zu Leibe rückte, was Myriam zu der Annahme veranlasste, dass Leid beim Menschen nicht allein körperliche Ursachen haben muss. Und kaum dass sie zwölf wurde, durfte sie auch schon die aufschlussreiche Entdeckung machen, dass sich der Mensch sein Elend sogar selbst erschaffen kann. Das fand sie an jenem Tag heraus, als sich die Alte in ihrem Beisein durch Einflößen ätzender Putzmittel aus dem Leben stahl.

Erneut lockerten massive Rüttelbewegungen den Grund unter der Toten. Zu ihrer Rechten entstand ein Gefälle. Diesem folgend, glitt der Leichnam seitwärts. Die Beine überkreuzten sich. Dabei wand sich der leblose Körper abermals stark. Aber diesmal drehte er sich nicht. Für kurze Zeit klebte die Titelseite eines TV-Magazins an der Stirn, wurde aber von der gärenden Brühe, die aus einem Apfelsaftkarton lief, alsbald wieder abgespült.

Ihre Teenagerjahre hatte Myriam im Heim verbracht. Dort mied sie jeglichen Kontakt zu ihren Mitbewohnerinnen und befasste sich in Zeiten, in denen diese Pferdebilder in Alben einklebten, Posterboys anhimmelten oder Tanzstunden nahmen, lieber mit dem Studium düsterer Lektüre. Und so ging in diesen Jahren nichts, was Schauer erzeugte und üble Auswüchse menschlichen Handelns dokumentierte, durch ihre Hände, ohne von ihr gelesen zu werden. Außerdem sah sie ungleich genauer als andere hin, wenn das Fernsehen Berichterstattungen aus Katastrophenregionen übertrug, und verfolgte sie umso gründlicher, je drastischer die Darstellungen der Elendsszenarien ausfielen.

Bei alledem vergaß sie, sich zu bewegen, und noch bevor sie in das Alter kam, in dem sich das andere Geschlecht für sie interessiert hätte, war aus ihr ein einsames, dickes Mädchen geworden.

Nun war es still – das Motorengeräusch war verstummt. Nur das zänkische Krächzen zweier sich um einen Brocken Fleisch streitender Raben war zu vernehmen. Dicht neben dem Kopf der Toten lagen jetzt faulige Gemüseabfälle, und eine leere Bierdose landete nahezu lautlos auf ihrem Bauch.

Es hatte auch Phasen gegeben, in denen Myriams Interesse an Folter, Mord und kalten Toten geringer war, und sogar Zeiten, in denen es gänzlich einer brennenden Sehnsucht nach warmen Jungenkörpern wich. Mit siebzehn hatte sie deshalb erwogen, einen Versuch der Annäherung zu unternehmen. Er scheiterte, da die Jungs zu der Zeit in einem Alter waren, in dem sie zwar längst wussten, was peinlich und respektlos war, in dem sie aber noch nicht genug Charakter besaßen, anders als peinlich und respektlos auf Anträge kräftig gebauter Mädchen zu reagieren.

Dann, in der Zeit ihrer Berufsausbildung, verlor dieses Thema wieder an Bedeutung. An der Schwesternschule einen Jungen kennenzulernen, war geradezu aussichtslos, und nach den ersten Einsätzen auf Krankenstationen bewegten Myriam weit wichtigere Dinge. Schon bald wurde ihr nämlich klar, wie dicht sie sich hier an der Nahtstelle zwischen belastetem Leben und befreiendem Tod befand. Und von dem Moment an hatte für sie nichts mehr Bedeutung, als die Beobachtung der mitunter äußerst eindrücklichen, ihr bis dato unbekannten Zustände, in die Menschen in dieser Interimsphase geraten konnten. Manche davon waren schwer begreifbar und kaum steuerbar, andere hingegen, so fand sie bald heraus, konnte sie problemlos selbst herbeiführen; insbesondere waren jene leicht zu provozieren, in die Menschen gerieten, wenn sie Schmerzen am Rande des Unerträglichen über lange Zeiträume ertragen mussten. Oft genügten dazu bereits kleinste eigenmächtige Reduktionen der verordneten Schmerzmitteldosen.

Nach der Ausbildung hatte sich Myriam umgehend in die intensivmedizinische Abteilung versetzen lassen. Dort erwarb sie binnen kürzester Zeit große Anerkennung. Sie zeigte sich von Medizintechnik begeistert, hielt die Patienten auf kühle Distanz und war regelmäßig die Erste, die sich über verendende Leiber beugte und mit deren Wiederbelebung begann – mit besonderem Eifer dann, wenn es sich um aussichtslose Fälle handelte. Ob es der gezielte Faustschlag auf die untere Brustbeinhälfte oder gleich die schweißtreibende rhythmische Kompression des Brustkorbes war, egal, mit was Schwester Myriam ihre Maßnahmen einleitete: Für sie war einzig entscheidend, dass kein Patient seinem Leiden entkam, ohne dass zuvor alles unternommen wurde, es zu verlängern.

Der Wind drehte. Er verfing sich im Haar der toten Frau, wirbelte es kurz auf, ließ es aber gleich wieder fallen. Dann strich er sanft unter die Fetzen ihrer zerrissenen Bluse und brachte den dünnen Stoff für einen Moment zum Flattern. Gleichfalls vom Wind getragen und leise raschelnd, flog in unmittelbarer Nähe eine Papiertüte vorbei. Sie setzte kurz auf, hob wieder ab, flog noch einige Meter und blieb dann am Stiel einer Klobürste hängen.

Im Alter von sechsundzwanzig Jahren hatten sich alte Begehrlichkeiten zurückgemeldet. Aber Myriam hatte weiter zugenommen, und außer ein paar vulgären alten Böcken unter den Patienten hatte ihr bis dato kein Mann ein Angebot gemacht. Aber *die* hatten es immerhin getan. Also gab es nur einen Weg: Sie würde ihr Glück bei älteren Herren suchen. Von denen fühlten sich offenbar nicht wenige zu korpulenten Frauen hingezogen.

Das stimmte. Viele verzückte sie fortan mit ihren Kurven, Rundungen und dem festen Griff ihrer kräftigen Hände. Aber die meisten sah sie bereits nach einer Nacht nicht wieder. Andere gestanden ihr bald, schon verheiratet zu sein, oder schlichen sich, dubiose Ausreden gebrauchend, davon. Einige wandten sich aus offen eingestandener Angst von ihr ab – bleiben wollte jedenfalls keiner.

Aber schließlich kam doch noch der Richtige. Und er blieb nicht nur, sondern war zudem jung und versprach ihr sogar die Ehe. Myriams kühnster Traum wurde Wirklichkeit – eine Hochzeit in Weiß, mit einem Bräutigam im Frack, einer dunkelblauen Droschke und einer Schar zierlicher Brautjungfern. Und dann zertrümmerte ihr jemand mit einem einzigen kräftigen Hieb den Schädel.

Das war vor einer Woche gewesen.

1. Kapitel

Vierzehn Jahre später

Mit offenen Augen ist es nicht zu ertragen. Ich schließe sie. Diese Streitereien um nichts und die ewig gleichen Debatten am Frühstückstisch nerven. Und meine Frau auch.

»Hättest du noch gern ein Glas Apfelsaft, Thorben?«

Warum diese Säuselstimme? Frag ihn einfach – in ganz normalem Ton.

»Nein, Kaba.«

»Kaba? Oh je, das tut mir jetzt aber leid. Es ist keine Milch mehr da. Morgen wieder, ja?«

»Ich will Kaba.«

»Ja, Spatz, ich weiß. Entschuldige bitte. Mama hat vergessen, Milch einzukaufen.«

»Aber Imke hat gestern Abend noch ein Glas gekriegt.«

»Ja, das letzte. Mit Honig. Weil sie krank war.«

Oh weh. Gleich geht's rund.

»Na und? Die kriegt immer alles, die doofe Ziege.«

»Selber doof, du kleiner, blöder Arsch.«

»Mama, die hat Arsch zu mir gesagt.«

»Imke, so redet man nicht. Entschuldige dich bitte augenblicklich bei deinem Bruder.«

»Wieso denn? *Der* hat doch angefangen.«

»Also, wenn ihr wieder lieb zueinander seid, dann dürft ihr auch eine Milchschnitte mitnehmen.«

Genau. Piep, piep, piep, wir haben uns alle lieb.

Es kommt, wie es kommen musste. Imke entschuldigt sich nicht, dafür schreit der Kleine wie am Spieß. Vermutlich hat sie ihn geärgert, hat ihm die Zunge rausgestreckt oder ist handgreiflich geworden.

Ich öffne die Augen. Das Erste, was ich sehe, ist, dass Thorben seiner Schwester das Nutellaglas entreißt. Es gleitet ihm dabei aus der Hand, sodass es quer über den Tisch rutscht und auf dem Boden landet. Es zerbirst nicht, aber eine der Bodenfliesen bekommt einen Sprung.

»Die hat wieder ganz viel auf ihr Brot gestrichen, Mami.«

»Hab ich nicht. Du bist ein Lügenblödscheißer.«

»Und du? Du bist eine ...«

»Kinder, hört bitte auf. Es gefällt mir überhaupt nicht, wie ihr miteinander sprecht.«

»... Pimmelpammelpinkelhexe.«

Gleich schlagen sie sich. Wetten? Ich frage mich, wie lange ich das noch mitmachen muss. Imke ist sechs und der Kleine gerade mal vier.

»Und, was steht bei dir heute auf dem Programm?«, fragt mich Carola plötzlich.

»Bei mir? Arbeiten natürlich, was sonst.« Es klingt pampig. Ich erschrecke selbst.

»Klar. Entschuldige, dass ich frage. Ich wollte ja nur wissen, ob du Zeit hast, die Kinder abzuholen. Wir haben Konferenz.«

»Carola, bitte.«

»Was bitte?«

»Natürlich habe ich Zeit. Massenhaft. Das ist ja das Schöne: Meine Arbeit erlaubt mir, jedem jederzeit zur Verfügung zu stehen.«

Ihr Mund formt sich zu einem Strich und ihre Augen werden zu Schlitzen. Sie fixieren mich böse. Dann schüttelt sie den Kopf, steht wortlos auf und trägt die Teller zur Spüle.

Das war gemein. Besser, ich sag jetzt was Nettes.

»Klar mach ich's. Soll ich auch was kochen?«

»Höchstens für die Kinder. Ich gehe mit Ingeborg zum Chinesen.«

»Ich dachte, die kannst du nicht leiden, Mama.«

Imke hat Recht. Das dachte ich auch immer.

»Kommt, holt eure Sachen. Wir müssen los.«

Abgewürgt. Sehr pädagogisch, Frau Studienrätin.

Die Kinder verlassen die Küche. Carola verschränkt die Arme vor der Brust und wendet sich mir zu. »Ich nehme an, das war eben wieder einer deiner Seitenhiebe.« Sie sagt das mit gedrosselter Stimme. »Aber ich kann nichts dafür, dass es dir scheiße geht. Ich find's nur mies, dass wir mitleiden sollen.«

»Aha. Und was soll ich deiner Meinung nach tun?«, frage ich. Auch ich spreche leise. Ich spreche meistens leise.

»Nachts schlafen.«

»Genau. Damit ich tagsüber mehr Zeit habe, um Hausmann und Kindergärtner zu spielen.«

»Wir haben eine Familie, und ich bin nun mal voll berufstätig.«

»Das brauchst du nicht ständig zu erwähnen. Das weiß ich.«

»Na also. Dann frage ich mich, warum du in letzter Zeit nachts herumgeisterst und tagsüber zu nichts zu gebrauchen bist.«

»Das weißt du genau.«

Sie sieht mich mit verständnislosem Blick an. »Sag nur, du schleppst immer noch diese fixe Idee mit dir rum.«

Ich schweige.

»Mein Gott«, sagt sie, dreht sich in Richtung Korridor und ruft: »Seid ihr fertig?«

»Ja.«

Dann wendet sie sich wieder mir zu. »Lass uns heute Abend darüber reden, okay? Wir müssen gehen.«

Beim Abräumen der Marmeladengläser fasse ich in klebriges Quittengelee, das an der Außenseite eines Glases haftet. Mein Blick fällt dabei auf den frischen Sprung in der Bodenfliese. Wäre der nicht da, würde ich das Glas vermutlich auf den Boden pfeffern. So entsorge ich es kurzerhand fluchend im Mülleimer.

Wenn die nicht mal in der Lage sind, diesen Klebkram anständig zu essen, dann müssen sie in Zukunft eben darauf verzichten.

Beim Spülen der versabberten Trinkbecher hat sich mein Zorn bereits verflüchtigt, aber nach dem Abtrocknen des Geschirrs erwische ich mich, wie ich vor dem Kühlschrank hocke und Imkes Becher ins Gefrierfach stelle. Ich muss höllisch aufpassen. Ich bin soeben wieder abgedriftet und damit auf dem besten Weg gewesen, erneut in diesen unseligen Zustand hineinzugleiten, in dem ich mich seit Wochen immer wieder befinde. Dabei handelt es sich um eine Art Halbdasein, in dem mich einzig eine gewisse Restzuversicht, dass ich möglicherweise doch bald einen brauchbaren Einfall haben könnte, daran hindert, den Geist einfach abzuschalten, und in dem ich den durch Schlafmangel malträtierten Körper nur deshalb mit Essbarem versorge, weil noch nicht endgültig geklärt ist, ob der Mensch, dem er gehört, ein ideenloser Versager ist, oder nicht. In besseren Momenten bezeichne ich diesen Zustand als prälethargische Dystonie. Carola nennt es »Kreatives Loch«, ein Begriff, den ich für lapidar und unzureichend halte, da ein Loch immerhin seitliche Begrenzungen hat.

Aber nun ist es genug. Das unentwegte Zermartern des Hirns, dieses Nichtloslassenkönnen, wenn sich ein Gedanke auch nur ansatzweise verdächtig macht, zur Lösung der gestellten Aufgabe beitragen zu können, bringt mich noch um den Verstand. Auf diese Art weiterzumachen hieße, zu scheitern und gemütskrank zu werden. *Ich muss es anders angehen.*

Während ich den verkrümelten Tisch abwische, fasse ich einen Entschluss: *Ich werde heute nicht über mein hirnrissiges Projekt nachdenken.*

Vorhin hat sich gezeigt, dass Carola bereits leidet. Kein Wunder. Wir schlafen seit Wochen getrennt, seit ich beschlossen habe, die Nacht zum Tag zu machen. Momentan haben wir deshalb nur geringen Kontakt, weil sie ihren normalen Tagesrhythmus hat, und ich dann entweder schlafe oder geistig abwesend bin. Sprechen wir miteinander, dann meist nur zum Zweck des Informationsaustauschs – und oft in lieblosem Ton. Bei den Kindern habe ich noch Kredit. Die sind noch nicht allzu nachtragend und wären vermutlich selbst dann bereit, mir einen neuen Bonus einzuräumen, wenn ich den alten längst verspielt habe. Wie auch immer: Es muss eine Lösung her, bevor es im Gebälk zu krachen beginnt. Aber dazu, wie sie aussehen könnte, fällt mir so wenig ein wie zu diesem verflixten Buch, das zu schreiben ich mir nun mal in den Kopf gesetzt habe – und das meiner Ansicht nach, wenn überhaupt, nur während der Nachtstunden geschrieben werden kann.

Es klingelt an der Haustür. *Der Postbote.*

Kaum dass ich die Tür geöffnet habe, streckt mir jemand einen grauen Pappdeckel entgegen, der in einer Klarsichthülle steckt. Bei dem kurzen Abstand kann ich darauf nicht mehr erkennen als ein überbelichtetes Passfoto. Aber der Bursche, der vor mir steht, lässt den Fetzen ohnehin gleich wieder in seine Jackentasche gleiten und gibt in leisem Nuschelton seine Identität preis. Ich verstehe ihn nicht sofort und frage deshalb nach. Er wiederholt seinen Namen und erklärt freimütig, dass er bis vor Kurzem Insasse des Jugendknasts war, sich nun aber auf freiem Fuß befände. Ich hätte doch hoffentlich nichts gegen Jugendliche, die mal auf Abwege geraten sind, fragt er. Ich antworte nicht, muss dem jungen Mann aber bereits auf andere Weise ein Zeichen der Verneinung gesendet haben, denn sein Gesicht entspannt sich – er lächelt. Seine Boxernase wirkt nun breiter, und ich kann sehen, dass ihm die oberen Schneidezähne fehlen. Das erlebe er selten, lispelt er, die meisten hätten noch immer Vorurteile. Vor allem Ausbildungsbetriebe. Und das sei auch der Grund seines Besuches. Er nehme gerade an einem »Rückführungsprogramm« teil. Wenn ich mich dazu entschließen könnte, bei einem speziellen Zeitschriftenvertrieb eine »Bravo«, eine »Brigitte«, eine »Men's Health« oder eine »AutoBild« zu abonnieren, dann bekäme *er* dafür volle zehn Punkte angerechnet. Wo, erfahre ich nicht, nur dass er hundert bräuchte, um als Vorbestrafter an einen der begehrten Plätze in einem namhaften Ausbildungsbetrieb zu kommen. Ich winke ab, bedanke mich und schließe die Tür.

Dieser Tag wird anders. Heute werde ich mich vor allem um meine eigene Resozialisierung kümmern. Und während der junge Mann draußen beginnt, eine Salve wüster Beschimpfungen in Richtung Haustür abzufeuern, frage ich mich bereits recht konkret, was *ich* unternehmen könnte, um am Ende des Tages eine ausreichende Zahl an Rehabilitationspunkten zu erhalten. Ein paar Schritte, so meine ich, habe ich schon getan: Ich habe mir zum ersten Mal seit Wochen ernsthafte Gedanken über den Zustand meiner Familie gemacht. Und dass ich das Marmeladenglas nicht zerdeppert habe, kann nicht allein daran gelegen haben, dass kurz zuvor eine der teuren Bodenfliesen beschädigt wurde. In wirklich miesen Phasen ist mir sowas nämlich egal. Außerdem ist es als gutes Zeichen zu bewerten, dass ich den jungen Mann nicht angeschnauzt und zum Teufel gewünscht habe, obwohl ich seine fadenscheinige Drückerstory empörend einfallslos fand.

Wo ich schon mal davor stehe, werfe ich einen Blick durch das kleine Dielenfenster. Das Wetter zeigt sich seit Tagen unverändert. Auch jetzt ist es freundlich. *Und wie wirke ich heute?* Ich betrachte mich im Garderobenspiegel. Abgesehen davon, dass ich ungekämmt und nicht rasiert bin, kann ich mich sehen lassen; nur geringe Spuren von Übermüdung, obwohl ich seit gestern Nachmittag wach bin. Ich fahre mit der Zunge über meine Zähne. Sie fühlen sich rau an. Ich bin überzeugt: Wären sie sauber, könnte ich auf einer bis zehn reichenden Wohlfühlskala womöglich die Sieben erreichen.

Wenn dieser Tag anders werden soll, muss ich ihn auch anders beginnen.

Ich putze mir die Zähne, werfe mir ein leichtes Jackett über die Schultern, sammle meine Schlüssel zusammen und verlasse das Haus mit erstaunlichem Schwung.

Der weite Blick ins Tal tut mir gut. In den letzten drei Monaten habe ich höchstens mal zum Fenster meines Arbeitszimmers hinausgeschaut, aber von dort ist die Aussicht durch gegenüberliegende Häuser begrenzt. Das hier ist etwas völlig anderes, und ich merke, dass mich die Fernsicht ruhig macht. Der Mensch ist auch ein Späher – das wird meiner Ansicht nach allzu oft vergessen. Etwas zu überschauen, also den Überblick zu haben, vermittelt uns ein Gefühl von Sicherheit, und erst das versetzt uns in die Lage, vorausschauend zu planen und zu handeln.

Wir, das heißt meine Familie und ich, wohnen bereits über ein Jahr hier, aber zu der hochgelegenen Burgruine haben sich weder Carola noch ich bisher begeben. Dabei ist die Windeck eine weithin bekannte Attraktion, und sie liegt zudem nicht weit von unserem Haus entfernt.

Ich habe keine zwanzig Minuten gebraucht, um über einen mitunter recht steil verlaufenden Fußweg hier herauf zu gelangen. Und nun liegt alles, was die Stadt zu bieten hat, nahezu in Reichweite vor mir. Deutlich erkenne ich den mittelalterlichen Stadtkern Weinheims und sehe zum ersten Mal, dass er an einem Hang erbaut wurde. Er teilt sich entlang der von Nord nach Süd beinahe horizontal verlaufenden »Hauptstraße« in eine Ober- und eine Unterstadt, wobei die Schlossanlage im Westen mit ihrem Park wie selbstverständlich zur Oberstadt gehört und den höchsten Punkt bildet. Den imposantesten Anblick bietet aber wohl der dorthin schräg aufwärts verlaufende mittelalterliche Marktplatz mit dem ehemaligen Rathaus und der prachtvollen St.-Laurentius-Kirche. Das Bild der Unterstadt wird hingegen weniger von eindrucksvollen Einzelbauten, als vielmehr von den unzähligen, leicht abschüssig gelegenen Fachwerkhäusern des alten Gerberviertels geprägt. Ich bin von dem fantastischen Ausblick begeistert und meine sogar, in der Ferne das Gymnasium ausmachen zu können, an dem Carola unterrichtet. Nach Westen hin, man kann es nicht übersehen, erstreckt sich jenseits einer breiten Bahntrasse der neuere Teil der Stadt, die Weststadt. Er unterscheidet sich, von hier oben betrachtet, vor allem durch seine uniforme Dacharchitektur vom alten. Auf den Häusern der Altstadt, insbesondere denen des Gerberviertels, ruhen zum Teil obskur anmutende Dachkonstruktionen, wobei sich durch die Einflüsse von Zeit und Witterung die Farben und auf den sehr alten Dächern sogar die Konturen der Ziegel verändert haben. Aufgrund von Reparaturen und Nachbesserungen ist ein beträchtlicher Teil dieser Häuser zudem ungleichmäßig gedeckt, aber gerade dieses Flickwerk verleiht ihnen eine eigene, individuelle Ästhetik. Den steif und symmetrisch anmutenden Dächern der Weststadt indes mangelt es an Persönlichkeit – und damit, wie ich finde, an Charme.

Ja, dieser Blick tut gut, und die von einer freundlichen Septembersonne angewärmte Vormittagsluft riecht durch die Nähe des Waldes besonders frisch.

Um mich herum, das merke ich erst jetzt, herrscht auffällige Stille, weshalb ich mich jetzt auch in meiner unmittelbaren Umgebung umsehe. Dabei stelle ich fest, dass ich der Einzige bin, der sich augenblicklich im Innenhof der ehemaligen Burg befindet. Hier stehen mehrere leere Tische und Bänke eines Biergartens, und die Schänke, die ihn betreibt, ist geschlossen.

Zwei prächtige Pfauenaugen haben sich auf dem verwitterten Holz eines der windschiefen Biergartentische niedergelassen. Sie sitzen dicht beieinander und öffnen und schließen, wohl dem Rhythmus eines inneren Pulses folgend, alle paar Sekunden ihr samtenes Flügelpaar. Ich nähere mich ihnen, aber sie flattern sofort auseinander und suchen das Weite. Erst als ich mich auf die vergrauten Latten einer Bierbank setze, wird mir klar, was den beiden an der Tischplatte gefallen hatte: Das Holz ist dank der Sonneneinstrahlung behaglich warm, und nun tut es mir fast leid, dass ich sie verscheucht habe. Ich entspanne jedenfalls auf der Stelle, lehne mich mit dem Rücken gegen die bis auf Brusthöhe stehen gebliebene Außenmauer der Burganlage, schließe die Augen und atme langsam tief und genüsslich durch die Nase. Dabei spüre ich, dass ich auf angenehme Weise müde werde. Und weil mein Oberkörper immer schwerer wird und ich ihn kaum noch aufrecht halten kann, beschließe ich, mich auf der Bank auszustrecken.

»Guten Morgen. Macht es Ihnen was aus, wenn ich mich zu Ihnen setze?«

Ich schrecke auf. Trotz der Stille habe ich niemanden kommen hören. *Scheiße, ausgerechnet jetzt.*

»Natürlich nicht«, antworte ich.

Ich gähne kräftig und setze mich auf. Jetzt sehe ich, wer mich angesprochen hat.

Mist. Auch noch ein alter Knacker.

2. Kapitel

So alt ist der Mann gar nicht, wie ich zugeben muss. Ich hab mich verschätzt. Was ich bei Gegenlicht und aus der Liegeposition heraus für einen Greis gehalten habe, offenbart sich mir nun, da er mir gegenübersitzt, als Mann von vielleicht Mitte fünfzig. Und sein Körper ist alles andere als gebrechlich. Er ist zwar von kleiner, hagerer Statur, aber soeben hat er einen Aktenkoffer neben seiner Bank abstellt, und dabei habe ich seine sehnigen, durchtrainierten Arme bemerkt. Die bestehen nur aus Muskeln, Haut und gut gefüllten Venen, weshalb ich vermute, dass sich auch ansonsten nicht ein Gramm Fett an dem Mann befindet. Sein schütteres Haar, einst vermutlich tiefschwarz, ist stark meliert. Die markante Hakennase, die schmalen Lippen sowie die kräftigen Augenbrauen weisen auf nahöstliche Herkunft hin, aber sicher bin ich nicht, denn seine Haut ist eher bleich.

Er streckt sich ein wenig und schaut über die Reste der Burgmauer hinunter auf die Stadt. Dabei spricht er mich an. »Ein schöner Ort, nicht wahr?«

Sein R rollt und das Ö klingt wie ein Diphthong aus E und I. Wenn er überhaupt mit Akzent spricht, dann am ehesten mit einem osteuropäischen.

»Wunderschön«, antworte ich knapp.

»Ich komme gern an diesen Fleck«, sagt er und wendet sich mir zu.

»Man kann hier bestens abschalten. Aber ich glaube, Sie sehe ich hier zum ersten Mal, oder?«

»Ja, eine Schande«, gebe ich zu. »Ich bin tatsächlich zum ersten Mal hier. Und das, obwohl ich seit mehr als einem Jahr da unten wohne.« Ich deute auf die Stadt.

Der Mann nickt. »Das kenne ich. Ich hab schon Jahre an einem Ort verbracht und so gut wie nichts von meinem Umfeld mitbekommen. Man hat nicht immer die Gelegenheit.«

»Stimmt. Wohnen Sie auch hier?«

»Nein«, sagt er. »Ich bin hier nur zu Besuch. Ein Urlauber, wenn man so will. Meine, wie sagt man so schön, Bekannte?, Partnerin?, Freundin? lebt hier. Ich helfe ihr gerade, ihren Hausstand aufzulösen. Wir wollen uns gemeinsam woanders niederlassen.«

»Aha. Dann verliert Weinheim also bald eine Bewohnerin. Und Sie sind sozusagen der Abwerber.«

Der Mann lacht. »So ist es. Aber dafür hat die Stadt Sie ja letztes Jahr hinzugewonnen.«

»Na, ob das ein Gewinn ist, muss sich erst noch zeigen«, antworte ich.

»Und was hat Sie hierher verschlagen, wenn ich fragen darf?«

»Der Beruf meiner Frau. Sie hat hier am Werner-Heisenberg-Gymnasium eine Stelle bekommen.« Ich deute in die Ferne, in die Richtung, in der ich den Standort des Schulgebäudes vermute.

»Sie ist Lehrerin?«

»Ja.«

»Kein leichter Job. Und Sie? Sind Sie auch Lehrer?«

»Nein, nein«, erwidere ich entschieden. »Ich würde mich dafür nicht eignen.«

»So? Was machen Sie denn?«

Nichts, würde ich am liebsten antworten. »Tja, das ist die Frage«, sage ich stattdessen. »Bis vor drei Jahren habe ich mich noch als semi-erfolgreichen Kinderbuchautor bezeichnet. Im Moment bin ich eher Notizbuchautor – zumindest, wenn es danach geht, was ich vorzeigen kann.«

Mein Gegenüber versucht erst gar nicht, diese klebrige Mischung aus Entzücktseins- und Betroffenheitsmiene aufzusetzen, die mir oft entgegengebracht wird, wenn ich meinen Beruf nenne. Das macht ihn sympathisch.

»Aha. Ein Schriftsteller«, hält er stattdessen in neutralem Ton fest.

Ich antworte nicht gleich. Schriftsteller, finde ich, bin ich nicht mal in meinen besten Zeiten gewesen. Aber wenigstens hat er mich nicht als Literaten bezeichnet.

»Autor«, sage ich schließlich.

»Dann eben Autor. Autor für Kinderbücher also. Das klingt nach einer schönen Aufgabe. Aber was ist passiert?«

»Passiert?«

»Es klang, als ob Sie sich davon entfernt hätten.«

Ich schlucke. *Hier geht's ja gleich ans Eingemachte.* Aber ich bin selbst schuld. Ich habe mein Licht unter den Scheffel gestellt, und wider Erwarten interessiert sich nun jemand dafür, warum ich das getan habe. Das verpflichtet zu einem Dialog.

»Ich habe selbst Nachwuchs bekommen. Und irgendwann habe ich begonnen, meiner Ältesten vorzulesen. Dabei habe ich wunderbare Kinderbücher kennengelernt, mit dem Ergebnis, dass mich mein Kram angeödet hat.«

»Aber Ihre Bücher sind, soweit ich verstanden habe, immerhin veröffentlicht und verkauft worden. So schlecht können sie demnach nicht sein.«

»Das heißt gar nichts.«

»Hm.«

»Nun ja. Sie wurden von Erwachsenen gekauft. Kinder hätten sich gegen sie entschieden.«

»Sind Sie sicher?«

»Meine beiden finden sie grottenlangweilig. Besonders das preisgekrönte. Eine Jury aus alten Säcken hat es belobigt, aber weder meine Tochter noch mein Sohn haben der Handlung folgen können.«

»Sie hätten ihnen die Geschichte vorher vorlesen sollen.«

»Das ging nicht. Als ich sie schrieb, war ich noch kinderlos.«

Er hebt die Augenbrauen und nickt leicht. »Aber jetzt ginge es. Jetzt könnten Sie Ihre Werke vorher testen.«

»Das habe ich gemacht. Die lustigsten und spannendsten hat mein Verleger abgelehnt.«

Der Mann sieht mich ungläubig an. »Das tut mir leid«, sagt er dann. »Aber was wollen Sie nun tun?« Er scheint ehrlich an meiner Person interessiert. »Etwa mit dem Schreiben aufhören?«

»Nein. Ich bin gerade dabei, in ein anderes Genre zu wechseln.«

»Und in welches?«

Dieser Tag wird anders. Habe ich mir das nicht eben erst vorgenommen? Und nun? Ich spüre: Dieses Gespräch wird mich unweigerlich mitten in mein Elend hineinziehen. Der einzige Unterschied wird darin bestehen, dass ich nicht im stillen Kämmerchen vor mich hin leide, sondern meine Unzulänglichkeiten in einem jahrhundertealten Burghof einem Fremden offenbare. Über die wollte ich allerdings erst heute Abend und auch nur mit Carola sprechen. Aber vielleicht ist es eine gute Übung.

»Ins Krimifach«. Ich merke, wie zaghaft das klingt.

Der Mann betrachtet mich nun schweigend.

»Habe ich jedenfalls mal so ins Auge gefasst«, füge ich leise hinzu.

Sein Mund verzieht sich jetzt zu einem Schmunzeln, so, als ob ihn meine Antwort in irgendwas bestätigen würde. »Keine schlechte Wahl«, sagt er dann in sachlichem Ton. »Das Schöne ist, dass man sich in dem Metier keine Geschichten ausdenken muss. Man liest nur auf, was das reale Leben zu bieten hat, und überführt es in eine lesbare Form.«

Ich muss leider lachen, denn ich denke: *Mit so einem hab ich es also zu tun. Wieder einer, der sich bestens auskennt.*

»So leicht ist es nun auch wieder nicht.« Ich bemühe mich, höflich zu klingen.

»Nein? Wie machen Sie es denn?«

»Ich?« Auf die Frage bin ich nicht vorbereitet. »Also ich ..., äh«, beginne ich trotzdem zu erklären, »komponiere, oder besser gesagt, konstruiere quasi zunächst einmal.« Es klingt erschreckend dämlich, und ich spüre, dass mir heiß wird und mein Gesicht rot anläuft. »Also, zuerst erdenke ich mir mal eine spannende Handlung und möglichst interessante Charaktere. Dann füge ich alles zu einem sinnvollen Ganzen zusammen.« Ich merke: Das ist mein wunder Punkt. Ich hab mir selbst noch zu wenig Gedanken über meine Vorgehensweise gemacht. Außerdem finde ich das Gespräch mit dem Mann mit einem Mal unangenehm. Aus Verlegenheit sehe ich auf die Uhr. Es ist kurz vor elf.

»Und? Haben Sie im Moment eine Geschichte?«, fragt der Mann jetzt.

»Nun ..., sagen wir mal so: Ich bin dran. Warum?«

»Weil ich einen interessanten Fall für Sie hätte.«

»Aha.«

»Ja. Ich würde sogar behaupten, einen *äußerst* interessanten. Und ich habe sogar Personen. Nicht viele, aber es sind auch nur wenige daran beteiligt. Auch die Anzahl der Schauplätze ist überschaubar.«

Ich weiß nicht, was ich antworten soll. Dieser Tag wird tatsächlich anders; er wird offenbar beschissener als die letzten. Nein, er *ist* bereits beschissener. Ausgerechnet an einem Morgen, an dem ich nach Wochen zum ersten Mal meine Bude verlasse und mit allerbesten Vorsätzen einen Spaziergang unternehme, muss ich auf einer leeren Bierbank am äußersten Ende dieser Welt einem Hobbyautor begegnen. Und der gibt auch noch lautstark damit an, genau das zu haben, was mir seit Monaten fehlt – eine Idee.

»Ich weiß, was Sie gerade denken«, sagt der Mann nun.

Ich schweige.

»Sie befürchten, dass ich Ihnen gleich ein Manuskript aufschwatzen und Sie um ein Lektorat bitten werde, weil ich mir einbilde, einen Bestseller geschrieben zu haben, dem nur noch der allerletzte Schliff fehlt. Aber Sie irren.«

»So?«

»Ja. Denn ich will etwas ganz anderes. Ich will Ihnen etwas schenken. Ich schenke Ihnen selbst gefertigte Aufzeichnungen und Skizzen zu einem unfassbaren und bislang unveröffentlichten Vorgang. Dabei handelt es sich um eine wahre Begebenheit – um ein Verbrechen. Aber nicht um irgendeines, sondern um einen vom Teufel geplanten, perfiden Mord – perfekten Mord.«

Ich kann nichts dafür, aber ich muss wieder lachen. »Oh ja«, sage ich schließlich. »Der Teufel kommt immer gut an. Und der perfekte Mord erst recht – im Zeitalter der Rasterelektronenmikroskopie und DNA-Analyse das Erfolg versprechende Thema schlechthin.«

Der Mann zuckt nur mit den Schultern. Dann fragt er: »Betrachten Sie einen Turm durch eine Lupe, wenn er direkt vor Ihnen aufragt?«

»Äh?«

»Und glauben Sie nicht auch, dass gerade in unserer hoch technisierten Zeit der perfekte Mord vor allem eine Frage des Werkzeuges ist, dessen man sich bedient?«

»Ich glaube in erster Linie mal, dass ich Ihnen nicht folgen kann«, antworte ich und sehe dabei wieder auf meine Uhr. Diesmal tue ich es bewusst, weil ich demnächst die Kinder abholen muss. Außerdem kann dem Mann ein kleiner demonstrativer Hinweis darauf, dass ich von nun an nicht mehr unbegrenzte Zeit für ihn aufzubringen gedenke, nicht schaden.

Aber den ignoriert er. Er spricht unbekümmert weiter. »Ich erwarte nicht, dass Sie aus meinen wenigen Worten sofort die richtigen Schlussfolgerungen ziehen. Um zu beurteilen, ob es sich um ein gutes oder schlechtes Geschenk handelt, sind selbstverständlich handfestere Hinweise notwendig. Mein Rat lautet daher: Investieren Sie ein wenig Zeit in meine Aufzeichnungen. Ein Geschenk bleiben sie in jedem Fall. Und wer weiß, vielleicht teilen Sie nach der Lektüre meine Ansicht, dass einem die wirklich guten Storys nicht einfallen, sondern zufliegen oder, wie in diesem Fall, zugetragen werden.«

Nun langt's mir. Anfänglich machte der Mann einen sympathischen Eindruck auf mich. Inzwischen hat er sich zum penetranten Arsch mit Besserwisser-Allüren gemausert. Und zu meinem Entsetzen greift er jetzt auch noch nach seinem Aktenkoffer, entnimmt ihm ein Bündel unterschiedlich großer, teils derb zerknitterter oder mehrfach gefalteter Papierbögen und legt sie mir direkt vor die Nase auf den Tisch.

»Ich hatte eigentlich vor, an diesem lauschigen Plätzchen ein bisschen darin herumzublättern«, sagt er dabei. »Ich wollte überprüfen, ob ich etwas Wichtiges übersehen habe. Aber eigentlich bin ich sicher, dass das Material komplett ist. Sie können es also mitnehmen.«

»Wissen Sie, so läuft das nicht«, wage ich zu antworten. »Das geht schon allein aus urheberrechtlichen ..., und außerdem weiß ich doch gar nicht, ob da drin nicht Persönlichkeitsrechte verletzt ... und überhaupt ...«

»Hören Sie auf«, unterbricht mich der Kerl beinahe brüsk. Dabei legt er eine seiner Hände auf den Stapel Papier, dreht sich zur Seite in Richtung Stadt und deutet mit der zweiten Hand auf eine Stelle in der Ferne. »Sehen Sie das beigefarbene Haus da unten?«

Ich blickte widerwillig in die Richtung und frage in gereiztem Ton: »Welches?«

»Das große, mondäne, nahe der Tennisanlage. Sehen Sie es?«

»Ja.«

»Gut. Dann lassen Sie Ihren Blick jetzt ein Stück nach links wandern.«

Auch das tue ich.

»Recht bald stoßen Sie auf ein hellgrünes kleines Haus.«

»Ich seh's.«

Der Mann zeigt mit dem Finger weiter nach links. »Da drüben befindet sich ein Park. Und Wald gibt es hier auch.«

»Ich weiß.«

»Und im Stadtzentrum findet man sicher auch eine Art Boutique, in der Mode- oder Schmuckwaren verkauft werden, und eine Rechtsanwaltskanzlei.«

»Na Klasse. Und was soll das?«

»Jetzt haben Sie schon mal eine Vorstellung vom Ort der Handlung. So sieht es auch in der Geschichte aus. Aber am wichtigsten ist die Straße mit den zwei Häusern, die in einigem Abstand zueinander stehen. In jedem wohnt ein Ehepaar mit Beziehungsproblemen. Hinzu kommen ein Bösewicht, eine junge Frau und zwei Kripobeamte, womit auch die Personalfrage geklärt wäre. Und da es jede Menge Motive, einen geradezu genialen Plan und zwei Personen gibt, die zum Morden bereit sind, ist der Verlauf des Dramas, und damit auch der gewaltsame Tod mehrerer Menschen, bereits vorgezeichnet.«

Ich bin nun wirklich gereizt. »Mal ganz ehrlich«, frage ich ihn. »Wollen Sie mich verscheißern?«

»Nein, absolut nicht. Ich sagte bereits: Es handelt sich um eine wahre Begebenheit. Und wie Sie wissen, ist die Realität oft erschreckend banal. Nach wie vor ist es, so profan es auch klingen mag, die Not, aus der heraus die besten Ideen geboren werden. Es fragt sich nur, aus wessen Not heraus wer eine Idee gebiert, die als beste bezeichnet werden kann. Und die *allerbeste* dürfte wohl zweifellos jene sein, dank der derjenige, der sie geboren hat, am Ende mit Gewinn überlebt. Und um genau so eine Idee geht es hier. Also: Nehmen Sie mein Geschenk an, oder nicht?«

Ich verschränke die Arme vor der Brust und betrachte den Stapel.

»Sie gehen keinerlei Risiko ein. Sie können den ganzen Haufen verbrennen, wenn Ihnen der Inhalt nicht gefällt. Ich werde mich deswegen nicht grämen, denn die Geschichte selbst wird dadurch nicht ihrer Existenz beraubt. Wahre Begebenheiten sind unzerstörbar. Man kann sie höchstens verschweigen, aber auch dann sind sie längst Faktum und unabänderlich.«

Was für Phrasen, denke ich. Dieser Mann spricht offenbar gern in Rätseln. Es scheint mir schon deshalb sinnlos, ihn nach konkreten inhaltlichen Aspekten seiner Story zu befragen, aber vor allem fehlt mir dazu die nötige Zeit. Ich *muss* die Kinder abholen. Außerdem frage ich mich: Würde ich derartige Fragen beantworten, wenn es um meinen Roman ginge? Würde ich das überhaupt können? Eher nicht. An entscheidenden Stellen meiner Story klaffen seit Monaten breite Lücken. Und nun liegt eine angeblich komplette Romanidee vor mir auf dem Tisch. Der Mann hat recht – es kostet mich nichts.

»Gut. Ich nehme den Kram mit.«

Er strahlt mich sichtlich zufrieden an. »Schön. Sehen wir uns in vier Tagen wieder? Hier? Morgens gegen neun?«

»Wozu?«

»Ich will wissen, was Sie zu dem *Kram* sagen.«

Ich reiche ihm die Hand. »Okay. In vier Tagen. Um neun.«

3. Kapitel

Carola ist aufgebracht. Ich sehe es ihr an. Ihr Hals und ihre Wangen sind mit roten hektischen Flecken übersät. Dass sie ihre Stimme dennoch ruhig hält, liegt vermutlich nur daran, dass die Kinder soeben zu Bett gegangen sind.

»Warum ausgerechnet ein Krimi, in Herrgottsnamen? Deine letzten Bücher waren ausgezeichnet.«

»Deswegen werden sie mir ja auch aus der Hand gerissen.« Ich bemühe mich um einen sachlichen Ton, aber Sarkasmus ist mir in letzter Zeit zu einer lieb gewonnenen Angewohnheit geworden.

»Such einen anderen Verleger. Der Kornmann hat keinen Geschmack. Außerdem zahlt er schlecht und kümmert sich einen Scheiß um deine Publicity. Das sind übrigens deine eigenen Worte.«

»Ja. Aber vielleicht hat er ja recht, und meine Sachen sind wirklich scheiße geworden.«

»Imke und Thorben fanden die Geschichten super.«

»Ich hab sie ja auch für sie geschrieben. Und darin liegt wahrscheinlich genau das Problem.«

Carola verdreht genervt die Augen.

»Ja. Ich weiß, dass du es nicht gern hörst, aber es ist nun mal Tatsache, dass nicht eines der Bücher, die ich nach Imkes Geburt geschrieben habe, veröffentlicht wurde. Und ich wage noch immer zu behaupten, dass es da einen Zusammenhang gibt. Selbst Kinder zu haben, verändert den Blick.«

»Nein. Es verschafft einem überhaupt erst mal einen. Vorher waren Kinder deine ›Kleine süße Leserschaft‹. Sie waren reizende Geschöpfe, harmlos, frei von List und Tücke, mit angeborenem Gerechtigkeitssinn und offen für alles Schöne dieser Welt. Das hat bestens in Kornmanns Verlagskonzept gepasst, weil seine Zielgruppe aus genau der Sorte Erwachsener besteht, die an dieser langweiligen und falschen Illusion festhalten. Deren Kinder sind allzeit entzückende Hannis und Nannis, clevere Emils und kreative Pippis, die sich bestens organisieren können, bewusst Entscheidungen treffen und Neuem angstfrei begegnen, und sie würden ihnen am liebsten ›Bunte‹ oder ›Gala‹ zu lesen geben, weil Normalsterbliche uninteressant sind und ihre Blagen vom ersten Tag an zweifelhaften Idolen nacheifern sollen. Es liegt nicht an dir, Jörg. Such einen anderen Verlag. Du hast dir Kinder inzwischen viel zu genau angeguckt und bist jetzt für den Plüschmarkt versaut.«

»Und für den Krimimarkt ungeeignet.«

»Wenn man ihn auf die Weise bedienen will, wie du es momentan tust, dann befürchte ich das fast.«

Carola ist zuweilen vernichtend ehrlich.

»Ich hab halt gedacht, dass mir nachts bessere Einfälle kommen«, versuche ich zu erklären. »Das hat anfangs ja auch gut geklappt, wegen dem Licht, der Stille und der allgemeinen Stimmung. Es passte zum Genre, zu meinen fiesen Gestalten, zu meiner Story. Aber dann ...«

Sie lächelt. »Leg den Stoff eine Weile beiseite, Jörg. Schlaf wieder normal und lass ein wenig Zeit verstreichen. Wir brauchen dich. Aber denk nun nicht, dass wir dich nur als Arbeitspferd brauchen. Wir brauchen dich vor allem als gesundes Mitglied unserer Familie.«

»Ich weiß. Und es tut mir wirklich leid, was ich heute Morgen gesagt habe. Aber es wäre auch nicht schlecht, wenn ich mal wieder Geld verdienen würde.«

»Wieso? Das mach ich doch schon.«

»Klar. Aber du merkst ja, wie weit wir damit kommen. Es langt gerade, weil wir gut haushalten.«

»Soll das heißen, dass wir das nicht mehr tun werden, wenn du wieder Geld verdienst? Dass wir dann den Bär tanzen lassen? Dann wären wir am Monatsende auch bei Null. Wir hätten den gleichen Stand wie jetzt.«

»Du weißt, was ich meine.«

»Ja. Aber ich sag dir auch, was *ich* meine. Du kehrst Kornmanns Brave-

Überfliegerle-Verlag den Rücken, sendest das, was du hast, an einen Echte-Kinder-Buchverlag und schreibst von mir aus einen anderen Böse-Leute-Krimi. Lass den, den du begonnen hast, liegen. Vergiss ihn einfach.«

Carola hat leicht reden.

»Du bist gut. Für einen anderen bräuchte ich in erster Linie mal einen anständigen Plot. Darin liegt aber genau das Problem. Den schüttelt man nicht aus dem Ärmel. Ich zumindest nicht.«

»Natürlich nicht. Das braucht seine Zeit. Aber die hast du. Und ich bin sicher: Eines Tages fällt dir *die* Story ein.«

Carolas Hoffnungsparolen erinnern mich an die morgendliche Unterhaltung oben auf der Windeck. An den kleinen Mann habe ich seither so wenig gedacht wie an sein »Geschenk«, und unsere Begegnung scheint mir ewig zurückzuliegen. Ich erzähle Carola davon.

»Eine merkwürdige Angelegenheit«, sagt sie schließlich. »Und du weißt weder, wie der Kerl heißt, noch, wo er wohnt?«

»Nein.«

»Und der hat dir sein Manuskript, oder was auch immer es ist, einfach so überlassen? Hat es dir geschenkt?«

»Ja. Die besten Geschichten flögen einem zu, hat er behauptet und mir einen Stoß Altpapier auf die Knie gelegt.«

»Hm. Klingt spannend. Hatte der Mann zufällig lange, silberne Locken, trug ein duftiges Kleid und hielt ein magisches Zauberstäbchen in der Hand?«

»Nein. Er hatte auch keine Flügel. Das ist ein Wichtigtuer, sonst nichts.«

»Schade. Wirst du's durchsehen?«

»Ich weiß nicht.«

»Tu's.«

»Aber ...«

Carola winkt ab. »Nichts aber. Fang gleich morgen früh an. Und heute Nacht wird geschlafen.«

4. Kapitel

Ich habe sämtliche Ratschläge meiner Frau befolgt, bin gestern Abend brav gegen 23 Uhr ins Bett gegangen, bin dann sofort eingeschlafen und zu meiner Verwunderung erst um kurz vor 10 Uhr erwacht. Zunächst spürte ich eine bleierne Schwere in meinem Kopf, aber seitdem ich geduscht habe, bin ich in bester Verfassung. Ich finde sogar Spaß daran, die Spülmaschine auszuräumen, und den von Carola und den Kindern unabgeräumt hinterlassenen Frühstückstisch bringe ich ohne zu murren in Ordnung. Schließlich füttere ich noch den Kater, was ich sonst nie tue, weil ich damals der Einzige war, der gegen ein Haustier gestimmt hat.

Nun, da ich auch die Post durchgesehen habe, begebe ich mich in mein Arbeitszimmer und mache mich sogleich über den wüsten Papierstapel her, den mir der kleine Kerl gestern überlassen hat. Carola hat auch in der Beziehung recht: Solange ich nichts über den Inhalt weiß, weiß ich gar nichts.

Gleich die ersten Seiten des Textmaterials verraten, dass sich der Verfasser Gedanken zur Konzeption gemacht haben muss, was mich wundert, weil der Mann gestern von Skizzen, von groben Aufzeichnungen gesprochen hat. Das erste Blatt trägt den Titel »Der Plan«, und das, was folgt, scheint mir recht anständig ausgearbeitet zu sein. Das Ganze erinnert mich, zumindest beim ersten Überfliegen, an den Entwurf zu einem Bühnenstück oder Ähnlichem. Beim weiteren Durchblättern des Stapels bestätigt sich der Eindruck. Obwohl es sich bei dem Blätterhaufen um ein heilloses Wirrwarr aus sowohl losen, von Hand, als auch zusammengehefteten und zum Teil maschinell beschrifteten Papierbögen unterschiedlicher Größe und Farbe handelt, ist bei genauerem Hinsehen doch zu erkennen, dass es eine innere Ordnung und wohl tatsächlich eine Art Programm zu geben scheint. In unregelmäßigen Abständen tauchen nämlich Seiten auf, die sowohl betitelt als auch aufsteigend nummeriert sind. Daraus schließe ich, dass die dazwischenliegenden Blätter ebenfalls in chronologischer Reihenfolge übereinander liegen.

Die Aufzeichnungen wurden ganz offensichtlich nicht nur an einem Ort und auch nicht immer mit dem gleichen Schreibgerät, sondern in allen erdenklichen Situationen und an unterschiedlichen Orten niedergeschrieben. Neben Blanco-Papierbögen und -zetteln besteht ein Gutteil des Stapels aus bereits vorbedruckten Seiten. Auf einigen prangen Firmenlogos oder Werbebotschaften, aber auch Briefköpfe von Hotels oder Gaststätten. Offenbar hat es dem kleinen Mann häufig ausgerechnet dann, wenn ihm ein spontaner Einfall kam, an Schreibpapier gemangelt, sodass er ihn einfach auf dem nächstverfügbaren Stück Papier notierte. Manche sind zuvor wohl dazu benutzt worden, etwas darin einzupacken oder einzuwickeln. Sie weisen Fett- oder Obstflecken auf, und nicht wenige sind stark zerknittert.

Um das Sammelsurium nicht durcheinanderzubringen, unterlasse ich es, mehr als nötig darin herumzuwühlen. Ich schiebe den Stapel weiter nach hinten, lege die erste Seite vor mich auf die Schreibfläche und verschaffe mir linker Hand etwas Platz, um Gelesenes dorthin ablegen zu können.

1. DER PLAN

Ort der Handlung:	*Ein Park mit Teich, Vogelvolieren, Spielplatz und Parkrestaurant.*
Zeit:	*Vier Wochen vor Viktor Menzels Entlassung.*
Personen:	*Matthias Willing, 37, Dipl.-Biologe.* *Marlene Gutperl, 40, Inhaberin eines Schmuck- und Modewarengeschäfts und Ehefrau des Rechtsanwalts Dr. Benno Gutperl, 44.*

Matthias Willing und Marlene Gutperl treffen sich auf einer abseitsgelegenen Bank im Park. Willing war in den letzten Wochen oft hier. Anfangs nur, wenn ihm zu Hause die Decke auf den Kopf fiel, oder wenn er in Ruhe über sich und seine Lebenssituation nachdenken wollte. Seit einiger Zeit heißt der Hauptgrund jedoch Marlene. Sie haben sich hier kennengelernt und dabei festgestellt, dass sie sich mögen. Sie wohnen zudem in derselben Straße. Er kennt ihr Haus, es ist die weißgetünchte Villa, an der sich derzeit ein Baugerüst befindet.

Inzwischen sind die beiden miteinander befreundet – platonisch. Sie treffen sich nahezu regelmäßig. Mit Marlene kann Willing Gespräche führen, die zu Hause nicht mehr möglich sind. Er und seine Frau haben sich entfremdet. Ihr gemeinsames Leben beruht auf faulen Kompromissen. Er wollte nicht in diesen Ort ziehen, sie nicht in dieses Haus. Beide zogen vor einem Jahr dennoch her, beide bezogen auch das Haus. Sie hat nun eine bessere Stelle, möchte aber Kinder. Er ist seit zwei Jahren auf Arbeitssuche, will deshalb momentan keine. Er hat einen Betrieb in den Sand gesetzt, dessen Gründung ihre Idee war. Seither sind sie verschuldet, obwohl er genau das nie wollte.

Auch Marlene hat Sorgen. Sie besitzt zwar genügend Geld, denn ihr Mann führt eine traditionsreiche Rechtsanwaltskanzlei, und ihr Schmuck- und Modewarengeschäft floriert. Aber auch über ihrer Ehe liegen Schatten.

Vor ein paar Tagen, bei ihrem letzten Treffen, hat sie Willing einen Vorschlag unterbreitet, der sie und ihn mit einem Streich von all ihren Nöten befreien würde. Er beruht auf einem perfiden und plausibel klingenden Plan. Willing ist er anschließend ständig im Kopf herumgegangen. Unzählige Male hat er ihn inzwischen auf den Kopf gestellt und geprüft, immer mit dem Ergebnis, dass Marlenes Konzept schlüssig ist. Deshalb dauert es an diesem Tag nicht lange, bis die beiden an dieses Gespräch anknüpfen.

»So kann dein Leben nicht weitergehen, Matthias. Müsste ich deinen momentanen Gemütszustand mit einem Wort umschreiben, dann wäre Lebensüberdruss nicht das falscheste. Und ich wage zu behaupten, dass nur die Tatsache, dass du dich nicht allein für deine Misere verantwortlich fühlst, Schlimmeres verhindert.«

»Gut möglich.«

»Nein. Das ist sicher. Dein Studienabschluss liegt acht Jahre zurück, und deine Berufserfahrung beschränkt sich auf den begrenzten Sektor, auf dem du dich mit deinem Betrieb bewegt hast. Deine Ehe ist eine Pleite, und deine finanzielle Situation ein Desaster. Wie soll das enden? Eine Stelle kriegst du nicht, und deine Frau sieht dich schon lange schief an. Aber wenn du dich von ihr trennst, bist du bestenfalls ein Sozialfall. Ihr habt hohe Schulden, und sie würde dir kaum Unterhalt zahlen können.«

»Ich weiß.«

»Und nun sieh mich an, Matthias. Ich bemühe mich um mein Äußeres, aber ich bin weiß Gott keine Schönheit und viel zu dick. Und ich liebe meinen Mann über alles. Die kleine Kröte nimmt mir also nicht nur, was mir am wertvollsten ist, sondern schickt mich direkt aufs Altenteil. Oder glaubst du ernsthaft, dass ich in meinem Alter und in diesem Pupsnest noch mal jemanden finde, der es nicht nur auf mein Geld oder meinen fetten Hintern abgesehen hat?«

»Marlene. Sowas darfst du nicht sagen.«

»Doch. Die Schlampe muss weg. Und du solltest dir auch wieder etwas aufbauen dürfen.«

»Ich würde einem Menschen das Leben nehmen.«

»Ich doch auch. Noch sicherer geht's überhaupt nicht.«

»Es ist Mord.«

»Es sind zweihunderttausend Euro.«

»Ich weiß. Aber ich hab nichts von deinem Geld, wenn ich im Knast sitze.«

»Wirst du nicht. Du hast ja nichts getan.«

Willing hat den Plan verstanden und längst für gut befunden, aber ein Rest Skepsis will nicht weichen. Das spürt Marlene. Sie startet deshalb einen weiteren Überzeugungsversuch.

»Die Frau, die vor euch in eurem Haus gewohnt hat, hatte über mehrere Jahre eine Liebesbeziehung zu einem Strafgefangenen. Sie hat ihm regelmäßig Briefe geschrieben und ihn einmal im Monat besucht. Das hat sie mir damals anvertraut. Dann hat sie jemanden kennengelernt. Die Briefbeziehung hat sie daraufhin aufgelöst, und ein halbes Jahr später ist sie zu dem neuen Freund gezogen. Warum sie sich davor in einen Inhaftierten verliebt hat, weiß ich nicht. Für uns ist wichtig, dass der Mann Viktor Menzel heißt und seit vierzehn Jahren einsitzt. Angeblich hat er seine Ehefrau umgebracht. Sie ist mit eingeschlagenem Schädel *auf einer Mülldeponie gefunden worden. Da war sie bereits eine Woche tot – er hat sie nicht mal vermisst gemeldet. Untersuchungen ergaben, dass die beiden kurz vor ihrem Tod miteinander Verkehr hatten und dass sie mit einer Nachttischlampe aus dem Schlafzimmer erschlagen wurde. Es war ein Indizienprozess. Menzel hat zwar zugegeben, sie selbst auf die Deponie gebracht zu haben, gleichwohl hat er immer wieder abgestritten, ihr Mörder zu sein. Das Gericht befand jedoch anders. Es berief sich bei der Urteilsfindung maßgeblich auf die Aussagen zweier Männer, mit denen sich Menzel regelmäßig zum Stammtisch traf. Denen zufolge hat Menzel wiederholt geklagt, die körperlichen Qualen, die seine Frau ihm bereite, nicht mehr ertragen zu können. Sie war außerordentlich dick – und wohl auch kräftiger als er – und soll ihm während des Liebesspiels regelmäßig Schmerzen bis hin zur Ohnmacht zugefügt haben. Jedenfalls hat er mehrfach geäußert, sie eines Tages zu erschlagen. Nachbarn haben von Schreien berichtet, die des Öfteren aus der Wohnung der Eheleute drangen und dem Klang nach von ihm stammten. Etliche Narben, Male und Wunden an seinem Körper sprachen auch tatsächlich eine deutliche Sprache. Aber im Laufe des Prozesses hat sich herausgestellt, dass Menzel von jeher einen Hang zu korpulenten Frauen hatte und insbesondere dieser Variante des Sexspiels schon vor seiner Ehe äußerst zugetan war. Das haben seine ehemaligen Partnerinnen und Gespielinnen bestätigt. Somit lag nahe, dass er seine Frau auch oder gerade wegen dieser Obsessionen geheiratet hat. Dass ihre Foltermethoden später zunehmend härter ausfielen, als ihm lieb gewesen war, entschuldigte nichts, da er jederzeit hätte einlenken können. Somit war er auch kein Opfer im klassischen Sinn, was eventuell Strafminderung bewirkt hätte. Egal, in vier Wochen wird er entlassen.«*

Marlene legt Willing Kopien alter Zeitungsartikel vor. Darin geht es um den Fall Viktor Menzel, und neben fast allen Artikeln befinden sich Abbildungen des Mannes. Unter einem sogar eine Aufnahme seiner damaligen Frau.

»So dick wie sie bin ich Gott sei Dank nicht, aber du musst zugeben, dass wir Ähnlichkeit haben. Und nun frage ich dich, Matthias: Was bietet die Welt einem Mann, der aus dem Gefängnis kommt? Menzel hat keinen Job, kein Geld, keine Freunde und erst recht keine Partnerin. Also nichts. Was aber, wenn er kurz vor der Entlassung einen Brief und ein Foto von einer Frau bekäme, die gerade in das Haus seiner ehemaligen

Brieffreundin eingezogen ist und dort Briefe fand, die er einst geschrieben hat. Sie teilt ihm mit, wie sehr sie deren Inhalt berührt habe, dass sie fest an seine Unschuld glaube und dass sie ihm nach seiner Entlassung – gern auch finanziell – behilflich sein möchte. Er möge sie also bitte besuchen. Sag mir, Matthias: Was wird er wohl tun?

»Na, was wohl.«

»Eben. Und stell dir nun noch vor, diese Frau wedelt dann nicht nur mit Geldlappen, sondern lädt ihn auch zu einem Gläschen Rotwein ein und macht ihm Avancen. Wie wird er wohl reagieren, wenn man bedenkt, dass er seit vierzehn Jahren keine Frau gehabt hat und die, die vor ihm steht, zumindest figürlich sein Typ sein dürfte? Ich denke, er wird sich Hoffnungen machen.«

Dieser Teil des Plans bereitet Willing Unbehagen. Er mag Marlene, und Menzel könnte die Situation, möglicherweise unter Einsatz körperlicher Gewalt, ausnutzen. Aber Marlene versichert ihm, gut zu wissen, was sie tut.

»Keine Angst. Menzel sitzt unschuldig im Knast. Außerdem wird seine Libido bereits nach dem ersten Schluck Wein dramatisch sinken. Und nach einem weiteren werden seine Vitalfunktionen derart herabgesetzt sein, dass ich seinem Körper Material für einen kompletten genetischen Fingerabdruck entnehmen kann. Und genau dieses Material wird die Polizei wenige Tage später vom Leichnam des kleinen Miststücks auflesen. Danach werden sie sofort die Fahndung nach dem Ex-Sträfling Menzel einleiten. Aber den hat zu diesem Zeitpunkt längst niedergerafft, was ihm eine freundliche Dicke Tage zuvor in den Rotwein geträufelt hat.«

Wie? Die Frau hatte vor, den Mann zu vergiften? Am Tag seiner Entlassung?

Ich lehne mich in den Sessel zurück und denke über das Gelesene nach. Marlene Gutperls Plan entbehrt, nüchtern betrachtet, tatsächlich nicht einer gewissen Finesse, und er könnte sogar aufgehen. Dieser Menzel wäre ein arger Idiot, wenn er sie nicht zumindest aufsuchen würde. Und sie hat recht: Nach vierzehn Jahren Abstinenz ist kaum zu vermuten, dass er Geld, Wein und die Aussicht auf ein Weib ablehnen würde. Und weder sie noch Willing würden anschließend je mit ihm in Verbindung gebracht werden. Selbst wenn man seine Leiche irgendwann finden sollte, hätte er in den Augen der Polizei vermutlich nur wieder eine Straftat begangen und wäre anschließend selbst Opfer eines Verbrechens geworden – kein ungewöhnlicher Vorgang in einschlägigen Kreisen.

Was hat der Mann auf der Bank doch gleich hinsichtlich des perfekten Verbrechens gesagt? *Glauben Sie nicht auch, dass selbst in unserer hoch technisierten Zeit der perfekte Mord noch immer vor allem eine Frage des Werkzeuges ist, dessen man sich bedient?* Ein Mensch also als Werkzeug, um der Technik ein Schnippchen zu schlagen? Gar nicht übel, der Gedanke. Ihre Schwächen machen Menschen in der Tat leicht bedienbar.

Betrachten Sie einen Turm durch eine Lupe, wenn er direkt vor Ihnen aufragt?

In diesem Fall bräuchten die Ermittler nun wirklich keine Lupe. Das Spurenmaterial an der Toten würde eine deutliche Sprache sprechen und die Indizien in ihrer Gesamtheit tatsächlich wie ein Turm vor ihnen aufragen. Aber ich weiß auch: Der größte Schwachpunkt jeder noch so guten Planung ist fast immer der Mensch. Und hier, in diesem Fall, scheint mir dieser Willing die Bruchstelle zu sein.

Ich bin gespannt, wie die Geschichte nach dieser Einleitung verlaufen wird – und ich muss gestehen, genau das, zumal bereits nach so wenigen Seiten, nicht vermutet zu haben.

2. ORTSBEGEHUNG

Ort der Handlung:	*Die Anwaltskanzlei von Dr. Benno Gutperl. Ein Wartebereich mit Schreibkanzel, dürftiger Bestuhlung, Zeitschriftenablagen, Garderobenständer und mehreren Türen. Eine führt ins Sekretariat, ein typischer Büroraum mit einem Schreibtisch, Aktenschränken und Kaffeemaschine.*
Zeit:	*Sechs Tage vor Viktor Menzels Entlassung, nachts.*
Personen:	*Matthias Willing und Marlene Gutperl.*

Marlene überreicht Willing ein dunkelblaues Schächtelchen. Darin befindet sich ein Ring; Gold mit einem kleinen Stein – Topas.

»Morgens um neun öffnet die Kanzlei. Das Schlämpchen kommt regelmäßig eine halbe Stunde vorher. Mein Mann kommt erst kurz vor neun, und die anderen Angestellten montags sogar erst gegen zehn. Du hast also gute zwanzig Minuten. Das reicht. Zuerst sieht sie die neu eingegangenen E-Mails durch und versorgt die Pflanzen. Vielleicht steht sie aber auch an der Kaffeemaschine. Du wirst es sehen. Sie ist auf jeden Fall in ihrem Büro. Ich gebe dir einen Schlüssel für die Kanzlei. So kommst du unbemerkt rein.«

Marlene selbst wird an diesem Morgen ab halb neun hinter dem Tresen ihres Geschäfts stehen. Eine Viertelstunde später wird sie über die Ladenkasse einen Topas-Ring abrechnen, den ein Kunde für den Geburtstag seiner Frau kauft. Dieser Kunde wird Willing sein. Den Ring besitzt er zu diesem Zeitpunkt bereits, und den Beleg wird er noch am selben Tag, irgendwann nach der Tat, erhalten. Beides verwahrt er gut versteckt bei sich im Haus auf. Das sichert ihm und Marlene für den Fall der Fälle das sorgsam konstruierte Alibi für die Tatzeit.

»Du musst sofort schießen. Im Notfall mehrmals. Die Waffe hat einen Schalldämpfer, man wird von draußen nichts hören. Vergiss nicht, hinterher unser Spurenkonzept durchzuziehen. Es muss nach einer sexuell motivierten Tat aussehen. Das passt zu Menzel. Die Polizei muss in Hinweisen auf ihn geradezu waten. Deshalb darfst du die Tür zur Kanzlei hinterher auf keinen Fall verschließen. Das würde nur von ihm ablenken, denn er kann keinen Schlüssel gehabt haben.«

»Und wie soll er dann reingekommen sein? Die Polizei wird sich das fragen.«

»Die dumme Pute hat ihm eben geöffnet. Warum, kann sie nicht mehr sagen – das weiß nur noch der Täter.«

Ich stelle mir den Mord an der Rechtsanwaltsgehilfin bildlich vor. Die junge Frau wäre also allein in der Kanzlei. Willings Frage war berechtigt. *Warum* sollte sie Menzel geöffnet haben? Aber Marlenes Antwort war völlig korrekt. Bei eindeutiger Spurenlage würden die Ermittler auf der Stelle mit der Tätersuche beginnen und die Zeit nicht mit langwierigen Spekulationen vergeuden. Wirklich klären könnte die Frage nach der geöffneten Tür tatsächlich bestenfalls der Täter. Zweifel überkämen die

Polizisten höchstens, wenn Marlenes Mann aussagen würde, dass er die Kanzlei an diesem Morgen verschlossen vorgefunden hatte.

Das nächste Skript ist auf die Rückseite eines Flyers von einem Busreiseunternehmen niedergeschrieben worden. Angaben zu Ort, Zeit und Personen fehlen diesmal. Außer einer großen, zweifach unterstrichenen Drei imponiert dort der in Großbuchstaben verfasste Titel: *MENZELS ENTLASSUNGSTAG.*

Willing läuft nervös in Marlenes Villa auf und ab. Immer wieder späht er aus dem Fenster, schaut rüber zu seinem Haus. In seiner Rechten ein Handy – nass vom Schweiß seiner Hand. Er wirft einen Blick auf die Uhr.

Vor zwei Stunden ist Viktor Menzel aus dem Taxi gestiegen. Er ist auf direktem Weg rüber zu Willings Haus gegangen, mit einem mageren Blumensträußchen in der Linken. Er wirkte nur wenig verändert und nicht älter als er ist, dreiundvierzig – die vierzehn Jahre haben ihm äußerlich kaum zugesetzt. Als Marlene die Haustür öffnete, hat er den Gesichtsausdruck gewechselt und ein dümmliches Charmeurgrinsen aufgesetzt. Willing wurde beim Anblick dieser Fresse fast übel. Dann ist der Kerl mit federndem Schritt ins Haus getreten, und die Tür hat sich hinter den beiden geschlossen.

Seine Frau ist auf der Arbeit; dennoch wäre es Willing lieber, das Ganze fände nicht in seinem Haus statt. Aber Marlene hat natürlich recht: Jede Möglichkeit, sie später mit Menzel in Verbindung zu bringen, muss ausgeschlossen werden. Sie hat immerhin ein Motiv für die Beseitigung der jungen Frau. Einen Auftragsmord aus Eifersucht könnte die Polizei also durchaus in Betracht ziehen.

Zwei Stunden hat Marlene veranschlagt. Wegen des Gifts, hat sie gemeint. Viel Zeit. In der könnte Menzel ihr sonst was antun. Aber es ist klar vereinbart, dass sie sich meldet.

Endlich surrt das Handy.

Auf den ersten Blick erkennt Willing keine Veränderungen in seinem Haus. Alles steht an seinem Platz. Das beruhigt. Marlene ruft nach ihm. Er geht in die Küche. Dort liegt der Mann. Er ist tot. Sie hat schon den Anfang gemacht, hat ihn in ein Laken gerollt – nur der Kopf und der rechte Arm liegen im Freien. Aber etwas stimmt nicht. Das Laken ist mit Blutflecken übersät. Willing sieht Marlene erschrocken an. Das Gift habe nicht richtig gewirkt, sagt sie kühl. Sie habe mit einem Messer nach-

helfen müssen. Sie weist auf das Waschbecken. Darin liegt ein blutbesudeltes Küchenmesser. Willing kann es nicht fassen. Mit Gewalt dieser Art hat er nicht gerechnet. Dann deutet Marlene auf den Tisch. Dort stehen zwei Rotweingläser. Des Weiteren liegen dort die Pistole, ein Gefrierbeutel, ein Briefkuvert und ein Glasröhrchen. Marlene trägt Handschuhe. Sie nimmt die Schusswaffe an sich, legt sie in die Hand des Toten und drückt jede seiner Fingerbeeren mehrmals auf den Griff und das kalte Metall. Dann greift sie mit spitzen Fingern nach dem Lauf und lässt das schwarze Schießeisen in den Gefrierbeutel gleiten – Fingerabdrücke und Handschweiß. Sie öffnet das Briefkuvert; Willing soll hineinschauen – Haare, Schuppen. Schließlich schraubt sie den Deckel vom Glasröhrchen und fährt mit der Öffnung mehrmals grob durch den Mund des Toten – Speichel. Angewidert wendet sich Willing ab. Gleich darauf fordert Marlene ihn auf, ihr zu helfen. Der Leichnam muss vollständig eingepackt und verschnürt werden – das geht nicht allein. Willing würde gern protestieren, aber er hilft, hebt widerwillig den Oberkörper des Toten an. Marlene umwickelt den Kopf mit Schnur. Dann geht es mit dem Rumpf weiter, zum Schluss mit den Beinen. Der Mann ist nicht schwer, aber Willing läuft dennoch der Schweiß. Minuten später ist dieser Teil der Arbeit vollbracht. Nun müssen sie den Leichnam ins Auto schaffen.

Es ist helllichter Tag. Willing fährt mit dem Heck des Kombis dicht an die Haustür heran. Das gelingt ihm, trotz zittriger Knie.

Im Wald ist um diese Tageszeit niemand unterwegs, und der Parkplatz ist mit dem Fahrzeug leicht zu erreichen. Von dort ist es nicht weit bis zum Erdsitz der Jäger. Und unter den Planken des Holzbodens ist genug Platz für Menzels Leiche.

Gibt es solche Menschen? Die Eiseskälte und Präzision, mit der die Frau all diese Vorgänge fast schon routinemäßig abgewickelt hat, ist nicht von dieser Welt. Kein Wunder, dass Willing schockiert war. Und Menzel? Seine ersten Schritte in wiedergewonnener Freiheit waren sogleich die letzten seines Lebens gewesen. Er hatte nicht mal geahnt, dass sein Wert zu diesem Zeitpunkt nur noch darin bestand, Haut und Haare zu besitzen und Spucke zu produzieren.

Der Mann auf der Bank hat behauptet, es handle sich um eine wahre Begebenheit. Demnach muss es diese Marlene Gutperl gegeben haben. Lebt sie noch? Und wenn ja, wo? Und unter welchen Umständen?

Wenn ich den Plan richtig verstehe, wäre Willing als Nächster dran, müsste seinen Teil der Abmachung erfüllen. Die Schwachstelle?

4. ZERWÜRFNISSE

Das Ehepaar Willing am Abendtisch. Beide schweigen. Sie studiert ihre Gehaltsabrechnung. Er grübelt. Wo könnte sich ein Haken befinden? Wenn diese Nacht rum ist, wird er einen Mord begehen, und an einem weiteren war er bereits beteiligt. Ist wirklich alles geklärt? Die Handlungsabläufe? Die Spurenfrage? Die Alibis? Noch kann er aussteigen. Noch hat er nicht getötet.

Aber im Grunde kann nichts schiefgehen. Menzels Fingerabdrücke befinden sich auf der Waffe. Und sie bleiben darauf, weil die Pistole während der Tat im Gefrierbeutel verbleibt. Der wird erst hinterher entfernt. Dann sind da noch die Haare, die Hautschuppen und der Speichel. Allein das müsste reichen. Obendrein wird es am Tatort nach einem Sexualdelikt aussehen. Marlene hat auch in diesem Punkt recht. Es rundet das Bild ab, weist noch deutlicher in Menzels Richtung.

Zweihunderttausend Euro. Irgendwo hin, wo es sich günstig leben lässt – Thailand, Sri Lanka. Er könnte Tauchkurse geben, meereszoologische Führungen, oder es noch mal im Bereich Umweltanalyse probieren – diesmal mit anständiger Laborausstattung. Und vielleicht würde er ja auch wieder eine Frau kennenlernen, mit der er in einem Bett schlafen will.

Nur noch wenige Stunden. Willing ist froh, dass Marlene den Anfang gemacht hat. Es ist immer besser, wenn ein anderer beginnt, sagt er sich.

Er weiß jetzt: Das ist die Chance seines Lebens.

Diese Szene bringt keine neuen Erkenntnisse. Dass Willing innerlich zerrissen gewesen sein muss, ist angesichts dessen, was er zu diesem Zeitpunkt bereits hinter sich hatte und was ihm noch bevorstand, klar. Und dass es an irgendeinem Punkt galt, eine endgültige Entscheidung zu treffen, ebenfalls. Wie auch immer: Auf dem Abrechnungsbogen eines »Hotel zum Bären« geht es weiter.

5. GRETE WISMARS TOD

Ort:	*Anwaltskanzlei von Dr. Benno Gutperl.*
Zeit:	*Vier Tage nach Viktor Menzels Entlassung, Montagmorgen.*
Personen:	*Matthias Willing und Grete Wismar, 26, Rechtsanwaltsgehilfin.*

Willing handelt exakt nach Plan. Er öffnet die Tür zur Kanzlei, tritt ein, geht in zügigem Tempo durch den Wartebereich und reißt die Tür zum Sekretariat auf. Er betritt es und feuert sofort einen Schuss auf die überrascht dreinblickende Frau ab. Die bricht auf der Stelle zusammen. Aber er ist nicht sicher, welche Körperpartie er getroffen hat. Er setzt nach und schießt der nun auf dem Boden Liegenden mitten ins Gesicht.

Jetzt muss sie tot sein. Es war leichter als gedacht.

Sie ist eine hübsche Frau gewesen. Das bestätigt sich beim Aufreißen von Bluse und BH. Für den Bruchteil einer Sekunde kommt ihm sein Handeln unfassbar vor. Aber er ermahnt sich zur Konzentration, und sofort gilt seine Aufmerksamkeit wieder nur mehr der Sache. Er schiebt den Rock hoch und zerreißt den Slip.

Im nächsten Moment verteilt er den Inhalt des Glasröhrchens auf Bauch und Brust des Leichnams. Und er verstreut einen Teil des Kuvertinhalts – nur wenige Haare, aber genug. Dann lässt er die Waffe aus dem Gefrierbeutel gleiten – vorsichtig, unweit von der Toten. Schließlich steckt er die entleerten Behältnisse ein und verlässt die Kanzlei, ohne hinter sich abzuschließen – wie mit Marlene besprochen.

Zweihunderttausend Euro in acht Minuten.

Erst zu Hause wird ihm bewusst, was er getan hat. Von nun an ist er ein feiger Mörder. Wann immer er künftig in den Spiegel schauen oder über sich nachdenken wird, wird das Objekt seiner Betrachtung ein Mensch sein, der einer jungen Frau Gesicht und Leben zerschossen hat. Und ihr zerstörtes Antlitz wird ihm selbst bei geschlossenen Augen zeitlebens gegenwärtig sein. Er hat seine Unschuld gegen Geld verkauft.

Und dann gehen die Nerven mit ihm durch. Er heult und zittert und fragt sich: Habe ich wenigstens alles korrekt ausgeführt? Er weiß es nicht. Er versucht, sich zu erinnern. Aber es gelingt ihm nicht. Er sieht nur aufgerissene Augen und Blut, und hört das Ratschen von zerreißender Kleidung.

Er wird nie wieder schlafen können, denkt er und legt sich ins Bett.

Bald darauf schläft Willing.

Puh. An dieser Stelle bleibt mir die Luft weg, und in mir steigen Bilder auf, die ich nicht sehen möchte. Ich stelle mir geradezu plastisch vor, wie es sich anfühlen muss, ein Mörder zu sein, zudem einer, der einem Menschen aus der Distanz und mit zwei simplen Beugungen des Zeigefingers *alles* nimmt. Keine andere Methode, glaube ich, ist kälter und unpersönlicher als das Erschießen. Es muss ein verdammt schäbiges Gefühl sein, jemandem auf diese Weise das Leben zu nehmen. *Du bist es nicht mal wert, dass ich meine Hände gegen dich einsetze, eine List gebrauche oder gar eine spezielle Technik anwende.*

Ich gehe wieder an den Schreibtisch zurück, ich lese weiter.

Am Nachmittag ist alles leichter. Willing hat Aufgaben. Er muss Marlene anrufen, sich mit ihr treffen. Sie müssen sich besprechen. Und wenn seine Frau nach Hause kommt, muss er Matthias Willing sein, der unveränderte – der, der die Wäsche abhängt, ein Abendessen bereitet und hinterher mit ihr fernsieht.

Schließlich ruft er Marlene an. Aber die ist kurz angebunden. Sie kann momentan nicht reden. Die Polizei ist bei ihr. Jetzt schon? Willing schnürt es den Hals zu, und ihm dämmert: Er hat sich über das Hinterher wohl doch nicht genug Gedanken gemacht. Immerhin hat Marlenes Mann die Tote gefunden. Und er ist ihr Arbeitgeber. Die Polizei muss ihn also verhören – und somit selbstverständlich auch Marlene. Sie werden viele Fragen haben. Hat sich die junge Frau in letzter Zeit anders verhalten? Hatte sie Feinde? Hat ihr jemand nachgestellt? Vermutlich weiß die Polizei inzwischen, dass sie ein Verhältnis mit Gutperl hatte. Zumindest werden sie was ahnen. Wie würde das bewertet? Wäre Gutperl dann verdächtig? Egal, sie haben eindeutiges Spurenmaterial und werden schon bald wissen, wen sie zu suchen haben. Marlene dürfte jedenfalls keine Probleme haben – sie hat ein Alibi.

Willing weiß: Er muss sich beruhigen. Bisher ist alles nach Plan verlaufen – das bleibt auch so.

Am Abend ist er noch immer unruhig. Diese Ungewissheit. Marlene kann ihn offenbar noch immer nicht anrufen, und ihm fehlt der Mut, sich erneut bei ihr zu melden. Was, wenn ein Polizist den Hörer abnimmt? Wecke nie schlafende Hunde!

Seine Frau will nicht zu Abend essen, will auch nicht fernsehen. Sie hat Migräne. Es war ein verheerender Arbeitstag, klagt sie. Sie wäre beinahe früher nach Hause gegangen. Er hat keine Lust, sich für ihr Gerede zu interessieren und rät ihr, früh zu Bett zu gehen – vor allem, weil er Ruhe zum Nachdenken braucht.

Schlafen wird er diese Nacht nicht.

Hass, Gier und Verzweiflung in entsprechender Dosis befähigen offenbar jeden, einen Mord zu begehen. Und mir wird klar: Willing ist genau eine dieser Figuren, die ich kreieren müsste, wenn ich mich zukünftig mit dem Schreiben von Krimis versuchen wollte. Natürlich gibt es ausgebuffte Profikiller, für die das Töten zum Alltag gehört. Es gibt auch Menschen aus sozialen Milieus, in denen Gewalt auf der Tagesordnung steht und für die der Schritt hin zum Mord eher klein sein dürfte. Dass solche Leute am Schluss einer Story den Kürzeren ziehen, ist nur recht und billig. Weit interessanter sind jedoch Figuren, die eines Morgens vor ihr mühsam zusammengespartes Eigenheim treten, einen letzten Blick auf die Gartenzwerge und den frisch gemähten Rasen werfen, kurz in ihre Aktentasche schauen, ob sie die Axt auch wirklich dabei haben, und dann nicht, wie üblich, zur Arbeit, sondern in die entgegengesetzte Richtung fahren. In solchen Fällen stellt man sich die Frage nach dem »Was ist passiert?« und dem »Was wird geschehen?«, und nicht wenige dieser Typen sind trotz allem sympathisch, was auf ihr künftiges Schicksal gespannt macht. So geht es mir mit Willing zwar nicht unbedingt, aber auch diese Geschichte hat einen Fortgang, und den will ich erfahren.

Es scheint kein glücklicher zu sein, denn der sechste Teil der Handlung setzt am nächsten Morgen ein und ist mit *»ALBTRAUM«* übertitelt.

DOPPELMORD IN AWALTSKANZLEI!
INHABER UND GEHILFIN ERSCHOSSEN

Willing kann nicht glauben, was er liest. Die Nachrichtenblätter berichten, dass eine Briefbotin gestern Morgen gegen halb zehn zwei Leichen im Sekretariat einer Anwaltskanzlei entdeckt hat. Bei den Toten handle es sich um eine Frau und einen Mann. Die Frau, Grete W. (26), wurde mit zwei Pistolenschüssen, und der Mann, Dr. Benno G. (44), Inhaber der Kanzlei, mit einem Schuss aus derselben Waffe niedergestreckt. Marlene G., die Ehefrau des getöteten Anwalts, wurde daraufhin sofort benachrichtigt. Sie arbeitete zur Tatzeit in ihrem Schmuck- und Modewarengeschäft. Ihr fehlt jede Erklärung für das grausige Geschehen. Auch die Kriminalpolizei tappt im Dunkeln, denn aus der Kanzlei wurde nichts entwendet. Aufgrund der Spurenlage und des Zustands der weiblichen Leiche muss am ehesten auf ein vereiteltes Sexualdelikt geschlossen werden, weshalb man von einem männlichen Täter ausgeht. Zum Tathergang gibt es erste Hypothesen. Dr. G. ist Grete W. möglicherweise zu Hilfe geeilt, als sich der Täter an ihr vergehen wollte – oder er hat sie gefunden, als sie bereits tot war. Jedenfalls muss sich der Täter noch im Raum aufgehalten haben, denn Dr. G. wurde aus unmittelbarer Nähe von hinten erschossen. Zur endgültigen Klärung des Tathergangs stehen weitere Untersuchungen an.

Willing schlägt das Herz bis zum Hals. Er glaubt, sich in einem Albtraum zu befinden. Aber er versucht erst gar nicht zu verstehen, was geschehen ist. Er weiß, es würde ihm nicht gelingen. Stattdessen rasen Bilder vor seinem geistigen Auge vorbei. Ist es tatsächlich möglich, dass da jemand im Büro war? Nein, weiß er, und nochmals nein. Einmal hat er sich sogar umgedreht, daran erinnert er sich. Und der pneumatische Türschließer hat die Bürotür automatisch hinter ihm geschlossen. Es konnte sich also niemand hinter einer offen stehenden Tür verbergen. Auch sonst gibt es in dem Raum keinerlei Versteckmöglichkeiten. Wo also soll jemand gestanden haben? Und wer soll da gestanden haben? Nein, der Täter muss später in die Kanzlei gekommen sein, als Willing schon weg war und noch bevor Gutperl sie betreten hat. Und dann? Es hat keinen Sinn; Willing kriegt es nicht zusammen. Und nun denkt er an Marlene: Wie muss es ihr erst ergehen? Sie muss gerade die Hölle auf Erden erleben. Deshalb hat sie sich gestern auch nicht gemeldet.

Von einem Moment auf den anderen hat sie ausgerechnet den Menschen verloren, den sie über alles geliebt hat. Nur für ihn hat sie all diese Grenzüberschreitungen begangen, für ihn, den sie wieder ganz für sich haben wollte. Und nun? Nun hat ihn jemand ... Willing zuckt zusammen. Sie denkt doch hoffentlich nicht, dass er ...? Er muss sofort zu ihr – auf der Stelle!

Marlene öffnet ihm die Haustür. Sie sieht mitgenommen aus, beinahe verwahrlost. Sie muss die ganze Nacht geweint haben. Ihre Augen sind rot unterlaufen und an den Rändern stark geschwollen. Sie sagt, sie kann noch immer nicht reden. Ihre Stimme klingt ungewohnt dünn und brüchig. Plötzlich erscheint ein Mann in der Tür. Er weist sich als Kripobeamter aus und fragt, wer er, Willing, denn sei. Ein Nachbar, antwortet der, einer, der soeben das Unfassbare in der Zeitung gelesen hat und kondolieren wolle. Später bitte, sagt der Mann, nicht jetzt.

Willing möchte auf dem Weg zu seinem Haus am liebsten laut schreien. Diese unerträgliche Anspannung hält er bald nicht mehr aus. Er ist schon jetzt am Ende, befindet sich am tiefsten Punkt seines Lebens. Hätte er das alles geahnt, dann hätte er niemals ...

Ich lege das Blatt zur Seite, nehme gleich das nächste – hellblau mit abgerissener Ecke unten rechts und kaffeebraunen Flecken am linken Rand.

7. ERWACHEN

Ort:	*Willings Haus.*
Zeit:	*Selber Tag, später Nachmittag.*
Personen:	*Matthias Willing, Sandra Willing und zwei Kripobeamte*

Seine Frau ruft nach ihm. Es stehen zwei Herren an der Tür, die mit ihm sprechen wollen. Willing ahnt, um wen es sich handelt, spürt es in der Magengrube. Und tatsächlich: Den einen der beiden kennt er.

»Guten Tag, ich komme von der Kripo. Wir haben uns heute Vormittag bereits gesehen. Sie kennen die Gutperls näher?«

Willing fällt das überraschte Gesicht seiner Frau auf.

»Nicht näher. Wir sind ... nun ja – Nachbarn.«

»Wo waren Sie gestern Morgen?

Willings Herz beginnt zu rasen. So schnell? Das Alibi war als letzte Reserve gedacht.

»Zuerst zu Hause. Dann hab ich eine Besorgung gemacht. Danach war ich wieder daheim.«

»Aha. Eine Besorgung. Was? Wann? Wo?«

»Ich hab ein Geburtstagsgeschenk für meine Frau gekauft. Etwa gegen neun. Bei Frau Gutperl. Sie betreibt eine Schmuck- und Modeboutique.«

Wieder blickt seine Frau verwundert drein.

Der Mann führt ein Handy ans Ohr. Er ruft bei Marlene an, fragt, ob Willing gestern Morgen bei ihr im Geschäft war. Dann schaltet er das Ding wieder aus.

»Frau Gutperl war gestern Morgen zusammen mit einer Angestellten in ihrem Geschäft. Sie hatte zu der Zeit Kunden, aber an Sie kann sie sich nicht erinnern.«

Willing reißt sich zusammen. Offenbar hat Marlene die Frage falsch verstanden. Ruhe bewahren!

»Vermutlich der Schock. Ich hab sogar was bei ihr gekauft. Einen Ring. Den kann ich Ihnen zeigen, wenn Sie möchten.«

»Frau Gutperl hat berichtet, Sie hätten vor ein paar Tagen Streit mit ihrem Mann gehabt. Dabei soll es auch um einen Ring gegangen sein. Den habe sie Ihnen angeblich überteuert verkauft. Und bei dieser Auseinandersetzung seien Sie handgreiflich geworden.«

»Was?«

»Ja. Und sie gibt an, beobachtet zu haben, dass Sie ab und an auch mal gegen Ihre Frau vorgehen.«

Seine Frau lacht, scheint das amüsant zu finden, aber Willing steht vor Empörung der Mund offen. Das haben sich die Kerle ausgedacht. Oder hat der Tod ihres Mannes Marlene um den Verstand gebracht? Nein, ahnt er jetzt – es ist völlig anders. Es ist sogar ganz offensichtlich. Sie macht ihn für die Ermordung ihres Mannes verantwortlich, will ihn verleumden, will nicht zahlen! Das ist es! Aber jetzt geht's erst mal ums Überleben.

»Sie müssen noch mal nachhaken. Ich war bei Frau Gutperl. Sie persönlich hat mir den Ring verkauft.«

»Zeigen Sie uns den?«

Willing ist froh über den Richtungswechsel. Er führt die Männer ins Schlafzimmer. Aber der Ring liegt nicht im Schrank. Er ist dicht davor, den Verstand zu verlieren.

»Eine Quittung?«

Das ist der Schwachpunkt. Marlene hatte sie ihm noch nicht zukommen lassen.

Und nun? Nun wird wohl kaum mehr damit zu rechnen sein.

Willing ist nass geschwitzt. Dann kommt ihm der rettende Gedanke.

»Ich weiß momentan nicht, wo sie sich befindet, aber der Bezahlvorgang muss ja in der Ladenkasse gespeichert sein.«

»Gut. Wir werden das prüfen. Wir müssen Sie aber trotzdem bitten, mit zur Dienststelle zu kommen.«

Willing will sich nicht noch verdächtiger machen. Er folgt den Männern.

Auf dem Präsidium lauern Überraschungen auf ihn. In der Ladenkasse von Frau Gutperl ist um die Tatzeit herum kein entsprechender Bezahlvorgang registriert worden. Sie behauptet auch, dass Willing zwar tatsächlich einen Topasring bei ihr gekauft habe, dass das aber bereits zwei Wochen zurückliege. Das kann sie per Kassenregistrierung belegen. In der Woche darauf sei Willing zudem in der Kanzlei ihres Mannes gewesen. Dort habe er sich von Frau Wismar, der Sekretärin ihres Mannes, einen Beratungstermin zwecks Ehescheidung geben lassen. Tage später habe sich die junge Frau bei ihrem Mann beschwert, weil Willing ihr von diesem Zeitpunkt an nach Dienstschluss wiederholt nachgestellt und obszöne Anträge gemacht habe. Ihr Mann habe Willing deshalb Hausverbot erteilt. Das muss Willing aufgebracht und wohl auch zu dem unhaltbaren Vorwurf veranlasst haben, dass Frau Gutperl ihn hinsichtlich des Topasringes betrogen habe.

»Alles völlig idiotische Behauptungen. Merken Sie das nicht?«

Das beeindruckt die Kripobeamten nicht. Sie nehmen Fingerabdrücke und Speichelproben von Willing. Das beeindruckt den wiederum nicht.

Aber schon kurz darauf steht fest: Die Spurenexperten haben am Tatort Haare und kleinste Hautpartikel von ihm entdeckt. Zudem gehörte ein benutztes Papiertaschentuch, das man neben dem Körper der Leiche fand, ebenfalls ihm, was eine Analyse der darin befindlichen Sekrete ergab. An der Tatwaffe gibt es keine Fingerabdrücke, aber er wird Handschuhe getragen haben. Der Tathergang ist denkbar leicht zu rekons-

truieren. Willing hat die junge Frau getötet und danach entkleidet. Dass es nicht zu sexuellen Handlungen kam, lag vermutlich daran, dass Gutperl ziemlich bald in die Kanzlei kam. Willing hat sich also neben der Bürotür verschanzt und gewartet, bis der Anwalt das Sekretariat betrat. Als dieser seine Angestellte am Boden liegen sah, ist er sofort zu ihr geeilt und hat sich helfend über sie gebeugt. Dabei hat Willing ihn von hinten erschossen. Er ist eindeutig der Mörder beider Personen!

Willing ist fassungslos. Er weiß, dass er höchstpersönlich Menzels Spurenmaterial auf dem Leichnam verteilt hat. Wie also soll seines dorthin gekommen sein? Und dieses Taschentuch! So etwas trägt er nie bei sich. Außerdem: Von den verteilten Speichelspuren war nicht einen Moment die Rede. Haben sie etwa nicht danach gesucht? Soll er danach fragen? Egal, denkt er, denn er weiß: Er steht mit dem Rücken an der Wand. Dank Marlene ist sein Leben für immer verpfuscht. Somit ist ihm ihres erst recht egal. Er verrät sie, berichtet von ihrem teuflischen Plan, dem Brief in die Haftanstalt, dem vergifteten Wein, ihrem Mord an Menzel, dem entwendeten Spurenmaterial und der Leiche im Wald.

Die Kripobeamten gehen der Sache nach.

Stunden später treten sie Willing gegenüber. Weder am Leichnam der Sekretärin noch in ihrer unmittelbaren Umgebung fand man Speichel. Und was Menzel betrifft: Laut Anstaltsleitung sei für ihn in den letzten vier Jahren vor seiner Entlassung keinerlei private Post eingegangen, erst recht nicht von einer Frau Gutperl. Und die bestreitet Willings Vorwürfe vehement. Außerdem hat sie für den Morgen, an dem der Ex-Sträfling entlassen und ermordet worden sein soll, Alibis. Sie war bei einer Baufirma gewesen, um dort Schäden anzuzeigen, die beim Abbau eines Gerüsts an der Fassade ihres Hauses entstanden sind. Anschließend hat sie in einem Café gefrühstückt. Das wurde von einer Serviererin bestätigt. Und im Wald, unter dem Boden des Erdsitzes, fand die Polizei weder eine Leiche noch Hinweise darauf, dass dort je eine gelegen hat.

Hier endet das Material. Ich spüre, wie mir gleichzeitig heiß und kalt wird. Willing ist von Marlene nach Strich und Faden verarscht worden, so viel steht fest. Gleichzeitig überkommen mich Zweifel, denn dann hätte Marlene *alles* von vornherein und bis ins Detail geplant haben müssen – einschließlich der Ermordung ihres Mannes. Allerdings hätte sie Willing dann gleich auf *ihn* ansetzen können. Das hat sie aber nicht mal versucht. Und sie selbst? Sie hat *diesen Mord* definitiv nicht begehen können, denn in dem Fall befand sie sich während der Tatzeit gemeinsam mit einer Angestellten in ihrem Laden.

Dennoch: Sie hat Willing übel verleumdet. Warum? Nur, weil sie *glaubte,* dass er ihren Mann getötet hat? Aus Verzweiflung also? Aus Rache? Oder aus knallhartem Kalkül, weil sie *eben doch* in erster Linie die Ermordung ihres Mannes ins Auge gefasst hatte, für Willing aber von Anfang an nicht die Rolle des Täters, sondern die des Sündenbocks vorgesehen war?

Aber aus welchem Grund hätte sie sich ein derart umständliches Konstrukt erdenken sollen und – *wer* könnte ihren Mann dann tatsächlich umgebracht haben?

Rätselhaft ist auch Marlenes Alibi im Fall Menzel. Sie ist bei dessen Ermordung eindeutig die Hauptakteurin gewesen. Wenn man die idiotischste aller Erklärungen, nämlich die Existenz einer Doppelgängerin, weglässt, ist es schlichtweg schleierhaft, wie sie sich zur selben Zeit woanders hatte aufhalten können. Und wenn sie, wie die Polizei herausfand, Viktor Menzel *nicht* in die Haftanstalt geschrieben hat, wie war *der* dann auf die Idee gekommen, am Tag seiner Entlassung ausgerechnet Willings Adresse aufzusuchen? Und was in Herrgottsnamen geschah mit seinem Leichnam?

Eines steht fest: Hier handelt es sich um eine Tragödie, in der es am Ende eine ausreichende Zahl an Verlierern gibt. Und damit ist es aus meiner Sicht ein guter Erzählstoff, auch wenn ich die Ansicht des Verfassers nicht teile: Ich halte das geschilderte Verbrechen nämlich nicht für perfekt. Bei einem perfekten Verbrechen, so finde ich, gibt es mindestens eine Person, für die letztendlich tatsächlich alles perfekt ausgeht. Aber die kann ich hier nicht erkennen, es sei denn: Marlene hat den Tod ihres Mannes doch gewollt.

Interessant ist auch die Frage, woher der kleine Mann die Story eigentlich hat. Er besitzt außerordentlich detaillierte Kenntnisse von den Tathergängen, und er behauptet obendrein, es handle sich um einen authentischen Fall. Hat er Matthias Willing demnach kennengelernt, ihn befragt, ihn interviewt? Oder war er bei den Strafprozessen gegen ihn anwesend? Als Zuschauer? Als Fachmann möglicherweise? Bei den Verhandlungen hat Willing die Tatabläufe mit Sicherheit schildern müssen, oder Experten haben sie rekonstruiert. Oder hat ihm, was mir wenig wahrscheinlich erscheint, Marlene Gutperl Einblicke in den Fall gewährt?

Egal. Was ich vor mir liegen habe, ist der Stoff für ein Drama, und ich bin überzeugt, dass sich daraus was machen ließe. Es müsste natürlich daran gearbeitet werden; ein Subplot, also eine Geschichte um den Fall herum, erdacht werden, und die Figuren bräuchten mehr Kontur. Die inneren und äußeren Konflikte der Hauptakteure sollte man deutlicher herausarbeiten, und den Wahnsinn, in den Willing im Laufe der Handlung gerät, könnte man bestimmt bildhafter darstellen. Vor allem muss am Ende eine Lösung für all jene Fragen stehen, die momentan noch offen sind.

Ich sehe die Unterlagen noch mal durch. Dabei entdecke ich nichts Neues, keinen Hinweis, den ich beim ersten Durchlauf übersehen haben könnte. Gutperls Mörder bleibt mir verborgen.

Hat der kleine Mann nicht behauptet, dass er seine Aufzeichnungen an diesem Morgen noch einmal durchsehen wollte? Fehlen demnach Teile? Liegen noch weitere Schriftstücke in seiner Aktentasche? Oder ist das rätselschwangere Ende beabsichtigt, weil er glaubt, auf diese Weise Spannung beim Leser erzeugen zu können? Vielleicht plant er ja, den Stoff irgendwie an den Mann zu bringen und will so das Interesse daran vergrößern. Dagegen spricht allerdings die Form. Auch einem Laien wie ihm dürfte klar sein, dass die Vorlage solch einer Zettelwirtschaft das vorzeitige Aus für seine Geschichte bedeuten könnte.

Umso mehr muss ich zugeben, dass ich neidisch bin. Der Blödsinn, den ich bislang verzapft habe, befindet sich sauber formatiert und als Datei erfasst auf meinem PC. Wäre mir stattdessen ein Fall wie dieser eingefallen, dann wäre ich erheblich weiter.

Eigentlich hat er mir das Material geschenkt. Wird er dabei bleiben? Das kann ich mir nur schwer vorstellen. Hoffentlich plant er keine Zusammenarbeit mit mir. Dass ich mir die Finger wund tippe, war schon in der Vergangenheit kein Garant für erfolgreiche Ergebnisse. Und bei einer Kooperation würde ich mich nicht nur für das Misslingen meiner eigenen Arbeit verantwortlich fühlen, sondern auch noch für das Verhunzen dessen, was er mir an Material zur Verfügung gestellt hat. Das könnte ich gerade noch gebrauchen. Ich hab schon genug Probleme.

5. Kapitel

Ein wichtiges Problem ist zum Beispiel, dass es kurz vor zwölf ist. Ich werde mich beeilen müssen, um die Kinder rechtzeitig von Kindergarten und Schule abzuholen. Und einkaufen muss ich auch noch. Die Vormittage rasen nur so dahin. Irgendwann muss gekocht werden, und erst, wenn Carola von der Arbeit kommt, kann ich daran denken, mit dem Schreiben zu beginnen – wenn es was zu schreiben gibt. Aber selbst dann ist nicht gesagt, dass ich auch tatsächlich zum Zuge komme, denn mitunter muss sie noch Hausaufgaben und Klassenarbeiten korrigieren. Dann bin ich wieder eingespannt.

Ich frage mich, wie das andere Autoren machen. Sind die alle Singles? Haben die keine Kinder? Oder haben die Partner, die alles erledigen?

Diese und ähnliche Fragen gehen mir auch jetzt, während der Fahrt zum Kindergarten, durch den Kopf. Ab wann können sich Kinder eigentlich völlig unbeaufsichtigt mit sich selbst beschäftigen? Wann werde ich morgens wieder aufstehen und den ganzen Tag lang schreiben können? Im Moment ist jedes Projekt – selbst bei allerbester Zeitplanung und konsequentem Einhalten von »Bürozeiten« – dazu verdammt, sich bis zum Sankt-Nimmerleins-Tag hinzuziehen.

Anfangs war es leicht gewesen. Carola hatte sich nach Imkes Geburt Erziehungsurlaub genommen und die Bücher, die ich bis dahin geschrieben habe, wurden immerhin so gut verkauft, dass unser gemeinsames

Einkommen reichte. Und ich habe sogar noch schreiben können. Als Thorben auf die Welt kam, wandelte sich das Blatt. Seither geht nichts mehr. Und nun? Ich bin vierunddreißig. Soll ich mit dem Schreiben warten, bis ich vierzig bin? Einen neuen Beruf erlernen? Noch mal studieren? Das ist Unfug. Selbst das ginge im Moment nicht.

Im Auto riecht es nach vergorenem Obst. Auch etwas, das Leute ohne Kinder nicht kennen: hingeworfene und liegen gelassene Bananenschalen, Apfelgriebse und klebriges Bonbonpapier im Fußraum und auf der Sitzbank im Fond. Ich greife hinter den Beifahrersitz und fasse tatsächlich sofort in etwas Matschiges hinein. Laut fluchend ziehe ich meine Hand zurück und betrachte meine Finger – braunes Bananenfruchtfleisch. Aber ich komme gar nicht dazu, noch mal loszuwettern, denn von vorn strahlt mir das grelle, rhythmisch blinkende Licht zweier orangefarbener Leuchten ins Gesicht, und ich stelle entsetzt fest, dass ich soeben im Begriff bin, auf ein stehendes Fahrzeug aufzufahren. Reflexartig greife ich mit beiden Händen nach dem Lenkrad und trete mit aller Gewalt auf die Bremse. Die Reifen quietschen schrill, und eine gewaltige Kraft schiebt mich nach vorn, bis sich der Gurt in meine Schulter zu fressen scheint. Dann gibt es Gott sei Dank einen heftigen Ruck und ich falle wie ein voller Mehlsack in den Fahrersitz zurück. Mein Wagen ist zum Stillstand gekommen. Gerade rechtzeitig, wie ich sehe, denn noch ein paar Zentimeter weiter, und ich wäre direkt in einen schweren, am Straßenrand stehenden, Bautransporter hineingebrettert. Mein Herz hämmert wild gegen den Brustkorb, und ich sehe, dass meine Arme zittern. Außerdem bemerke ich, dass meine Hände das Lenkrad im Zangengriff halten und die Fingerknöchel kalkweiß hervortreten. Ich muss mich regelrecht zwingen, den Griff zu lockern. Dabei schaue ich apathisch zu, wie zerquetschtes, überreifes Bananenmark tropfenweise vom Lenkrad herab auf meine Hose kleckert. Jetzt erst wage ich, den ersten Atemzug zu machen. Es klingt wie ein Seufzen, aber das höre ich kaum, da hinter mir heftig gehupt und vor mir laut geschimpft wird. Ob bei mir noch alle Tassen im Regal ständen, keift mich ein bierwanstiger Kerl im blauen Overall an. Er hebt zwei lange Metallstangen auf die Pritsche des Transporters und zeigt mir einen Vogel. Glotz nach vorn, du Volltrottel, lautet die Empfehlung seines Kollegen, der oben auf der Pritsche steht und die ihm gereichten Stangen entgegennimmt, woraufhin ich seinem Rat folge und im Schritttempo und mit zittrigen Knien an dem Baufahrzeug vorbeifahre.

Ich komme mal wieder zu spät. Um das zu erkennen, muss ich nicht auf die Uhr sehen – das Gesicht der Kindergartenleiterin spricht Bände. Und dass sie sich mit Thorben auf dem Fußweg vor dem Kindergarten postiert hat, ist schon geübte Tradition. Die dünne Bohnenstange liebt es, aller Welt zu demonstrieren, wie klein und verdammt arm ein Kind doch aussieht, das von seinen Eltern vernachlässigt und erst dann abgeholt wird, wenn die Spielkameraden längst die Geborgenheit ihres liebevollen Zuhauses genießen und ihr Köpfchen an die weiche Schulter ihrer Mama lehnen können. Die rachitische Zicke ist gut einsneunzig lang, und sie weiß verdammt genau um die Wirkung, den ihr anklagender Gesichtsausdruck und die Tatsache, dass ihr der Knirps, dem sie die Hand hält, gerade mal bis zu den Knien reicht, erzielt. Einsam und von allen verlassen am Straßenrand stehend, gibt das ungleiche Paar ein weithin sichtbares Mahnmal wider die seelische Grausamkeit an Kindern ab.

Kaum dass ich angehalten und die Beifahrertür geöffnet habe, fängt sie auch schon an zu zetern. »Herr Semmler, ich dachte, wir hätten schon öfter darüber ...«

»Hallo, Papa«, unterbricht Thorben die Schabracke sogleich freudig rufend. »Guck mal, was ich habe.« Er befreit sich aus ihrer Hand und läuft auf die Beifahrertür zu. »Guck, da drüben.« Dabei deutet er auf die Eingangstür des Kindergartens. Davor steht ein riesiger, mit Wasserfarben bemalter Gemüsekarton.

»Andere Eltern schaffen es schließlich auch ...«

»Was soll das denn sein?«, frage ich Thorben.

»Ein Aquarion. Da tut man drin angeln.«

»Aha. Hast *du* das etwa gebastelt?«

»Wir bemühen uns täglich, den Bedürfnissen der ...«

»Ja. Fast ganz mit niemandem.«

»Wow, sieht ja gigantisch aus. Und das Ding soll jetzt mit nach Hause?«

»Klar.«

»... und wenn ich noch mal daran erinnern darf, Herr Semmler. Auch die Eltern sind aufgerufen, sich ...«

Ich steige aus, gehe hastig um das Auto herum, schnappe mir das monströse Pappgebilde und verstaue es eilig auf dem Beifahrersitz. Dann lasse ich Thorben von der Fahrerseite aus hinten einsteigen und gurte ihn im Kindersitz an. Schließlich steige auch ich ein und starte den Motor. »Tschüss, Frau Seifenheimer-Piesecke«, rufe ich ihr zum Abschied zu.

»Ich muss noch meine Tochter holen. Wir reden irgendwann in aller Ruhe, vielleicht bei 'nem Glas Bier. Okay?«

Im Rückspiegel sehe ich, dass sich ihr Mund zu einem fadendünnen Strich geformt hat.

Bei Imke geht's leichter. Die ist mit zwei Klassenkameradinnen auf dem Schulhof zugange. Sie spielen Gummitwist. Ich rufe nach ihr. Sie hört mich zwar erst beim dritten Mal, aber dann kommt sie herbeigerannt.

»Hallo Imke.«

»Hallo Papa.«

Es geht sofort weiter zum Supermarkt, und als ich auf den überfüllten Parkplatz einfahre, fragt mich Imke, ob ich wisse, was der Schatz des Kilaboras sei.

»Du, ich muss erst eine Parklücke suchen«, antworte ich und merke dabei, dass ich ein bisschen gestresst bin, »aber der Penner vor mir weiß noch nicht, ob er vorwärts oder rückwärts einparken soll. Nee, ich hab keine Ahnung.«

»Irgendwas mit Akarat und Zekarat.«

Endlich hab ich einen freien Platz gefunden. »Du meinst aber nicht den Satz des Pythagoras, oder?«, frage ich jetzt.

»Doch, so hieß der. Danach hat unser Lehrer heute gefragt. Er wollte mal testen, was wir schon so alles wissen.«

»Was? Ihr seid doch gerade erst eingeschult worden.«

»Die Beverley hat's gewusst. Und der Lehrer hat ihr dafür zwei Smileys ins Klassenbuch eingetragen.«

»Schön.« Etwas Gescheiteres fällt mir dazu nicht ein. »Beverley, sagst du?«

»Ja, Beverley Hauptmann.«

»Hm. Und? Habt ihr auch einen Kevin in der Klasse?«

»Zwei.«

Ich weiß: Imke und Thorben klingt auch abgewetzt, aber zu dieser Namensgebung hat uns immerhin Carolas norddeutsche Herkunft legitimiert.

»Okay, wir müssen raus, Leute«, sage ich. »Heute gibt's Spaghetti mit Hackfleischsoße. Wir teilen uns auf. Freitags ist immer viel los. Ich stell mich an die Fleischtheke, und ihr sucht den Rest zusammen.«

»Salat etwa auch?«, fragt Imke nach und verzieht angewidert ihr Gesicht.

»Logisch.«

»Mist. Und was machen wir, wenn wir an ein Regal nicht rankommen?«

»Dann fragen wir halt einen Verwachsenen«, antwortet Thorben.

»Kriegen wir auch was zu naschen?«

»Nö.«

»Mit Mama macht's mehr Spaß.«

Das kann ich nun, ein paar Stunden später, nicht behaupten. Soeben kam Carola vom Dienst heim – mit einer Hiobsbotschaft im Gepäck.

»Meine Eltern haben ihre Wochenendtour abgesagt. Wir können sie also doch besuchen.«

»Nein, bitte nicht.«

»Super. Oma und Opa besuchen. Juhu«, schreien die Kinder unisono.

Carola versucht mich zu beschwichtigen. »Komm, Jörg, sei froh. Gerade erst hast du wieder in den normalen Tag- und Nachtrhythmus zurückgefunden. Jetzt solltest du dir ein bisschen Pause gönnen. Entspann dich. Ab Montag legst du voll los.«

6. Kapitel

Er sitzt schon da, mit dem Rücken zum Eingangstor des Burghofs, und diesmal, aus der Entfernung, kann ich erkennen, wie klein der Mann wirklich ist. Die Bierbank, auf der er sitzt, wirkt geradezu riesig, denn seine Fußspitzen erreichen nur knapp den Boden. Als ich mich ihm nähere, sehe ich zudem, dass er auffällig abstehende Ohren und bereits einen Ansatz zum Buckel hat, was mir das letzte Mal nicht auffiel. Wieder imponieren seine sehnig muskulösen Arme, und diesmal kommt es mir so vor, als wäre ich ihm vor unserem Kennenlernen neulich schon einmal begegnet. Aber ich frage mich, bei welcher Gelegenheit das gewesen sein könnte. Den Aktenkoffer hat er auch wieder dabei.

»Guten Tag. Sind Sie schon länger da?«, frage ich, während ich auf ihn zugehe.

Der Mann scheint nicht bemerkt zu haben, dass sich ihm jemand nähert. Er dreht sich überrascht um. Jetzt, da er erkennt, dass ich es bin, rutscht er sofort von der Bank und steht auf.

»Ah. Sie sind's. Guten Morgen. Nein, ich bin erst seit wenigen Minuten hier. Freut mich, Sie zu sehen. Ich war mir nicht sicher, ob Sie wirklich kommen würden. Aber bitte, setzen wir uns. Ich bin gespannt, wie Ihr Urteil ausfällt.«

Ich nehme direkt neben ihm Platz und überreiche ihm sogleich die mit Schnur zusammengebundenen Dokumente. Er sieht mich enttäuscht an.

»Es hat Ihnen also nicht zugesagt.«

»Nein, das ist nicht der Grund. Ich bin nur nicht sicher, ob Sie mir das wirklich überlassen wollen.«

»Ich hab es Ihnen geschenkt. Dabei bleibe ich.« Der Mann gibt mir das Bündel zurück.

Ich seufze und schüttle den Kopf. »Ich verstehe Sie nicht. Sie haben mühevoll Fakten zusammengetragen, für die Sie möglicherweise aufwendig recherchiert haben, und nun wollen Sie das alles einfach aus den Händen geben. Machen Sie doch lieber was daraus. Es muss ja nicht gleich ein Roman sein. Vielleicht eine Kurzgeschichte oder Ähnliches.«

»Wäre das möglich?«

»Sicher. Sie müssten sich für das Ende natürlich noch etwas ausdenken, mit dem sich der Leser abfinden kann. Ungelöste Rätsel oder ungeschlossene Lücken sollten Sie besser nicht hinterlassen. Er kommt sich sonst verarscht vor.«

»Kamen *Sie* sich so vor?«

»Nun ja. Bei dem, was Sie aufgezeichnet haben, erscheinen Sie von Anbeginn an als intimer Kenner der Materie. Der Leser unterstellt Ihnen deshalb, dass Sie auch das Ende kennen. Zu Recht, denn Sie lassen ihn schließlich über eine lange Strecke recht ausführlich an verborgenem Wissen teilhaben. Obendrein stellen Sie ihm eine ausreichende Menge an Hintergrundinformationen zur Verfügung, damit er den teuflischen Plan, der sich hinter dem verbrecherischen Vorgang verbirgt, erkennt. Am Ende ist er zweifellos ergriffen, nicht nur, weil es viele Opfer gibt, sondern auch, weil alles zugunsten desjenigen ausfällt, der sich den gemeinen Plan erdacht hat.«

»Wie ich Ihnen gesagt habe: Die beste Idee ist immer die, dank der derjenige, der sie geboren hat, am Ende mit Gewinn überlebt.«

»Ich erinnere mich. Aber wenn Sie dem Leser das Privileg erteilen, ein Eingeweihter zu sein, dann können Sie ihm das am Schluss nicht einfach wieder wegnehmen und ihn wie Piksieben in der Landschaft stehen lassen. Sich im letzten Augenblick dazu zu entscheiden, die Hose doch nicht ganz runterzulassen, erweckt den Verdacht, dass alles Vorangegangene nur die Nabelschau eines Besserwissers war. Dass der Böse am Ende eins auf die Zwölf kriegt, mag ja schön sein, aber man möchte schon auch gern wissen, wie der noch viel Bösere das geschafft hat. Es gibt in dieser Geschichte drei Morde, aber nur für zwei einen Täter. Den dritten Mörder bleiben Sie schuldig. Und den Umstand, dass eine der Leichen spurlos verschwunden ist, klären Sie überhaupt nicht auf. Hinzu kommt, dass an einem der Tatorte Spuren wie von Geisterhand verändert wurden und dass ›The Very Bad‹ mit einem Mal Alibis für einen Vorgang hat, an dem er nachweisbar maßgeblich beteiligt war. Für all das möchte man eine Erklärung – sonst gibt's was mit der Rute.«

»Wer ist denn ›The Very Bad‹?«

»Marlene Gutperl natürlich.«

Der Mann sieht mich jetzt mit überraschtem Gesichtsausdruck an. »Wie kommen Sie denn darauf?«

»Na, hallo«, entgegne ich. »Es ist doch ganz offensichtlich, dass für sie von Anfang an die Ermordung ihres Mannes im Mittelpunkt gestanden hat. Denken Sie an all die Falschaussagen und Anschuldigungen gegen Willing. Die waren nur deshalb in sich schlüssig, weil sie Teil eines schon lange zuvor entworfenen und besonders perfiden Plans waren.«

»Aber sie hat ihren Mann doch geliebt.«

»Quatsch. Das hat sie Willing doch nur weisgemacht, damit der für sich nachvollziehen konnte, weshalb sie die Sekretärin aus dem Weg räumen wollte. Nein, ich bleibe dabei: Sie hat ihren Mann alles andere als geliebt. Im Gegenteil: Ihr Plan lautete von Angang an, ihn umzubringen. Macht auch Sinn, denn er hat sie betrogen, und im Falle seines Todes würde sie ihn beerben. Eine tote Nebenbuhlerin hätte ihr rein gar nichts gebracht. Und dass sie ein eiskalt kalkulierendes Frauenzimmer war, hat sie schon bei der Ermordung Menzels unter Beweis gestellt.«

»Also kein Mord aus Eifersucht, sondern aus Habgier?«

»Ja.«

»Hm. Aber sie hat ihren Mann erwiesenermaßen gar nicht umbringen können. Und Willing hat es auch nicht getan.«

Ich zucke mit den Achseln. »Sehen Sie, was ich meine? Es gibt zu viele Rätsel.«

Der Mann verzieht nun nachdenklich sein Gesicht. Dabei legt sich seine Stirn in tiefe Falten, und während seine Augen einen Punkt in der Ferne fixieren, wandern seine buschigen Augenbrauen in Richtung Nasenwurzel. Dabei zieht er hörbar Luft durch sein mächtiges Riechorgan. Endlich fällt mir ein, woher ich ihn zu kennen geglaubt habe, und im selben Moment denke ich, wie fies ich doch bin. Die letzten Abende habe ich meinen Kindern die Märchen vom Kleinen Muck und von Zwerg Nase vorgelesen. Würde man die Illustrationen meiner beiden Buchausgaben übereinander legen, wäre das Resultat genau diese Gestalt.

Kleiner Muck, kleiner Muck, ...
bist ein braver, kleiner Zwerg,
hast ein Köpflein wie ein Berg.
Schau dich einmal um und guck,
Lauf und fang uns, kleiner Muck!

Ich wehre mich gegen die Gemeinheiten, die meine innere Stimme produziert, aber vorhin am Frühstückstisch hat Imke ihren Bruder mehrere Male mit diesem Vers aufgezogen. Um mich abzulenken, frage ich den Mann, worüber er gerade nachdenkt.

»Ich denke über Sie nach.«

»Über mich?«

Er nickt. »Ja. Ich frage mich, was für einen Krimi Sie schreiben möchten. Oder besser: ob Sie überhaupt einen schreiben möchten.«

Ich lehne mich zurück und verschränke, ohne dass ich es will, meine Arme vor der Brust. Vermutlich, weil ich ahne, dass jetzt gleich etwas kommt, gegen das ich mich frühzeitig wappnen sollte. »Wie meinen Sie das?«, frage ich deswegen in verhaltenem Ton. »Ich war der Ansicht, Sie hätten mir das Material gerade deshalb überlassen, weil ich genau das vorhabe.«

»Ja, so hat es sich neulich angehört. Aber nun scheint mir, dass ich mich getäuscht habe. Ich hatte gehofft, dass Sie sich nach der Lektüre meiner Aufzeichnungen sofort in den Fall hineinhängen. Zumindest habe ich eine rege Debatte erwartet. Ich dachte, Sie würden mich mit Fragen bombardieren, würden mir alle möglichen Ungereimtheiten aufzeigen und mir wilde und abstrakte Vorschläge unterbreiten. Stattdessen begnügen Sie sich mit Erkenntnissen, zu denen jeder hätte gelangen können, fragen sich, warum das Ende so ist wie es ist, und geben sich damit zufrieden, aus der Geschichte zwei böse Figuren herauserkannt zu haben. Kurz und gut: Sie betrachten die Oberfläche und ärgern sich, dass da ein Loch ist, statt in dem Loch herumzubohren und nachzuschauen, ob sich die Schichten darunter von der obersten unterscheiden. Neugier nennt man das, und die, habe ich bislang geglaubt, sei Voraussetzung für kreatives Schreiben.«

Ich überlege, was ich erwidern könnte. Der kleine Mann sticht mich aus einer äußerst bequemen Position heraus genau dort an, wo es bei mir am meisten wehtut. *Er* hat nie behauptet, das Schreiben erfunden zu haben, aber er hat immerhin etwas zu Papier gebracht. Der Berufsautor Semmler, der nun gern seine Ehre verteidigen würde, hat indes nichts als weiße Blätter vorzuweisen. Und bei einem Konter mit Bezugnahme auf die mangelnde literarische Qualität seiner Vorlage würde ich mir ebenso einen Gesichtsverlust einhandeln, wie mit einer erneuten Kritik am Inhaltlichen, zumal der Mann für den Stoff, den er niedergeschrieben hat, nicht mal verantwortlich ist. Er hat lediglich einen authentischen Fall dokumentiert, und das für einen Laien nicht mal schlecht. Ich könnte also höchstens meine familiäre Situation in die Waagschale werfen, aber das ist privat. Es gibt aus meiner Sicht folglich nur eine Möglichkeit, sich aus dem eingeläuteten Duell zurückzuziehen: Ich greife in aller Ruhe nach dem Papierstapel neben mir und lege ihn meinem Banknachbarn behutsam auf den Schoß.

»Ich muss mich vor Ihnen nicht rechtfertigen«, merke ich dabei an. »Aber ich sehe ein, dass Sie mit Ihren Vorhaltungen nicht ganz unrecht haben. Sie haben mir Ihr Vertrauen geschenkt und in der Tat etwas angeboten, das mehr Aufmerksamkeit verdient hätte. Möglicherweise habe ich ...«

Ich werde abgelenkt. Unten im Stadtkern ist irgendwas los. Der grelle Klang mehrerer Martinshörner ertönt, und als ich genauer hinsehe, kann ich einen Streifenwagen erkennen, der in hohem Tempo und mit Blinklicht von Norden her die Hauptstraße entlang auf den Marktplatz zufährt. Ihm folgt ein Mannschaftswagen, und kurz darauf ist ein Notarztwagen zu sehen. Feuerwehr fehlt, aber es handelt sich scheinbar trotzdem um einen größeren Einsatz, denn nun kommen auch aus der entgegengesetzten Himmelsrichtung zwei Polizeifahrzeuge herbeigefahren.

»... nicht hingehört, nicht hingeguckt und beim Lesen zu wenig auf Details geachtet?«, ergänzt der Mann meinen begonnenen Satz. Er lebt nicht hier, weshalb ihn die Aktion dort unten wohl wenig kümmert.

Ich schweige.

»Vielleicht möchten Sie auch lieber selbst einen Fall konstruieren, statt einen aus der Realität aufzugreifen«, fährt er fort. »Oder Sie sind einfach nur zu stolz und wehren sich dagegen, ein Geschenk anzunehmen. Ihr Inneres sträubt sich dagegen, weil ausgerechnet von einem Möchtegernschreiber kommt, was Ihnen bislang fehlt – eine Idee.«

Ich antworte nur mit Achselzucken. In der Stadt ist jetzt wieder alles ruhig, und ich sehe auch nirgendwo Rauchschwaden aufsteigen. Es war also kein Brand, was mich beruhigt, denn der hätte gerade in der Altstadt verheerende Auswirkungen haben können. Der Großteil der Bauwerke dort ist mehrere Jahrhunderte alt, und besonders in den engen Straßen und Gassen des Gerberviertels ist die Zufahrt für größere Einsatzfahrzeuge erschwert.

»Das kann sein«, sage ich nun. Auf den vorwurfsvollen Ton seiner eben gemachten Äußerungen will ich nicht eingehen. »Es ist auch wirklich nicht leicht. Früher habe ich mir irgendwelche drolligen Geschichten erdacht, und die kamen gut an. Inzwischen lasse ich mich gern von realen Erlebnissen mit meinen Kindern inspirieren. Leider bekomme ich seither kein Bein mehr auf die Erde. Im Gegenteil: Ausgerechnet die Geschichten, die den engsten Bezug zur Wirklichkeit haben, werden am rigorosesten abgelehnt. Das erklärt möglicherweise mein momentanes Verhältnis zum Authentischen, und warum ich über kurz oder lang wohl wieder zum Fiktiven zurückkehren werde. Das reale Leben ist langweilig. Es interessiert nicht.«

»Wen nicht?«

»Meinen Verleger zum Beispiel.«

»Es gibt immer Ignoranten.«

»Ja, aber die entscheiden über mein Schicksal.«

Der Mann sieht mich mit skeptischer Miene an. Schließlich nickt er. »Zugegeben, das habe ich übersehen. Sie müssen auch das Kommerzielle im Blick haben. Aber vielleicht versuchen Sie es mal mit beidem, einer Fusion von Realität und Fiktion. Nehmen Sie, vorausgesetzt Ihr Ego lässt es zu, den niedergeschriebenen Fall und suchen nach einer Lösung für den Schluss. Ich bin ganz sicher, dass *Sie* die richtige finden, und dass die Geschichte nicht nur ein spannendes, sondern auch überraschendes Ende nehmen wird.«

»Eben noch haben Sie mir mangelnde Fähigkeiten attestiert.«

»Nicht mangelnde Fähigkeiten. Mangelnde Neugier. Daran müssen Sie natürlich arbeiten. Beobachten Sie. Schauen Sie sich um. Zeigen sie Interesse. Hinterfragen Sie. Denken Sie daran: Sie haben einen Fall vorliegen, den nur Sie allein lösen können.«

»Nur ich?«

»Ja. Nur Sie. Sie haben Informationen, die allen anderen Menschen, inklusive den Strafverfolgungsbehörden, fehlen.«

Ich scheine ihn einigermaßen verdutzt anzuschauen, denn er verbessert:

»Ausgenommen von mir natürlich.«

»Richtig«, erwidere ich. »Genau da habe ich sie schließlich her. Woran sich auch gleich die Frage anknüpft, woher *Sie* all diese Informationen eigentlich haben.«

Der Mann hebt die Augenbrauen. »Na endlich. Es hat mich schon gewundert, dass Sie gar nicht danach fragen. Nun gut, Sie erinnern sich?: Ich hatte Ihnen von meiner Partnerin berichtet, der ich gerade bei ihrem Auszug helfe. Als wir uns kennenlernten, haben wir recht bald festgestellt, dass uns neben gegenseitiger Zuneigung auch eine gemeinsame Leidenschaft verbindet. Wir interessieren uns nämlich beide in besonderem Maße für ungelöste Kriminalfälle und Justizirrtümer. Und speziell der vorliegende Fall beschäftigt uns seit Langem. Wir haben ihn von Anbeginn an sorgfältigst analysiert, haben sämtliche Stadien, in denen er sich befand, genauestens mitverfolgt und alle erdenklichen Szenarien und Lösungsvarianten mehrfach durchgespielt. Das Ergebnis ist *diese* Version«, er beklopft mit der Hand den Stapel auf seinem Schoß und hebt einen Zeigefinger, »und außerdem die Erkenntnis, dass es sich dabei um ein geniales und in der Tat perfektes Verbrechen handelt, denn der Mörder von Marlenes Mann wird niemals gefasst werden – und was mit Viktor Menzels Leichnam geschah, wird vermutlich auch nie aufgedeckt.«

Ein eigenartiges Hobby, denke ich. Ich stelle mir das Paar vor, wie es allabendlich im Wohnzimmer auf und ab geht, möglichst exakt grausame Mordszenen nachstellt und komplette Tatorte detailgetreu nachbaut, und wie es aus dem, was Ermittlungs- und Justizbehörden einst falsch gedeutet haben, eigene Rückschlüsse zieht. Höchstwahrscheinlich sind sie fleißige Krimileser, bereisen berühmt gewordene Schauplätze übelster Verbrechen und fahren von einem Gerichtssaal zum nächsten, um bei wichtigen Strafprozessen zugegen zu sein. Dort treffen sie sich natürlich mit anderen Spinnern ihrer Zunft, denn sie sind selbstverständlich Mitglieder einer Interessengemeinschaft. Mir ist nur neu, dass Leute solchen Schlages bereit sind, die Ergebnisse ihrer langwierigen »Studien« so mir nichts, dir nichts preiszugeben. Eigentlich tun sie das nur, wenn öffentliche Würdigung zu erwarten ist oder die Chance besteht, Fachleuten zu imponieren – oder sie vor aller Welt zu kompromittieren. Die nächste Frage liegt deshalb auf der Hand.

»Mal rein hypothetisch: Angenommen, Sie und Ihre Partnerin hätten aufgrund Ihrer Nachforschungen herausgefunden, wer der wirkliche Mörder von Gutperl war. Würden Sie mir das überhaupt verraten?«

»Nein«, antwortet der Mann knapp und entschieden.

Ich muss lachen. Mit der Antwort hab ich gerechnet. Meine Theorie vom »Cold Case-Rechthaber e.V.« ist wohl nicht ganz falsch gewesen.

Aber der Mann begründet seine Antwort immerhin. »Sie würden ohnehin nichts davon glauben, auch wenn es noch so sehr der Wahrheit entspräche. Und selbst wenn, würde es Ihnen nicht besser gehen als jetzt, denn die Lösung wäre nicht von Ihnen gekommen. Dabei ist eines sicher: Nur hinter der Version, die Sie selbst finden, werden Sie stehen können. Und *die* werden Sie dann aufschreiben wollen, denn *die* haben Sie sich im Schweiße Ihres Angesichts erarbeitet. Bei jeder anderen würde es sich nur wieder um ein Geschenk handeln. Und mit Geschenken, das müssen Sie zugeben, haben Sie ernsthafte Probleme. Aber um konkret zu werden: Gerade die Lösung dieses Falles würden weder meine Partnerin noch ich jemals irgendeinem Menschen anvertrauen. Wir haben viel Arbeit, sehr viel Zeit sowie jede Menge Herzblut darin investiert und schon von daher eine besondere Beziehung zu ihm. Er ist – unser Baby.«

Der Mann hebt nun den Papierstapel von seinem Schoß und verstaut ihn in seinem Aktenkoffer.

»Aber das ist kein Grund zu verzagen«, sagt er und lächelt dabei geradezu spitzbübisch. »Wie gesagt: Sie finden eine Lösung. Schreiben Sie sie auf! Ich bin noch etwa eine Woche in der Gegend und könnte einen Blick auf Ihre Notizen werfen.«

Ich überlege. »Wann?«

»Am Sonntag? Zur gleichen Zeit?«

»Besser gegen elf.«

»Gut. Um elf.«

Der Mann fasst nach dem Koffergriff, verabschiedet sich mit freundlichen Worten. Dann geht er. Ich sehe ihm noch nach. Er hinkt leicht über das rechte Bein, und weil er so klein ist, schleift die Unterseite des Koffers fast über die Pflastersteine des Burghofs.

Ich drehe mich um, werfe einen Blick auf die prachtvollen Dächer der Weinheimer Altstadt, erwische mich beim Schmunzeln und spüre wieder den Fiesling in mir Oberhand gewinnen.

Kleiner Muck, kleiner Muck, ...
bist ein braver, kleiner Zwerg, ...
lauf und fang uns, kleiner Muck.

7. Kapitel

Während des Wochenendes bei meinen Schwiegereltern habe ich sämtliche Hoffnungen in den heutigen Tag gesetzt. Zwei Tage lang musste ich mich von Carolas Vater, einem pensionierten Internatsleiter mit unterkühlt hanseatischer Prägung, im Dreistundentakt fragen lassen, wie es momentan beruflich um mich steht, und von ihrer Mutter, einer Hausfrau alter Schule, bin ich mindestens ebenso oft mit norddeutscher Hausmannskost abgefüttert worden.

Jetzt, da ich von meinem Treffen oben auf der Windeck nach Hause komme, wird mir jedoch schnell klar, dass Carola ihr Versprechen, wonach ich heute von Alltagsgeschäften mal gänzlich unbehelligt bleiben werde, übereilt ausgesprochen hat. Am Notizboard hängt ein Zettel, auf dem sie mich daran erinnert, dass sie nur bis zur vierten Stunde Unterricht gibt, und dass sie die Kinder auf dem Heimweg mitnehmen wird. Das ist die positive Nachricht. Die anderen drei lauten: 1. Irgendwas stimmt mit deinem PC nicht – schau mal nach! 2. Vergiss nicht, dass wir heute Abend bei Weigels eingeladen sind! 3. Kannst du ein Mitbringsel besorgen?

Der Rechner geht noch. Er macht jedenfalls keine besonderen Geräusche, und mehr Beurteilungskriterien für die Funktionstüchtigkeit von so einem Ding fallen mir nicht ein. Aber der Bildschirm bleibt schwarz. Dabei ist der Netzstecker drin, sowohl am Monitor als auch in der Steckerleiste. Und selbst nach mehrmaligem Drücken des Einschaltknopfes tut sich nichts. Mir fällt ein, dass der alte Kasten letzte Woche schon einmal Mucken gemacht hat, dass da merkwürdige Streifen übers Bild gehuscht sind. Wie auch immer: Um schreiben zu können, ist ein neuer fällig, was bedeutet, in die Nachbarstadt zum Blöd-Ist-Geil-Markt zu fahren. Dazu fehlt mir jede Lust, aber vielleicht würde ich dort auch ein kleines Präsent für die Weigels finden.

Die Fahrt nach Viernheim nutze ich, um zu überlegen, was für eine Art Mitbringsel ich wohl in einem Elektromarkt kaufen könnte, zumal ich die Gastgeber kaum kenne.

Carola hat Ingeborg Weigel vor einigen Monaten kennengelernt. Die Frau ist Leiterin der städtischen Bibliothek und, wenn ich richtig verstanden habe, Anthroposophin. Viel mehr weiß ich nicht über sie, und ihren Mann habe ich nur einmal gesehen. Laut Carola, die schon mehrmals bei den beiden eingeladen war, sind sie musikbegeisterte Dilettanten – und völlig miteinander zerstritten. Damit ihre Gäste das nicht unentwegt zu spüren bekommen, unterbrechen sie ihre abendlichen Einladungen gern mit Vorträgen ellenlanger und schief klingender Blockflötenduette. Ich ahne das Schlimmste. Obendrein soll bereits jetzt feststehen, dass sich Julian Weigel, wenn der letzte Ton aus seiner Flöte verklungen ist, in eine Ecke des Wohnzimmers verkriechen und sinnlos besaufen wird. Und falls sich noch mehr von Carolas Prophezeiungen bewahrheiten sollten, wird Ingeborg uns daraufhin so lange die Vorzüge ihrer anthroposophisch ganzheitlichen Weltanschauung erläutern, bis sie nach einer Phase dumpfer Melancholie und Anfällen bittersten Sarkasmus' in einen Heulkrampf verfällt, der sie dazu zwingen wird, den Abend vorzeitig zu beenden. Das würde dann so gegen zehn der Fall sein, weshalb ich mich nicht nur frage, was ich da eigentlich zu suchen habe, sondern auch darüber nachdenke, wie aufwendig für solche Einladungen das mitgebrachte Geschenk zu sein hat.

Der Monitor ist schnell gekauft – im Blödmarkt gibt es nur Sonderangebote. Beim Mitbringsel tue ich mich schwerer. Schließlich entscheide ich mich für zwei Mini-Taschenlampen, die ans Schlüsselbund gehängt werden können.

Auf dem Heimweg und ausgerechnet mitten auf der B 38 habe ich kurz das Gefühl, als wenn der alte BMW beim Gasgeben nicht richtig ziehen würde. Außerdem meine ich, ein auffälliges Geräusch zu hören. Es ist eine Art Sausen oder Surren, nicht lokalisierbar, aber am ehesten von vorn kommend. Dabei leuchtet ein rotes Lämpchen unter der Tachoanzeige auf. Dann, nach einigen Sekunden, verschwindet das Geräusch so abrupt, wie es kam, das Lämpchen erlischt und alles ist wie immer.

Daheim ist es still, sodass ich erst gar nicht nachsehe, ob sich jemand im Haus aufhält. Mein Ziel besteht nämlich einzig darin, so schnell wie möglich den Monitor aufzubauen, ihn sofort an den Rechner anzuschließen und dann auf der Stelle mit dem Schreiben zu beginnen. Ich weiß, dass nichts davon möglich wäre, wenn ich mich zeigen würde, weil mich dann mindestens ein Mitglied meiner Familie sofort in Beschlag nehmen würde. Ich schleiche deshalb besonders leise die Treppe hoch und bemühe mich beim Verschließen des Arbeitszimmers, dass die Tür nicht quietscht, was sie seit Wochen mal mehr oder weniger laut tut.

Aber kaum, dass ich den alten Monitor entfernt, den neuen ausgepackt und aufgestellt habe, geht die Tür auf, und Thorben kommt schreiend und mit rot unterlaufenen Augen ins Zimmer gerannt.

»Der hat mein Aquarion kaputt gemacht, Papa.«

Ich schiebe den leeren Karton des Monitors beiseite, beuge mich herab und hebe den kleinen Kerl auf den Arm.

»Tag, erst mal. Wer *der*? *Wer* hat es kaputt gemacht? Imke etwa?«

Der Kleine schüttelt den Kopf. »Nee, der da.« Er deutet mit einem seiner winzigen Zeigefinger in Richtung Tür. Dort schleicht Oskar soeben ins Zimmer. Der Kater sieht uns mit großen Kulleraugen an, streift mit seiner Flanke an der Türzarge entlang und maunzt ein jammervolles und lang gezogenes »Määh« in den Raum. Niemand ist unschuldiger als er, das steht fest. Aber Thorben bleibt bei seiner Behauptung, dass Oskar in seinen bunt bemalten Gemüsekarton gesprungen ist und die darin an Fäden aufgehängten Papierfische auf Katerart erledigt hat. Außerdem soll er der Pappkiste mit Krallen und Zähnen zugesetzt haben. Ein ernst zu nehmender Akt der Gewalt also, den ich normalerweise mit einem Tritt gegen das blöde Vieh geahndet hätte, aber wegen meiner erzieherischen Vorbildfunktion nur mit einem lauten »Ksssch« und einem kräftigen Aufstampfen auf den Dielenboden honoriere. Oskar zuckt augenblicklich zusammen, führt noch auf der Stelle eine hektische Kehrtwende aus, beschleunigt – wobei er mehrmals auf den blanken Dielen ausrutscht – und rennt unverzüglich in Richtung Tür. Allerdings tritt dort gerade Carola ins Zimmer, und Oskar, der jetzt keinem Mitglied dieser elenden Familie mehr traut, ändert den Kurs, steuert auf mich zu und rast panisch an mir vorbei – mitten rein in den vom Schreibtisch herabhängenden Kabelsalat. Aus dem kann er sich durch Drehen, Winden und Fauchen allein nicht befreien, aber seine sieben Kilo Körpermasse und seine Muskelkraft reichen aus, um durch heftiges Zerren an den Kabeln den neuen Monitor vom Schreibtisch zu ziehen.

»Ich sehe das so, Carola: Das Schreiben ist mein Beruf. Wenn ich Schlosser oder Zimmermann wäre, würde ich morgens das Haus verlassen und wäre für eine gewisse Anzahl von Stunden einfach weg – unerreichbar, uneinplanbar, nicht verfügbar.«

Wir sitzen uns auf dem Dielenboden des Arbeitszimmers gegenüber. Dabei wundere ich mich über Carola. Sie hält sich schon die ganze Zeit in aufrechter Haltung im Schneidersitz, während ich immer wieder die Position wechseln muss, weil mir entweder irgendein Körperteil wehtut oder eine Gliedmaße einschläft.

»Du bist aber kein Handwerker. Und das wird die Welt dir noch danken«, sagt sie und deutet mit einem Kopfnicken auf meine Hände. Ich versuche gerade, einen Streifen Pflasterband von einer Rolle abzureißen, aber das lose Ende hat sich wieder zu einer langen Nudel verdreht und nahezu unlösbar in sich verklebt. Mein Ehrgeiz besteht darin, damit die Bruchstücke des Monitorgehäuses aneinanderzuheften. Carola benutzt dazu Sekundenkleber, was besser aussieht, vermutlich auch stabiler ist, aber ein Maß an Geduld und Geschick erfordert, das ich nicht bereit bin, aufzubringen. Mir ist es wurst, wie der Kasten zum Schluss aussieht. Ich bin froh, dass das Innenleben bei dem Sturz nichts abbekommen hat und die Mattscheibe ebenfalls heil blieb.

»Komm, Carola. Du weißt, wovon ich rede. Ich hab jetzt möglicherweise endlich eine Story, aber ich sehe nicht die geringste Chance, sie je aufzuschreiben. Immer ist irgendwas los.«

Carola greift mit spitzen Fingern nach der winzigen Verschlusskappe, dreht sie vorsichtig auf die kleine Tube, legt sie beiseite und sieht mich mit ernstem Blick an. »Vielleicht bist du einfach zu ungeduldig, Jörg. Du sprichst schon von einer Story, obwohl du noch nichts anderes hast als einen Fall, auf dem du möglicherweise eine Geschichte aufbauen könntest. Und so, wie du ihn mir geschildert hast, ist der nicht mal abgeschlossen. Geh doch der Reihe nach vor. Denk erst mal über ein Ende nach. Dieser Rechtsanwalt ...«

»... Gutperl.«

»Von mir aus: Gutperl. Der hat doch einen Mörder. Und *der* ist der große Unbekannte. Überleg also erst, wer das in deiner Geschichte überhaupt sein könnte.«

»Das habe ich doch längst gemacht. Da gibt es eine ganz nahe liegende Lösung. Die ist mir vorhin auf dem Rückweg vom Geizmarkt eingefallen.«

»Und die wäre?«

»Ich denke, einer von Gutperls Angestellten ist es gewesen. Irgendein Junganwalt mit Knackarsch, Charme und Sexappeal, mit dem Marlene ein Techtelmechtel hatte. Womöglich hat er sogar den Plan entworfen. Er ist ein cleverer Bursche, und er hat viel mit Straftätern zu tun, weiß also, wie sie ticken. Er macht Marlene den Vorschlag, den Loser Willing dazu zu überreden, ihren Mann abzumurksen. Natürlich weiß er, dass der das umso eher tut, je sicherer die Sache für ihn ist, und dass man ihm neben Geld auch entsprechende Sicherheiten anbieten muss. Dem Knackarsch ist zudem bekannt, wann der Sträfling Menzel aus dem Knast kommt. An dessen Spurenmaterial zu kommen, wäre kein Problem, sofern Marlene mitspielen würde. Die ist dazu sofort bereit, findet den Vorschlag aber noch nicht optimal. Sie stellt sich die Schlussfolgerungen der Polizei vor, wenn ein wohlhabender Anwalt ermordet wird und dann herauskommt, dass die Witwe mit einem Angestellten des Opfers eine Beziehung hat. Nein, sagt sie deshalb, der Mord an ihrem Mann müsse so inszeniert werden, dass sie nicht im Entferntesten damit in Verbindung gebracht werden kann.«

»Aha. Daher die Idee, Willing nicht auf ihren Mann, sondern auf die Sekretärin anzusetzen.«

»Richtig. Willing soll das junge Ding ermorden und damit sozusagen das Trittbrett erschaffen, auf das Gutperls Mörder aufspringen kann. Und so, wie der Montagmorgen in Gutperls Kanzlei organisiert ist, stellt das nicht mal eine logistische Meisterleistung dar. Zudem kann Marlene für die Ermordung der Sekretärin ein deutlich ehrenwerteres Motiv angeben als ausgerechnet Habsucht, was die Chance erhöht, dass sich Willing zu der Tat bereit erklärt. Und zu guter Letzt kann eine Tote nicht plaudern. Dem Mädel könnte ja durchaus bekannt sein, dass die Frau ihres Chefs ein heimliches Verhältnis mit einem aus der Kanzlei hat – Sekretärinnen wissen alles.«

»Das heißt im Klartext: Willing hat die Frau erschossen und die Kanzlei alsbald verlassen. Kurz darauf begibt sich der Junganwalt in das Büro. Er wartet dort, bis Gutperl eintritt und erschießt ihn dann mit der zurückgelassenen Waffe?«

Ich nicke.

Carola verzieht den Mund zu einer nach unten weisenden Sichel. »Hm. Und die Sache mit den Spuren? Wie lief das? Dass der Knackarsch nach Gutperls Liquidierung seine eigenen und Menzels Fingerabdrücke von der Waffe wischt, ist nur vernünftig, aber dass er sich hinstellt und mit Lupe und Pinzette sämtliche Haare und Schuppen von der toten Frau aufliest, um sie gegen welche von Willing auszutauschen, bezweifle ich. Außerdem: Woher soll er die haben? Und dass er das Fräulein noch in aller Gemütlichkeit wäscht, um Menzels Speichel zu beseit...«

Ich winke ab. »Ja, ist ja gut. Ich geb's zu. In dem Punkt bin ich noch nicht so weit.«

Aber Carola lässt nicht locker. »Außerdem«, wendet sie ein. »Was ist mit Menzels Leichnam passiert? Haben die den etwa gemeinsam unter dem Jägerstand hervorgeholt und im Wald vergraben? Oder haben sie ihn dort zerstückelt und die Teile gerecht aufgeteilt, damit jeder gleich viele in der heimischen Badewanne in Säure einlegen kann?«

»Hähähä.«

Carola legt nun den Kopf etwas schräg, schmunzelt und sieht mich mit ihren großen, grünen Augen an.

»Das ist aber alles wichtig, Jörg. Und wenn ich gemein wäre, dann könnte ich unzählige weitere Fragen stellen.«

Ich winke wieder ab und seufze. Ich habe endlich einen Streifen Pflaster sauber von der Rolle abgerissen. Nun bräuchte ich allerdings drei Hände, zwei, um zwei Gehäuseteile mit ihren Bruchkanten gegeneinander zu halten, und eine, um den Pflasterstreifen über die Bruchlinie zu legen. Aber ich seufze vor allem, weil Carola recht hat. Meine Idee ist Murks, ist nicht zu Ende gedacht. Aber wie auch? Ich hab bislang kaum Gelegenheit gehabt, mal in Ruhe über den Fall nachzudenken. Andererseits ist es gut, die peinliche Wirkung eines Rohrkrepierers schon jetzt erfahren zu haben. Beim nächsten Treffen mit dem kleinen Mann darf mir der Fehler, Unausgegorenes zu präsentieren, auf keinen Fall wieder passieren – das bin ich mir schuldig.

Ich beobachte Carola, wie sie sparsam Kleber auf die Bruchkante eines handtellergroßen Plastikfragments gibt und ein anderes, etwas kleineres, passgenau dagegen presst. Wie wunderschön sie doch ist. Das denke ich immer wieder. Vor allem ist sie klug, humorvoll, geschickt und mit einem warmen, weiten Herzen ausgestattet. Ich weiß, ich kann mich glücklich schätzen, sie und die beiden Kinder zu haben. Aber es gibt eben auch anderes, das mir ebenfalls wichtig ...

»Verstehst du mich eigentlich?«, frage ich sie deshalb mit leiser Stimme. »Ich kann nicht viel. Das Einzige, was ich bisher hingekriegt habe, sind ...«

Plötzlich kracht und quietscht es, und die Tür springt weit auf. Es ist Imke. Sie hat das Schnurlose dabei und hält die Sprechmuschel zu. Die doofe Ingeborg ist dran, flüstert sie und verdreht die Augen. Carola sieht mich fragend an, zuckt mit den Achseln und übernimmt.

»Wie? Abgesagt?«

»Nun ja. Sie sagt, ihr ginge es nicht gut. Kopfschmerzen. Es war ein anstrengender Arbeitstag, und sie will früh zu Bett gehen.«

Ich bin alles andere als traurig. So sparen wir die Kosten für die Babysitterin, der Abend ist gerettet und die Kinder werden sich über die Mini-Taschenlampen freuen. Auch Carola macht nicht den Eindruck, dass sie sich grämt, weshalb ich denke, dass man diese Absage ruhig zum Anlass nehmen könnte, über zukünftige Einladungen bei den Weigels zu sprechen.

»Ein seltsames Paar, oder?«, frage ich, wobei ich mich um einen neutralen Ton bemühe.

»Seltsam ist gut. Ich werde aus Ingeborg offen gesagt nicht schlau. Wir kennen uns seit Monaten, aber ihre Beziehung mit ihrem Mann bleibt mir ein Rätsel. Du musst dir vorstellen: Der Kerl macht den lieben langen Tag gar nichts. Null. Hin und wieder trällert er auf seiner Flöte rum. Das war's. Eine Festanstellung definiert er als geduldete Freiheitsberaubung, er hasst Hausarbeit, ist handwerklich desinteressiert, hält die Welt für zu schlecht, um Kinder hineinzusetzen, und legt sich ständig mit anderen Menschen an. Außerdem lehnt er Autofahren ab, ist aber zu träge, das Fahrrad zu benutzen. Er geht nur einkaufen, wenn nichts mehr im Haus ist, und duscht höchstens einmal pro Woche. Ich hätte ihm längst einen Tritt verpasst.«

»Hm. Vielleicht stimmt das ja alles gar nicht. Ingeborg hat's ja ganz offensichtlich auch an der Klatsche. Es gibt keinen Menschen, der nur negative Eigenschaften hat. Irgendwas muss auch ihr Mann können, oder zumindest gern machen. Was hat er überhaupt für eine Ausbildung?«

»Weiß ich nicht. Sie sagt, er sei mal Freiberufler gewesen. Allerdings war er dabei in erster Linie frei von Einkommen, behauptet sie. Was er genau getan hat, habe ich allerdings nicht herausbekommen.«

Ich finde das alles seltsam. »Genau das meine ich«, entgegne ich deshalb. »Sie redet nur schlecht über ihn. Bereits beim Thema Beruf, wo sie im Grunde völlig wertfreie Aussagen über ihn treffen könnte, macht sie dicht, geschweige denn, dass sie was Positives über ihn berichtet. Er *soll* schlecht dastehen.«

»Das klingt nach Krankheit.«

»Jo.«

Carola lacht. »Morbus Schlechtmacher, oder was?«

»Ich bin kein Psychiater«, antworte ich, »aber bereits diese Show, die sie geladenen Gästen gegenüber regelmäßig abzieht, dient meiner Ansicht nach einzig dem Zweck, ihn herabzuwürdigen und Aufmerksamkeit für sich und ihr Leid zu erheischen.«

»Hm. Und *seine* Show? Wozu dient die? Er sondert sich ab und säuft sich ins Koma.«

Ich denke einen Moment darüber nach.

»Vielleicht ist es Teil eines obskuren Spiels?«, fällt mir schließlich ein. »Er macht zu einem bereits vorher festgelegten Zeitpunkt für sie die Bühne frei, tritt zurück und führt sich dann so auf, dass sich sämtliche ihrer Behauptungen bestätigen, nämlich, dass sie die arme Wurst ist und er das Ekel.«

»Soso.«

»Ja. Die beiden spielen ein Spiel, und die Gäste bilden unwissentlich das Publikum. Und weil es für Akteure vor allem dann am schönsten ist, wenn sie ihr Publikum irritieren können, demonstrieren sie ab und an ganz plötzlich traute Zweisamkeit und beglücken ihr Umfeld mit gemeinsam intonierter Hausmusik.«

Nun lacht sie richtig. »Jörg Semmler, der Stuben-Freud. Die arme Wurst und das Ekel. Ich glaube, psychologische Elemente solltest du in deinem Krimi besser weglassen.«

»Mach dich nur lustig. Es gibt solche Beziehungen. Menzel, der Sträfling, hatte auch so eine. Er ließ sich gern wehtun und seine Frau hatte offenbar höllisch Spaß am Austeilen. Die gleiche Konstellation sehe ich bei den Weigels. Das Theater, dem du hin und wieder beiwohnen darfst, dient den beiden als Vorspiel, wenn man so will. Anschließend nämlich, wenn alle Gäste weg sind, wird er aus seinem Loch kriechen, ordentlich bei ihr katzbuckeln und sich tausendfach – vielleicht sogar auf Knien – für sein Fehlverhalten entschuldigen. Aber sie wird ihm selbstverständlich keine Gnade gewähren. Im Gegenteil: Sie wird ihn hart züchtigen, was sie mit Freuden tut, weil der Abend auch sie in Stimmung gebracht hat.«

»Quatsch. Falls du *das* meinst: Bei denen läuft schon lange nichts mehr.«

»Das glaube ich nicht.«

»Das hat sie mir doch selbst erzählt.«

»... und damit begründet, dass Julian es nicht mehr bringt, richtig?«

»Stimmt. Wieso weißt du das?«

»Ich weiß es nicht, aber es passt in meine Stuben-Freud'sche Theorie. Ingeborg spricht möglichst herablassend über ihn, denn sie kann nur begehren, was sie verachtet. Und er kann wiederum nur begehren, was ihn verachtet.«

Carola verzieht angewidert das Gesicht. »Das ist ja eine ekelhafte Theorie. Wie kommst du nur auf sowas? Bist du etwa auch so ein Perverser?«

Ich tue so, als wenn ich ernsthaft darüber nachdenken würde. Schließlich sage ich mit tief gestellter Stimme: »Nein, ich bin schlimmer. *Ich* begehre dich, weil du mich wegen meiner zwei linken Hände verachtest.« Dabei hebe ich horrorfilmmäßig meine zu Krallen geformten Hände. Der vorhin so mühsam abgerissene Pflasterstreifen, stelle ich beiläufig fest, klebt jetzt an meinem rechten Unterarm.

Carola tut entsetzt, schaut mich dann aber mit gespielt finsterer Miene an, kriecht in Katzenmanier auf mich zu und raunt mir schließlich mit knarrender Stimme ins Ohr: »Aber vor allem liebst du Schmerz, oder, Baby?«

»Oh ja, Herrin«, winsele ich. »Nichts ist schöner. Komm, gib's mir«. Es ist herrlich, so albern zu sein.

»Nun denn. Auf, Sklave!«, haucht sie schließlich – und reißt mir mit einem Ruck das Pflasterband vom behaarten Unterarm.

8. Kapitel

Es ist immer die gleiche Stelle, an der ich scheitere.

Die gesamte Schreibtischfläche und der Boden im Bereich meines Bürosessels sind bereits übersäht von seitenlangen Gedächtnisprotokollen sowie Skizzen und Zeichnungen, die ich erst ent- und dann verworfen habe. Nichts davon hat mir bisher dabei geholfen, Dr. Benno Gutperls Mörder zu finden. Ich schaffe es nicht mal, mir eine fiktive Person zu erdenken, die es getan haben könnte, sodass ich aus dem Stoff zumindest eine erdachte Geschichte kreieren könnte.

Gutperls Ermordung war das eigentliche Ziel, so viel steht fest. Willing und die Sekretärin waren nur Kanonenfutter. Auch das ist klar. Willing sollte die junge Frau umbringen, damit Gutperls Mörder seine Tat so leicht und sicher wie möglich ausführen konnte. Darüber hinaus bestand seine Funktion darin, am Ende für beide Taten den Kopf in die Schlinge zu legen. Auch das habe ich kapiert. Aber das hilft mir nicht.

Ich hab sogar schon an einen Trittbrettfahrer gedacht, einen unzufriedenen Klienten oder Angestellten der Kanzlei, der zufällig genau an jenem Morgen dort auftauchte, die tote Sekretärin im Büro vorfand und dann bei Gutperls Eintreten die heiß ersehnte Gelegenheit nutzte, ihn mit der vom Boden aufgelesenen Waffe zu erschießen. Aber das ist Blödsinn, und ich kann froh sein, dass Gedanken nicht nach außen dringen. Nein, der Täter und Marlene haben kollaboriert, entweder, weil sie sich für sich gemeinsam oder jeder für sich einen Vorteil aus Gutperls Tod versprachen.

Der Zufall spielte keine Rolle. Dazu waren schon allein Marlenes Intrigen, die zu Willings Festnahme und Überführung geführt haben, viel zu gut vorbereitet.

Auf jeden Fall hatte es der Mörder leicht. Er konnte ohne Waffe am Tatort erscheinen – ein paar Baumwollhandschuhe als Ausrüstung haben gereicht. Er musste lediglich warten, bis Willing die Kanzlei verlässt, sich dann ins Sekretariat begeben, dort die Pistole aufheben, auf Gutperl warten und nach dessen Eintreten ins Büro auf ihn schießen. Hinterher musste er noch die Fingerabdrücke des toten Menzel von der Waffe wischen, denn die hatte Marlene ja nach dessen Ermordung dort angebracht.

Aber wie hat es der Täter mit Menzels Haaren gemacht, mit seinen Hautschuppen? Irgendwie muss er sie gegen Spurenmaterial von Willing ausgetauscht haben. Wo hatte er das her? Und was ist mit den Speichelspuren passiert? Sicher: Speichel trocknet ein, ist irgendwann nicht mehr sichtbar. Aber bei Sexualmorden werden die Körper der Opfer explizit auf eingetrocknete Körpersekrete hin untersucht. Sie konnten den Spurenexperten nicht entgangen sein, zumal Willing den Inhalt des Glasröhrchens wahllos auf Grete Wismars Körper verteilt hat. Und Gutperls Mörder hatte weiß Gott nicht die Zeit, die Leiche der jungen Frau derart gründlich zu reinigen, dass nicht zumindest ein paar Reste zurückgeblieben wären.

Aber egal, wer der Mörder war, oder wen auch immer ich mir für seine Rolle erdenke; ich muss auch noch Antworten auf ganz andere Fragen finden. Viktor Menzels Leichnam wurde von seinem Ablageort entfernt. Wer hat das getan? Und was ist dann mit seinen sterblichen Überresten geschehen? Außerdem: Wie sind Marlenes Alibis für diese Tatzeit zustande gekommen? Sie konnte schließlich nicht Menzel ermorden und sich zur selben Zeit an anderen Orten aufhalten.

Ich sehe auf die Uhr. Der Vormittag ist noch nicht rum. Ich beschließe dennoch, für heute aufzuhören. Meine Konzentration lässt nach. Die Geschichte ist komplizierter als ich gedacht habe.

Beobachten Sie. Schauen Sie sich um. Zeigen Sie Interesse. Hinterfragen Sie. Denken Sie daran: Sie haben einen Fall vorliegen, den nur Sie allein lösen können.

Fromme Sprüche. Entweder waren die Aufzeichnungen doch lückenhaft, oder ich hab Scheuklappen auf. Wie auch immer: Aus meiner Sicht sind diese Mordfälle allein anhand dessen, was ich bislang darüber erfahren habe, nicht zu lösen.

Zur Schule muss ich heute nicht fahren. Imke geht dienstags nach dem Unterricht immer direkt in die musikalische Früherziehung. Von dort wird Carola sie nach Feierabend abholen. Und im Kindergarten ist heute Wandertag. Im Anschluss an den Ausflug wollen die Erzieherinnen die Kleinen persönlich zu Hause abliefern. Das soll gegen zwei Uhr der Fall sein. Mir bleiben somit drei Stunden. Ich gedenke, die Zeit zu nutzen und eine Werkstatt aufzusuchen. Da war gestern dieses Geräusch in meinem Auto zu hören, und ein Warnlämpchen hat immerhin auch geblinkt.

Im Branchentelefonbuch finde ich die Adresse eines nahe gelegenen Kfz-Betriebs.

Unterwegs passiert es wieder, kürzer als gestern, aber es ist dasselbe Surren, und das Birnchen unter dem Tacho flackert ebenfalls für einen Moment. Wieder hört der Spuk nach etwa zehn Sekunden abrupt auf. Ich schalte das Radio aus, fahre langsamer und lausche aufmerksam, um Geräuschveränderungen sofort bemerken zu können. Und tatsächlich höre ich bald wieder was. Diesmal bin ich absolut sicher, dass es von vorn kommt, und weil ich nichts riskieren will, fahre ich auf den nächsten Parkplatz und halte dort an. Schließlich steige ich aus und öffne die Motorhaube. Aber im Motorraum sieht alles so aus wie immer. Was habe ich erwartet? Ich habe nicht die geringste Ahnung von Autos, und bei der Hitze, die der Motor ausstrahlt, würde ich da drinnen ohnehin nichts anfassen. Immerhin: Es dampft oder raucht nirgendwo. Und dass es ganz normal nach Öl riecht, beruhigt mich auch. Aber ich frage mich, ob es sinnvoll ist, weiterzufahren, denn ich befinde mich in der Institutstraße, und bis zu dieser Werkstatt dürften es, wenn ich die Hauptstraße entlanglaufe, allenfalls ein paar hundert Meter sein. Ich entscheide, dort hinzulaufen und erst mal nachzufragen, bevor wirklich was kaputt geht.

Laut Telefonbuch befindet sich die Autowerkstatt in der Münzgasse. Aber ich entdecke hier nichts, was auf einen Kfz-Betrieb hindeutet. Ich stelle lediglich fest, dass es sich bei der Münzgasse um ein L-förmig durchs Gerberviertel verlaufendes Sträßchen handelt. Wie die meisten Gassen hier ist sie mit massiv wirkenden Kopfsteinen gepflastert, hat aber, im Gegensatz zu den anderen, eine für Fahrzeuge relativ bequem befahrbare Breite.

Im Übrigen reihen sich auch hier uralte Fachwerkhäuser aneinander. Und wie in den verwinkelten Nachbargassen haben sie sich im Laufe der Jahrhunderte an Bewegungen des Untergrundes anpassen müssen, sodass jetzt eines schiefer steht als das nächste. Mittendrin steht eines, an dessen Vorderfront eine halbbogenförmig gemauerte Toreinfahrt eingelassen ist. Der Weg hindurch ist dunkel, ebenfalls kopfsteingeplastert und immerhin so breit, dass auch kleinere Lkws hindurchpassen würden. Und er führt, soviel kann ich von hier aus erkennen, auf einen hinter dem Haus liegenden Innenhof.

Der Inschrift im Torbogen entnehme ich, dass das Gebäude im siebzehnten Jahrhundert errichtet wurde, und aus derselben Zeit scheint das offen stehende Holztor zu stammen. Es ist mehrfach repariert und restauriert worden. Ich vermute, dass es im Lauf der Jahrhunderte etliche Male beschädigt wurde, oder dass die Holzverbindungen im Laufe der Zeit ihren Halt verloren haben, denn man hat es mit unzähligen Latten und aufgenagelten Blechen verstärkt. Vielleicht ist es dadurch zu schwer geworden, denn es hängt reichlich windschief in den Angeln.

Zaghaft begebe ich mich durch den Torbogen und die schummerig wirkende Einfahrt in Richtung Innenhof. Hier ist die Luft feucht, und bereits nach wenigen Schritten mischt sich unter den Geruch nach modrigem Gemäuer der von abgestandenem Motorenöl. Demnach befindet sich hier tatsächlich das, was sich im Branchenbuch *»KFZ-SANATORIUM* – Ihr sympathischer Meisterbetrieb« nennt. Beim Betreten des Hofs und dem Anblick, der sich mir dort bietet, kommt mir allerdings sofort der Gedanke, dass es vermutlich besser wäre, diesen Betrieb erst dann aufzusuchen, wenn es für eine Reparatur meines Wagens zu spät ist. Und das Erste, was mir ins Auge sticht, sind tatsächlich zwei ausgeschlachtete Fahrzeuge. Aus den Fahrgastzellen rankt Gemeiner Efeu und ihrem rostigen Zustand und ihrem geschätzten Alter nach stehen sie dort bereits gute zwanzig Jahre, zumindest erkenne ich, dass es sich um Autotypen handelt, die ich das letzte Mal in meiner Kindheit umherfahren sah.

Ansonsten kann ich hier kein einziges Auto ausmachen. Dafür entdecke ich linker Hand einen »Adria«, dessen Baujahr ich in die frühen Siebziger hineindatiere. Bis auf das Typenschild und die Panoramascheiben ist der inzwischen sichtlich fahruntüchtige Wohnwagen irgendwann mit hellblauem Lack überpinselt worden. Darin scheint sich die Stabsstelle des Unternehmens zu befinden, denn auf dem Dach prangt ein mit Großbuchstaben beschriftetes Transparent: *»ANMELDUNG HIER!«*. Direkt vor dem Fossil steht zudem ein Klappschild mit dem schriftlichen Hinweis *»WERKSTATT«*, und ein mit Kreide darunter gezeichneter Pfeil deutet in Richtung Stirnseite des Hofs. Dort steht eine Werkstatthalle, deren Backsteinfassade in Jahrzehnten durch rußige Abgase und Ölschmutz verfärbt wurde. Und in den von Flugrost gebräunten Metallfensterrahmen halten porös gewordene Kittreste längst blind gewordene Glasscheiben. Durch sie ist kaum ein Blick möglich, aber Geräusche dringen vom Werkstattinneren nahezu ungedämft nach draußen. Ich höre jedenfalls lautes Hämmern und mindestens ebenso laute Musik. Es ist also jemand da. Aber die Anmeldung befindet sich nun mal in dem Caravan, sodass ich zuerst dort anklopfe.

Sekunden später öffnet sich die Tür mit großem Schwung, und ein dicker Opa mit Halbglatze, grauem Dreitagebart und ölverschmiertem, roten Overall baut sich vor mir auf. Er mustert mich kurz und gibt mir schließlich per Handzeichen zu verstehen, dass er im Moment nicht reden kann, dass ich aber eintreten soll. Er hält ein Handy am Ohr, und der Gesprächspartner scheint ein dringendes Anliegen zu haben, denn selbst aus der Distanz ist dessen keifende Stimme zu vernehmen.

Drinnen im Wohnwagen weist mir der Alte mit einer knappen Geste einen freien Stuhl an einem Tisch zu. Dann stellt er mir wortlos eine Tasse hin, gießt Kaffee ein und deutet ebenso wortlos auf ein Paket Würfelzucker sowie einen aufgerissenen Milchkarton. Ohne sich weiter um mich zu kümmern, geht er mitsamt Handy in den hinteren Bereich des Wohnwagens, wo er von meinem Platz aus nicht mehr zu sehen ist. Nur die Kabine schwankt bei jedem seiner Schritte.

Kurz darauf ist seine Stimme zum ersten Mal zu hören. Sie klingt tief und kräftig, und er spricht beruhigend auf seinen Gesprächspartner ein. Der soll sich aus irgendwas nicht so viel machen und Ruhe bewahren, schließlich käme alles wieder ins Lot – darauf könne er sich in jedem Fall verlassen, denn er habe immerhin nicht nur Herrmanns Wort, sondern auch das vom Chef.

Ich bin sicher, dass es sich am anderen Ende der Leitung um einen unzufriedenen Kunden handelt. Ich frage mich deshalb, ob es nicht das Klügste wäre, den Kaffee nicht zu trinken und dafür ganz schnell von hier zu verschwinden. Aber diesen Gedanken verwerfe ich gleich wieder, denn ich spüre mit einem Mal, dass etwas Warmes die Innenseiten meiner

Oberschenkel streift; und als ich an mir herabschaue, blicke ich mit Entsetzen in die weit geöffneten Augen eines monströsen Bullterriers. Mich überfällt schlagartig eine Art Lähmung. Der Köter hat einen gigantischen Schädel, und sein fieses Maul hat er gerade eben ausgerechnet zwischen meine geöffneten Schenkel auf der Sitzfläche des Stuhls abgelegt. Er muss sich bereits unter dem Tisch aufgehalten haben, als ich mich setzte. Jetzt starrt die Bestie jedenfalls regungslos zu mir hoch. Ich traue mich kaum zu atmen, geschweige denn, mich auch nur einen Millimeter zu rühren. Und während mir der Schweiß die Schläfen hinunterrinnt, erinnere ich mich, gelesen zu haben, dass Hunde dieser Rasse in der Lage sind, bereits geringste Zeichen von Angst zu registrieren und dann erst richtig gefährlich werden. Ich verkneife mir deshalb, nach seinem Herrchen zu rufen, auch, weil es vermutlich keinen Sinn machen würde, da der noch immer auf seinen Gesprächspartner einredet. Diesen Hunden, das muss mir Unglücklichem jetzt dummerweise auch noch einfallen, ist bereits in der Antike eine besondere Fähigkeit angezüchtet worden: Sie brauchen nur ein einziges Mal zuzuschnappen – was dabei zwischen ihre mächtigen Kiefer gerät, lassen sie erst wieder los, wenn es entweder ab- oder herausgerissen ist. Mir wird immer elender.

Es folgen endlose Minuten. In denen redet der Alte fast ununterbrochen in seine Quasselkiste rein. Er redet und redet und hält es dabei weder für nötig, nach mir noch nach seiner Kampftöle zu schauen. Schließlich – ich bin durchgeschwitzt und dem Zusammenbruch nahe – verabschiedet er sich endlich.

Dennoch dauert es eine Ewigkeit, bis er sich endlich blicken lässt.

Dann geht alles ganz schnell. Ob es mein erbarmungswürdiger Anblick ist oder die Entdeckung, dass sein Kettenhund eine Person belagert, ist unklar; ich sehe nur, dass der Mann den Bruchteil einer Sekunde, nachdem er in den Raum tritt, in die Tasche seines Overalls greift, laut »Seppel, spiel« ruft und einen faustgroßen, hellgrünen Gegenstand in meine Richtung wirft. Ich zucke zusammen. Aber das ist der Fehler schlechthin, wie ich weiß, und tatsächlich spüre ich genau in dem Moment, in dem sich mein Mund zum Schreien weitet, dass sich die Töle bewegt. Blitzartig zieht sie ihren Kopf zurück, reißt ihn herum, spritzt wie geistesgestört unter dem Tisch hervor, macht dann einen gewaltigen Satz in die Höhe und schnappt dort nach etwas, das sich im Flug befindet, und in dem Moment, da es zwischen ihre Fänge gerät, knirschend zerbirst – ein Tennisball. Alles, was sich zwischen meinen Beinen befindet, zieht sich im selben Augenblick zusammen, aber ich weine fast vor Glück.

»Mein Gott, Sie armer Kerl«, höre ich den Alten jetzt sagen. »Sie sehen ja völlig mitgenommen aus. Das tut mir wirklich leid. Aber Sie müssen schon entschuldigen. Unser Seppel ist nun mal ein Kasper. Der macht gern Späßchen mit den Leuten. Was kann ich für Sie tun?«

Mir den Arsch lecken, hätte ich am liebsten geantwortet. Aber ich habe meine Genitalien noch. Außerdem erkenne ich jetzt, dass der Kampfterrier gar keiner ist, sondern ein Deutscher Boxer, eine Hundesorte, mit denen man selbst Kleinkinder allein lassen kann. »Ich hab ein Problem mit meinem Auto«, sage ich mit betont gereizt klingender Stimme. »Beim Fahren höre ich ein Geräusch, und da ist auch ein Lämpchen, das mitunter leuchtet.«

»Hm«, macht der Alte. »Daran kann ich erst mal nichts falsch finden.« Ich verstehe nicht sofort, aber dann kapiere ich. Der Alte mimt offensichtlich auch gern den Kasper. »Okay«, gebe ich zu, »ich hab mich falsch ausgedrückt. Aber *dieses* Geräusch klingt wirklich pathologisch. Da ist was faul.«

Der Mann fasst sich mit einer seiner rabenschwarzen Pfoten ans Kinn, verzieht nachdenklich das Gesicht und nickt ernst. »Ach so. Sie meinen, Ihr Auto leidet an einer gewissen Kaputtheit. Verstehe ich das richtig?«

Der hat sie nicht alle, denke ich. »Treffer«, sage ich dennoch.

»Na, dann gehen Sie am besten mal da rüber in die Werkstatt.« Er deutet nach draußen. »Da ist der Chef gerade zugange. Der sagt Ihnen, was Ihrem Karren fehlt.«

Als ich kurz darauf die rostige Tür der Werkhalle beim zweiten Anlauf mit Erfolg aufgestemmt habe und die provisorisch anmutende Ausstattung der Werkstatt sehe, frage ich mich wieder, was ich hier eigentlich suche. Außerdem erkenne ich die Musik, die, von mehreren kräftigen Boxen übertragen, das Innere der Halle ausfüllt, was meine Irritation nicht gerade mindert. Das energisch vorwärts drängende Rumpelmotiv in den Celli und Kontrabässen ist unverwechselbar. Bei Wagners Vorspiel zur »Walküre« erwarte ich jedes Mal, dass gleich von irgendwoher eine grummelnde und schwer aufstampfende Horde raubeiniger Gesellen aufkreuzt, und dann, wenn sich die langen, schneidenden, fast schrillen Töne der hohen Streicher und des Blechs über das Motiv legen, muss ich unweigerlich an Pfeile denken, die auf die wilden Kerle abgeschossen werden. Eine unglaubliche Musik. Und dabei scheint man sogar arbeiten zu können. Jedenfalls kann ich mir nicht vorstellen, dass der kleine, gertenschlanke Mann, der weit vornübergebeugt tief im Motorraum eines alten Benz herumnestelt, das aus purem Vergnügen tut.

Zu rufen hat keinen Sinn, die Musik ist viel zu laut, also gehe ich auf ihn zu und klopfe gegen einen der vorderen Kotflügel des Fahrzeugs. Das hilft. Der Mann richtet sich auf und ... ich bin überrascht – es ist gar kein Mann.

Auf eine Frau war ich im Geringsten vorbereitet – schon gar nicht auf eine in ihrem Alter, denn die, die mich nun mit großen, blauen Augen ansieht, muss mindestens sechzig sein. Sie ist auffallend klein, dünn, trägt ihr graues Haar hinten zu einem Kaktus geknotet, und ihr faltiges Gesicht ist mit Sommersprossen und unzähligen Pünktchen schwarzen Öls übersät. Vermutlich schaue ich einigermaßen dämlich drein, aber sicher ist das nicht, denn sie erwidert meinen Blick mit freudigem Lächeln, greift nach einer Fernbedienung, die auf dem Motorblock des Benz liegt, und schaltet die Musik aus.

»Hallo«, grüßt sie daraufhin mit rauchig klingender Stimme. »Schönen guten Tag. Ich bin Hildegard Bremer. Freut mich, Sie zu sehen. Was darf ich für Sie tun?«

Ich vermute, sie ist sich aller Arten von Reaktionen bewusst, die ihr Anblick in diesem Ambiente hervorruft, weshalb sie es sich wohl zur Gewohnheit gemacht hat, freundlich und mit offenem Blick auf ihre Kunden zuzugehen. Das kenne ich nur aus der Dienstleistungsbranche. Im Kfz-Gewerbe wird man eher angeblafft. Das Einzige, was sie nicht kann, ist, ihrem Gegenüber die Hand zu reichen. Ihre sind ölverschmiert und die Fingerkuppen tiefschwarz. Und ich frage mich, ob sie weiß, dass ihr Kollege sie als *Chef* bezeichnet.

»Zum Beispiel die Musik wieder anmachen. Ich liebe Wagner«, antworte ich und meine es ernst.

Die Frau sieht mich zunächst verblüfft an. Dann lacht sie. »Aber die muss man laut hören, und dann würde ich Ihren Namen nicht verstehen.«

»Oh ja, das stimmt. Entschuldigung. Ich heiße Jörg Semmler. Ihr Kollege hat mich zu Ihnen geschickt. Er meinte, Sie könnten mir möglicherweise helfen. Ich hab ein Problem mit meinem Fahrzeug.«

»Wie?« Die Alte verzieht empört ihr Gesicht. »Hat Herrmann tatsächlich *möglicherweise* gesagt?«

»Äh.«

Nun lacht sie wieder. »Kommen Sie«, fordert sie mich auf. »Wir gehen am besten raus und sehen uns den Bock mal an.«

Ich winke ab. »Das geht nicht. Er steht oben in der Institutstraße, auf dem Parkplatz. Ich hab mich nicht getraut, weiterzufahren.«

»Na gut, dann laufen wir eben hin.«

»Aber nur, wenn Sie Zeit haben.« Natürlich hat sie Zeit, denke ich insgeheim. Die schreibt sie mir hinterher einfach mit auf die Rechnung. In dem Laden ist seit Urgedenken tote Hose angesagt. Schon jetzt ist klar, dass sie einen gigantischen Schaden diagnostizieren und mir dann ein »Rundum-Sorglos-Schnäppchen-Angebot« unterbreiten wird.

Ich folge ihr dennoch, als sie federnden Schrittes die Werkstatt verlässt.

»Es ist nur der Keilriemen«, sagt sie, schlägt die Motorhaube zu und wischt sich die Hände an der Hose ab. »Der ist locker. Am besten, man wechselt ihn. Eine Kleinigkeit. Kostet nicht viel. Wenn Sie wollen, bestelle ich einen und setze ihn irgendwann in den nächsten Tagen ein.«

Mir fällt ein Stein vom Herzen. Die Alte hat keine drei Minuten gebraucht, um den Schaden festzustellen.

Ich will mich gerade bei ihr bedanken, da sehe ich, dass sie sich umschaut, dabei die Hände in die Hüfte stemmt und den Kopf schüttelt. »Da haben Sie sich ja einen ganz schön gruseligen Abstellplatz für Ihre Mühle ausgesucht«, sagt sie schließlich.

»Gruselig? Wieso?« Ich sehe mich um, kann aber weit und breit nichts Außergewöhnliches entdecken.

»Na ja, auf dem Parkplatz eines gerade Verstorbenen zu parken, finde ich irgendwie schaurig. Wenn ich mir vorstelle, dass der Mann gestern Morgen noch genau an dieser Stelle in sein Auto gestiegen ist – Brrrr.«

Ich weiß nicht, wovon sie spricht. Das ist mir offenbar anzusehen, denn sie fragt, ob ich denn nichts von dieser üblen Sache mitgekriegt habe. Gestern Morgen. Am Marktplatz.

Jetzt erinnere ich mich, gestern vom Burghof der Windeck aus einen Polizeieinsatz in der Altstadt beobachtet zu haben. An den habe ich seither nicht mehr gedacht.

»Hm. Ich weiß nur was von hohem Polizeiaufgebot und einem Notarztwagen. Was war denn los?«

Sie sieht mich entgeistert an. »Lesen Sie denn keine Zeitung?«

»Doch schon, aber ...« Heute Morgen habe ich es nicht getan. Ich wollte schreiben.

»Alle Zeitungen haben heute darüber berichtet«, fährt sie fort. »Über diesen Rechtsanwalt. Den hat man doch ermordet in seiner Kanzlei aufgefunden. Dort in dem schicken Haus hat er gewohnt.« Die Frau dreht sich um und deutet auf eine dreistöckige, sandfarbene Gründerstilvilla. Sie steht jenseits eines kunstvoll geschmiedeten Metallgitterzauns auf einem parkähnlichen Eckgrundstück. Es befindet sich direkt gegenüber dem Parkplatz, genau dort, wo die Dr.-Bender-Straße in die Institutstraße einmündet. Schließlich zeigt die Alte auf die Stelle, an der mein Auto steht. »Und das hier war sein Parkplatz. Eine Dauerparkbucht. Haben Sie das Reservierungsschild nicht bemerkt?«

Nein, habe ich nicht. Aber jetzt sehe ich es. Die Parkbucht ist mit einem Nummernschild gekennzeichnet.

»Seine Autonummer. Hier hat er immer seinen Jaguar abgestellt.«

»Ein Rechtsanwalt?«

»Ja.«

Ich spüre, dass mein Hals trocken wird und eine nicht näher bestimmbare Unruhe in mir aufkeimt. Ich werfe noch einmal einen Blick auf die Villa. Diesmal kommt sie mir sogar bekannt vor, obwohl ich sicher bin, noch nie hinter diesen Zaun geblickt zu haben. Ich weiß das, weil ich fast täglich hier vorbeifahre, wenn ich Thorben zum Kindergarten oder Imke zur Schule bringe. Aber da bin ich immer derart in Eile, dass ich mich ausschließlich auf den Verkehr konzentriere.

»Und was genau ist dem Mann passiert?«, frage ich vorsichtig. Ich ahne die Antwort bereits.

»Er ist erschossen worden.«

Nun spüre ich mein Herz klopfen, und die nächste Frage scheue ich. Aber ich *muss* sie stellen.

»Allein?«

»Wie, allein?«

»Nun ja. War er das einzige Opfer?«

»Nein. Sie lesen offenbar wirklich keine Zeitung. Eine seiner Kanzleigehilfinnen wurde auch erschossen. Sie schien sogar das eigentliche Ziel des Täters gewesen zu sein. Es wurde nämlich nichts gestohlen und sie war fast nackt. Die Polizei vermutet, dass der Täter sie ver...«

»... und dass ihr Chef ihr zu Hilfe geeilt ist und dabei selbst erschossen wurde?« Ich höre, dass meine Stimme gequetscht klingt.

»Äh. Ja. So stand es in der ...« Sie sieht mich nun irritiert an. »Ich dachte, Sie lesen keine ...«

Mir ist egal, was sie denkt, denn jetzt bin ich nicht mehr nur unruhig. »Und was ist mit seiner Frau? Haben die auch was über sie geschrieben?« Meine Stimme überschlägt sich.

Sie schüttelt den Kopf. »Mein Gott. Was ist denn mit Ihnen ...?«

»Antworten Sie mir doch einfach«, unterbreche ich sie schroff. Ich bin innerlich bereits völlig aufgewühlt und schreie sie deshalb fast an: »Stand über sie auch was drin, oder nicht?«

Die Frau versucht sich zu erinnern, das ist zu erkennen, aber offenbar misstraut sie mir jetzt, denn sie sagt: »Wieso gehen Sie nicht einfach zum nächsten Kiosk und besorgen sich ...?«

Ich höre nicht hin. Ich habe weder die Ruhe noch die Geduld, mir Empfehlungen anzuhören. Außerdem spüre ich, dass mir übel wird. Noch einmal betrachte ich die Stelle, an der mein BMW steht. Dann fällt mein Blick auf die Straße. Ich schaue auf und sehe wieder rüber zur Villa. Die Straße und die Villa, denke ich. Irgendwas ist mit denen. Straße, Villa – Villa, Straße.

»He, was ist denn los mit Ihnen?«, höre ich die Frau jetzt fragen. Aber ich will nicht antworten, oder genauer: Ich spüre, dass ich gar nicht dazu in der Lage bin. Mir ist jetzt schwindelig und die Übelkeit nimmt schlagartig zu. Ich atme tief durch, weil mir scheint, dass ich gleich die Kontrolle über mich verlieren werde. Dabei merke ich, dass mich jemand am Arm packt. Ich kann mich nicht dagegen wehren und nehme auch nur wie durch einen Schleier wahr, dass mich die Alte plötzlich mit sich zerrt. Sie redet auf mich ein, aber ich kann ihren Worten nicht folgen. Einzig meine Beine bewegen sich irgendwie. Dann greift sie in meine Jackentasche und kurz darauf höre ich ein Klacken. Das Geräusch kenne ich. Und mit einem Mal sitze ich in etwas Weichem. Dann wird mir rabenschwarz vor Augen.

9. Kapitel

Ich öffne die Augen und stelle nach Augenblicken leichter Irritation fest, dass ich auf dem nach hinten geklappten Beifahrersitz meines BMW liege. Und durch die heruntergekurbelte Scheibe der Beifahrertür glotzt eine mürrisch dreinblickende Gestalt in den Fahrgastraum. Erst nach zwei tiefen Atemzügen und dem ersten Versuch, mich zu erheben, erkenne ich, um wen es sich handelt. Es ist ein Polizist.

»Und? Alles klar?«, fragt der.

»Was ist das?« Etwas sticht in meiner Nase.

»Salmiak.« Dabei öffnet der Beamte die Tür und reicht mir eine Hand. »Sie haben wohl zu wenig gegessen.« Er hilft mir, aus dem Fahrzeug zu steigen.

Ich stehe unsicher auf den Beinen, sehe aber, dass ich mich vor dem Eingang zum Polizeirevier befinde. Dort steht auch die alte Automechanikerin. Sie lehnt gegen die Eingangstür der Polizeidienststelle und unterhält sich mit einem anderen Polizisten.

»Ich denke, wir gehen mal kurz rein in die gute Stube«, sagt der, der mir geholfen hat. »Dort können wir uns in Ruhe unterhalten.« Der Beamte greift mir unter die Achsel, und ich trotte mit wackeligen Knien und benebeltem Kopf neben ihm her. Schließlich kommt mir die alte Frau lächelnd entgegen. Dann klopft sie mir besänftigend auf die Schulter.

»Na, alles wieder okay?«, fragt sie. »Sie haben mir einen Mordsschrecken eingejagt.«

Ich nicke. Zum Sprechen ist mir noch nicht zumute.

»Kann ich Ihr Auto benutzen?«, fragt sie mich jetzt. »Ich muss wieder in die Werkstatt zurück. Das hier hat mehr Zeit gekostet als eingeplant. Und vielleicht habe ich den passenden Keilriemen sogar da, dann baue ich ihn gleich ein. Einverstanden?«

Wieder nicke ich nur.

Auch der Beamte scheint nicht ewig Zeit zu haben. Er drängt, indem er leichten Zug auf meinen Arm ausübt.

Jetzt, da ich mit meinen Ausführungen fertig bin, lehnt sich der Polizist nach hinten und verschränkt die Arme vor dem Brustkorb.

»Ein Komplott also«, stellt er fest. »Das klingt recht abenteuerlich.«

Schon während ich von den Vorkommnissen der letzten Tage berichtet habe, konnte ich beobachten, dass sich die beiden Beamten hin und wieder angeschaut und dabei ostentativ die Augenbrauen gehoben haben. Aber ich wollte mich durch nichts aus dem Konzept bringen lassen und habe sämtliche Einzelheiten erwähnt, vor allem jene, die mir aus den Aufzeichnungen des kleinen Mannes in Erinnerung geblieben sind.

Jetzt ärgert es mich, dass ich sie ihm zurückgegeben habe. Ohne sie klang alles wie die Erfindung eines fantasierenden Wichtigtuers. Und so scheinen die beiden Polizeibeamten mich und meine Aussagen nun auch einzuschätzen, denn der, der mir gegenübersitzt, bemerkt: »Das Problem ist nur, dass wir es hier erstens namentlich mit völlig anderen Personen zu tun haben, und dass es zweitens ein wenig weit hergeholt klingt, dass Ihnen ein kleiner, buckliger Mann mit Segelohren …«, er räuspert sich und wirft wieder einen alles sagenden Blick auf seinen Kollegen, der, ein Grinsen mühselig verkneifend, gerade hinter seinem PC-Monitor hervorlugt, »schon im Vorfeld von einem derartigen Fall detailliert berichtet hat und dabei auch noch Täter und Hintergründe benannte.«

Ich schüttele den Kopf. »Aber es ist so. Der Mann hat den kompletten Ablauf des Verbrechens inklusive sämtlicher Bewegungen der daran beteiligten Personen selbst geplant und schriftlich festgehalten. Und so etwas braucht Zeit. Er muss das Konzept für die Tat demnach Tage, Wochen oder sogar Monate vorher erarbeitet haben. Und soll ich Ihnen sagen, was ich glaube? Was dabei rauskam, ist nicht nur irgendein Plan. Nein, es ist weit mehr. Es ist ein Drehbuch, und er hat es für ein Stück geschrieben, in dem er selbst eine maßgebliche Rolle spielen würde. Als er damit fertig war und alle Protagonisten ihre Einsätze kannten, hat ihm nur noch eines gefehlt: Publikum!«

»Und das hat er in Ihnen gefunden?«

»Ja.«

»Weil er sich vor Ihnen profilieren wollte.«

»Von mir aus. Den genauen Grund kann ich Ihnen nicht nennen.«

»Aber das hieße im Klartext, dass unsere Kollegen von der Kripo nun nach einem Unbekannten suchen sollen, der von Frau Galen angestachelt wurde, die Sekretärin ihres Mannes umzubringen. Willing heißt der in Ihrer Version, wenn ich richtig verstanden habe. Und dann sollen sie noch nach einem Wurzelzwerg mit Hakennase Ausschau halten, der wiederum Dr. Galen getötet hat.«

»Richtig.«

»Aha. Weil Frau Galen eine wie auch immer geartete Beziehung zu diesem kleinen Kerl hat, und der Plan vorsieht, dass sich die beiden jetzt, nachdem er ihren Mann umgebracht hat, ein flottes Leben mit dessen Geld machen werden.«

Mir gefällt nicht, wie der Mann mit mir redet, aber hier geht's nicht um Sprachstil, weshalb ich keinen Einwand erhebe. »Möglicherweise.«

»Gut. Eine Liebesbeziehung also. Mit einem, nennen wir es mal, optisch und körperlich Minderbedachten.«

Nun prustet es hinter dem Monitor.

»Mein Gott«, schreie ich fast. »Das kann doch gut sein. Sein Äußeres muss nicht unbedingt eine Rolle spielen. Er selbst hat jedenfalls von einer Partnerin gesprochen, die er gerade besucht und die hier lebt. Aber er kann selbstverständlich auch nur ein alter Freund oder guter Bekannter sein, der in Frau Galens Auftrag gehandelt hat. Oder ein angeheuerter Profikiller.«

»Hm. Okay. Aber obendrein behaupten Sie ja ...«

»Nicht ich. Der Mann, den ich auf der Windeck getroffen habe, behauptet etwas.« Nun schreie ich wirklich.

»Dann behauptet eben *der*, dass Frau Galen ebenfalls einen Mord begangen haben soll. Und zwar an einem erst kürzlich entlassenen Straftäter.« Wieder blickt er zu seinem Kollegen rüber. Der macht sich inzwischen nicht mal mehr die Mühe, sein Gefeixe vor mir zu verbergen.

»Aber das ergibt wenig Sinn«, fährt der andere fort. »Denn wenn der kleine Mann tatsächlich Dr. Galens Mörder wäre, würde er doch ausgerechnet dieses pikante Detail niemals preisgeben. Egal, ob er Frau Galens Geliebter, Freund, Bekannter oder ein Profi ist – er will für seine Tat hinterher in irgendeiner Form entlohnt werden. Aber darauf müsste er vermutlich ewig warten, wenn seine Auftraggeberin aufgrund *seiner* Indiskretion verhaftet und wegen Mordes verurteilt würde. Und das wäre spätestens dann der Fall, wenn in einem der umliegenden Wälder die Leiche dieses Ex-Knackis gefunden würde.«

»Aber die kann man doch gar nicht finden. Die ist längst woanders verscharrt worden, oder sonst was. Das habe ich Ihnen doch gerade eben versucht zu erklären. Das gehört alles mit zu dieser ausgefuchsten Idee.«

»Nun ja. Soweit habe ich das schon verstanden. Aber dann verstehen Sie sicher auch, warum wir nicht sofort in hektische Umtriebigkeit verfallen und mit einer Hundertschaft in die Wälder der Umgebung ausschwärmen. Und Frau Galen mitten in der Trauer um ihren Mann dem Vorwurf auszusetzen, eine Mörderin zu sein, hielte ich, offen gesagt, auch noch nicht für angemessen.«

Ich schweige.

Der Beamte lehnt sich jetzt weit in seinen Bürostuhl zurück. »Wie dem auch sei, Herr Semmler. Die Schwierigkeit liegt meines Erachtens vor allem darin, dass wir es hier mit einem Ehepaar zu tun haben, dessen Leumund nicht besser sein könnte. Die Galens galten zu allen Zeiten und in allen Kreisen als Vorzeigeehepaar. Zudem ist Dr. Galen ein angesehener Strafverteidiger, und seine Frau führt oben in der Hauptstraße ein gut gehendes Modewaren-Fachgeschäft, das zu den gehobenen Adressen Weinheims zählt. Und das läuft meines Wissens sogar so gut, dass sich Frau Galen auch ohne das Vermögen ihres Mannes bestens über Wasser halten könnte.«

»Genug kann nie genügen«, fällt mir dazu nur ein.

»Schon recht, aber wo wir schon mal bei möglichen Motiven sind: Frau Galen soll diesem Willing doch weisgemacht haben, dass ihr Mann ein Verhältnis mit Veronika Pöschel, also seiner Anwaltsgehilfin, hatte.«

»Richtig. Nur, dass die in der Version, die ich kenne, Grete Wismar hieß.«

»Wie auch immer. Ich kann mich hier nur zu Frau Pöschel äußern. Und von der ist uns bekannt, dass sie Ende nächster Woche einen Termin beim Standesamt gehabt hätte, was meiner Ansicht nach eher gegen ein Tête-à-Tête mit Dr. Galen spricht.«

»Das sagt doch gar nichts.«

»Sicher. Normalerweise. Aber Frau Pöschel war lesbisch.«

Ich fasse es nicht. Ist das hier alles Zufall? Nur eine merkwürdige Verstrickung ähnlicher Umstände? Nein, daran will und kann ich nicht glauben.

»Und das weiß übrigens jeder in der Kanzlei«, fährt der Beamte fort. »Auch Frau Galen. Hätte sie also jemanden anheuern wollen, um Veronika Pöschel umzubringen, dann hätte sie sich dafür ein anderes Motiv als ausgerechnet Eifersucht aussuchen müssen, insbesondere dann, wenn derjenige, der ihr diesen Dienst erweisen sollte, auch noch hier in Weinheim wohnt. Selbst in einer Stadt unserer Größenordnung kann man nie wissen, wer was über wen weiß.«

»Hm.«

»Und um noch mal auf den kleinen Mann zurückzukommen«, sagt er jetzt und streicht dabei mit dem Zeigefinger über die Arbeitsfläche seines Schreibtisches. »Nehmen wir mal an, es gäbe tatsächlich zwei Mörder und er wäre einer davon. Warum soll er dann ausgerechnet der von Dr. Galen sein? Ebenso gut könnte er Frau Pöschel umgebracht haben.«

»Nein. Niemals. Denn in seiner Geschichte wird der Mörder der Sekretärin gefasst und verurteilt. Er gibt sich doch nicht selbst die Rolle des Verlierers.«

Der Beamte betrachtet nun mürrisch die Spitze seines Zeigefingers. »Klingt nur vernünftig«, sagt er dabei. »Aber wie dem auch sei, bislang weisen sämtliche Indizien auf *einen* Täter hin.«

Ich bin sprachlos. Der Kerl *will* nicht begreifen. »Mein Gott«, schreie ich deshalb wieder. »Darum geht es hier doch die ganze Zeit. *Ein* Täter wird überführt, aber der kleine Mann und Frau Galen werden davonkommen. Verstehen Sie das nicht? *Genau das* ist das Geniale an seinem Plan.«

Nun nickt er nur. Aber ist seine Reaktion nicht sogar verständlich? Alles, was ich sage, klingt fragwürdig. Ich würde vermutlich auch kein Wort davon glauben. Aber was soll ich tun? Mir hat jemand nahezu lückenlos Details eines ausgeklügelten Kriminalfalles geschildert und dabei mehrmals betont, dass sich sämtliche dargestellten Verbrechen tatsächlich zugetragen haben. Und dann geschehen sie genau in der Zeit, in der ich mich ihrer annehme, und quasi direkt vor meiner Haustür. Obendrein stimmen die Beschreibungen und Lebensverhältnisse der Opfer exakt mit denen in den Aufzeichnungen überein. Das muss für die beiden zu viel des Guten sein.

Aber ich überblicke auch längst nicht alles. Im Gegenteil. Im Laufe dieses Gesprächs ist bei mir eine Verwirrung hinzugekommen, die anfangs nicht da war. Da hatte alles noch eine gewisse Klarheit. Aber inzwischen frage ich mich, warum mir der kleine Mann diese Geschichte überhaupt anvertraut hat. Dass er es nur tat, um mir Stoff für einen Roman zu überlassen, kann ich nun nicht mehr ernsthaft glauben. Weshalb also noch? Dazu fallen mir allenfalls weitere Feststellungen und Fragen ein. Der Mann ist nicht dumm. Ihm muss klar gewesen sein, dass ich mein Wissen nach Bekanntwerden der Taten sofort zur Polizei tragen würde. Kann es also sein, dass er genau das beabsichtigt hat? Ist es demnach Bestandteil seines grausigen Konstrukts, dass ausgerechnet *ich* die Polizei über ihn und seine Urheberschaft an dem Plan informiere? Bin ich demnach Medium eines Verrückten, mit der Aufgabe, der Welt seine Genialität zu verkünden? Und wenn ja, beschränkt sich mein Part in seinem bösen Spiel dann nur darauf, oder hat er mir noch weitere Rollen zugedacht? Ich spüre, dass mir diese Fragen Unbehagen bereiten.

»Gut«, sage ich schließlich. »Ich sehe schon. Sie glauben mir nicht und wir kommen hier nicht voran. Ist es unter diesen Umständen möglich, mit einem Beamten der Kripo zu sprechen?«

Der Polizist schüttelt den Kopf. »Leider nein. Im Augenblick nicht. Die sind momentan aus nahe liegenden Gründen sehr beschäftigt. Aber wir haben alles fein säuberlich protokolliert«, er deutet auf seinen Kollegen, »und leiten die Sache selbstverständlich ordnungsgemäß weiter.«

Ich seufze resigniert. Dann sehe ich auf die Uhr. Zehn nach zwei. Der Wandertag.

»Ich verstehe. Könnten Sie mich wenigstens nach Hause fahren?«

Natürlich steht sie längst vor der Haustür. Aus der Entfernung und in der quer gestreiften Bluse sieht die lang gewachsene Erzieherin wie ein trauriger Leuchtturm aus. Und selbst von hier aus kann ich erkennen, wie sich gerade ihre Miene versteinert, weil ihr genau in diesem Moment klar wird, dass der Vater des kleinen Thorben von einem Streifenwagen nach Hause gebracht wird. Ich möchte nicht wissen, was sich jetzt in ihrem früh ergrauten Kopf abspielt.

Beim Aussteigen kommt mir Thorben sofort mit großen Augen entgegengerannt. »Oh, Papa, wie toll. Ich will auch Polizeiauto fahren.«

Ich lasse den Kleinen an meine Brust springen und strecke der Frau auf dem Weg zur Haustür ein aus Zeige- und Mittelfinger geformtes V entgegen. »Tag, Frau Seifenheimer-Piesecke. Entschuldigung, aber ich bin noch ein bisschen festgehalten worden. War's schön mit den Kindern?«

»Herr Semmler, ich glaube, es ist dringend an der Zeit, dass wir mal ...«

»Da gebe ich Ihnen völlig recht. Auch ich bin dafür. Aber ausgerechnet heute habe ich nicht eine einzige Flasche Bier im Haus.«

Als Carola von der Arbeit kommt, fragt sie mich als Erstes, ob ich den Leitartikel vom »Stadtanzeiger« gelesen habe. Das habe ich inzwischen getan. Mehrmals. Hat es bis dahin eine Restskepsis gegeben, so bin ich seither vollends davon überzeugt, dass es sich bei der Ermordung Dr. Galens und seiner Angestellten genau um jenen Fall handelt, der mir bis gestern in schriftlicher Form vorlag.

»Das ist nicht zu glauben, oder?«, sage ich, als wir allein sind. »Selbst das Alter der beiden stimmt. Galen war vierundvierzig und Frau Pöschel sechsundzwanzig, so wie Gutperl und Grete Wismar in den Aufzeichnungen. Der Tathergang, das Umfeld, das Arrangement mit der Entkleidung der jungen Frau und sogar die Tatzeit – alles genau wie beschrieben. Ich kann es noch immer nicht fassen. Was sagst du? Denkst du das Gleiche wie ich?«, frage ich.

»Ja. Ich musste den Artikel dreimal lesen. Aber mir läuft's noch immer eiskalt den Rücken runter. Es *ist* dieser Fall.«

Ich atme auf. »Ich bin froh, dass du das auch so siehst. Bei der Polizei hat mir kein Schwein geglaubt. Die haben mich für verrückt gehalten. Ich hab nur leider nicht die geringste Ahnung, was das alles bedeuten soll.«

»Was meinst du?«

Ich bin nicht sicher, ob ich Carola von meinen schrecklichen Erkenntnissen berichten soll. Eigentlich will ich sie nicht beunruhigen. Aber in der letzten Stunde habe ich viel nachgedacht und bin zu dem Schluss gekommen, dass ich ehrlich mit ihr sein muss, denn es ist zu befürchten, dass gegenseitiges Vertrauen und Offenheit von nun an etwas sein werden, das wir mehr denn je und mehr als alles andere brauchen.

»Ich meine, dieser Typ überlässt mir Material, in dem er einen Mordfall und sämtliche dazugehörigen Einzelheiten darstellt. Für mich wird immer deutlicher, dass er selbst ein wichtiger Akteur in seinem dunklen Kabinettstück ist. Und nun rate mal, welche Rolle er besetzt.«

Carola sieht mich erschrocken an. »Nein, das kann nicht sein. Weißt du, was du da behauptest?«

»Ja. Das weiß ich. Er ist der Mörder von Galen.«

»Hast du *auch das* der Polizei gesagt?«

»Ja. Not interested!«

»Was?«

»Tja.«

»Vielleicht irrst du dich ja auch.«

»Das wäre gut möglich. Aber überleg selbst: Er hat die Morde und sämtliche dazugehörigen Details im Voraus bis aufs i-Tüpfelchen genau dokumentiert. Wer sonst könnte dazu in der Lage sein, außer der Täter selbst?«

Ich sehe ihr an, dass sie überlegt. Schließlich zuckt sie mit den Achseln.

»Und gestern Morgen«, fahre ich fort, »haben wir uns um halb zehn oben auf der Windeck getroffen. Die Morde sind aber schon zwischen halb neun und neun geschehen. Er hätte also genug Zeit gehabt, um pünktlich zu unserer Verabredung zu erscheinen. Außerdem war er auffällig gering interessiert, als unten am Marktplatz die Polizei in Horden einfuhr.«

»Jetzt erschreckst du mich aber wirklich. Das hieße ja, dass du gestern mit einem leibhaftigen Mörder zusammengesessen hast. Einem, der quasi noch warmes Blut an den Händen trug.«

Ich schlucke. Carola hat mitunter eine drastische Ausdrucksweise. Aber sie hat recht. »Ich kann es selbst nicht glauben«, sage ich. »Und ich hätte diesem Mann sowas auch niemals zugetraut. Ich hab ihn dir ja beschrieben. Außerdem hab ich gestern auch noch festgestellt, dass er leicht behindert ist. Er hinkt.«

»Hinkt?«

»Ja.«

Sie sieht mich nun eher verwundert an. »So einer passt doch gar nicht zu Frau Galen. Die ist eine groß gewachsene, attraktive Frau, die sehr auf ihr Äußeres bedacht ist, auch wenn sie für meinen Geschmack ein bisschen zu gut ernährt ist. Aber sie ist eine äußerst vitale und, wie man so schön sagt, gepflegte Erscheinung. Und Galen war das, was man ein Bild von einem Mann nennen würde – groß, athletisch gebaut, sportlich mit vollem meliertem Haar. Ich würde sagen: Typ Harrison Ford. Dass die einen hinkenden Gnom zum Geliebten hat, kann ich mir nur schwer vorstellen.«

Das hat der Polizist auch schon gesagt. »Okay. Dann ist er eben nur ein guter Bekannter, oder was weiß ich. Aber ich wusste gar nicht, dass du die Galens kennst.«

»*Sie* kenne ich ein bisschen. Ich war mal in ihrem Geschäft. Es befindet sich in der Hauptstraße. Viel zu teuer für uns. Und ihren Mann habe ich ein paar Mal in der Zeitung gesehen. Außerdem kenne ich ihr Haus. Es steht in der Institutstraße. Eine prachtvolle weiße Villa. Jugendstil, oder so.«

»Gründerstil«, korrigiere ich. »Außerdem ist sie sand...« Ich halte kurz inne. Gerade drängen sich mir wirre Erinnerungsfetzen mit sich jeweils ähnelnden und offenbar zu ein und derselben Sache gehörenden Bildern auf. Sie haben allesamt mit der Villa der Galens zu tun, soweit ich es erkenne. Aber ich kann sie nicht ordnen.

Am deutlichsten sind jene herauszuerkennen, die auf die Situation mit der alten Automechanikerin verweisen. Sie hat mich auf das Anwesen aufmerksam gemacht und dann auf Galens Parkplatz gedeutet. Auf dem hat mein BMW gestanden. Anschließend habe ich auf die Straße geschaut. Und dabei ist mir etwas durch den Kopf gegangen, das mir in dem Moment wichtig erschien – soviel weiß ich noch. Aber dann ist mir übel geworden.

Das Telefon läutet. Carola ist näher dran. Sie geht in die Diele, ruft aber gleich darauf nach mir. Irgendeine Autowerkstatt sei am Apparat, meint sie, und die will was von mir. Ich übernehme und erkenne sofort die Stimme der alten Frau. Sie habe den Keilriemen gewechselt und den BMW gründlich durchgecheckt, sagt sie. An dem gebe es leider noch mehr zu machen, und am besten sei es, wenn ich mal vorbeischauen würde. Wie ich vorausgesehen habe, denke ich. Nun werde ich bluten dürfen. Und da sie mir so nett geholfen hat, wäre es unhöflich, ihr den Reparaturauftrag nicht zu erteilen. Das Einzige, was mir bleibt, ist, hinzufahren und über den Preis zu verhandeln. Aber mir fällt ein, dass ich ja gar kein Auto habe. Und Carola braucht ihres. Sie wollte mit den Kleinen heute zum Kinderarzt fahren.

»Ich kann nicht kommen«, sage ich deshalb. »Meine Frau braucht das andere Auto.«

»Macht nichts«, antwortet die Alte, »ich kann Sie abholen. In zehn Minuten bin ich bei Ihnen.« Dann höre ich ein Klicken in der Leitung.

Die Alte scheint den Auftrag dringend zu brauchen. Ich überlege, ob es in meinem Bekanntenkreis jemanden gibt, der sich mit Autos auskennt und den ich hinzuziehen könnte. Aber mir fällt niemand ein.

Bereits zehn Minuten später klingelt es an der Tür. Sie ist es. Sie ist mit diesem Benz gekommen, an dem sie morgens herumgeschraubt hat. Aber nun trägt sie keine schmutzige Arbeitskleidung, sondern verwaschene Bluejeans und ein weißes T-Shirt. Gesicht und Hände sind sauber, und ihr dünnes graues Haar trägt sie offen. Ich nehme zur Kenntnis, dass sie für ihr Alter eine agile und noch recht attraktive Erscheinung ist.

Auch der Innenraum des alten 280 SEC ist nach meinem Geschmack. Wohnzimmeratmosphäre. Rotbraunes, stabiles Glattleder, Holzarmaturen und chromumrandete Anzeigeinstrumente bieten ein Ambiente, das an britische Herrenklubs erinnert. Dank der gedämpften Akustik ist das Böllern des Achtzylinders mehr zu spüren als zu hören, und wenn die kleine Frau aufs Gaspedal tritt, merke ich das nur daran, dass sich die Motorhaube zu heben beginnt und dass ich mit sanfter, aber deutlich zupackender Kraft in den Beifahrersitz gedrückt werde.

»Danke, wegen heute Mittag«, sage ich schließlich. »Ich weiß noch immer nicht, was so plötzlich über mich kam.«

»Keine Ursache.«

»Trotzdem, vielen Dank. Aber darf ich Sie fragen, warum Sie mich ausgerechnet zur Polizei gefahren haben?«

»Na, Sie sind gut. Sie kamen mir reichlich seltsam vor. Ihre Reaktion auf diese Mordgeschichte war, gelinde gesagt, ungewöhnlich und für meine Begriffe einigermaßen auffällig.«

Klar, sie ist eine alte Frau. Vermutlich bekam sie es mit der Angst zu tun. Dagegen spricht allerdings, dass sie jetzt, keine drei Stunden später, wieder neben mir sitzt. Weil's ums Geschäft geht?

»Und jetzt holen Sie diesen *Auffälligen* zu Hause ab und sitzen auch noch allein mit ihm im Auto? Das finde *ich* offen gesagt seltsam.«

»Ich hab vorhin bei der Polizei angerufen und mich nach Ihnen erkundigt.«

»Aha.«

»Ja. Ich kenne die beiden Beamten, die mit Ihnen geredet haben. Ich wollte von denen wissen, ob Sie was auf dem Kerbholz haben, denn dann hätte ich Ihr Auto postwendend vor Ihrer Haustür abgestellt.«

Tough, die Alte. »Und, was haben die gesagt?«

»Dass Sie ein harmloser Spinner sind, der sich wichtig machen will.«

»Wie bitte?«

»Und dass Sie ein Geschichtenschreiber sind, dem die eigene Fantasie einen Streich spielt.«

Das ist ja das Allerletzte. Dürfen die sowas jedem mitteilen, der bei ihnen anruft? »Haben die das wirklich behauptet?«

»Ja. Und dabei ist mir eingefallen, woher ich Ihren Namen kenne.«

»So?« *Und mich womöglich sofort taxiert und als schwerreichen Autor eingestuft.*

»Ich hab den Kindern meines Nachbarn zwei von Ihren Büchern geschenkt.«

»Und? Haben sie ihnen gefallen?«

Sie dreht sich zu mir um. »Darf ich offen sein?«

»Sie haben die Geschichten nicht verstanden, richtig?«

Sie nickt und betätigt den Blinker.

Wie immer, denke ich. Ich würde gern was erwidern, aber sie fährt schon in die Durchfahrt zu ihrem Werkhof ein.

Der BMW hat ein winziges Leck im Auspuff. Die Frau hält das Endrohr bei laufendem Motor mit einem Lappen zu. So sehe und höre sogar ich, dass eine Schweißnaht am hinteren Schalldämpfer undicht ist.

»Ansonsten steht der alte Karren topp da. Und das hier ist eine Kleinigkeit. Ich kann's schweißen. Kostet nicht die Hölle. Aber ich wollt's Ihnen unbedingt zeigen, damit Sie nicht denken, die Bremer will Ihnen für unnötigen Kram Geld aus der Tasche ziehen. Solche Kunden hatte ich nämlich schon.«

Ich weiß nicht, ob ich mich freuen oder schämen soll.

»Ich würde Ihnen aber empfehlen, im nächsten Frühjahr neue Sommerreifen zu kaufen.«

»Wieso? Sind die schon wieder abgefahren?«

»Nicht generell. Aber Sie müssen irgendwann mal eine satte Vollbremsung hingelegt haben. Alle vier sind einseitig flach verschlissen.«

Ich überlege. Stimmt, sie hat recht. Letzte Woche bin ich auf dem Weg zum Kindergarten knapp einem Auffahrunfall entkommen. Ich erinnere mich. Plötzlich hat dieses Baufahrzeug am Straßenrand gestanden. *Wo war das doch gleich?*

»Also. Wollen Sie, dass ich das Leck schließe?«, fragt sie schließlich.

»Ja, bitte. Gern. Ich hab schon das Schlimmste befürchtet«, antworte ich fast mechanisch, denn ich merke, dass ich nicht ganz bei der Sache bin. *Wo war das nur?,* frage ich mich wieder.

»So? Und ich dachte, das Schlimmste sei Ihnen bereits heute Mittag passiert. Mit so einem Ohnmachtsanfall ist nicht zu spaßen. Haben Sie mal Ihren Blutzucker kontrollieren lassen?«

»Damit ist alles in Ordnung«, sage ich, aber die Gedanken, die sich gerade in mir breitmachen, sind wichtiger. *Dieses Baufahrzeug spielt eine Rolle. Aber welche?*

Nebenbei sehe ich, dass die kleine Frau einen Knopf an der Hebebühne drückt. Die senkt sich daraufhin langsam. Sie sieht mich dabei fragend an. Ich lächele dünn zurück.

»Hm«, macht sie schließlich, als das Auto wieder auf der Erde steht. »Sie sehen nachdenklich aus. Geht es noch immer um diesen Mord?«

Ich nicke.

Sie wirft den Lappen in eine Ecke und reibt sich die Hände. »Ihnen geht die Sache sehr nahe, oder?«, fragt sie. »Kannten Sie etwa eines der Opfer?«

Ich schüttle den Kopf. »Nein. Nicht persönlich. Aber irgendwie doch.« Ich weiß, dass ich in Rätseln spreche, aber gerade kommt mir wieder der heutige Mittag in den Sinn, der Augenblick, als die Alte erst auf die Villa der Galens und dann auf meinen BMW gedeutet hat. Und endlich verstehe ich, was mich in diesem Moment so heftig bewegte. Genau in der Straße, an der sich der Parkplatz befindet, habe ich letzte Woche diese Vollbremsung hingelegt. Und Schuld daran war dieses Baufahrzeug. Darauf wurden lange Metallstangen und Bretter geladen – Baugerüstteile. Ein Baugerüst also! In der Institutstraße! An der Ecke zur Dr.-Bender-Straße. Demnach hatte es direkt vor der Villa der Galens gestanden.

Nun dämmert mir auch, warum mir all diese seltsamen Details durch den Kopf spuken. Sie haben mit der Geschichte des kleinen Mannes zu tun. Ich erinnere mich: Als Willing Marlene Gutperl kennenlernte, fiel ihm auf, dass sie in der gleichen Straße wohnte wie er – und zwar in einer weißen Villa, an der gerade ein Baugerüst stand. Und später, bei ihrer Vernehmung, hat sie angegeben, an dem Vormittag, an dem Menzel ermordet wurde, wegen Schäden, die beim Abbau eines Gerüstes entstanden waren, bei einer Baufirma gewesen zu sein. Diese Angabe wurde bestätigt und war somit eines ihrer Alibis.

»Wissen Sie«, frage ich die Alte und bin sicher, dass ich sie völlig entgeistert ansehe, »ob an der Villa der Galens in letzter Zeit Fassadenarbeiten durchgeführt wurden?«

»Ja. Bis letzte Woche.«

Mein Gott. Ich hab also recht.

»Wurde sie dabei auch frisch gestrichen?«

»Ja. Vorher war sie schneeweiß. Jetzt hat sie diese komische Sandf...«

»Das gibt's nicht«, platzt es nun fast aus mir heraus. »Natürlich. So war es. Der kleine Zwerg hat mit seinen Planungen bereits vor Wochen begonnen. Und zu dem Zeitpunkt war die Villa der Galens noch weiß. Deshalb hat er in seinen Aufzeichnungen die Villa der Gutperls auch genau so beschrieben. Aber er hat darin auch erwähnt, dass ein Baugerüst davor stand. Frau Gutperl ließ nämlich gerade Fassadenarbeiten durchführen. Und das hat sie später auch der Polizei berichtet. Auch die Galens haben die Fassade ihrer Villa neu streichen lassen – aus Weiß wurde Sandfarben. Also sind Marlene Gutperl und Frau Galen ein und dieselbe Person.«

Nun sieht *sie* mich entgeistert an. »Was für ein Zwerg? Und welche Aufzeichnungen. Ist alles in Ordnung mit Ihnen?«

Ich winke beruhigend ab: »Ja, machen Sie sich keine Sorgen. Ich denke nur laut.« Aber eigentlich *rechne* ich. Es war letzten Freitag, als ich Thorben abgeholt und die Vollbremsung gemacht habe. Dr. Galen und Veronika Pöschel sind am Montagmorgen, drei Tage später, ermordet worden – also genau am gleichen Tag wie Dr. Gutperl und Grete Wismar in den Aufzeichnungen des kleinen Mannes. Aber der hat den Tag darin noch in anderer Form angegeben: *Vier Tage nach Menzels Entlassung,* hieß es an der entsprechenden Stelle. Demnach muss Menzel an einem Donnerstagvormittag entlassen und von Marlene Gutperl ermordet worden sein. Ich frage mich deshalb, inwiefern es auch zu diesem Mord eine Parallele in der Realität geben könnte. Eigentlich keine, denn Marlene Gutperls Alibi bezog sich schließlich genau auf diesen Donnerstagvormittag. Da war sie bei besagter Baufirma gewesen. Das heißt, dass das Baugerüst an ihrem Haus an dem Donnerstag bereits abgebaut gewesen sein musste, weil sie sonst schlecht einen Schaden hätte reklamieren können, der beim Abbau dieses Gerüsts entstanden war.

Von der Villa der Galens ist das Gerüst hingegen definitiv erst einen Tag später entfernt worden, nämlich am Freitag, als ich fast gegen das Baufahrzeug gebrettert wäre. Also gibt es *in diesem Punkt* keine Übereinstimmung zwischen den Aufzeichnungen und der Wirklichkeit, und damit in der Realität auch keinen Mord an einem Strafgefangenen. Ist das beruhigend?

»Kommen Sie mit?«, fragt mich die alte Frau plötzlich.

»Wohin?«

»Ins Haus. Ich brauche einen Kaffee – und einen schriftlichen Arbeitsauftrag von Ihnen.«

Haus?, denke ich. Hier gibt's doch nur den alten Wohnwagen.

Die Frau gibt mir ein Zeichen, ihr zu folgen und verlässt die Werkhalle. Ich trotte über den Hof hinter ihr her und begebe mich, wie sie, in die dunkle, mittelalterliche Toreinfahrt im Vorderhaus. Jetzt sehe ich zum ersten Mal, dass in einer der gemauerten Seitenwände eine dunkelgraue Stahltür eingelassen ist. Die öffnet die Alte und geht hinein. Ich bin verwundert, aber schließlich trete auch ich durch die Tür und finde mich mit einem Mal in einer hell beleuchteten Diele wieder.

»Könnten Sie bitte die Schuhe ausziehen?« Sie streckt mir ein paar Filzlatschen entgegen.

Ich ziehe meine Schuhe aus, die Latschen an und schlurfe weiter. Nach wenigen Schritten öffnet sie erneut eine Tür, und kaum, dass ich mich versehe, stehe ich in einem mit Weichholzdielen ausgelegten Wohnraum. Der hat die Form und Größe einer Scheune, was er aber nie war, wie ich anhand dessen, wie ich dieses Gebäude von der Straße her in Erinnerung habe, mit Sicherheit sagen kann. Vielmehr handelt es sich um ein vollständig entkerntes, nach fränkischem Stil erbautes Fachwerkhaus aus dem späten Mittelalter. In der Mitte ist es gute acht Meter hoch und auf einer Höhe von etwa drei Metern befindet sich an der Wand, die meines Erachtens zur Tordurchfahrt weist, eine erst kürzlich errichtete Galerie. Zu der führt eine Holztreppe, und dort oben gibt es mehrere kleinere Türen. Ich vermute, dass sie zu direkt über der Einfahrt gelegenen Zimmern führen.

Der weitläufige Raum, in dem ich stehe, wird von einem kolossalen Spitzdach bedeckt, und zwischen dem freigelegten Gebälk des Dachstuhls strahlt jede Menge Licht durch riesige, in die Dachfläche integrierte Fenster. Somit ist hier unten nahezu jeder Winkel taghell ausgeleuchtet. Ich staune und frage mich, wie die Alte ...

»Kaffee?« Es ist eine Männerstimme, die mich aus meinen Überlegungen reißt. Ich drehe mich in die Richtung, aus der sie kommt, und erkenne, dass neben einem geschliffenen und gewachsten Holzpfeiler der alte Knacker von heute Morgen steht – Herrmann! Ich erinnere mich an seinen Namen. Auch er trägt jetzt Jeans, oder genauer: Ein paar Hosenträger halten sie in Nabelhöhe seines umfangreichen Bauches. Außerdem hat er ein kurzärmeliges, kariertes Hemd an, hat saubere Hände, und der Teil seines Gesichts, der nicht von grauen Barthaaren bedeckt ist, besitzt jetzt eine gesunde menschliche Hautfarbe. Seine Glatze schimmert wie poliert und der lichte Haarkranz wirkt frisch gewaschen.

»Ich kann nur empfehlen, das Angebot anzunehmen«, sagt die Frau. »Mein Mann macht guten Kaffee.«

Mann? Ich habe nicht eine Sekunde in Erwägung gezogen, dass die beiden ein Paar sein könnten. Ich setze mich zu der Frau an einen Tisch aus knorzigem Eichenholz, und keine fünf Minuten später serviert mir der Alte den Kaffee.

»Ich bin baff«, wage ich nun zu sagen. »Ich meine, in jeder Hinsicht. Sie haben es wunderschön hier. Wenn man hinten den Hof und die Werkstatt sieht, und dann dies hier, dann ...«

»... dann hat man sehr unterschiedliche Eindrücke?«, unterbricht sie mich.

»Ja.«

Sie lächelt. Auch Herrmann scheint zu lächeln, aber seine Mimik verändert sich dabei außer einer winzigen Bewegung der Mundwinkel kaum. Dafür fällt mir jetzt der warme Ausdruck seiner rehbraunen Augen auf. In diesem Blick, denke ich, liegt etwas Verbindliches, etwas Treues und Zuverlässiges. Zudem sitzt er vorbildlich aufrecht, so, wie es Carola immer tut. Seine muskulösen Unterarme hängen entspannt seitwärts am Bauch herab und seine großen, kräftigen Hände liegen locker und leicht gebeugt auf der Tischkante.

»Aber jetzt erzählen Sie mal, junger Mann«, fordert mich die Alte mit einem Mal unvermittelt auf. »Was hat Sie heute Mittag eigentlich so umgehauen?«

Ich wundere mich über dieses Manöver. Statt sich zur Diskrepanz zwischen dem abrissreifen Betrieb dort draußen und dieser liebevoll gestalteten Welt hier drinnen zu äußern, will sie über diese Mordfälle sprechen. Ich lasse mich darauf ein, weil ich vermute, dass es sie möglicherweise langweilt, jeden neuen Gast über die Hintergründe ihrer ungewöhnlichen Lebensumstände aufzuklären. Außerdem ist sie mir inzwischen sympathisch. Und sie hat mir geholfen. Also berichte ich und führe alles auf, was ich bislang über diese Verbrechen weiß.

Diesmal tue ich es geordneter und flüssiger als bei der Polizei, und die beiden Alten erweisen sich als interessierte Zuhörer. Sie schweigen und konzentrieren sich auf das, was ich zu berichten habe. In ihren Gesichtern spiegelt sich kein Misstrauen oder gar Unglaube, und sie geben weder sarkastische noch zynische Kommentare zum Besten. Stellt die Frau Zwischenfragen, klingen sie qualifiziert und sinnvoll und haben stets mit der Sache zu tun. Und dass Herrmann nie hinterfragt und weder mimische noch gestische Äußerungen zeigt, werte ich nicht als Zeichen von Desinteresse, sondern von erhöhter Aufmerksamkeit, denn seine wachen Augen weichen nie von meinem Mund.

»Tja. Und heute Mittag musste ich von Ihnen erfahren, dass gestern Morgen ausgerechnet in dieser Stadt, also mitten unter uns und genau zur beschriebenen Uhrzeit, zwei Morde mit zu dieser Geschichte identischen Charakteristika begangen wurden«, beende ich meine Ausführungen schließlich. »Das lässt einen nicht kalt.«

Die Frau hat die ganze Zeit an der Stuhlkante gesessen, aber nun lehnt sie sich zurück und holt tief Luft.

»Uff. Jetzt kann ich verstehen, warum Sie den Halt verloren haben. Und jetzt wundert mich auch nicht mehr, warum die Simpel auf der Wache Ihnen nicht geglaubt haben. Das Ganze klingt wirklich an den Haaren herbeigezogen.«

»Sehen Sie.«

»Ja«, sagt sie. »Aber ich glaube Ihnen.«

Ich bin verblüfft. »Ernstlich?«

»Ja.«

»Hm.« Ich wende mich ihrem Mann zu, um herauszufinden, was der denkt. Aber das ist nicht zu beurteilen, denn er sitzt noch immer regungslos da und äußert sich in keiner Weise. Ich spreche deshalb wieder die Frau an.

»Das beruhigt mich. Aber ich hab trotzdem keine Ahnung, was ich mit meinem Wissen anstellen soll, außer es auf meinen Schultern herumzuschleppen. Und ich weiß nicht mal, wem es nutzt. Die Polizei legt offensichtlich keinen Wert darauf und die Toten macht es nicht lebendig. Ich selbst hab auch nicht viel davon, denn ich kann mich ja schlecht auf die Suche nach dem Mörder begeben.«

»Warum nicht?«, fragt sie.

»Nun ja. Ich bin kein Kripobeamter. Außerdem kann sowas ganz schön gefährlich sein.«

Sie zuckt mit den Schultern. »Aber Sie wollen einen Krimi schreiben. Dann wäre das der ideale Weg – learning by doing. Sie wissen mehr, als die Ermittler derzeit wissen. Das heißt, dass Sie einen Vorsprung haben. Und so, wie ich die Bande kenne, werden die sich erst wieder für Ihre Geschichte interessieren, wenn sich in der Realität nicht wegzuleugnende Parallelen abzeichnen. Aber bis dahin wird wertvolle Zeit verstrichen sein. Deshalb ist es kein Verbrechen, wenn Sie diese Zeit nutzen. Im Gegenteil. Vielleicht sind die Kripobeamten schon bald froh, dass sich inzwischen jemand um die Spur gekümmert hat, die sie aus Arroganz, Engstirnigkeit oder Unwissenheit ignoriert haben.«

»Aus Unwissenheit nicht«, wende ich ein. »Meine Aussage wurde protokolliert.«

Sie lacht. »Oh je. Ich kann mir lebhaft vorstellen, welche Einfärbungen dieses Protokoll haben wird. Wer es liest, wird es kichernd beiseitelegen.«

»Was?«

»Natürlich. Die beiden haben Sie für einen Fantasten gehalten. Sowas fließt zumindest unbewusst in den Text ein.«

Daran habe ich noch gar nicht gedacht. Die Vorstellung empört mich. Aber gerade, als ich dazu ansetze, etwas darauf zu erwidern, ist aus der Richtung des alten Mannes ein tiefes Räuspern zu vernehmen. Ich drehe mich deshalb zu ihm, und als ich ihn so anschaue, habe ich den Eindruck, dass er sich nun doch äußern will. Aber das tut er nicht. Jedenfalls nicht verbal. Stattdessen fixiert er seine Frau mit einem eigentümlich fragenden Blick. Die lächelt ihm sanft zu und nickt schweigend, so, als wenn sie allem, was nun folgen wird, schon jetzt zustimmt. Ich bin irritiert, habe aber nicht die Gelegenheit, über den möglichen Inhalt der verschlüsselten Botschaften des Paares nachzudenken, denn der Alte starrt mich mit einem Mal an und sagt mit einer Bestimmtheit, die mich erschreckt: »Komm, Junge. Lass uns aufbrechen.«

Ich muss fast lachen, weil ich nicht verstehe, was er meint. »Aufbrechen? Wohin denn?«, frage ich deshalb.

»Komm einfach mit«, lautet seine knappe Antwort. Er spricht ruhig, und dank seiner tiefen Stimme rollen die Silben weich ineinander über. Schließlich erhebt er sich vom Stuhl.

»Tu es«, mischt sich die Frau jetzt ein, und ich erkenne, dass sie mich meint. »Oder willst du deinen Mörder allein verfolgen?«

Mir fehlen die Worte. Schließlich sehe ich, dass sich der Alte eine lederne Bauchtasche um den dicken Wanst bindet und eine Brieftasche in seine Gesäßtasche schiebt.

»Ich würde mir helfen lassen«, sagt die Frau nun und fügt hinzu: »Herrmann ist gut in solchen Dingen.«

In welchen Dingen?, frage ich mich und spüre plötzlich die Hand des Alten auf meiner Schulter liegen. »Los, steh auf«, brummt es zudem in mein rechtes Ohr. »Wir sollten keine Zeit verlieren.«

Ich verstehe noch immer nicht, aber meine Beine gehorchen bereits dieser Stimme, und kurz darauf folge ich doch tatsächlich dem Alten auf dem Weg raus zur Haustür.

Erst als wir uns bereits in der Judengasse und damit auf dem Weg hoch zur Hauptstraße befinden, wird mir bewusst, dass ich mich gerade zu etwas habe hinreißen lassen, das völlig idiotisch ist, und ich frage mich, welcher Teil von mir dazu die Zustimmung erteilt hat. Mein Kopf kann es nicht gewesen sein, denn der sagt mir ganz klar, dass Kinderbuchautoren und halb greise Automechaniker nicht nach Mördern suchen. Aber mich hat jemand mitten in eine mehr als kuriose Geschichte geschmissen – und nun so zu tun, als wenn sie mich nicht interessiert, wäre Unfug, denn als sie in Papierform vor mir lag, fand ich sie immerhin ergreifend genug, um sie verarbeiten zu wollen. Mich scheint demnach die Neugier zu treiben. Aber ich spüre auch bei jedem Schritt, den ich mache, die Bremswirkung der Angst.

»Und was haben Sie jetzt vor?«, frage ich den Alten, nachdem ich ihm schon eine Weile hinterhergetrottet bin.

Er hält an und dreht sich langsam um. »Wir gehen zur Villa der Galens und sehen uns dort mal in aller Ruhe um. Häuser von Toten haben immer was mitzuteilen.« Schließlich geht er in gemütlichem Wanderschritt weiter und lässt mich mitten auf der Hauptstraße stehen.

»Heißt das, Sie wollen vom Zaun aus lauschen, was die alte Burg Ihnen zuflüstert?«, rufe ich ihm hinterher. Dabei fällt mir auf, dass meine Stimme nicht die gewohnte Festigkeit besitzt, aber laut genug ist, dass sie von anderen Passanten gehört werden kann. Ich folge dem Alten deshalb in schnellerem Tempo. »Da braucht man aber verdammt gute Ohren«, füge ich etwas leiser hinzu, als ich zu ihm aufgeschlossen habe.

»Die hab ich. Jedenfalls hatte ich sie vorhin noch.«

10. Kapitel

Es ist früher Abend, eigentlich Hauptverkehrszeit, aber hier, wo die Institutstraße die Dr.-Bender-Straße kreuzt, hält sich der Verkehrslärm halbwegs in Grenzen. Vielleicht verfügt der kleine Park, der die Villa der Galens umgibt, auch deshalb nur über einen geringen Bestand an Bäumen und Hecken. Etwas zurückversetzt von beiden Straßen lässt es sich in der luxuriösen Behausung vermutlich ohnehin gut und ruhig leben. Und vielleicht genießen die Besitzer lieber die freie Aussicht aus den mehr als mannshohen Sprossenfenstern, als auf pflegeintensives Grünzeug zu starren.

Der Alte lugt zum wiederholten Mal neugierig durch die schwarz lackierten Stäbe des kunstvoll geschmiedeten Gitterwerks. Er hat das Anwesen und die Villa des ermordeten Rechtsanwalts inzwischen allerdings schon so oft von beiden Straßen aus betrachtet, dass ich mich allmählich frage, was er dort zu finden gedenkt. Sein Treiben ist mir peinlich. In dem karierten Hemd, den Jeans, mit seiner Leibesfülle und dem unrasierten Gesicht sieht er wie ein Tresorknacker aus. Ich befürchte, dass wir von den Bewohnern der umliegenden Häuser bereits heimlich beobachtet werden, und dass man uns für Einbrecher hält, die für einen bevorstehenden Coup die Lokalität auskundschaften. Demnächst müsste eigentlich ein Streifenwagen vorfahren.

»Und, ist das Haus gesprächig?«, traue ich mich schließlich zu fragen.

Der Alte grinst kurz, sieht mich dann aber mit ernster Miene an.

»Ich bin auf jeden Fall ein Stück weiter. Ach übrigens: Wie heißt du eigentlich?«

»Jörg.«

Er baut sich vor mir auf. »Also, Jörg, pass mal auf. Wir brauchen eine Basis, von der aus wir unsere Untersuchungen starten können. Wenn die nichts taugt, können wir gleich aufhören. Willst du aufhören?«

Ich habe dazu noch keine Meinung. Und dass wir schon mit irgendwas begonnen haben, wusste ich nicht.

»Gut«, meint der Alte, ohne meine Antwort abzuwarten. »Du hast auffällig viele Übereinstimmungen zwischen Mordfällen erkannt, die du aus Aufzeichnungen kennst und jenen, die soeben in der Realität geschehen sind. Deshalb vermutest du, dass sie etwas miteinander zu tun haben. Aber das Problem ist, dass du das beweisen können musst, denn du willst schließlich etwas. Du willst die Täter überführen und Ungläubige davon überzeugen, dass sie es auch tatsächlich sind.«

So? Ist es das, was ich will? Ich gebe eine ausweichende Antwort. »Eigentlich bin ich noch immer der Ansicht, dass hier allein die hohe Anzahl an Zufälligkeiten ausreicht, um vernunftbegabte Menschen von der Gleichheit dieser beiden Fälle zu überzeugen, und dass die diese Arbeit machen sollten.«

»Klar. Aber du siehst ja, wie weit bereits hier Vorstellung und Realität voneinander abweichen.«

»Okay. Eins zu null. Aber was können wir da groß tun?«

»Wir finden erst einmal heraus, ob wir deiner Informationsquelle überhaupt trauen können. Vieles spricht dafür, denn dein Informant hat der Welt drei wichtige Botschaften mitzuteilen, und er ist geradezu beseelt davon, sie von dir dorthin tragen zu lassen. Die erste lautet ›Sehet her, ich verkünde euch von einem perfekten Verbrechen‹, die zweite ›Ihr werdet mich nicht schnappen‹, und die dritte, ... obwohl ich euch sämtliche dafür nötigen Hinweise gegeben habe!‹. Und Letzteres wird er sehr zuverlässig getan haben, denn er will neben seiner ungeheuren Genialität auch seine Überlegenheit unter Beweis stellen. Mit Halbwahrheiten oder gar Auslassungen arbeitet er nicht, denn ihm ist bewusst, dass ihm unsportliches oder unseriöses Vorgehen den Nimbus vom überragenden Geist mit einem Schlag rauben würde.«

Ich staune über den Alten. Doof ist er offenbar nicht, und dass er gleich mit einer Grundsatzthese aufwartet, hätte ich nicht vermutet. Und an der ist zweifelsohne was dran, obwohl mir sofort ein Beispiel einfällt, das sie gefährdet. »Die Baufirma hat das Gerüst von der Galen'schen Villa erst am Freitag abgebaut«, erinnere ich ihn. »In den Aufzeichnungen ist das anders dargestellt worden. Da muss sie das am Mittwoch oder bereits davor getan haben.«

Seine Antwort fällt kühl aus. »Nun gut, dann gehe ich eben noch weiter, auch wenn es dich beunruhigen könnte. Ich sage: Bevor einer von uns an den Angaben dieses Gnoms zweifelt, sollte er erst kontrollieren, ob er die Information dahinter richtig erkannt, verstanden, ausgewertet und zusammengefügt hat. Dieser Kerl spielt das größte Spiel seines Lebens. Er leistet sich keinen Lapsus, und er gibt die Regeln vor. Wenn du teilnehmen willst, nimm sie demütig an, oder das Spiel funktioniert nicht. Du wirst erst kurz vor dem Ziel in der Lage sein, alles zu überblicken. Bist du bereit, so ein Spiel zu spielen? Wenn nicht, dann lass es bleiben. Irgendwann steigt die Kripo ohnehin als Zwangsspieler ein. Dann hast du deine Ruhe und der Kerl hat trotzdem seinen Spaß, weil er seine Aufzeichnungen dann denen zuschickt. Aber mit deinem Roman wird's dann nicht mehr so einfach wie jetzt.«

Ich denke ernsthaft darüber nach. Was der Alte da sagt, ist nicht verkehrt. Mich verwundert nur die Unbekümmertheit, ja fast schon Gleichgültigkeit, mit der er seine höchst beunruhigenden Thesen vorträgt. Das passt nicht zum Ausdruck seiner wachen Augen. Die sprechen eine völlig andere Sprache. In ihnen ist ein warmes Feuer zu erkennen, das seit seiner frühesten Kindheit darin lodert, und ich bin sicher, dass es einmal richtig höllisch gebrannt hat, seit einiger Zeit aber unter Sauerstoffentzug leidet.

»Hat dieser Unbekannte bei seinen Beschreibungen mal erwähnt, wie das Haus von diesem Willing aussah?«, fragt er jetzt.

»Nein.«

»Bist du sicher?«

»Ja. Er hat lediglich angegeben, dass es in der gleichen Straße und unweit von Marlenes Villa stand, allerdings hat er nicht erwähnt, um welche der beiden Straßen es sich handelte. Aber es kann nicht weit davon entfernt gelegen haben, denn Willing konnte am Tag von Menzels Entlassung von der Villa aus den Eingang seines Hauses observieren und ...«, ich drehe mich um, weil ich durch meine eigenen Worte auf einen Gedanken komme, »... dabei sowohl ihn als auch Marlene bestens erkennen.«

Inzwischen habe ich mich einmal um die eigene Achse gedreht. Der Alte ist wirklich nicht dumm, denke ich. Irgendeines der umstehenden Häuser ist es, und ich spüre plötzlich, dass mir heiß in der Magengrube wird, denn die Konsequenz aus dieser Erkenntnis ist mir gleichfalls bewusst. Hier in der Nähe lebt ein Mörder.

»Genau das hast du erzählt«, bestätigt der Alte. »Schon daran kannst du erkennen, wie gut es dein Informant mit dir meint. Aber dieser Hinweis allein nutzt uns noch nicht allzu viel, denn wenn man sich hier umschaut, dann könnte es jedes mit dem Auge erreichbare Haus im Bereich dieser Kreuzung sein. Ich würde mal sagen, da kommen wir schon von diesem Standort aus auf etwa zwanzig Häuser. Und von der obersten Etage der Villa blickt man noch erheblich weiter.«

Ich weiß nicht, ob ich enttäuscht oder erleichtert bin. »Damit haben Sie vermutlich recht«, bestätige ich jedenfalls. »Das richtige Haus dürfte schwierig zu finden sein.«

»Nicht unbedingt. Denn wie schon gesagt: Es steht alles in den Aufzeichnungen. Diese Situation ist also geradezu ideal, um zu testen, wie weit die Angaben von dem Männlein reichen, und ob sie wirklich den Tatsachen entsprechen. Auch ich kann mich nämlich nicht daran erinnern, dass du sein Haus beschrieben hast. Aber ich bin felsenfest davon überzeugt, dass *er* es getan hat. Also, streng deinen Grips an.«

Ich frage mich, was er eigentlich glaubt, was ich bisher getan habe. Trotzdem gehe ich die Zettelwirtschaft im Geiste noch mal durch. Aber dabei kommt mir nichts in den Sinn, was mit Willings Haus zu tun hat. Ich bin ohnehin erstaunt, an wie viele Details ich mich erinnern kann. Ich habe den Blätterhaufen zwar recht häufig durchgesehen und gelesen, aber Lesen und kognitives Erfassen eines Textes sind zwei Paar Schuhe, und sich später daran zu erinnern, ein drittes. Das denke ich nicht ohne Stolz, und der Alte könnte meine Fähigkeiten ruhig würdigen, statt einfach nur mehr von mir zu fordern. Es erinnert mich an das zweite Treffen mit dem kleinen Mann. Der hat mich in irgendeiner Situation sogar für meine angeblich mangelhafte Informationserfassung gerügt und unterstellt, dass ich nicht richtig zuhören, lesen, hinschauen und hinterfragen würde. Aber der hat sowieso vieles behauptet, finde ich. Er hat sogar gewusst, wie einfach das Schreiben von Krimis ist. Demnach reichen eine Stadt wie diese, eine Straße, zwei Häuser, ein paar Figuren und – *zwei Häuser*?

Ich wende mich dem Alten zu. »Zwei Häuser!«, sage ich. »Er hat auf ein paar Lokalitäten verwiesen, die in den Mordfällen eine Rolle spielten. Unter ihnen befanden sich auch zwei Häuser. Und die waren ihm wichtig genug, um explizit auf sie hinzuweisen. Beide standen hier in der Oberstadt, in ein und derselben Straße und unweit voneinander entfernt.«

Der Alte kratzt sich nun die grauen Bartstoppeln, was wie das Knirschen von Altschnee klingt. »Na also. Siehst du? Es geht doch. Und? Wie sahen die aus?«

»Das eine war groß und beige. Das andere war grün und erheblich kleiner.«

»Beige könnte man auch als Sandfarbe bezeichnen, oder?«

Ich bin nicht sicher und überlege. »Nun ja. Je nach Sonnenstand und in Abhängigkeit von der Entfernung, wohl schon. Aber wenn Sie auf die Villa der Galens abzielen, dann müsste es in ihrer Nähe auch ein grünes Haus geben. So eines sehe ich hier aber nirgends.« Wieder drehe ich mich um und betrachte die Umgebung.

»Das sagt gar nichts«, meint der Alte. »Wir betrachten sie schließlich alle nur von vorn. Du aber hast von dort oben auf die Stadt geschaut.« Er weist nach Osten, in Richtung Wald. Deutlich ist der Schlossberg mit der Ruine Windeck und ihrem charakteristischen Bergfried zu erkennen. »Du konntest demnach Häuser, deren Vorderansicht nach Westen weist, nur von ihrer Rückseite her sehen. Das trifft vor allem auf die Häuser der Institutstraße zu, denn die Dr.-Bender-Straße macht in nördlicher Richtung recht schnell eine Biegung nach Westen. Wir sollten also mal nachsehen, ob sich dort eines mit grüner Rückseite befindet. Wo stand denn das grüne Haus in Relation zum beigen?«

»Links davon.«

»Also in dieser Richtung«, antwortet der Alte und deutet mit ausgestrecktem Arm auf den südlichen Bereich der Institutstraße.

Ich spüre wieder das heiße Gefühl in meinem Bauch aufsteigen. Gleichzeitig fängt mein Herz an zu pochen. Will ich das hier? Will ich wirklich wissen, wo einer wohnt, der einer hübschen jungen Frau das Gesicht zerschossen hat? Einer Frau, die demnächst heiraten wollte? Will ich tatsächlich wissen, wer der Mann ist? Wie er in Wirklichkeit heißt? Wie er aussieht?

»Und? Wie sieht's aus?«, fragt der Alte. »Sollen wir's nachprüfen? Oder soll das Spiel hier enden?« Wieder klingt seine Stimme emotionslos, fast gelangweilt.

Ich atme tief durch. Wir können es hier nicht enden lassen, das weiß er genau. Keiner von uns beiden kann schon an dieser Stelle aussteigen. »Okay. Lassen Sie uns nachsehen«, antworte ich deshalb.

Im Schlendergang überqueren wir die Institutsraße und begeben uns in Richtung Süden. Ich weiß: Hinter dem Parkplatz kommen wir auf dem Weg zur Hauptstraße zu einer östlich und parallel zur Institutstraße gelegenen, schmalen Gasse. Von dort dürften wir freie Sicht auf die rückwärtigen Fassaden der infrage kommenden Häuser haben.

Diesmal läuft auch der Alte gemächlichen Schrittes. Aber er hält, im Gegensatz zu mir, seinen Körper aufrecht und scheint dem, was auf uns zukommt, offenen Auges und mit stoischer Gelassenheit entgegenzusehen – so, als ob er bereits wüsste, was ihn erwartet, oder sich zumindest nicht den Kopf darüber zerbricht.

Ich werde aus ihm nicht schlau. Man hat schließlich nicht täglich die Aussicht, gleich einem leibhaftigen Mörder gegenüberzustehen, und Opas wie er haben wenig Abwechslung im Alltag. Eigentlich müsste das hier eine aufregende Angelegenheit für ihn sein – eine Herausforderung, ein spannendes Abenteuer. Außerdem sieht er albern aus. Der gewaltige Bauch, die Hosenträger und vorn dran diese hässliche Bauchtasche. Was hat er da eigentlich drin? Aus der Entfernung ähnelt sie einer Fototasche, aber aus der Nähe betrachtet hat das labberige Lederding etwas von einem Kulturbeutel. Nur, wer trägt schon einen Kulturbeutel mit sich herum?

Mit einem Mal fällt mir etwas ein, das nicht mit dem Alten zu tun hat, an das aber auch gedacht werden muss: Was werden wir eigentlich tun, wenn wir das Haus gefunden haben sollten? Müssten wir dann nicht auch nachsehen, ob da überhaupt ein Mann wohnt? Außerdem darf er nicht alt, nicht gebrechlich oder viel zu jung sein. Und dann? Die Polizei rufen? Kaum zu glauben, dass die jemanden festnimmt, nur weil er in einem grünen Haus wohnt. Sollten wir den Mann zuvor also befragen, ihm dabei womöglich Auge in Auge gegenüberstehen? Einem Mörder? Und zu was befragen? Ob er Veronika Pöschel umgebracht hat? Und ob er Galen ebenfalls auf dem Gewissen hat?

»He«, sage ich deswegen und tippe meinem Weggefährten auf die Schulter, »warten Sie mal kurz. Was machen wir eigentlich, wenn wir das Haus gefunden haben?«

»Wir?«, antwortet er und schüttelte irritiert den Kopf. »Nichts. Was getan werden muss, macht die Kripo.«

Mir fällt ein Stein vom Herzen. »Okay. Also rufen wir die Kripo, sobald wir das grüne Haus gefunden haben. Und was sagen wir denen?«

Der Alte bleibt jetzt stehen, stemmt seine Hände in die Hüfte und mustert mich mit grimmiger Miene. »Aus dir wird man irgendwie nicht schlau«, sagt er. »Eben noch ein Bursche mit Hirn und nun ein Wirrkopf.«

Ich äußere mich nicht, aber ich ärgere mich. Was soll dieser Anpfiff?

»Hast du's schon wieder vergessen? Wir befinden uns in einer Überprüfungsphase. Wir kontrollieren, ob die Informationen, die uns durch deinen Informanten vorliegen, in sich schlüssig sind. Dazu würde gehören, dass die *Ereignisse*, die er beschrieben hat, ebenfalls eintreten. Nur wenn beides zutrifft, können wir sicher sein, dass wir uns im richtigen Spiel befinden, den aktuellen Spielstand kennen und den weiteren Spielverlauf überschauen.«

Das ist mir zu viel. Ich verstehe kein Wort.

Der Alte scheint das zu merken, denn er klopft mir auf die Schulter und spricht in ruhigerem Ton weiter. »Wenn wir das grüne Haus gefunden haben, liegt uns ein weiteres Indiz dafür vor, dass der kleine Wicht korrekte Angaben zu den Lokalitäten gemacht hat. Wirklich sicher können wir uns aber erst sein, wenn dort auch das reale Pendant zu Willing wohnt. Über ihn wissen wir: Er ist arbeitsloser Biologe und verheiratet. Und laut den Aufzeichnungen wird er einen Tag nach dem Blutbad festgenommen, weil er da von Marlene, oder besser Frau Galen, denunziert wird. Und dieser Tag wäre heute. Das heißt: Sollte in dem grünen Haus am heutigen Tag jemand zum Verhör mit aufs Revier genommen werden oder bereits mitgenommen worden sein, auf den die eben erwähnte Beschreibung passt, können wir unseren Test als abgeschlossen betrachten. Der kleine Mann hat dann nämlich tatsächlich das getan, was ich vorhin zu erklären versucht habe – er hat zu jedem Punkt wahrheitsgemäße Angaben gemacht. Seinen Auskünften wäre demnach auch in Zukunft hinsichtlich sämtlicher Details, wie Orten, Personen, Zeiten und eben auch Ereignissen zu trauen. Was wir mit diesem Wissen tun, bleibt dann allein uns überlassen.«

Jetzt verstehe ich, und ich spüre eine innere Erleichterung. »Bedeutet das, wir können selbst dann noch jederzeit aussteigen?«

»Natürlich. Wir können schließlich nichts mehr verhindern. Sein *Plan* für ein perfektes Verbrechen ist bereits in die Tat umgesetzt worden. Jetzt geht es ihm nur noch darum, dass auch sein *Genie* von aller Welt erkannt wird. Und da bist du für ihn als Medium selbstverständlich erste Wahl, denn du könntest ihn und diese Fälle in einem Roman beschreiben und seinem Genius damit ein Denkmal setzen. Aber wie gesagt: *Müssen* tust du das nicht. Und auch sonst musst du nichts. Er hat dann halt Pech und findet keinen Platz in den Annalen.«

Ich erinnere mich: *Sie gehen keinerlei Risiko ein. Sie können den ganzen Haufen verbrennen, wenn Ihnen der Inhalt nicht gefällt. Ich gräme mich deswegen nicht. Die Geschichte wird dadurch nicht ihrer Existenz beraubt. Wahre Begebenheiten sind unzerstörbar. Man kann sie höchstens verschweigen, aber auch dann sind sie bereits geschehen – sind also längst Faktum und unabänderlich.*

Ich hab den kleinen Mann für einen aufgeplusterten Sprücheklopfer gehalten. Aber die Aussage hinter dieser Phrase ist soeben von dem Alten bestätigt worden. Ich denke, dass es von nun an gescheit wäre, sich etwas mehr von dem ins Gedächtnis zu rufen, was der kleine Kerl von sich gegeben hat – und es vor allem ernst zu nehmen.

Kaum, dass wir das Parallelgässchen zur Institutstraße erreicht haben, geht alles sehr rasch. Ich wundere mich nicht mal, dass das kleine, grüne Haus tatsächlich existiert und dass wir es sofort entdecken. Es stimmt außerdem: Nur dessen Rückseite ist grün. Der Alte hat auch in diesem Punkt einen guten Instinkt und einen wachen Verstand bewiesen. Ich frage mich deshalb umso mehr, mit wem ich es hier eigentlich zu tun habe. *Hermann ist gut in solchen Dingen*, hat seine Frau behauptet. Hat sie damit auf investigative Fähigkeiten abgehoben? Dem Alten haftet in jedem Fall etwas Undurchsichtiges an, und dass er sich Zeit seines Lebens ausschließlich mit dem Reparieren von Autos beschäftigt hat, glaube ich inzwischen nicht mehr.

Aber viele Gedanken kann ich mir über ihn nicht machen, denn im nächsten Schritt geht es schon gleich um die Bewohner des Hauses. Wer sind sie? Befindet sich darunter ein Mann? Wenn ja: Passt die Beschreibung auf ihn? Und wenn auch das zutrifft: Ist er noch zu Hause, oder ist er bereits auf dem Revier? Ich sehe auf die Uhr. Es ist kurz vor sechs. Willing ist, wenn ich mich richtig entsinne, am späten Nachmittag von der Kripo besucht worden. Aber das ist ein dehnbarer Begriff.

Zurück in der Institutstraße, begeben wir uns auf direktem Weg zu dem Haus. Aus der Ferne betrachtet ist es ein solides, aber unscheinbares Einfamilienhaus aus den Fünfzigern. Im Gegensatz zu den noblen Häusern in der Nachbarschaft wirkt es auf mich schmucklos – wie ein Pappkarton. Der handtuchbreite Grünstreifen davor macht nichts besser, denn er wurde lange nicht gepflegt und wird von einem niedrigen Jägerzaun aus braunen Kunststofflatten, vermutlich Holzdekor, umsäumt. Außerdem habe ich bei jedem Schritt, mit dem wir uns dem Haus nähern, mehr und mehr das beklemmende Gefühl, es von irgendwoher zu kennen, aber erst, als wir fast schon davorstehen, bin ich mir dessen sicher. Und mit einem Mal fällt mir auch ein, wer darin wohnt. Ich packe den Alten fest am Arm und fordere ihn zum sofortigen Anhalten auf.

»Was ist denn los?«

Ich antworte nicht gleich. Erst muss ich meine Gedanken sortieren, denn wenn stimmt, was ich soeben erkannt habe, dann könnte ich von nun an ein ernstes Problem haben.

»Ich weiß, wer da wohnt«, sage ich schließlich und höre, wie gequetscht meine Stimme klingt. »Ich muss hier *sofort* weg.« Im selben Augenblick bemerke ich, dass sich die Eingangstür öffnet und zwei groß gewachsene Männer in dunkler Kleidung aus dem Haus treten. Sie entfernen sich nicht sofort, sondern bleiben vor der Tür stehen. Einer der beiden lehnt sich gegen die Türzarge. Sie warten auf jemanden. Es sind Kripobeamte – für mich ist das eindeutig. Kurz darauf tritt ein dritter Mann aus dem Haus. Er geht gebeugt und macht einen zermürbten Eindruck. Ich erkenne ihn. Tatsächlich: *Er* ist es. Ich mache auf der Stelle kehrt.

Aber nun hält der Alte meinen Arm fest. »He, bleib doch hier«, sagt er. »Wer in Herrgottsnamen wohnt denn da?«

»Scheiße aber auch. Die Bewohner sind Bekannte meiner Frau. Ich kann's einfach nicht glauben. Die beiden dürfen mich nicht sehen – auf keinen Fall.«

Der Alte lässt meinen Arm los. »Wie? Bekannte deiner Frau?«

Ich gebe ihm ein Zeichen, leiser zu sprechen und flüstere: »Ja. Reden Sie doch noch lauter, damit es die beiden Typen da auch mitkriegen.« Ich deute auf den Hauseingang.

Nun sieht auch er die dunkel gekleideten Männer. Er nickt. »Okay, verstehe. Wir ziehen uns erst einmal zurück.«

Einigermaßen außer Sichtweite, berichte ich: »Das Paar heißt Weigel. Er heißt Julian und sie Ingeborg. Wie bei den Willings ist auch er siebenunddreißig und sie …« Ich überlege, komme aber nicht auf ihr Alter. »Ist auch egal. Er ist jedenfalls nicht, oder zumindest kaum, berufstätig. Welche Ausbildung er hat, weiß ich nicht. Sie ist Leiterin der städtischen Bibliothek. Die beiden wohnen seit gut einem Jahr hier, wie die Willings in der Geschichte. Und genau wie bei denen, ist auch ihre Ehe in einem desolaten Zustand.«

Der Alte grinst. »Mein lieber Mann. Deine Frau hat ja nette Bekannte.«

Ich weiß nicht, was das soll. Wieder so eine Spitze, denke ich. Mir langt's allmählich. Wir wohnen auch noch nicht lange hier, und Carola war froh, schon bald jemanden kennengelernt zu haben. Auch das schöne Weinheim rollt für Zugezogene keine roten Teppiche aus. Woher nimmt sich der alte Sack also das Recht zu diesem Kommentar?

Aber jetzt tut sich vor dem Haus was.

»Sieht so aus, als wenn sich gerade etwas Entscheidendes bewahrheiten würde«, sage ich deshalb in frostigem Ton und weise in die Richtung. »Weigel geht soeben mit den beiden mit.« Tatsächlich folgt er den Beamten. Zu dritt gehen sie auf einen dunkelblauen VW-Passat zu, der schräg eingeparkt am Straßenrand steht.

So also sieht ein Mörder aus. Und ich bin diesem Mann sogar schon persönlich begegnet. Aber nicht einen Moment hätte ich da gedacht, dass ausgerechnet er in der Lage wäre, eine junge, unschuldige Frau umzubringen. Hass? Habgier? Bringt einen das so weit? Es ist Wahnsinn. Ich wende mich dem Alten zu.

»Reicht das, um Ihren Test als abgeschlossen zu betrachten?«

»Nicht ganz«, antwortet der trocken. »Uns fehlt noch eine Auskunft. Sein Beruf.«

Ich bin fassungslos. »Sie lassen auch nichts aus, oder? Wie wollen Sie den denn herausbekommen? An der Tür klingeln und seine Frau danach befragen? Jetzt, nach diesem Ereignis?«

»Ja.«

»Ich glaub's nicht. Sie sind doch nicht ganz sauber. Haben Sie schon mal was von Anstand gehört, von Pietät, von Skrupel?« Ich denke, meine Verachtung ist nicht zu überhören.

»Schon«, sagt der Alte ungerührt. »Aber du gehst schon wieder von falschen Tatsachen aus. Dass der Mann in ein paar Stunden dem Haftrichter vorgestellt wird, wissen momentan ja nicht einmal die beiden Kripobeamten. Und seine Frau geht zum jetzigen Zeitpunkt ganz selbstverständlich noch davon aus, dass er bald wieder zu Hause ist. Ihr wird es also überhaupt nichts ausmachen, einem alten Knacker, der im Auftrag eines statistischen Instituts vor ihrer Tür steht, eine Frage zum Beruf ihres Mannes zu beantworten.« Schließlich wackelt er davon und geht in Richtung Haus.

Ich bleibe stehen und warte, und ich sehe ein, dass ich soeben tatsächlich wieder die falsche Perspektive eingenommen habe. Außerdem wird mir erst jetzt das Groteske und Unwirkliche dieser seltsamen Unternehmung in vollem Maße bewusst. Ich bin, so unglaublich es klingt und so unheimlich die Vorstellung auch sein mag, so etwas wie ein Reisender in die Vergangenheit. Aber ich habe keinen Zeitsprung absolviert; vielmehr befinde ich mich in einer Gegenwart, in der mir nicht nur alles, was bereits geschehen ist, sondern auch das, was augenblicklich geschieht und demnächst geschehen wird, längst bekannt ist – wie einem Zuschauer eines Bühnenstücks, der bereits beim Betrachten der Welturaufführung sowohl den dramaturgischen Verlauf als auch das Ende kennt, weil man ihm zuvor Einblick ins Skript gewährt hat.

Aber ich bin jetzt nicht mehr nur Betrachter. Der Alte und ich sind inzwischen selbst zu Akteuren und Mitspielern in diesem Stück geworden. Und wir sind an einer Stelle hinzugestoßen, an der das Drama zwar längst begonnen hat, seinen Lauf zu nehmen, sein Ende aber gottlob noch etwas in der Ferne liegt. Und da wir zukünftige Geschehnisse und Ereignisse sowie deren Abfolge voraussehen können, befinden wir uns anderen Mitspielern gegenüber im Vorteil. Möglicherweise wären wir dank unseres Wissensvorsprungs sogar in der Lage, irgendwann die Regie an uns zu reißen, um dem Stück ein anderes Ende zu verleihen, als das vom Autor vorgesehene. Aber wie groß ist der *zeitliche* Vorsprung? Wie viel Zeit bleibt, bis sämtliche Geschehnisse der Vergangenheit angehören und das Drama jenes Ende findet, das sich sein wahnsinniger Schöpfer vorgestellt hat?

Keine zehn Minuten hat der Alte für sein »Interview« gebraucht, und nun steht fest, dass Julian Weigel nach Abschluss seines Biologiestudiums ein privates Institut für Umweltanalyse gegründet hat, fünf Jahre später Konkurs anmelden musste und seither arbeitslos ist. Kein Zweifel mehr. Er ist Willing!

11. Kapitel

Es gab zwei Möglichkeiten.

Ich habe mich dafür entschieden, an der Sache dranzubleiben. Warum, wird mir allerdings erst jetzt, auf dem Weg zurück zur Münzgasse, bewusst.

Bisher haben sämtliche Voraussagen des kleinen Mannes gestimmt. Somit dürfte es mehr als wahrscheinlich sein, dass auch das geschah, von dem ich die ganze Zeit gehofft habe, dass es sich nicht auch noch zugetragen hat. Viktor Menzel, oder wie auch immer der Strafgefangene aus den Aufzeichnungen in Wirklichkeit geheißen hat, ist ebenfalls ermordet worden. Zwar haben meine Berechnungen etwas völlig anderes ergeben, aber inzwischen vertraue ich lieber den Vorgaben. Und somit steht für mich fest: Frau Galen ist eine Mörderin! Sie, Julian Weigel und dieser kleine, hinkende Drecksack – drei Bestien, drei Morde. Und die Motive? In allen Fällen vermutlich Habgier – der primitivste und unwürdigste aller Anlässe zum Töten.

Trotz dieser Erkenntnis, oder gerade deshalb, erscheint mir die Idee, diese Fälle in einem Roman zu verarbeiten, verlockender denn je. Aber mir bekommt die Vorstellung nicht, dass ein Mensch für einen Mord den Kopf hinhalten soll, den er nicht begangen hat, während zwei andere, etwas cleverere Mörder, unbehelligt bleiben und der Welt die Nase zeigen. Und ich finde die Vorstellung widerlich, dass ein parasitärer Schreiberling diese Geschichte zu einem Büchlein verwurstelt, ohne vorher zumindest den Versuch unternommen zu haben, auf die ihr zugrunde liegende Vorlage im positiven Sinn Einfluss zu nehmen.

Aber kann ich das überhaupt? Zumindest würde ich es nicht allein schaffen. Ich bräuchte den Alten mit seinem logischen Verstand – auch wenn's menschlich hapert.

Was der darüber denkt, wissen allerdings die Götter, denn auch er hat den ganzen Weg über geschwiegen. Erst jetzt, als wir in abendlichem Dämmerlicht in der Toreinfahrt stehen, und er den Schlüssel zum Aufschließen der stählernen Haustür aus der Hosentasche kramt, wendet er sich mir erstmals wieder zu und spricht mich sogar an.

»Entschuldigung«, sagt er. Zu meiner Verwunderung klingt seine Stimme ungewohnt sanft. Ich verstehe nicht, was er meint, und sehe ihn wohl etwas betreten an, denn er fügt hinzu: »Das mit den Bekannten war ...«, er räuspert sich, »eine unschöne Bemerkung. Tut mir leid.«

Jetzt weiß ich, um was es geht. Ich habe seither über vieles, aber nicht mehr über diese Äußerung nachgedacht. Und nun, da mich der Alte darauf anspricht, muss ich zugeben, dass ich die Weigels ohnehin kaum kenne, und dass Carola im Grunde auch nie was mit ihnen anfangen konnte.

»Ist schon gut«, sage ich deshalb. »Sie hatten sogar recht. Aber wenn's gegen meine Familie geht, schwillt mir erst mal der Kamm.«

Der Alte lächelt jetzt sogar milde, was ich wieder mit Erstaunen zur Kenntnis nehme. Er öffnet die Haustür und wir betreten gemeinsam die mit Granit geflieste Diele.

Innen im Haus ist es ruhig. Seine Frau ist offensichtlich nicht daheim. Er geht zu dem Eichentisch. Dort liegt ein Notizzettel. Den liest er. Dabei grinst er. Dann geht er zur Toilette.

Das dauert etwas.

»Setzen wir uns und reden?«, fragt er, als er wieder zurück ist.

Er scheint tatsächlich auf mich zukommen zu wollen. Aber ich hab inzwischen andere Vorstellungen. Ich kann mich nicht einfach hinsetzen und palavern. »Offen gesagt, würde ich mich lieber an diese Sache dranhängen. Ich hab nämlich nachgedacht. Ihre Einschätzung war absolut richtig. Diesem kleinen, perversen Narziss reicht es nicht, dass sein grausiger Plan aufging, dass dabei drei Menschen hingemetzelt wurden und sein eigener hinterlistiger Mord womöglich ungesühnt bleiben wird. Er will mehr, ist noch nicht satt. Genug genügt ihm nicht. Aber diese Suppe würde ich ihm gern versalzen.«

Statt sich zu setzen, lehnt sich der Alte jetzt gegen einen der massiven Holzpfeiler, auf denen die Dachkonstruktion des alten Fachwerkhauses ruht. Er kratzt sich den Bart und betrachtet mich mit einem Blick, der alles Mögliche bedeuten kann.

»Du willst also ermitteln?«

Mir entweicht ungewollt ein abgehackt klingender Lacher. »Ein starker Begriff. Nennen wir es lieber recherchieren. Ich will wissen, wie dieser Nasenzwerg und Frau Galen es gemacht haben.«

»Wegen deines Romans.«

»Nein. Oder doch, natürlich auch. Aber in erster Linie wegen meines Gewissens: Ich kann nicht zwei Mörder herumlaufen lassen, ohne mich zumindest dafür eingesetzt zu haben, dass man sie fasst. Ein perfektes Verbrechen als Stoffvorlage würde mir zweifellos gefallen, aber nicht, wenn es nur deshalb perfekt ist, weil ich mich nicht eingemischt habe.«

»Hm. Aber du bist kein Profi. Das hast du selbst gesagt. Niemand würde dir einen Vorwurf machen, wenn du nichts unternimmst.«

»Doch, *ich*. Ich würde bei jedem verkauften Buch den Kopf vor Scham einziehen. Ich stelle mir vor, wie Frau Galen durch ihr Schaufenster winkt, wenn ich an ihrem Geschäft vorbeigehe. Zwischen den Fensterauslagen stehen Exemplare meines Machwerks herum und sie lädt mich auch noch zu einer Autogrammstunde oder gar Lesung ein. Und in der ersten Reihe der Hörerschaft sitzt zur Krönung des Ganzen womöglich dieser kleine Arsch.«

Der Alte nickt fast unmerklich. Dann gibt er mir ein Zeichen, ihm zu folgen: »Komm. Auf geht's. Lass uns gleich loslegen.«

Ich traue meinen Ohren nicht. Ich frage nach. »Wie? Sie machen mit?«

Er antwortet nicht. Stattdessen geht er schweigend zurück in Richtung Diele. Ich marschiere langsam hinterher. Nach ein paar Schritten höre ich lautes Geschepper, und als ich den kleinen Vorraum betrete, sehe ich, dass der Alte vor einem geöffneten Wandschrank aus Stahlblech steht und darin herumkramt. Schließlich dreht er sich zu mir um und deutet auf die Haustür. »Du kannst schon mal in dein Auto steigen. Es müsste hinten im Hof stehen.« Dabei wirft er mir den Autoschlüssel meines BMW zu. Und da er sich sofort wieder mit dem klappernden Inhalt des Wandschränkchens beschäftigt, gehe ich verwundert, aber ohne ein Wort zu verlieren, nach draußen.

Inzwischen ist die Dämmerung vorüber und der unbeleuchtete Innenhof in dunkles Abendlicht getaucht. Aber mein Auto erkenne ich sofort, denn der Hof ist nicht sonderlich groß und außer meinem BMW stehen noch immer nur die zwei vergammelten Rostlauben herum, die ich schon am Vormittag skeptisch beäugelt habe.

Wieder frage ich mich, wie die beiden Alten von diesem Betrieb ihren Lebensunterhalt bestreiten können, geschweige denn, irgendwann mal den exklusiven Ausbau des Vorderhauses finanziert haben. Schließlich fällt mein Blick auf den alten Wohnwagen. *Kfz-Sanatorium. Ihr sympathischer Meisterbetrieb.* Ich muss lachen. Auf die Frau passt der Slogan. Was ihren Mann betrifft, bin ich nicht so sicher.

Mir fällt ein, dass ich zu Hause anrufen sollte. Ich habe mich den ganzen Nachmittag nicht ein einziges Mal gemeldet. Beim Griff in meine leere Jackentasche erinnere ich mich sofort daran, das Handy heute Morgen ins Handschuhfach gelegt zu haben. Ich öffne das Fach und entdecke es auch gleich. Aber zu meinem Erstaunen liegt dort auch etwas, das ich nicht kenne – eine rechteckige, gelbe Kunststoff-Box.

Ich rufe zu Hause an, aber es ist besetzt. Meine Mailbox ist ebenfalls leer. Ich stecke das Handy ein und werfe wieder einen Blick ins Handschuhfach. Neugierig nehme ich die gelbe Box daraus hervor und öffne sie. Dabei steigt mir sofort der Geruch von frischem Brot in die Nase, und ich erkenne, dass in dem Behälter mehrere dick belegte Brotscheiben und zwei knackig aussehende Äpfel liegen. Mein Magen schnürt sich augenblicklich zusammen. Ich habe seit dem Morgen nichts gegessen. Plötzlich geht die Beifahrertür auf und der Alte setzt sich neben mich ins Fahrzeug.

»Hunger?«, fragt er und zeigt auf die Plastikbox. »Greif zu. Ist von meiner Frau.«

»Äh?«

»Das macht die immer. Damit ich unterwegs keinen Kohldampf schiebe.« Dabei greift er in die Box, entnimmt ihr einen Apfel und beißt hinein.«

»Aber wie konnte sie wissen, dass Sie …«

»War doch klar, dass wir beide an dem Fall dranbleiben, oder? Also, was mich betrifft, stand das bereits fest, als du uns deine Geschichte vorgetragen hast. Und für meine Frau auch. Übrigens: Die ist gerade bei dir zu Hause. Sie hat mir eine Notiz hinterlassen. Du musst dir also keine Sorgen machen. Sie erklärt deiner Frau alles.«

Ich weiß nicht, was ich sagen soll. »Das verstehe ich nicht«, stammle ich schließlich. »Können Sie mir mal erklären, was hier eigentlich los ...?«

»Siehst du«, unterbricht er mich. »Auf einmal willst *du* reden. Vorhin im Haus hattest du keine Lust. Und jetzt fährst du am besten los, weil wir sonst wirklich Zeit verlieren.«

Der Herrenton gefällt mir nicht, aber damit ist klargestellt, dass es keinen Sinn hat, weiter nachzubohren. Außerdem brauche ich den Alten, und es ist wohl am besten, wenn ich mich von nun an damit abfinde, in unserem seltsamen Duo den Trottel zu spielen.

»Und wohin?«, frage ich deshalb knapp und nehme mir eines der belegten Brote.

»Zum ›Stadtanzeiger‹.«

»Jawohl, der Herr«, entgegne ich kurz. Gleichzeitig frage ich mich, ob es von Bedeutung sein könnte, wenn auch ich wüsste, warum wir ausgerechnet dorthin fahren. Offenbar nicht, denn der Alte macht keine Anstalten, mir den Grund zu nennen. Und weil ich sehe, dass er sich stattdessen genüsslich zurücklehnt und schweigend in seinen Apfel beißt, halte auch ich die Klappe, beiße in mein Brot und gebe Gas.

Der Chefredakteur vom »Stadtanzeiger«, ein untersetzter Mittfünfziger mit rotgefärbtem Bürstenhaarschnitt und grashüpfergrüner Hornimitatbrille, ist mir kein Unbekannter. Ich bin ihm schon mal begegnet. Es muss so ein halbes Jahr zurückliegen. Carola und ich waren mit den Kindern im »Miramar«. Es war FKK-Tag, und er und der ehemalige Leiter der Stadtkämmerei saßen mir mit einem Mal im Whirlpool gegenüber. Ich weiß noch, dass ich bereits nach kurzer Zeit gedacht habe, dass sich die beiden Herren ein wenig zu gut kennen. Später, nach der Whirlpool-Sitzung, sind sie mir noch einmal während eines Saunagangs aufgefallen. Auch da sind sie sich für meinen Geschmack körperlich allzu oft etwas zu nahe gekommen. Diese Verquickung von Politik und Presse gefiel mir überhaupt nicht. Zwei Monate später hat der Stadtkämmerer dann auch tatsächlich von sich aus sein Amt niedergelegt, weil sein Verhältnis mit dem Redakteur ans Tageslicht gekommen war, und weil er einsah, dass eine derart enge Verzahnung mit der größten der beiden Lokalzeitungen nur böses Blut schaffen würde. Kurz darauf fand man den armen Kerl enthauptet neben den Gleisen der durch die Stadt führenden Bundesbahnstrecke. Sandmann, der Chefredakteur, hatte ihn verlassen.

Und genau dieser Witold Sandmann steht nun vor uns und schüttelt dem Alten die Hand.

»Mann, Herrmann, wie lange ist's her? Fünf Jahre? Sechs? Siehst prächtig aus. Wie geht's denn?«

»Nicht mehr.«

»Nicht mehr?«, wiederholt der Zeitungsmann fragend, zieht dann aber ein Gesicht, als wenn er irgendwas verstanden hätte und lacht plötzlich wie eine Hyäne. Schließlich tippt er dem Alten mit dem Zeigefinger auf die Brust. »Der war gut«, sagt er bei der Gelegenheit, »der war sogar supergut«, und befeixt sich noch mal. »Was also«, fragte er, nachdem er sich wieder beruhigt hat, »führt dich zu mir, altes Haus?« Dabei bufft er dem Alten den Arm, rückt seine Brille zurecht und setzt eine geschäftsmäßig seriöse Miene auf.

»Mein junger Freund hier«, antwortet der Alte und weist dabei auf mich, »hat ein großes Problem.«

Ich schüttele innerlich den Kopf, halte aber den Mund, weil mir der Alte mit den Augen ein unmissverständliches Zeichen gibt, mich nicht einzumischen.

»Er schreibt gerade an einem Kriminalroman. Eigentlich ist er Kinderbuchautor. Vielleicht kennst du ja seinen Namen. Jörg Semmler.«

Der Redakteur mustert mich und scheint dabei ernsthaft nachzudenken. »Nun ja«, antwortet er irgendwann, »mit Kinderbüchern hab ich's nicht so, das weißt du ja. Wenn man selber keine ... Egal. Was kann ich tun?«

Der Alte legt nun den Arm um den kurz gewachsenen Mann und sagt mit ruhiger Stimme: »Er lebt hier in der Stadt und ist in seinem Genre sehr bekannt. Apropos: Ihr könntet übrigens mal einen Artikel über ihn schreiben. Ist doch schön, dass wir so einen unter uns haben.«

Wieder beäugt mich Sandmann, aber diesmal mit einem Blick, aus dem ich schließe, dass ihm die Vorstellung, mich unter sich zu haben, in sehr vieler Hinsicht angenehm erscheint.

»Wie dem auch sei«, fährt der Alte fort. »Ich hab ihm von einer interessanten Geschichte erzählt, die er vielleicht verarbeiten könnte. Ich krieg nur leider nicht mehr alle Einzelheiten zusammen. Aber um in der Sache anständig recherchieren zu können, bräuchte er ohnehin die Mithilfe von Profis. Ist klar, dass ich dabei sofort an dich gedacht habe. Blöderweise ist mir aber erst auf dem Weg hierher eingefallen, dass du im Moment ja bis über beide Ohren mit diesem Doppelmord beschäftigt sein wirst. Vor allem jetzt, da die den mutmaßlichen Mörder geschnappt haben.« Sandmanns Ohren wachsen zur doppelten Größe an. »Deshalb: Nichts für ungut, wir werden dich nicht länger stören. Ist schließlich viel Arbeit, in der Kürze der Zeit die komplette Titelseite der morgendlichen Ausgabe zu ändern.« Der Alte stößt mich an und gibt mir ein Zeichen zum Aufbruch.

»He, halt mal, Herrmann«, platzt es jetzt nervös aus Sandmann raus. Er hält den Alten am Ärmel fest. »Von was redest du da? Mutmaßlicher Täter. Was soll das heißen?«

Der Alte sieht ihn mit übertrieben überrascht wirkendem Gesichtsausdruck an. »Wie? Du weißt nichts von der Verhaftung? Mein Gott. Da hab ich vielleicht ein bisschen zu früh den Mund aufgemacht. Wenn die Presse noch nichts davon erfahren hat, muss es ein dicker Fisch sein, den die Kripo gerade an Land gezogen hat.«

Der Kerl läuft nun im Dreieck. »Los. Erzähl schon, Herrmann. Spann mich nicht auf die Folter. Was weißt du?«

»Ich weiß, wo sie ihn verhaftet haben und wie er heißt.«

»Was? Du weißt, wie er heißt?«

Der Alte tut ungerührt. Er ist die Ruhe in Person. »Ja«, lautet seine knappe Antwort.

Witold Sandmann tritt jetzt auf der Stelle, faltet seine Hände wie zum Gebet und presst sie gegen die Stirn. Und wie er sie wieder runternimmt, haben seine Augen denselben gierigen Ausdruck angenommen, den ich von unserem Kater kenne, wenn es im Haus nach frischem Fisch riecht. »Okay, du Arsch«, sagt er nun mit bissig klingender Stimme. »Wir wissen, was wir voneinander halten. Was willst du?«

Ich schlucke. Diese Wende habe ich nicht erwartet.

»Meinem Freund helfen. Das hab ich doch schon gesagt.« Wieder deutet der Alte auf mich.

Sandmann nickt. »Auf geht's. Werd konkret.«

»Es geht um einen Fall, der vor vierzehn Jahren in den Schlagzeilen stand. Ein Mann kam wegen Totschlags an seiner Frau in den Knast. Letzte Woche ist er aus irgendeiner JVA entlassen worden. Könnte sein, dass es die Mannheimer war. Egal, ich will alles über die Sache wissen.«

»Name?«

»Weiß ich nicht.«

»Irgendwelche relevanten Einzelheiten?«

»Ja. Sie hat ihn wiederholt körperlich gequält, und da ist er ausgetickt.

Angeblich hat er sie während des Beischlafes erschlagen und die Leiche hinterher auf einer Müllkippe verscharrt.«

Sandmann saugt hörbar Luft durch die Nase. »Und wie sollen wir es machen?«, fragt er.

»Wie lange dauert die Recherche?«

»Ich muss in die Datenbanken der Pressearchive. Zehn bis zwanzig Minuten.«

»Gut. Dann sag deinen Schmeißfliegen, dass sie sich schon mal startklar machen sollen, weil sie in spätestens zwanzig Minuten erfahren werden, wo ein leckerer Kackhaufen liegt.«

Sandmann muss sich wirklich ins Zeug gelegt haben. Keine Viertelstunde später hat er dem Alten einen Stapel bedruckten Papiers übergeben, sich im Gegenzug hektisch Name, Alter und Anschrift von Julian Weigel notiert und sich sodann mit hämischem Grinsen für die konstruktive Zusammenarbeit bedankt.

Ich, der das Ganze mit Skepsis und Sorge beobachtet hat, traue mich erst jetzt, da wir wieder im Auto sitzen, etwas dazu zu sagen.

»War es wirklich nötig, Julian Weigels Persönlichkeitsrechte mit Füßen zu treten? Sie haben ihn denunziert. Er wurde schließlich nicht verhaftet, sondern ist freiwillig mit den Kripobeamten mitgegangen. Offiziell liegt momentan nicht das Geringste gegen ihn vor. Und seine Frau wird auch leiden, denn die muss ab jetzt die Belagerung ihres Hauses durch die Presse ertragen.«

Der Alte hält es offenbar nicht für nötig, diesen Einwand zu kommentieren. Er blättert schweigend in dem Papierstapel rum, den ihm Sandmann in die Hände gedrückt hat. Ich bin entsetzt. Außerdem frage ich mich wieder, mit wem ich es hier eigentlich zu tun habe. Was verbindet den alten Sack mit diesem Zeitungsredakteur? Eine freundschaftliche Beziehung ist es schon mal nicht, soviel steht fest, aber es muss eine sein, die seit längerer Zeit besteht und trotz gegenseitiger Abneigung beiden etwas bringt. Haben sie früher geschäftlich miteinander zu tun gehabt?

»Okay«, unterbricht der Alte meine Gedankengänge. »Wir machen einen nächtlichen Waldausflug. Du fährst uns jetzt hoch zur Wachenburg. Ich zeige dir dann, wo wir genau hin müssen. Und auf dem Weg dorthin erkläre ich dir ein paar Dinge. Einverstanden?«

Dieses ›einverstanden?‹ klingt, als wenn ich eine Wahl hätte. Aber im

Grunde ist klar, dass er das Heft in der Hand hält, und eine Begründung dafür, warum wir als Nächstes ausgerechnet *diesen* Ort aufsuchen sollen, bleibt er mir schuldig. Ich lasse den Motor an und fahre einfach los. Aber dann fängt der Alte doch an zu reden.

»Du wirst dich im Laufe unserer Zusammenarbeit noch mehrmals wundern. Aber das liegt nicht allein an meiner Person oder meinem möglicherweise unorthodoxen Tun und Handeln. Es liegt auch an dir. Du musst dich endlich daran gewöhnen, dass du an einer Sache arbeitest, bei der es bereits mehrere nicht mehr abänderbare Fakten gibt. Die hast du zu akzeptieren und einzukalkulieren. Julian Weigel *ist* bereits ein Mörder, auch wenn er juristisch derzeit noch ein unbeschriebenes Blatt ist. Ich habe deswegen auch kein Problem damit, ihn schon jetzt als solchen zu behandeln. Dass sich Sandmann morgen in seinem Käseblatt mit Äußerungen dieser Art zurückhalten muss, wird ihm die Presseabteilung der Polizei demnächst verklickern. Derzeit haben die nämlich allenfalls einen etwas auffälligen Nachbarn von Frau Galen auf dem Revier sitzen. Und der ist trotz großer Nervosität äußerst kooperativ und gibt sogar freiwillig Fingerabdrücke und eine Speichelprobe ab. Aber für dich und mich ist schon jetzt klar, was dabei herauskommen wird: Er *hat* Veronika Pöschel ermordet. Und damit gilt für uns nicht der Grundsatz, ihn so lange für unschuldig zu halten, bis er rechtskräftig verurteilt ist. Völlig anders geht es, wie gesagt, den Ermittlern. Die erfahren erst in einigen Stunden, nach Erhalt der DNA-Auswertung, wen sie vor sich sitzen haben. Aber selbst dann werden sie noch eine Weile beschäftigt sein, weil Weigel Behauptungen aufstellen wird, die in ihren Ohren zwar abstrus klingen werden, denen sie aber nachgehen müssen. Eine dieser Behauptungen wird sein, dass unter einem Erdsitz im Wald die Leiche eines Ex-Sträflings liegt. Und den soll Frau Galen umgebracht haben. Wie wir wissen, werden sie dort nichts finden. Aber wir sollten unseren Vorsprung nutzen und uns diesen Ort betrachten, bevor sie es tun. Sollte es da wider Erwarten nämlich doch Spuren geben, die auf Tenners Leichnam oder gar seinen Mörder hinweisen, dann wäre es gut, wenn wir davon erführen.«

»Tenner?«

»Ja, so hieß er in Wirklichkeit. Detlef Tenner. Er war, wie Viktor Menzel, dreiundvierzig Jahre alt und wurde letzten Donnerstag aus der JVA-Mannheim nach vierzehn Jahren Haft entlassen.«

»... und bereits wenige Stunden später als Materiallager missbraucht, kaltblütig ermordet und wie Unrat beseitigt«, ergänze ich. Noch immer finde ich es unglaublich. Allein die Idee, die Not solch eines armen Kerls auszunutzen und ihn als Spender von Spurenmaterial zu missbrauchen, zeugt von unfassbarer Perversion und Menschenverachtung.

Der Alte ist offensichtlich ähnlicher Ansicht. Er geht sogar noch weiter: »Tenner hat aus Sicht dieser Halunken nicht einmal diesen Wert besessen, denn von seinem Spurenmaterial war am Tatort nicht das Geringste zu finden. Vermutlich fungierte er nur als Beruhigungszäpfchen für Weigel, weil der für Geld allein den Mord an Veronika Pöschel nie begangen hätte.«

12. Kapitel

Die Wachenburg. Zu ihr habe ich ein zwiespältiges Verhältnis. Genau im Jahr 1907, als eine Gesandtschaft der Altherren-Riege mehrerer schlagender studentischer Korps den Grundstein für die Replik dieser nach romanischem Vorbild konzipierten Ritterburg legte, hat Henry van der Velde in Weimar jene Kunstgewerbeschule gegründet, aus der 1919 das von Walter Gropius ins Leben gerufene Bauhaus erwachsen sollte. Während eine elitäre Zelle der damaligen Gesellschaft einundzwanzig Jahre lang den stilistischen Rückfall ins Mittelalter probte, revolutionierte eine kleine Gruppe von Künstlern und Handwerkern Epoche machend und nachhaltig den Begriff der Ästhetik. Dennoch besetzt nicht etwa eines *ihrer* Werke, sondern das jener rückwärts gewandten, wohlhabenden Säcke protzend die Kuppe des Wachenbergs und legitimiert die Stadt dazu, sich »Zweiburgenstadt« zu nennen. Nein, es tröstet mich nicht, dass man von der Wachenburg eine fantastische Aussicht hat, denn die Welt, die man von dort betrachtet – ist ungerecht.

Der Weg zur Burg führt über eine steil aufsteigende Serpentine, und die Fahrt dorthin zermürbt mich. Jede neue Biegung überrascht mich mehr oder weniger, auch, weil die matt gewordenen Scheinwerfer meines alten BMW die Fahrbahn nicht optimal ausleuchten. Das zieht Brems-, Schalt- und Beschleunigungsmanöver nach sich, die sowohl meine Nerven als auch meinen unzureichend gefüllten Magen strapazieren.

Ich bin mit Carola und den Kindern mal hier oben gewesen. Das ist noch nicht lange her. Aber seitdem die Scheinwerfer des Autos ausgeschaltet sind, ist es ringsum stockfinster, und ich erkenne gar nichts. Und da es mir nach diesem einmaligen Besuch an Ortskenntnissen mangelt, kann ich nicht mal sagen, wo ich nach dem Eingang der Wachenburg suchen müsste. Aber plötzlich geht neben mir Licht an, und der kegelförmige Schein einer Taschenlampe dringt durch die Windschutzscheibe nach draußen. Ich drehe mich um und sehe, wie der Alte seine Bauchtasche verschließt und die Beifahrertür öffnet. Ich muss lachen.

»Jetzt weiß ich endlich, was sich in dem Ding verbirgt. Allzeit bereit, was?« Das sage ich scherzend, aber gleichzeitig frage ich mich, wer in aller Welt eine Taschenlampe mit sich schleppt, oder ob der Alte bereits gewusst hat, dass wir irgendwann Licht benötigen würden – falls wir zum Beispiel an einen Ort wie diesen kommen sollten. Irritiert steige ich aus.

Zunächst scheint es so, als wenn sich Old Herrmann auch erst orientieren müsse, denn er schwenkt den Lichtstrahl mehrere Male in sämtliche Himmelsrichtungen. Aber dann beweist er fundierte Ortskenntnisse, indem er ihn sicher auf einen Schlagbaum lenkt, hinter dem ich einen breiten Waldpfad zu erkennen glaube. Er ist für forstwirtschaftlichen Verkehr freigegeben, aber ein zweites Schild mit dem Hinweis »Wanderweg wegen Absturzgefahr gesperrt« warnt uns davor, an dieser Stelle in den Wald einzutreten. Den Alten scheint das einen Dreck zu kümmern. Er rüttelt kurz an dem Schlagbaum, umgeht ihn und begibt sich ruhigen Schrittes mitten rein in das für mich wenig einladende, nach Tannennadeln, Baumpilzen und Gefahr duftende Schwarz.

Anfangs führt uns der Weg leicht bergauf, aber nach gefühlten hundert Metern habe ich den Eindruck, dass wir uns mehr und mehr horizontal voranbewegen. Ich bleibe dicht hinter dem Alten, stolpere zwar ein paar Mal über vorstehende Wurzeln oder Steine, finde aber, dass der Weg für einen Waldpfad relativ leicht zu begehen ist.

Angst habe ich nicht, aber eine gewisse Anspannung spüre ich dennoch. Und die scheint meine innere Uhr außer Kraft gesetzt zu haben, denn ich weiß nicht, wie lange wir bereits gelaufen sind, als der Alte plötzlich anhält, erneut die Umgebung mit der Taschenlampe absucht und sich schließlich rechter Hand mitten ins Dickicht hineinbegibt.

Nun wird's nicht nur schummerig, sondern es geht zudem auf einem von Ästen verhangenen und unwegsamen Pfad mehrere Meter recht steil hangabwärts. Ich frage mich deshalb, wie man den Weg vom Schlagbaum bis hierher mit der Leiche eines erwachsenen Mannes im Schlepptau bewältigen kann. Und als wir uns wieder auf halbwegs ebenem Grund befinden, befrage ich den Alten dazu.

»Mit dem Auto«, antwortet der trocken und weist mit der Taschenlampe nach oben zum Waldpfad. »Der Schlagbaum war nicht verschlossen. Das hab ich vorhin kontrolliert. Und hier am Hang lässt man die Leiche einfach runterrutschen.«

Mehr will ich nicht wissen. Außerdem hält der Alte ganz plötzlich wieder an und behauptet, dass wir am Ziel angekommen seien. Dabei strahlt er einen inmitten einer Baumgruppe errichteten Holzverschlag an. Er hat die Größe und das Aussehen einer Jahrmarktsbude, besteht aus braun lasierten Schalbrettern und ist bis auf Brusthöhe nach allen Seiten hin offen. Auf dem flachen Pappdach liegt frischer Nadelreisig.

»Hm. Was ist das denn?«, frage ich, obwohl ich die Antwort bereits ahne.

»Der Erdsitz. Wurde vor einem halben Jahr hier aufgestellt. Hat Proteste gehagelt, weil er die Gegend verschandelt. Aber die Herrschaften von der hiesigen Jägervereinigung haben sich durchgesetzt. Vorher stand an der Stelle jahrzehntelang ihr Hochsitz, aber der wurde im vorletzten Jahr von umgestürzten Bäumen mitgerissen und zerstört. Einen neuen bräuchten sie nicht, haben die Flintenköpfe gemeint; ein Erdsitz wäre ohnehin sinnvoller, aber auch das Mindeste, das sie für ihre frühmorgendlichen Ansitzjagden einfordern dürften.«

Ich weiß nicht, was ich sagen soll. Das kann unmöglich der Ort sein, an dem Frau Galen und Julian Weigel Tenners Leichnam abgelegt haben. Das ging mir alles ein bisschen zu schnell und zu leicht. Selbst wenn ich deutlich mehr Schweiß verlieren würde, als ich es auf dem Weg hierher getan habe, würde ich einen Toten auf keinen Fall an dieser Stelle ablegen. Einen Zacken mehr Mühe wäre mir das schon wert.

»Soll das ein Scherz sein?«, frage ich deshalb. »Das ist doch kein Versteck. Was ist, wenn der Kasten benutzt wird? Und auf dem Waldweg da oben gehen trotz des Warnhinweises am Wochenende mit Sicherheit Ausflügler spazieren. Bei Tageslicht dürfte die Schachtel von dort aus bestens zu sehen sein.«

»Schon richtig. Aber unter ihren Boden guckt vermutlich keiner. Siehst du?« Der Alte führt den Lichtstrahl über Details.

Zuerst sehe ich die Einstiegsöffnung. Dorthin führt eine primitiv gebaute, zweistufige Treppe. Ansonsten liegt hier das gleiche Konstruktionsprinzip zugrunde, wie bei einem Hochsitz. Der braune Holzkasten ruht im Wesentlichen auf vier vertikal im Waldboden versenkten Pfosten, nur eben nicht viele Meter, sondern nur einige Handbreit darüber. Jetzt verstehe ich: Hier oben am Hang ist tatsächlich kein Hochsitz nötig, um das Revier zu überschauen, aber ein Abstand zum feuchten Waldboden ist aus anderen Gründen sinnvoll. So steht man selbst bei Regen und Schnee auf dem Trockenen, und im Extremfall schützt die Bauweise gegen talwärts fließende Wasser- und Schlammmassen.

Der Alte geht nun in die Hocke und leuchtet den breiten Spalt unter dem Ansitz aus. Auch ich werfe einen Blick darunter. Soweit ich im Schein der Taschenlampe erkennen kann, befindet sich dort nur Laub und dünnes Geäst, was mich endgültig in meiner Ansicht bestätigt, dass es sich hierbei nicht um ein Premium-Leichenversteck handelt und infolgedessen auch keine Leiche hier rumliegen kann. Das sage ich auch dem Alten.

»Dein Däumling hat's aber behauptet. Noch ein Grund mehr, nachzusehen, ob es Auffälligkeiten gibt«, antwortet er, reicht mir die Taschenlampe und bedeutet mir, unter die Bretterbude zu kriechen. »Ich komm da ja wohl schlecht drunter«, fügt er hinzu und verweist auf seinen fetten Wanst.

Klar, ich bin der Blödmann in dem Spiel. Also begebe ich mich widerwillig bäuchlings in eine halb liegende Position und krieche auf Ellenbogen und Knien mit dem Kopf voran unter die Bodendielen des Ansitzes. Dabei fällt mir auf, wie kalt, feucht und schmutzig Waldboden sein kann. Und als sich mein Oberkörper soweit unter dem Bretterboden befindet, dass es für mein Empfinden mehr als ausreicht, merke ich, dass es hier unten auch ziemlich muffelig riecht. Außerdem überkommt mich leichter Ekel, weil ich zum wiederholten Mal mit dem Kopf in Spinnweben gerate. Vielleicht leuchte ich den Raum um mich herum auch deshalb nur zaghaft aus. Ich will erst gar nicht sehen, was hier kreucht und fleucht. Aber schließlich befinde ich mich hier, um zu inspizieren, also lenke ich den Lichtkegel nach und nach doch in alle Richtungen. Ich kann jedoch nirgends etwas Auffälliges entdecken. Schließlich leuchte ich auch das Areal direkt vor meinem Gesicht aus. Aber auch da finde ich nur Dreck, feuchte Erde und freiliegende Wurzeln.

Der Alte hat sich offensichtlich doch noch mobilisiert, und irgendwie muss er es geschafft haben, trotz seiner Leibesfülle eine Körperhaltung einzunehmen, aus der heraus er jetzt zumindest den Kopf, einen Arm und eine Schulter in den Spalt zwischen Wald- und Bretterboden zwängen kann. Bequem scheint das nicht zu sein, denn seine Stimme klingt angestrengt. »Fahr mal ganz langsam mit dem Lichtstrahl über den Erdboden.« Befehlen kann er immerhin noch. »Beweg dich aber nicht. Bleib genau da liegen, wo du gerade bist.«

Was denkt der eigentlich? Dass ich noch tiefer ins miefige Dunkel hineinrobbe und mir meine Klamotten endgültig versaue? Widerwillig folge ich seinen Anweisungen, aber auf dem schwarzen Boden liegt trotzdem nichts, was auf die ehemalige Anwesenheit eines Leichnams hindeutet. Ich bin darüber nicht unfroh, und der Alte scheint zunächst auch nichts zu sehen, doch plötzlich soll ich innehalten, den Lichtkegel einige Zentimeter nach rechts zurückschwenken und auf eine Stelle ausrichten, über die ich soeben schon mal gefahren bin. Auch das tue ich mit stoischer Gelassenheit. Schließlich sagt der Alte, dass ich nun doch noch eine Armlänge weiter drunterkriechen und nachsehen soll, was es mit ein paar hellen Fasern auf sich hat, die ein Stück von mir entfernt am Boden liegen. Dummerweise sehe auch ich sie genau im selben Moment. Sie setzen sich bei genauerer Betrachtung sogar ziemlich deutlich vom schwarzen Untergrund ab. Ich beiße also die Zähne zusammen, pfeife auf mögliches Gewürm und Spinnenbehausungen und krabble.

»Ich hab keine Ahnung, was das sein soll. Sieht aus wie Stoffflusen oder -fädchen«, sage ich schließlich, als ich die Fasern aus der Nähe betrachten kann.

»Okay. Sammle sie ein. Ich geb dir was, wo du sie reintun kannst.« Dabei zieht der Alte Kopf, Schulter und Arm zurück.

Kurz darauf kommt mir der Arm wieder entgegen. Zwischen Zeigefinger und Daumen klemmt ein durchsichtiges Plastiktütchen. Ich nehme es an mich, lese die zarten, länglichen Partikel mit spitzen Fingern auf und stecke sie in die Tüte. Endlich darf ich den düsteren Ort verlassen.

Abschließend suchen wir noch die engere Umgebung des Ansitzes ab, finden aber nichts, was von Bedeutung sein könnte.

Zurück im BMW, schaltet der Alte die Innenraumbeleuchtung ein und betrachtet den Fund näher. Irgendwann wirft er einen Blick auf die Uhr im Armaturenbrett. »Halb eins«, stellt er fest und wendet sich mir zu. »Du hast doch ein Handy, oder?«

»Ja.«

»Gib mal her. Ich muss jemanden anrufen.«

Er lässt es ziemlich lange klingeln. Meiner Ansicht nach viel zu lange für die Uhrzeit. Aber dann hebt doch jemand am anderen Ende der Leitung ab. Und genau in dem Moment legt der Alte auf. »So«, meint er, »der dürfte jetzt wach sein.« Dabei reibt er sich die Hände und bedeutet mir, zurück in die Stadt zu fahren.

Mein Gott, was für ein Arsch, denke ich. »Ich gehe mal davon aus«, merke ich noch an, »dass ich auch diesmal nicht erfahre, was Sie vorhaben.«

»Doch. Wir besuchen einen guten Freund von mir. Den, den ich gerade angerufen habe.«

»Aha.«

Wieder unten in der Stadt lotst mich der Alte in die Weststadt, also in den Teil, in dem ich mich so gut wie nicht auskenne. Aber mein Beifahrer ist firm im Dirigieren, sodass wir zügig vorankommen. Schließlich soll ich in einer völlig zugeparkten Straße einer Reihenhaussiedlung anhalten und das Fahrzeug einfach auf dem Gehweg abstellen.

In einer Häuserreihe, die mit Hausnummer siebzehn beginnt und bei dreiunddreißig endet, klingelt der Alte an einer Tür, die haargenau so aussieht wie jene der Nachbarhäuser. Er betätigt mindestens fünfmal die Glocke, bis ein grauhaariger langer Schlacks um die sechzig im Bademantel bekleidet die Tür öffnet. Er betrachtet uns kurz aus müden Augen, aber dann scheint ihm schlagartig bewusst zu werden, wer vor seinem Haus steht, denn mit einem Mal wirkt er hellwach, stößt ein entsetzt klingendes »Oh Scheiße« aus und macht sofort Anstalten, die Tür zu schließen. Der Alte hat aber bereits einen Schritt nach vorn gemacht und frech einen Fuß in die Diele gesetzt. Mir bleibt die Luft weg.

»He, was soll das?«, fragt der lange Kerl, als er erkennt, dass er seine nächtlichen Besucher nicht ohne Weiteres abwimmeln kann. »Was willst du von mir?«

Der Alte drückt die Haustür mit sanftem Druck auf und tritt seelenruhig ein. »Deine Dienste, deine Toilette und was zu trinken für meinen Freund.« Dabei gibt er mir ein Zeichen, ihm zu folgen. Ich winke ab. Aber der Lange fordert mich auf, wenn, dann auf der Stelle einzutreten, bevor die Nachbarn was spitzbekommen.

»Freund?«, fragt er jetzt in Richtung des Alten. »Seit wann hast du denn Freunde?«

Der hebt die Augenbrauen. »Seit ich erfahren musste, wer keiner ist.« Dann legt er eine rhetorische Pause ein, in der ich beobachten kann, dass der Hausherr nervös an der Kordel seines Bademantels herumnestelt. »Aber das gilt ja nicht für dich. Oder, Lolli?«, fügt der Alte schließlich fies grinsend hinzu. »Also. Wo ist dein Klo?«

Lolli, oder wie auch immer er heißt, deutet mit dem Zeigefinger auf eine Tür in der Diele.

Nachdem sich der Alte verzogen hat, bittet mich der Mann ins Wohnzimmer. Er scheint mir innerlich heftig erregt zu sein, denn er eilt mit hektischen Schritten zum Esstisch und greift dort nach einer Zigarettenpackung. Mir fällt das Zittern seiner Hände auf. Als er mir Wasser in ein Glas einschenkt, verschüttet er nahezu die Hälfte. Ansonsten scheint er schweigen zu wollen, bis der Alte wieder zurückkommt.

Aber das dauert.

Ich, dem die Situation unangenehm ist, sehe mich derweil in dem schwach beleuchteten Raum um. Viel gibt es hier nicht zu sehen, was meinen Blick auf sich lenkt, bis auf zwei Urkunden, die über einem Sofa an der Wand hängen und den Hausherrn als Biochemiker ausweisen. Dr. Lothar Reuss hat sein Studium an der FU in Berlin mit Diplom abgeschlossen. Vier Jahre später hat er in Marburg an der Philipps-Universität promoviert.

Endlich tritt der Alte ins Zimmer. »Wo kann ich das hier entsorgen?«, fragt er in Reuss' Richtung.

Ich sehe, dass er ein in weiße Plastikfolie verpacktes Bündel in der Hand hält. Der Mann deutet auf eine zweite Tür in der Diele. Die Küche, denke ich, und habe allmählich den Eindruck, einem absurden Theaterstück beizuwohnen.

Schließlich kommt der Alte aus der Küche zurück, geht geradewegs auf Reuss zu, und legt das kleine, durchsichtige Tütchen mit dem Gefussel aus der Höhle vor ihn auf den Tisch.

»Wie lange brauchst du?«, fragt er knapp. »Ich will alles wissen – was es ist, woher es stammt, wozu es dient. Eben alles.«

Reuss nimmt das Tütchen zwischen zwei Finger, hebt es in Augenhöhe und sieht hindurch. »Mein Gott. Dafür brauch ich ein Labor«, antwortet er.

Der Alte nickt, legt ihm eine Hand auf die Schulter und fragt ihn mit beinahe flüsternder Stimme: »Wie? Reicht dein Equipment unten im Keller etwa nicht aus?«

Reuss räuspert sich. »Mann, Herrmann. Das ist ewig her.«

»Sollen wir mal nachschauen?«

Reuss senkt den Blick und schüttelt resigniert den Kopf. »Nein, nicht nötig.«

»Na also. Sagen wir: in zwei Stunden?«

»Drei.«

»Okay. Ruf mich an.«

Der Alte fragt mich nach meiner Handynummer, notiert sie für Reuss auf der Zigarettenschachtel, gibt mir ein Zeichen zum Aufbruch, und ohne, dass er sich verabschiedet, verlassen wir das nette Reihenhaus.

Wieder im Auto, würde ich gern erfahren, was diese Aktion eben sollte. Stattdessen kriege ich von dem Alten nur gesagt, dass er jetzt rüber in die Altstadt will. Dort soll ich einfach auf dem Marktplatz parken. Ich komme mir vor wie ein Taxichauffeur.

»Soso. Und das war also ein Freund von Ihnen«, sage ich wenigstens, als wir die Bahnbrücke überqueren. »Können Sie sich noch erinnern, wie Sie sich zu den Bekannten meiner Frau geäußert haben?«

Ich kann sehen, dass er nickt. Aber er schweigt. Vielleicht denkt er ja gerade über seine Außenwirkung nach, überlege ich. Nachvollziehbar wäre es, denn irgendwie hat ihn keiner recht lieb. Aber ich bezweifle, dass ihn das ernsthaft kratzt. In seinem Alter ist man, wie man ist. Und ihn hat irgendwas versaut; entweder die Gene oder die Erziehung – oder beides. Ich frage mich nur, wie seine Frau es mit ihm aushält. Die ist nett.

»Anhalten«, ruft er plötzlich.

Ich steige erschrocken in die Eisen und lege eine derbe Vollbremsung hin. Als der Wagen endlich steht, sehe ich mich sofort nach allen Seiten hin um. Was ist los? Wir befinden uns noch ein gutes Stück vom Marktplatz entfernt, es ist kurz vor zwei und die Bahnhofstraße völlig frei. Weit und breit ist weder ein Auto noch irgendeine Menschenseele zu sehen.

»Was soll das?«, frage ich deshalb. »Wir sind noch nicht da.«

»Ich muss kurz raus. Du fährst weiter und stellst den Karren schon mal ab. Ich komme nach.« Schließlich steigt der Alte aus dem Fahrzeug. Kein Kommentar, wieder keine Erklärung.

Ich kann nur den Kopf schütteln, fahre langsam an und werfe dabei einen Blick in den Rückspiegel. Das erweist sich als Fehler, denn was ich darin sehen muss, überschreitet mein Fassungsvermögen endgültig. Der Alte geht doch tatsächlich den Weg zurück und zielstrebig auf eine kunterbunt neonbeleuchtete Nachtspelunke zu. Dort, vor dem »Purple Heart«, wechselt er ein paar kurze Sätze mit einem lederbekleideten Gorilla und verschwindet schließlich in dem zweifelhaft anmutenden Bums.

Jetzt vollends verärgert, fahre ich einfach durch die Fußgängerzone und stelle den BMW am Marktplatz, direkt oben vor St. Laurentius, ab.

13. Kapitel

Der Alte lässt mich wenigstens nicht ewig warten. Und jetzt, da er von der Hauptstraße her auf den Marktplatz zutrottet, fühle ich mich ausreichend präpariert. Ich habe die Zeit genutzt, um darüber nachzudenken, wie ich ihm erklären kann, dass mir die Art und Weise unserer Zusammenarbeit nicht gefällt.

»Ich denke, es ist an der Zeit, mal offen über einige Dinge zu reden«, lege ich also los. »Ihr dubioses Verhältnis zu anderen Menschen geht mich nichts an, aber solange wir beide miteinander zu tun haben, möchte ich, dass Sie ...« Ich unterbreche mich, denn der Alte bedeutet mir per Handzeichen, meine Stimme zu senken. Er hat recht. Sie dröhnt auf dem leeren Marktplatz tatsächlich sehr. Also fahre ich leiser fort. »Ich möchte, dass Sie zumindest *mich* respektieren. Ich bin nicht bereit, mich weiterhin von Ihnen am Gängelband führen zu lassen. In Zukunft will ich darüber unterrichtet werden, warum wir was wann wie und wo machen. Und über ein bisschen mehr Freundlichkeit im Ton wäre ich auch dankbar. Ich bin Ihnen schließlich nicht aus dem Arsch gefallen.«

Der Alte verzieht nun das Gesicht, als ob er auf eine Zitrone gebissen hätte, zieht, wie zum Schutz, den Kopf ein und weist mit halb verdecktem Fingerzeig auf irgendwas, das sich direkt hinter mir befinden muss. »Vorsicht mit Kraftausdrücken«, flüstert er dabei.

Ich drehe mich um. Das Kriegerdenkmal – der Müller in Militärkluft mit Fahne. Dahinter: die Laurentiuskirche – das Langhaus – der Turm –

das Kreuz. Ich muss fast lachen. Empört wende ich mich ihm wieder zu. »Das ist ein Witz, oder? Gerade eben musste ich noch voll auf die Klötze treten, damit Sie in den berüchtigtsten Tingeltangel der Stadt hineinmarschieren können, und nun kommen Sie mir als gottesfürchtiger Mahner? Ich glaube eher, Ihnen ist überhaupt nichts heilig, und Anstand scheint für Sie ein Fremdwort zu sein.«

Irgendeinen Nerv muss ich getroffen haben, denn der Alte senkt jetzt den Kopf und streicht sich nachdenklich durch den Bart. Er nickt auch mehrmals schweigend. Entweder sind meine Worte nicht völlig wirkungslos verpufft, oder er lauscht zumindest seiner inneren Stimme. Und vielleicht rät die ihm ja gerade, es sich nicht mit allen Menschen zu verscherzen.

»In Ordnung«, sagt er jedenfalls plötzlich. »Ich verstehe. Und ich würde dir auch gern einiges erklären, aber wir haben leider noch nicht genug Zeit dafür. Wir sind schließlich nicht die Kripo und verfügen nicht über deren Ermittlungsapparat. Außerdem hatten wir das Handicap, mit unseren Recherchen ausgerechnet in der Nacht beginnen zu müssen, was unsere Möglichkeiten, voranzukommen, begrenzt hat. Umso wichtiger war und ist es noch immer, die, die wir haben, voll und ganz auszuschöpfen. Ich schlage deshalb vor, dass wir jetzt in Galens Kanzlei einbrechen und uns dort umsehen, denn am Morgen werden sich da drin vermutlich wieder Kripoleute aufhalten.«

Ich muss prusten. »Genau. Super Idee. Jetzt werden wir auch noch kriminell.«

»Siehst du. Jetzt habe ich dich mal eingeweiht, und schon blockierst du.«

»Blockieren?«

»Ja. Wir können auch nach Hause gehen und am Vormittag noch mal herkommen. Dann fragen wir einen der Jungs vom Untersuchungsteam, ob er zwei krimibegeisterten Dilettanten erlaubt, sich mal einen echten Tatort aus der Nähe anzusehen und einen Blick auf den Arbeitsplatz der beiden Opfer zu werfen.«

»Hahaha.«

»Das ist keine Antwort.«

Okay, er hat recht. Ich muss mich entscheiden. Vor oder zurück?

»Von mir aus«, antworte ich schweren Herzens. »Und wie?«

Er öffnet seine Bauchtasche. Daraus zieht er einen Bund Dietriche und allerlei anderes, merkwürdig geformtes Metallzeug hervor. Das Geklapper kommt mir bekannt vor. Ich habe es schon einmal gehört, als er zu Hause in seiner Diele in dem Metallschrank herumgekramt hat.

Ich bin erstaunt, wie leicht sich selbst modernste Sicherheitsschlösser öffnen lassen, wenn man das richtige Werkzeug und die dafür notwendigen Kenntnisse mitbringt. Woher der Alte beides hat, frage ich erst gar nicht. Erstens würde er mir hier drinnen im hallenden Treppenhaus so wenig eine Antwort geben wie eben unten vor der Haustür, wo aufgrund des menschenleeren Marktplatzes möglichst lautloses Vorgehen angesagt war, und zweitens verspüre ich zu meiner Verwunderung selbst jetzt, da er die amtliche Versiegelung von der Kanzleitür entfernt, nicht die geringste Angst. Liegt es an der Uhrzeit? Ich merke, dass ich müde werde. Wird man dann auch gleichgültiger? Oder liegt es daran, dass ich bei dieser Aktion zum ersten Mal so etwas wie Bewunderung für den Alten empfinde?

Ich bin zu allen Zeiten ein Hosenschisser gewesen. Schon als Kind habe ich jede Situation gemieden, bei der auch nur der Hauch eines Risikos bestand, einen Kratzer abzubekommen. Meine Geschichten, die ich Imke und Thorben immer gern erzähle, wonach ich die Tage meiner Kindheit maßgeblich damit zugebracht habe, mit Freunden Erdhöhlen zu bauen, auf hochgelegenen Astgabeln Baumhäuser zu errichten oder selbst gebastelte Flöße zu Wasser zu bringen, sind alle erstunken und erlogen. In Wahrheit habe ich mich nicht mal getraut, meinen Altersgenossen bei Aktivitäten solcher Art zuzuschauen, weil ich Angst hatte, dass sie mich zum Mitspielen auffordern und, sollte ich ablehnen, hänseln oder womöglich sogar verprügeln würden. Höchstwahrscheinlich bin ich deshalb Kinderbuchautor geworden. Meine Eltern waren beruflich viel auf Reisen, und so habe ich eine ereignis- und abwechslungsarme Kindheit im Haus übermäßig fürsorglicher, aber ausgesprochen langweiliger Großeltern verlebt, weshalb ich später wohl gern Geschichten erfunden habe, in denen es Spaß, Spiel und Spannung am laufenden Band gab.

Unter welchen Umständen der Alte aufgewachsen ist, weiß ich nicht, aber mir entgeht nicht die fast kindliche Freude, die er zu empfinden scheint, wenn er mit seinen nadel- und klemmenähnlichen Werkzeugen so lange in den Schlössern herumpopelt, bis jenes Klicken ertönt, das anzeigt, dass sich in ihrem Inneren etwas tut, und dann mit Geduld und

Feingefühl auf das etwas tiefer klingende Klacken zuarbeitet, bei dem sie sich letztlich öffnen. Schon unten an der massiven Haustür hat er seinen Erfolg mit einem glückseligen Lächeln quittiert, aber nun, da die Eingangstür zur Kanzlei aufgleitet, entweicht ihm zusätzlich ein leise dahingehauchtes »Wow«.

Die Stille ist gespenstig, und mich durchfährt es beim Anblick des Warteraums eiskalt, denn es ist erschreckend, wie sehr hier alles den Bildern ähnelt, die ich beim Lesen der Blätter und Zettel des kleinen Mannes vor Augen hatte. Er hat diesen Raum nur ganz knapp, aber derart treffend beschrieben, dass ich sogar die Tür zum Sekretariat erkenne, durch die Julian Weigel gute vierzig Stunden zuvor trat, um sein grausiges Werk zu verrichten. Sie befindet sich hinter einer holzverkleideten Kanzel, hat im Dunkeln eine gräuliche Farbe, und besitzt eine bullaugenförmige Öffnung aus Milchglas. Durch diese fällt ein sich diffus auflösender Strahl schwachen, kalten Lichts in den Warteraum, und ich nehme an, dass er von der Nachtbeleuchtung des Marktplatzes herrührt, die das Innere des Sekretariats erhellt. Einen Moment später, als wir die Tür zu diesem Raum öffnen, bestätigt sich die Vermutung. Durch große, sprossenlose Fenster fällt hier tatsächlich etwas vom kühlen Licht der Straßenlaternen ein.

Soeben zog ein pneumatischer Türschließer die Tür hinter uns zu. Dabei entstand ein leises, schlurfendes Geräusch. Und jetzt, nachdem sie ins Schloss geschnappt ist, herrscht hier, vom kaum vernehmbaren Säuseln eines Lüftungsventilators abgesehen, Grabesstille. Nichts bewegt sich. Nur die fein gewebten Gardinen vor den Fenstern schwingen noch einen Moment lautlos nach. Mir ist dieser Ort unheimlich. Zwei Menschen sind hier vor nicht einmal zwei Tagen binnen Minuten niedergemetzelt worden, und obwohl sie nach menschlichem Ermessen nicht gelitten haben konnten, habe ich das Gefühl, dass dies ein Ort unendlichen Leides ist – wohl deshalb, weil ihnen nicht mal die Gnade eines letzten bewussten Gedankens, eines letzten Wortes, Lächelns oder wenigstens Weinens gewährt worden war. Sie sind einfach ausgeknipst worden, wie Glühbirnen, die man auch nicht anspricht, bevor man den Lichtschalter umlegt.

Plötzlich schaltet der Alte seine Taschenlampe ein, und mein Blick fällt gleich als Erstes auf den Boden und damit auf eine Kreidezeichnung mit unförmigen Umrissen. Darin und drumherum befinden sich unzählige rotbraune Flecken unterschiedlicher Größe und Ausdehnung. Und weil der Alte als Nächstes den Lichtkegel auf den Schreibtisch lenkt, sehe ich auch, dass dieser von Blutspritzern und angetrockneten dunklen Partikeln übersät ist. Noch hat also niemand die Spuren der abscheulichen Taten beseitigt. Ich vermute, dass das ohnehin nur jemand machen kann, der keinerlei Beziehungen zu den Opfern hatte.

Der Alte geht um den Schreibtisch herum, und ich nehme mit Befremden wahr, dass er sich dort nicht nur umsieht, sondern nacheinander Schubladen öffnet. Nicht jede, aber einige durchforstet er zudem ausgesprochen gründlich. Dann geht er zum Aktenschrank und hält auch dort Ausschau nach … Nach was eigentlich? Ich spreche ihn darauf an.

»Soll ich mich auch mal umsehen? Sie müssen mir nur sagen, nach was. Ich stehe im Moment nämlich in jeder Hinsicht ein bisschen neben mir. Tut mir leid.«

»Ist schon okay. Es reicht, dass *ich* das hier tue. Und nach was ich suche, weiß ich selbst noch nicht. Ich gehe einfach davon aus, dass es hier irgendwas gibt, das uns weiterhilft. Das ist an solchen Orten immer der Fall.«

»Immer?«

Obwohl der Alte auf der anderen Seite des Lichtkegels steht und kaum zu erkennen ist, kann ich sehen, dass er nickt.

»Das verstehe ich nicht«, sage ich. »Heißt das, dass Sie das hier nicht zum ersten Mal machen?«

Er antwortet nicht. Dafür geht er in Richtung Tür, und mit einem Mal geht das Licht im Raum an. »Muss sein«, kommentiert er. »Ich kann sonst nichts erkennen, und die Batterien machen's auch nicht mehr lange.«

Mir ist nicht wohl dabei. »Und wenn man uns sieht?«

»Egal. Es weiß ja jeder, was hier passiert ist. Man wird denken, dass die Kripo wieder Untersuchungen durchführt.« Er geht nun zu einem kleinen Beistelltisch, auf dem ein Kaffeeautomat steht, und öffnet die oberste Schublade. Darin liegen Kaffeedosen und Zuckerpakete. Er schließt sie sofort wieder und macht sich über die darunterliegende her.

»Wir sind aber nicht die Kripo«, sage ich jetzt bestimmt. »Womit ich wieder bei meiner Frage von eben wäre: Haben Sie sowas schon mal gemacht?«

Der Alte dreht sich nun zu mir um, starrt mich einen Moment mit entrückt wirkendem Blick an und hebt dann einen Zeigefinger. »Ich hab's«, sagt er und läuft mit schnellen Schritten zum Schreibtisch zurück. Dort setzt er sich auf den Bürostuhl und zieht das Tischtelefon zu sich heran. Sofort tippt er wirr auf den Tasten herum.

»Was wollen Sie denn machen?« Ich sehe, dass er völlig unsystematisch vorgeht. »Vielleicht hab ich ja wenigstens von Telefonapparaten mehr Ahnung. Was Sie da treiben, wirkt unkoordiniert.«

»Heutzutage speichert man auf solchen Dingern doch alle wichtigen Nummern. Ich suche eine Art Register«, sagt er.

Ich stelle mich neben ihn und bediene die entsprechende Taste. Das Register erscheint und zeigt mehrere mit A beginnende Namen an. Dann drücke ich auf eine mit einem Pluszeichen versehene Taste, und es erscheinen weitere Namen mit diesem Anfangsbuchstaben – und schließlich die ersten mit B beginnenden. »Einfach weiterdrücken, bis der Buchstabe kommt, den Sie brauchen«, erkläre ich.

»Ich suche keine Buchstaben. Ich suche einen weiblichen Vornamen. Geschäftspartner und Klienten wird Frau Pöschel vermutlich unter ihrem Nachnamen gespeichert haben. Aber garantiert nicht ihre Lebensgefährtin.«

Ich schaue auf die Uhr. »Es ist halb vier. Sie wollen doch wohl nicht bei ihr anrufen?«

»Quatsch. Ich brauche nur die Nummer.«

Ich tippe die Namensliste durch, finde aber zunächst nur Nachnamen. Lediglich »Thomas« und »Werner« könnten sowohl das eine als auch das andere sein. Aber die sind nicht weiblich. Schließlich taucht der Name Yvonne auf.

»Die Nummer brauch ich«, sagt er bestimmt, und ich wähle sie aus. Auf dem Display erscheint der vollständige Name und die Telefonnummer.

»Yvonne Säbel. Ist das Frau Pöschels Partnerin?«, frage ich.

»Keine Ahnung. Das sehen wir später. Jetzt geht's erst mal rüber zum Chef.« Der Alte steht auf und marschiert sofort zur Bürotür. Ich folge ihm, laufe vorsichtig an der Kreidezeichnung vorbei und werfe dabei einen letzten verstohlenen Blick auf die größte der getrockneten Lachen. Diesmal bemerke ich das schwarze Einschussloch im Linoleumboden. Sofort erscheinen Bilder von der grausamen Exekution der jungen Frau vor meinem geistigen Auge.

»Mein Gott. Haben Sie das gesehen?«, frage ich laut.

»Ja, hab ich. Aber komm. Wir haben noch was zu tun.« Der Alte öffnet die Tür und schaltet das Licht aus. Ich verlasse geknickt den Raum und trotte mit einem Kloß im Hals erneut hinter ihm her. Vor der schmuckreichsten von fünf Holztüren halten wir schließlich an. Ein Messingschild weist auf Dr. Galens Sprechzimmer hin.

In diesem Raum herrscht eine unangenehm gedämpfte Akustik. Er ist mit schweren Teppichen und antiken Möbeln ausgestattet, und die hohen Holzregale sind mit verstaubten Fachbüchern, Zeitschriften und Aktenordnern zum Bersten vollgestopft. Ein muffliges Ambiente – offenbar ist Galen Raucher gewesen, denn es riecht penetrant nach kaltem Zigarettenrauch.

Der Alte beginnt sofort mit der Durchsuchung, indem er auch hier gleich sämtliche Schubladen des ausladenden Schreibtisches öffnet und durchwühlt. Das bringt mich erneut auf die Frage zurück, die ich ihm vorhin gestellt habe.

»Sie haben mir noch immer nicht geantwortet. Haben Sie früher schon mal in anderer Leute Leben herumgeschnüffelt?«

»Ja. Das war mal mein Job«, antwortet er, ohne dabei aufzusehen. Er blättert in einem dicken Buch mit Ledereinband herum, das eben noch auf der Arbeitsfläche des Schreibtisches stand. Dabei entweicht ihm mehrmals ein nachdenklich klingendes »Hm« oder »Aha«.

Diesmal will ich dranbleiben. Als er das Buch beiseite gelegt hat und auf das erste der vier hohen Regale zugeht, frage ich weiter: »Und wie hieß dieser *Job*?«

»Kriminalbeamter.«

Ich bin ein Trottel, denke ich in dem Moment. Ein ausgemachter Idiot.

»Das war ich bis vor fünf Jahren. Ich bin pensioniert«, sagt er. Dabei beäugt er mehrere schwarze Aktenordner, die auf einem der oberen Regalbretter stehen. Schließlich sieht er sich nach irgendwas um.

Ich schüttele innerlich den Kopf. Ich habe mich die ganze Zeit gewundert, und jetzt ist es doppelt blamabel, dass ich auf das Naheliegendste nicht gekommen bin. Automechaniker. Sicher, ich hatte ziemlich rasch die Vermutung, dass das nicht alles sein kann, aber weshalb ich nicht einen Moment an einen Profi-Ermittler gedacht habe, ist mir unerklärlich. Vielleicht liegt es daran, dass die Kommissare im Fernsehen meist jünger sind, oder dass sie, wenn sie doch mal alt und pensioniert sind, höchstens noch die Pflanzen in ihrem Garten gießen. Manche durchsuchen fortan Heiratsannoncen, andere fliehen aufs Land und züchten Schafe. Jedenfalls schraubt dann keiner von ihnen an Autos rum und verbringt den Tag in einem altersgebeutelten Caravan. Zumindest hat ein Bild dieser Art nie in meinem Kopf existiert.

Herrmann ist gut in solchen Dingen, hat seine Frau behauptet. Klar, sie muss es wissen. Hat sie ihn vielleicht sogar zu dieser Aktion überredet? Egal, denke ich, der Alte ist also Profi, und nun, da ich ihn beobachte, wie er eine kurze Trittleiter vor eines der Regale stellt, bin ich verdammt froh, dass er kein Automechaniker ist. Einen ehemaligen Kripomann in einer illegalen Situation an seiner Seite zu haben, ist um etliches beruhigender – auch wenn der sich gerade einen der verstaubten schwarzen Ordner aus den oberen Reihen unter den Arm klemmt und mich auffordert, nun aber zügig die Kanzlei zu verlassen. Er habe etwas gefunden, das uns weiterbringt, behauptet er – etwas, das einigermaßen erstaunlich sei, fügt er noch hinzu.

14. Kapitel

Als wir auf den Marktplatz hinaustreten, ist die Luft morgendlich klar, kühl und feucht. Es muss zwischenzeitlich kurz geregnet haben, denn die Kopfsteine sind an der Oberfläche nass, aber Pfützen haben sich nirgendwo gebildet.

Auf dem Platz ist es still. Es ist Mittwoch, und der Wochenmarkt findet nur samstags statt. Dann herrscht hier zu dieser Uhrzeit bereits reges Treiben. Aber heute werden die Gemüsehändler ihre Ware zu einem anderen Ort gefahren haben, und einige von ihnen bauen dort vermutlich genau in diesem Moment ihre Stände auf. Daran gewöhnt, zu Zeiten ihre Arbeit zu verrichten, in denen ringsum noch alles schläft, werden sie auch auf dem dortigen Marktplatz weitestgehend schweigend und routiniert ihr Programm abarbeiten. Beim Abladen der Obststiegen und Gemüsekisten werden sie kaum miteinander sprechen, und auch das Auslegen der Ware auf die Verkaufstische geschieht nahezu lautlos.

Ich weiß nicht, warum ich jetzt ausgerechnet an die Marktleute denke. Vielleicht, weil ich nicht an ihrer Stelle sein möchte, denn allein die Vorstellung, noch den ganzen Tag wach bleiben zu müssen, wäre für mich grausam. Gerade überfällt mich nämlich die Sehnsucht nach meinem warmen Bett, zumal sich hier draußen an der Luft die Müdigkeit besonders tief in meinen übernächtigten Körper hineinfrisst.

Auch das scheint die Frau des Alten gestern Abend einkalkuliert zu haben, denn als wir meinen BMW erreichen, lässt sich der Alte von mir den

Autoschlüssel geben und öffnet den Kofferraum. Darin befindet sich ein gigantischer geflochtener Picknickkorb, voll beladen mit Brot, Käse und allerhand Obst sowie einer dickbauchigen Thermoskanne. Daneben steht ein schwarzer, geschlossener Kunststoffcontainer, der ebenfalls nicht mir gehört.

»Das kann jetzt nicht wahr sein, oder?«, kommentiere ich den Anblick. Mein Herz hüpft vor Freude.

»Doch. So ist meine Frau. Die macht Dinge möglich«, sagt der Alte. »Und wir machen's uns jetzt gemütlich. Dabei erkläre ich dir alles. Einverstanden?«

Just in dem Moment, da wir uns mit Picknickkorb, Kanne und dem Ordner aus Galens Büro auf den obersten Absatz einer der den Marktplatzrand umsäumenden Kopfsteintreppen niederlassen, schlägt es in dem langen, schlanken Turm des alten Rathauses sechs Uhr. Und nachdem sich jeder von uns Kaffee eingeschenkt hat, wendet sich der Alte mir zu.

»Ich war dreißig Jahre beim Morddezernat. Aber mit Anfang fünfzig bin ich schwer erkrankt und war danach für Außeneinsätze nicht mehr zu gebrauchen. Deswegen hab ich die letzten dreizehn Jahre im Innendienst gearbeitet.« Dann pustet er in seinen Kaffee, obwohl der nicht mehr richtig heiß ist.

Ich warte. Aber es kommt nichts mehr. Das muss ich wohl hinnehmen. »Ein schweres Los, oder?«, frage ich trotzdem. »Ich meine, wenn man so lange draußen gearbeitet hat.« Eine gescheitere Bemerkung fällt mir nicht ein.

Der Alte schüttelt den Kopf. »Nein. Das war in Ordnung. Ich musste damals sowieso einiges verändern. Krankheit läutert, wie man so schön sagt. Man ordnet danach sein Leben neu.« Er trinkt seinen Becher aus und schenkt sich neuen Kaffee nach. Dann schweigt er wieder.

»Aha«, mache ich, als mir klar wird, dass es das auch schon wieder war. Hat der Alte nicht eben noch behauptet, er würde *alles* erzählen? Vielleicht muss man ja nur die richtigen Fragen stellen. »Die beiden Männer von heute Nacht waren Ihnen nicht gerade wohlgesonnen, hatte ich den Eindruck. Kennen Sie die schon länger?«

»Du meinst Sandy und Lolli?«

Ich muss grinsen. »Ja.«

»Schon ewig«, sagt der Alte schmunzelnd. »Witold Sandmann ist eine Schwuchtel, aber das ist seine Sache. Er hat jeden Monat einen Neuen –

auch das geht mich nichts an. Früher hat er wilde Bisex-Orgien steigen lassen – das interessiert heute niemanden mehr. Aber er hatte zwischendrin auch eine Phase, in der seine Liebe zu Tieren enorm groß war.«

Mich schüttelt es.

Der Alte zuckt mit den Schultern. »Tja. Ich hab ihn damals gleich auf seine Neigung angesprochen und ihm erklärt, wie wichtig es sei, dass seine Leser nichts davon erfahren. Und es ist seltsam. Seither kann ich mich über seine Hilfsbereitschaft nicht beklagen.«

»Hm. Und Reuss? Ist der auch Sodomist?«

«Nein. Dr. Lothar Reuss, kurz Lolli, hat früher in unserer kriminaltechnischen Abteilung gearbeitet. Er war, und ist sicher noch immer, ein hervorragender Fachmann und Wissenschaftler. Aber er war auch Spieler und hatte irgendwann Wettschulden in idiotischer Höhe. Er begann deshalb, in seinem Keller Drogen zu basteln. Hat ihm drei Jahre und den Verlust seines Jobs eingebracht.«

»Und was macht er heute?«

»Ich denke, er wird dort noch immer dubioses Zeug zusammenbrauen.«

»Wieder Drogen?«

»Nein, das glaube ich nicht. Aber für einen Chemiker gibt's auf dieser Welt viele Möglichkeiten, sich kreativ einzubringen. Denk nur an Sprengstoffe, Dopingmittel, Giftgase und andere chemisch oder biologisch wirksame Keulen.«

Ich verziehe mein Gesicht. Aber der Alte wiegelt ab. »Nein, nein, keine Sorge. Lolli wird nicht mehr illegal. Aber auch legale Dinge können ein Geschmäckle haben, und das im doppelten Sinn. Lebensmittelzusätze zum Beispiel. Die Industrie zahlt für profitsteigernde, aber schwer nachweisbare Substanzen nicht schlecht – solange Stillschweigen gewahrt bleibt. Eine Durchsuchung von Lollis Kellerlaboratorium würde dem einen oder anderen seiner Auftraggeber jedenfalls so wenig schmecken wie die ›natürlichen Zutaten‹, die er da kreiert.«

»Verstehe«, sage ich. Auch ich gieße mir nun Kaffee nach. Dann nehme ich mir eine Banane. »Und Ihre Frau ist tatsächlich Automechanikerin?«

»Ja.«

»Meine Hochachtung. Dann dürfte sie eine der ersten Frauen gewesen sein, die diesen Beruf ergriffen haben.«

»Nein. Sie hat erst mit fünfzig die Lehre begonnen. Mit sechsundfünfzig hat sie die Meisterprüfung gemacht und vor vier Jahren den Betrieb gegründet.«

Alles ist so einfach. Zu einfach. Wie dieser Waldweg, der zum Ansitz der Jäger führt. Wie das Versteck selbst, sollte dort überhaupt je eine Leiche abgelegt worden sein. Der Alte verschweigt mir was, das ist sicher, und ich habe den Eindruck, als wenn es sich dabei um entscheidende Auskünfte handelt. Ich versuche einen weiteren Anlauf. »Aber viele Aufträge scheint sie nicht zu haben.«

»Es macht ihr Freude«, antwortet er schlicht. »Darum geht's. Wenn sie einen Kunden nicht leiden kann, oder wenn ihr ein Auftrag keinen Spaß macht, dann lehnt sie die Arbeit einfach ab. Ist doch ein gutes Arrangement.«

»Wenn man's so sieht.«

»So sieht sie's. Du warst ihr sympathisch. Wegen der Walküre. Hilla ist verrückt nach Wagner. Und als ich ihr erzählt habe, wie sich Seppel verhalten hat, war alles klar. Die meisten verbellt er, aber von dir wollte er gekrault werden. Und als sie gestern Mittag zurückkam, hat sie sich gleich ans Telefon gehängt und mit Klopper gesprochen. Der hat ihr dann en détail berichtet, was du ihm auf dem Revier vorgetragen hast.«

»Klopper?«, frage ich. »Das ist einer der beiden Polizisten, nehme ich an.«

»Ja. Er wohnt zwei Häuser neben uns. Wir kennen ihn seit seiner Kindheit. Er ist eine inkompetente Niete, genau wie sein Kollege, mit dem er gestern Dienst hatte. Aber das hast du ja selbst gemerkt. Du hattest Pech, ausgerechnet an die beiden geraten zu sein. Es gibt bei der Weinheimer Polizei jede Menge gute Leute. Egal, jedenfalls hat mich deine Story interessiert, und meine Frau hat sofort auf mich eingeredet. Ich solle dir helfen, in der Sache zu ermitteln, hat sie gemeint. Zuerst wollte ich, offen gesagt, nicht. Aber als du bei uns warst, habe ich mich sofort umentschieden – auch Hilla zuliebe. Sie findet, dass ich nicht ausgelastet bin. Und sie hat recht. Ich kann bei ihrem Autokram allerhöchstens den Handlanger spielen, und dreimal am Tag mit Seppel rauszugehen, ist nicht gerade die Erfüllung. Als wir gegangen sind, hat sie dein Auto mit Essbarem ausstaffiert. Das hat sie früher auch immer so gemacht. Wenn ich an einem Fall so richtig dran war, kam regelmäßig der Schlaf zu kurz, und wenn sie nicht jedes Mal vorgesorgt hätte, wäre ich dabei auch noch verhungert.«

»Eine fürsorgliche Frau«, antworte ich knapp.

»Ich weiß. Ohne sie wäre ich längst tot.« Der Alte sagt das in einem derart ernsten Ton, dass ich erschrecke. Aber nachhaken will ich nicht. Ich würde ohnehin nur die halbe Wahrheit erfahren. Außerdem scheint er irgendwas vorzuhaben. Er drückt mir plötzlich den schwarzen Ordner in die Hand, steht auf und streckt sich.

»Schau dir das mal an«, sagt er und deutet auf das schwarze Ding. »Ich gehe mal für ein paar Minuten da drüben rein.« Er weist auf ein Lokal namens »Altstadtklause« am unteren Ende des Marktplatzes. Es hat offenbar schon geöffnet, denn die Innenbeleuchtung ist eingeschaltet und zwei mit Kreide beschriftete Klapptafeln stehen direkt vor dem Kneipeneingang. Ich frage mich, was der Alte dort will. Kaffee hat er bereits getrunken und fürs Frühstück hat seine Frau in ausreichender Menge gesorgt. Trinkt er etwa? Braucht er hin und wieder eine Dosis? Deswegen auch der nächtliche Spontanbesuch im »Purple Heart«?

»Ich gehe nur mal aufs Klo«, sagt er. Dann marschiert er zum Auto, öffnet den Kofferraum, entnimmt ihm diesen ominösen, schwarzen Kunststoffkasten und schreitet, die Box unter den Arm geklemmt, den Marktplatz hinunter zu der etwas befremdlich wirkenden Pinte.

Ich betrachte die Beschriftung des Ordners. Auf dem Etikett steht »Trautmann & Wiese/Mandate '95«, und wie ich den Ordner aufschlage, fällt mein Blick auf eine mit »Index« betitelte Seite. In diesem sind in alphabetischer Reihenfolge Namen aufgelistet. Dahinter stehen Seitenzahlen. Ich überfliege die Namenliste. Bei T angelangt, wird mir schlagartig klar, warum der Alte den Ordner mitgenommen hat. Da steht »Tenner, Detlef, Seite 214« – der Name des ermordeten Strafgefangenen. Kein Zweifel, nur er kann es sein. Ich schlage die entsprechende Seite auf. Tatsächlich: »Tenner, Detlef, geb. 24.03.1966«. Dreiundvierzig Jahre alt – wie Viktor Menzel! Ich lese weiter. »Delikt: Totschlag; Opfer: Ehefrau; Strafmaß: 14 Jahre, ohne Bew.; Vertreter: Galen, Siegbert, Dr.; Mandatserteilung 07.09.1995; Urteilsverkündung: 10.05.1996; Offiz. E.-Termin: 11.09.2009.« Eindeutiger geht's nicht. Es folgt ein schriftlicher Kurzrapport. Aber ausgerechnet jetzt summt mein Handy. Carola, vermute ich. Sie dürfte gerade aufgestanden sein und wundert sich, dass ich noch immer nicht zu Hause bin.

Es ist nicht Carola.

»Ist Bremer zu sprechen?«

Ich kenne die Stimme, kann sie aber niemandem zuordnen. »Wer soll zu sprechen sein?«, frage ich.

»Ich heiße Reuss. Sie waren heute Nacht mit dem Alten bei mir.«

Jetzt verstehe ich.

»Der ist nicht da. Kann ich was ausrichten?«

»Ja. Sagen Sie ihm, dass es Baumwollfäden sind. Stammen vermutlich von sowas wie 'nem Bettlaken. Muss von Hand oder mit einem ziemlich stumpfen Schneidewerkzeug zertrennt worden sein. Jedenfalls hat's dabei gefusselt. An ein paar Fäden hab ich Blut gefunden, aber Genaues kann ich dazu nicht sagen. Richten Sie dem Alten aus, dass ich die Proben an Theo weitergebe. Und dass er mich von jetzt an in Ruhe lassen soll.« Dann herrscht Stille in der Leitung.

»Und? Was sagst du?«

Ich erschrecke. Der Alte steht plötzlich vor mir. Er hat sich umgezogen, trägt jetzt statt der Bluejeans eine braune Cordhose. Hat ihm seine Frau etwa auch Kleidung eingepackt? In die Kunststoffbox? Was für Überraschungen hält der Kerl eigentlich noch parat?

»Ich meine den Ordner«, präzisiert er, denn ich habe nicht geantwortet.

»Ach so, ja. Was da drinsteht, scheint ein Hammer zu sein. Aber ich bin noch nicht so weit. Reuss hat eben angerufen.«

»Aha. Und?«

Ich gebe weiter, was er mir mitgeteilt hat.

»Ein Bettlaken? Blut?«, wiederholt der Alte. »Stimmt alles, oder? Menzels Leichnam war von Marlene bereits in ein Laken gewickelt worden, als Willing in seine Küche trat. Und dein Informant hat beschrieben, dass es voll mit Blut war. Erinnerst du dich? Marlene hat Menzel entgegen der ursprünglichen Abmachung erstochen. Das Messer lag noch in der Spüle.«

Ja, ich erinnere mich.

»Und jetzt ist der Kram bei Theo, sagst du?«

»Ja.«

»Das ist gut. Der ist forensischer Hämatologe. Wenn sich einer mit Blut auskennt, dann er. Er arbeitet übrigens noch immer für die Kripo.«

Der Alte ist jetzt so richtig in seinem Element. Er will dranbleiben, das sehe ich am Glanz seiner Augen. Wieder ist darin dieses Feuer zu erkennen, das mir gestern Abend schon auffiel. Aber diesmal wirkt es nicht erstickt, sondern neu entfacht. Es lodert heftig, und er erscheint mir trotz

Schlafmangel auch allgemein vitaler als gestern. Er ist sogar rasiert, was mir erst jetzt auffällt. Offenbar hat er sich in der Kneipentoilette komplett frisch gemacht. Nun wirkt er auch jünger. Schließlich setzt er sich direkt neben mich und tippt mit dem Finger auf die aufgeschlagene Seite des Ordners.

»Aber wir sollten auf Tenner zurückkommen. Das hier ist eine Liste aller Mandate, die eine Anwaltskanzlei namens Trautmann & Wiese im Jahr 1995 angenommen hat. Vorhin habe ich auf Galens Schreibtisch eine Art Jahrbuch gefunden. Und auf der ersten Seite wird auf die Geschichte seiner Kanzlei eingegangen. Sie besteht seit 1999 und geht aus eben dieser Kanzlei Trautmann & Wiese hervor. Zuvor war Galen bei den beiden schon mehrere Jahre angestellt. Für uns besonders interessant ist jedoch, dass Galen Strafrechtler war und in seiner Zeit bei Trautmann & Wiese unter anderem Detlef Tenner verteidigt hat. Diesen Prozess hat er allerdings haushoch verloren, denn Tenner erhielt das vom Staatsanwalt vorgeschlagene Strafmaß.«

»Das passiert jedem mal«, antworte ich trocken, obgleich ich zugeben muss, dass mich diese Information nicht kaltlässt. Galen und Tenner kannten sich demnach. Und nun sind sie beide tot – ermordet. Und das kurz hintereinander. Das ist zumindest bemerkenswert.

»Das stimmt«, sagt der Alte. »Aber in dem Ordner befindet sich eine Zusammenfassung zu genau diesem Rechtsfall. Und wenn man die liest, gewinnt man den Eindruck, als wenn sich Galen für Tenner nicht gerade ins Zeug gelegt hätte. Einen echten *Beweis* für Tenners Schuld konnte die Staatsanwaltschaft nämlich nicht vorbringen. Es war ein Prozess, bei dem Indizien, Gutachten, Zeugenaussagen und Charaktereinschätzungen ein Ganzes ergaben, und bei dem letztlich ein Urteil ausgesprochen wurde, das diesem Ganzen Rechnung tragen sollte. Beim Lesen des Rapports überkommt einen jedoch unweigerlich ein schales Gefühl. Und das ging den Journalisten, die den Prozess damals verfolgten, offensichtlich ebenso. Überfliegt man nämlich die damaligen Zeitungsartikel«, er deutet jetzt auf mein Auto, und ich erinnere mich: Dort liegen die von Sandmann zusammengetragenen Recherchen, »stößt man immer wieder auf derbe Kritik an der völlig strategielos und halbseiden arbeitenden Verteidigung. Es scheint gerade so, als hätte Galen damals ständig mit dem Fuß auf der Bremse gestanden und Tenner von Anfang an miese Karten gehabt.«

»Miese Karten auch hinterher«, setze ich nach. »Er saß vierzehn lange

Jahre ab, war möglicherweise sogar unschuldig und wird ausgerechnet am Tag seiner Freilassung und obendrein von der Ehefrau seines ehemaligen Verteidigers ermordet. Ein beschisseneres Schicksal gibt's kaum.«

»Wohl wahr. Er konnte nicht mal genießen, dass sein inkompetenter Rechtsverdreher Tage später ebenfalls umgebracht wurde.«

»Von einem mickerigen Männlein mit Buckel und Hakennase umgebracht wurde«, präzisiere ich. »Und zufällig im Auftrag genau derselben Frau.«

Der Alte kratzt sich an der Wange – diesmal geräuschlos, da der Dreitagebart weg ist. »Sieht fast so aus.«

»Was heißt hier fast? Zwerg Nase ist Galens Mörder. Wie sonst hätte er zu seinem Detailwissen kommen können. Spatzen pfeifen solche Geschichten nicht vom Dach.«

Der Alte presst die Lippen aufeinander. »Hm«, macht er schließlich. »Lass uns nicht spekulieren. Der Wicht kommt als Täter infrage. Aber mehr gibt's momentan nicht dazu zu sagen. Wir sollten vorwärts marschieren. Fakt ist, dass Tenner zuerst mit Galen zu tun hatte und vierzehn Jahre später auch mit dessen Frau. Und beide Begegnungen endeten für ihn auf äußerst schicksalhafte Weise. Also müssen wir unseren Fokus ab jetzt verstärkt auf das Ehepaar Galen richten. Ich schlage vor, dass wir erst einmal an *ihm* dranbleiben. Das ist einfacher, weil er tot ist. Ich hab eben in der Kneipe einen Blick ins Telefonbuch geworfen und dort die Adresse dieser Yvonne Säbel ausfindig gemacht. Sie wohnt nicht weit von hier. Wenn wir Glück haben, ist sie tatsächlich Veronika Pöschels Freundin und kann uns ein wenig aus deren Arbeitsalltag erzählen. Ich statte ihr jedenfalls gleich einen Besuch ab. Außerdem denke ich, dass ich auch die Adresse jener Frau gefunden habe, die damals die Listen und Zusammenfassungen in diesem Ordner angefertigt hat.« Er deutet wieder auf den schwarzen Aktenordner. Ich sehe, dass unter dem Kurzbericht zu Tenners Fall vermerkt wurde, dass er von Galen diktiert und von einer Kanzleiangestellten namens Hannelore Seitz getippt worden ist. »Ich hab jedenfalls eine Hannelore Seitz im Telefonbuch gefunden. Kann sein, dass sie es ist. Da fährst du jetzt hin und fragst nach. Ist sie es, dann horchst du sie ein bisschen über Galen und seine Frau aus. Und vielleicht erinnert sie sich ja auch noch an den Fall Tenner.«

»Ich?«, frage ich entsetzt.

»Ja. Und danach kommst du wieder her und holst mich ab. Wir treffen uns am besten in der ›Altstadtklause‹.« Dabei deutet er auf die Kneipe, aus der er vor ein paar Minuten gekommen ist.

»Aber ich kann doch nicht einfach zu dieser Frau gehen und sie ausfragen«, wende ich ein.

»Wieso nicht?«

»Nun ja. Was soll ich ..., ich meine ..., wie?«

Er winkt ab. »Ist doch ganz einfach. Du stellst dich so nah wie möglich vor ihre Tür, und wenn sie öffnet, streckst du ihr irgendwas direkt vor die Nase, das wie ein Ausweis aussieht. Dabei siehst du ihr in die Augen und sagst ganz leise, dass du von der Kriminalpolizei kommst. Den Lappen steckst du sofort wieder ein. Ihr ist es peinlich, dass sie nachfragen muss, wer da vor ihr steht. Du wiederholst deinen Namen und erklärst noch einmal, woher du kommst. Nun hat sie dir schon genug Umstände gemacht und wird sich nicht trauen, auch noch einen zweiten Blick auf den Ausweis einzufordern. Man glaubt nicht, wie viele Trottel es gibt, die auf diesen Trick reinfallen.«

Mir kommt sofort der junge Mann in den Sinn, der neulich vor meiner Haustür stand. Der Alte hat recht. Es gibt Trottel, die darauf reinfallen. »Aber es ist Viertel nach sieben«, protestiere ich zaghaft.

»Genau. Wird Zeit, dass sie aufsteht«, sagt der Alte und entfernt sich bereits. »Sie soll schließlich bei wichtigen polizeilichen Ermittlungen helfen. Damit kann man nicht früh genug anfangen.«

Drecksack, denke ich und begebe mich zu meinem Auto.

15. Kapitel

Unter heftigem Klopfen meines Herzens befolge ich die Anweisungen des Alten.

Ich stelle mich so dicht wie möglich vor die Wohnungstür, halte meinen Büchereiausweis bereit und betätige zweimal forsch den Klingelknopf. Ich warte. Kurz darauf höre ich Schritte und dann auch das typische Geräusch, das entsteht, wenn innen die Klinke niedergedrückt wird. Es dauert einen Moment, aber schließlich öffnet sich die Tür mit großem Schwung, und ich strecke der Bewohnerin mutig und ohne zu zögern den Ausweis vors Gesicht. »Guten Tag«, sage ich dabei und denke zu meinem Erstaunen sogar an den Ratschlag des Alten, leise zu sprechen. »Mein Name ist Semmler. Ich komme von der ...«

Aber da ist niemand. Vor mir tut sich ein leerer, lang gestreckter Korridor auf.

»*Wo* kommst du her?« Es ist eine Kinderstimme, die mich das fragt. Ich schaue hinab und erkenne, dass sie einem kleinen Mädchen gehört, das mir nicht mal bis zur Hüfte reicht.

»Äh. Von der Polizei«, stottere ich.

»Ooo-ma«, schreit die Kleine daraufhin. »Da ist ein Polizeimann. Komm mal schnell her.«

Ich trete von einem Bein aufs andere. »Ach, lass mal«, sage ich zu der Kleinen. »Ist nicht notwendig. Ich komme später ...«

»Ooo-ma«, ruft das Mädchen erneut, und gleich darauf erscheint eine ältere Dame im Korridor. »Ich bin doch schon unterwegs. Aber ich kann meine Brille nicht finden, Marie. Suchst du mal nach ihr?«

Ich spüre, dass ich zu schwitzen beginne.

Aber die dünne Frau hat jetzt die Tür erreicht. »Was kann ich für Sie tun?«, fragt sie freundlich. Sie hat einen ausgeprägten Silberblick, und ich überlege, welches ihrer Augen mich wohl gerade fixiert. Aber beide scheinen an mir vorbeizustarren.

»Ich hab nur ein paar Fragen.« Meine Lüge vom Polizeibeamten will ich nicht wiederholen.

»Dann kommen Sie am besten rein.«

Das ist mir fast unangenehmer als das Lügen. Die Frau ist mit der Enkelin allein zu Hause und lässt mich einfach eintreten. Was, wenn ich ein Verbrecher wäre?

Im Wohnzimmer angekommen, bringt die Kleine ihrer Großmutter die Brille. Von da an ist das Schielen weg und die alte Dame betrachtet mich durch dicke Gläser. Das Mädchen verschwindet ins Nachbarzimmer.

»Nanu. Was will denn die Polizei von mir?«, fragt die Frau schließlich.

»Es geht um Dr. Galen. Vielleicht haben Sie ja von seinem Tod erfahren?«

Verdammt. Ich habe mit der falschen Frage begonnen. Aber ich habe Glück. »Ja. Eine scheußliche Sache«, sagt sie nämlich mit gesenkter Stimme. Und sie wirkt ehrlich erschüttert. Sie kannte Galen. Sie ist die Richtige.

»Tja, das kann man wohl sagen. Kannten Sie ihn gut?«

»Einigermaßen. Er war als Jurist in der Kanzlei angestellt, in der ich fast vierzig Jahre lang gearbeitet habe. Dadurch hatte ich immerhin acht oder neun Jahre lang mit ihm zu tun.«

»Was war er für ein Mensch?« Ich erinnere mich: Diese Frage wird in jedem Krimi gestellt.

»Herrisch, launisch, aber kompetent.«

Ich zögere. Dann schlage ich den schwarzen Ordner auf und zeige Frau Seitz den Kurzrapport zur Rechtssache Tenner.

»Das haben Sie damals getippt. Können Sie sich an den Fall noch erinnern?«

Die Frau nimmt den Ordner an sich und liest eine Weile im Text.

»Normalerweise würde ich das wohl nicht tun. Ich hab schließlich hunderte solcher Schreiben getippt. Hieran kann ich mich allerdings *sehr gut* erinnern. Ich sagte ja schon, Dr. Galen war kompetent. Aber diesen Fall hatte er nicht nur verloren, sondern vollständig versiebt. Jedenfalls war Dr. Trautmann derart erbost gewesen, dass er sogar in Erwägung zog, ihn zu feuern.«

»Hm. So schlimm?«

»Ja. Er hat den Mandanten wirklich miserabel vertreten. Hätte es sich um eine hochrangige Persönlichkeit gehandelt, wäre der Ruf der Kanzlei mehr als beschädigt gewesen. Es war so schon schlimm genug, weil sich die Presse wie eine Furie auf den Fall stürzte.«

»Aha. Aber dennoch hat man es bei dem Urteil bewenden lassen und ist nicht in Revision gegangen?«

Die alte Dame zuckt mit den Schultern. »Ich war nur Anwaltsgehilfin, Herr ...«

»Semmler.«

»Da hat man keinen Einfluss. Richtig fand ich's auch nicht. Aber das hätte ich nicht mal Dr. Trautmann gegenüber erwähnt, geschweige denn Dr. Galen. Er war, wie gesagt, als Mensch oft ungenießbar. Nein, man hat nichts unternommen, vermutlich, weil das einer Offenbarung gleichgekommen wäre. Und der Mandant hat das Urteil seltsamerweise angenommen.«

»Später hat Dr. Galen die Kanzlei von seinen Vorgängern übernommen. Waren Sie da noch da?«, frage ich. Ich bin gut, finde ich – dafür, dass ich sowas noch nie gemacht habe, sogar sehr gut.

»Noch gute drei Jahre. Aber das hat keine Freude mehr gemacht.«

»Warum?«

»Er war nicht nur ein despotischer Chef, sondern auch krankhaft geizig und misstrauisch.«

»Geizig?«

»Ja. Bei ihm musste man wöchentlich Rechenschaft über den Verbrauch an Büromaterial ablegen. Das war fürchterlich, weil er schon beim Verlust eines Radiergummis die Wände hochging. Aber in einer Kanzlei mit sechs Anwälten und mehreren Gehilfinnen kann man nicht arbeiten, ohne dass man sich mal vertippt, der Drucker etwas falsch ausdruckt oder ein Stift vom Tisch in den Papierkorb rollt. Verlust gibt es einfach.«

»Verstehe. Und *Frau* Galen? Haben Sie die mal kennengelernt?«

»Ich hab sie zwei- oder dreimal in der Kanzlei gesehen. Eine mondäne Erscheinung. Sie legte viel Wert auf ihr Äußeres, war teuer gekleidet, und Dr. Galen verhielt sich ihr gegenüber immer auffällig zahm. Man hatte den Eindruck, dass er ziemlich unter ihren Pantoffeln stand. Aber einen richtig glücklichen Eindruck hat sie nie auf mich gemacht. Ich kann Ihnen allerdings nicht sagen, warum. Es war nur so ein Gefühl. Ich glaube, er hat sie mehr geliebt als sie ihn.«

»Hm.«

»Tja. Und jetzt ist er tot. Und meine arme Nachfolgerin auch.«

»Haben Sie die auch gekannt?«

»Ja, natürlich. Veronika war schon als Lehrmädchen bei uns. Eine wirklich liebenswerte Person, fleißig und interessiert. Ich hab sie sehr gern gehabt. Und es ist besonders tragisch, dass sie ausgerechnet von einem Mann, weil ... sie war doch ...«

Einen kurzen Moment ist es ganz still um uns herum.

»Ja, ich weiß. Aber es ist ja noch nicht sicher, dass es wirklich ein Mann war«, lüge ich.

Sie sieht mich verwundert an. »Nanu. Ich dachte, Sie hätten schon entsprechende Hinweise. Gerade eben habe ich im ›Stadtanzeiger‹ gelesen, dass Sie gestern Abend einen Verdächtigen festgenommen haben.«

Sandmann. Dieser Aasgeier.

»Das war eine Ente. Der Mann wurde nicht festgenommen«, sage ich bestimmt. »Er ist freiwillig mitgegangen und hat freiwillig Angaben gemacht. Noch ist er ein unschuldiger Mensch.«

Ich weiß nicht, warum ich Julian Weigel in Schutz nehme, aber mir behagt nicht, was sich die Presse rausnimmt. Sollte Sandmann jemals auf die Idee kommen, einen Artikel über mich oder meine Bücher zu schreiben, dann werde ich jedes Interview ablehnen.

Ich erinnere mich nun an eine meiner ersten Thesen, wonach Galens Mörder jemand aus der Kanzlei gewesen sein könnte. »Sagen Sie«, frage ich deshalb, »hat zu Ihrer Zeit, oder auch nachher, mal ein kleiner, dünner Mann mit auffälliger Hakennase und abstehenden Ohren in der Kanzlei gearbeitet?«

Die Frau schüttelt den Kopf. »Nein. In der Trautmann & Wiese-Zeit nicht. Und später, unter Dr. Galen, kann ich mir das ehrlich gesagt nicht vorstellen. Der war sehr auf die Außenwirkung seiner Kanzlei bedacht. Bei Neubewerbern legte er fast schon übersteigerten Wert auf ein ansprechendes Erscheinungsbild.«

Eigentlich herrscht hier Rauchverbot, aber die »Altstadtklause« ist bereits jetzt, obwohl es gerade mal neun ist, bis unter die Decke zugequalmt. Weit schlimmer als der Zigarettendunst ist allerdings der akustische Müll, der hier erzeugt wird. Aus einer Stereoanlage dröhnt »Schwarzbraun ist die Haselnuss«, aus ein paar alten Spielautomaten dringen nervtötende Klingeltöne, und am Nachbartisch spricht jemand laut in sein Handy. Drüben am Tresen streiten sich zudem fünf Männer. Zwei von ihnen vertreten die These, dass ein Alkoholverbot im Straßenverkehr nichts brächte, weil jemand, der den Stoff braucht, unter Entzug viel unkontrollierter fährt. So einer bräuchte mindestens ein Promille, um anständig funktionieren zu können. Er sollte deshalb eine Ausnahmegenehmigung erteilt bekommen. Daraufhin beteuern die anderen drei lauthals, dass sie sich dann auch sofort eine ausstellen lassen würden. Schließlich wird kräftig gegrölt und noch eine Runde bestellt.

Ich sehe mir jetzt zum ersten Mal die Zeitungsausschnitte an, die der Alte in der Nacht von Sandmann erhalten hat. Detlef Tenner ist darauf mehrmals abgebildet. Er war ein mittelgroßer, schmächtiger Mann mit kantigem Gesicht und seitlich gescheiteltem, vollem blondem Haar. Abgesehen davon, dass der immer stark getönte Brillen trägt, hat Tenner jenem Schlagersänger geähnelt, dessen Lied vom blau, blau, blau blühenden Enzian soeben aus den Lautsprechern dringt. Die auf den Zeitungskopien abgebildete Frau hat allerdings nicht recht zu ihm gepasst, finde ich. Myriam Tenner war eine groß gewachsene Frau mit imposantem Doppelkinn und ausgeprägtem Specknacken. Ihre Augen lagen dicht beieinander, waren auffällig klein, und auf dem Foto, das ich in der Hand halte, funkeln sie geradezu wölfisch. Ihre dichten, dunklen Augenbrauen waren über der Nasenwurzel zusammengewachsen und sie besaß einen Damenbart. Wer heiratet sowas?, frage ich mich. Mich schaudert jedenfalls bei ihrem Anblick.

Der Alte erscheint genau in dem Moment, als ich meinen zweiten Kaffee bestelle. Auch er bestellt einen und setzt sich zu mir an den Tisch.

»Und, wie lief's?«

Ich berichte von meinem Besuch bei Frau Seitz und lese ihm die Notizen vor, die ich mir hinterher auf einem Blatt Papier gemacht habe. Dann frage ich ihn, ob auch er etwas herausgefunden hat.

»Kann man wohl sagen. Yvonne Säbel war tatsächlich die Lebenspartnerin von Veronika Pöschel. Die beiden waren seit ihrem achtzehnten Lebensjahr zusammen. Du kannst dir sicher vorstellen, in welcher Verfassung sie ist.«

Ja, ich kann, aber ich will es mir nicht vorstellen.

»Sie war dennoch so nett, mir Auskünfte zu geben. Demnach hat Veronika Pöschel seit knapp zehn Jahren in der Kanzlei gearbeitet. Mit Galen kam sie gut klar, besonders, seit sie vor drei Jahren zur leitenden Kanzleigehilfin aufgestiegen war. Aber dennoch gab es immer wieder Konflikte, weil Galen ein notorischer Geizkragen war. Das deckt sich mit dem, was du in Erfahrung gebracht hast. Aber Yvonne Säbel konnte noch mehr berichten. Frau Pöschel mochte Frau Galen nicht. Die Macken ihres Chefs kennend, hatte sie es sich nämlich zur Gewohnheit gemacht, regelmäßig den Bestand an Büromaterialien zu überprüfen. Dabei fiel ihr auf, dass vor allem immer dann was fehlte, wenn Frau Galen der Kanzlei einen Besuch abgestattet hatte. Sie hat jedoch Jahre gebraucht, um diesen Zusammenhang zu erkennen, weil Frau Galens Besuche selten waren. Meist fehlte hinterher Papier, mitunter auch Briefumschläge. Kleinkram also. Das Problem war nur, dass es sich jedes Mal ausgerechnet um jene Materialien handelte, die ausschließlich für das Ausarbeiten von Verträgen und Dokumenten gedacht waren. Und dabei ließ sich Galen trotz seines Geizes nicht lumpen, denn die Außenwirkung der Kanzlei war ihm, wie schon Frau Seitz dir gegenüber erwähnt hat, äußerst wichtig. Für diesen Zweck setzte er ausnahmslos hochwertigstes hadernhaltiges und randbeschnittenes Bütten mit Wasserzeichen und golden beschriftetem Briefkopf ein. Und so wie dieses Briefpapier waren natürlich auch die Kuverts von auserlesener Qualität und mit einer Firmenaufschrift in Gold versehen.«

»Aber warum klaut man sowas? Damit kann man doch gar nichts anfangen.«

»Offensichtlich doch. Frag mich aber nicht, was. Für Veronika Pöschel war es jedenfalls immer eine dumme Situation, da sie über den Verlust des Materials Rechenschaft ablegen musste. Und sie konnte ihrem Chef ja schlecht sagen, dass seine Frau das Zeug geklaut hat. Also hat sie es vor einem Jahr in einen Schrank eingeschlossen. Aber auch daraus wurde, zu Frau Pöschels Ärger, gemopst. Damit war dann der endgültige, aber für sie leider noch immer unbrauchbare Beweis erbracht, dass Frau Galen die Schuldige war, denn außer ihr besaßen nur Herr und Frau Galen Schlüssel zu diesem Schrank.«

»Seltsam.«

»Ja. Und zur Persönlichkeit von Frau Galen hat sich Veronika Pöschel ähnlich geäußert wie die alte Frau Seitz. Eigentlich sei sie von lebensfrohem Naturell, aber im Umgang mit ihrem Mann war sie ihr immer auffällig reserviert und unterkühlt erschienen. *Er* hat sie offenbar vergöttert, aber ihr war anzumerken, dass sie in der Ehe nicht restlos glücklich war. Außerdem hat sie in den letzten fünf Jahren enorm zugenommen, was Frau Pöschel als Zeichen von Frust und Langeweile gedeutet hat.«

»Hat Frau Säbel auch etwas über Galens Kollegen erzählen können?«, frage ich. »Frau Seitz konnte mir keine befriedigende Auskunft geben.«

»Ich weiß, worauf du hinauswillst. Du fragst dich, ob dein Hinkezwerg vielleicht was mit der Kanzlei zu tun haben könnte, oder ob Frau Galen mit einem der Angestellten ein Verhältnis hat.«

Ich nicke.

»Nichts zu machen. Dort sind nur zwei Männer angestellt. Der Rest ist weiblich. Und von den beiden ist der eine jung, hübsch und schwul und der andere ein ellenlang gewachsenes, von den Vorgängern übernommenes Fossil, das kurz vor der Rente steht.«

So schnell ist eine Theorie vom Tisch. Immerhin ist dieser Punkt nun auch geklärt, denke ich.

Der Alte schlürft an seinem Kaffee. Dazu läuft jetzt »La Montanara«.

»Und wie geht's weiter?«, frage ich ihn schließlich.

Er stellt die Tasse langsam ab, schaut sich kurz in der Kneipe um und sieht mich dann mit seinen rehbraunen Augen an. Ich finde, dass seinem Blick mit einem Mal etwas Melancholisches anhaftet. Vielleicht fällt mir auch nur zum ersten Mal auf, dass es alte Augen sind.

»Ich denke, wir haben uns eine Mütze voll Schlaf verdient«, lautet seine Antwort.

»Und danach?«

Der Alte zieht die Achseln hoch. Das ist neu. Bis jetzt hat er immer sofort einen Plan im Sack gehabt und Kommandos erteilt.

»Nichts danach. Unsere Zusammenarbeit endet hier.«

Was ist denn nun wieder los?

»Du schreibst doch alles auf, was du bisher erfahren hast, oder?«

»Ja.«

»Das solltest du auch«, sagt er. »Es wird nämlich nicht lange dauern, dann wird die Kripo zu dir kommen. Und es wäre gut, wenn du ihnen was an die Hand geben kannst. Sie können dann leichter auf dem aufbauen, was wir bisher herausgefunden haben. Natürlich werden sie sich ordentlich pikiert geben. Aber im Grunde werden sie dankbar sein.«

Ich lehne mich entsetzt zurück. Macht der Alte Witze?

»Das verstehe ich jetzt überhaupt nicht. Wieso machen wir nicht einfach weiter? Bisher ging's doch auch ohne Hilfe.«

»Richtig. Bisher. Aber die nächsten Schritte sind den Strafverfolgungsbehörden vorbehalten. Nur sie können Frau Galen und ihr Umfeld näher untersuchen. Und das muss von jetzt an dringend getan werden, denn sie ist der Schlüssel zu allem.«

»Klar. Das glaube ich ja auch. Und ich hab gedacht, dass Ihnen vielleicht was einfällt, wie man an sie herankommt. Durch irgendeinen Trick, oder so.«

Der Alte schüttelt den Kopf. »Nein. Im Privatleben einer Person herumzuwühlen, ist ein schwieriges Unterfangen. Das ist nur klar definierten Kreisen gestattet, und auch nur unter gesetzlich vorgegebenen Bedingungen möglich. Außerdem bin ich zu alt. Das habe ich heute Nacht gemerkt.«

»Hm.«

»Doch, glaub's mir. Ich bin fix und fertig. Ich freu mich auf mein Zuhause, auf Hilla und meinen Hund.«

Und darauf, den Handlanger in der Werkstatt zu spielen? Nein, das überzeugt mich nicht. Und dass er es körperlich nicht mehr packt, nehme ich ihm am allerwenigsten ab.

»Mir steckt die Nacht auch in den Knochen«, sage ich deshalb. »Aber vielleicht sieht nach einem bisschen Schlaf alles ganz anders aus.«

Der Alte winkt ab. »Nein. Wir kommen nicht weiter. Glaub's mir. Außerdem sagte ich bereits, dass sich die Kripo schon bald bei dir melden wird.«

»Und warum?«

»Weil da nicht nur Idioten arbeiten. Die beiden Deppen, die du kennengelernt hast, sind wirklich die Ausnahme. Die haben auch fähige Leute. Du wirst es sehen.«

Und was wird aus meiner Story?, hätte ich beinahe gefragt, aber der Alte kommt mir zuvor.

»Dein Buch kannst du trotzdem schreiben. Die Jungs sind meist sehr kooperativ, wenn ein Autor über ihre Fälle schreiben will. Du musst natürlich Namen, Orte und vielleicht das eine oder andere Detail verändern.«

Ihre Fälle? Ich hab mich daran gewöhnt, dass es *meine* sind. Aber nun erkenne ich den Wahnsinn, der sich hinter dieser völlig verqueren Einschätzung verbirgt. Ich bin Autor. Ich schreibe erstunkene und erlogene Geschichten für Kinder. Aber hier geht es um tatsächlich begangene, grausame Morde an Erwachsenen – und damit auch um Menschen, die gemordet haben, Menschen, die möglicherweise sogar bereit wären, jederzeit wieder zu töten. Das ist kein Spaß. So etwas gehört tatsächlich in professionelle Hände. Das habe ich nur vergessen, weil ich gleich zu Beginn an zwei Ignoranten geraten bin, und dann an einen alten Knacker, mit dem die ersten Schritte auf fremdem Terrain recht locker und in gewisser Hinsicht sogar unterhaltsam zu bewältigen waren. Aber nun ist dieses Feld abgeschritten und für das nächste ist festeres Schuhwerk nötig. Ja, es ist wohl besser, dem Rat des Alten zu folgen. Auf mich warten eine Frau und zwei kleine Kinder. Und was das blöde Buch betrifft: Wenn ich das, was ich bisher über die Fälle weiß, fein säuberlich zusammentrage, dann sind die Kripoleute möglicherweise tatsächlich bereit, mir im Gegenzug den jeweils aktuellen Stand ihrer Ermittlungen mitzuteilen. Das wäre für beide Seiten ein fairer Deal.

»Okay. Ich fahre Sie noch nach Hause. Aber wir haben uns nicht zum letzten Mal gesehen. Versprochen?«

Der Alte nickt und reicht mir schweigend die Hand.

16. Kapitel

Heute Morgen ist bei uns der Wurm drin. Es geht noch hektischer zu, als sonst. Carola und ich haben gestern Abend lange über meine nächtliche Aktion, den alten Mann und seine Frau gesprochen. Danach habe ich bis spät in die Nacht an meinen Aufzeichnungen herumgetippt. Carola ist früh zu Bett gegangen, hat aber vergessen, den Wecker einzustellen. Nun muss alles in Eile geschehen, aber die Kinder ziehen nicht mit. Imke ist schlecht gelaunt, quengelt die ganze Zeit und ist mit keinem Kleidungsstück zufrieden, das ich für sie aussuche. Und Thorben braucht ewig auf der Toilette. Er hat wieder Verstopfung. Der Kinderarzt hat behauptet, er trinke zu wenig. Und heute ist gar nichts zu machen. Er müht sich ab, aber das turbulente Treiben im Haus wirkt nicht eben förderlich. Carola beschließt, Imke mitzunehmen und unterwegs in der Schule abzusetzen. Ich werde Thorben einfach in Ruhe machen lassen und später in den Kindergarten bringen.

Schließlich klingelt es auch noch an der Haustür. Ich höre, dass Carola öffnet. Aber sie ruft gleich nach mir. »Jörg, kommst du mal? Da steht jemand an der Tür. Ich muss dringend los.«

Ich gehe hin und sehe, dass eine groß gewachsene, rothaarige Frau vor der Tür steht. Sie ist etwa dreißig, trägt ein eng anliegendes, dunkles Kostüm und halbhohe Pumps – eine attraktive Frau, die mich in ihrem Outfit allerdings zu sehr an eine Stewardess erinnert. Mit einer Hand streckt sie mir eine kleine ovale Blechmarke entgegen, und mit der anderen klemmt sie sich eine Strähne ihres langen Haares hinter das rechte Ohr.

»Guten Tag. Mein Name ist Gudrun Wiese. Ich bin Kriminalkommissarin und würde mich gern mal mit Ihnen unterhalten.«

Ich schaue mir die Marke genau an. Ich hab dazugelernt. »Das passt im Moment aber schlecht.«

In dem Augenblick tönt Thorbens Stimme durchs Haus. »Paapaa. Ich bin fertig.«

»Sie sehen selbst«, sage ich. »Ich bin gerade ein bisschen eingespannt. Der Kleine muss in den Kindergarten.«

Die Frau zuckt mit den Schultern und legt Bedauern bekundend den Kopf schräg. Sie ist nicht zum Spaß hergekommen, das ist klar.

»Okay. Einen Moment, bitte«, vertröste ich sie deshalb. Ich lasse sie stehen und renne die Treppe hoch. Thorben sitzt noch immer auf der Schüssel. Ich helfe ihm beim Säubern des Pos, dann waschen wir uns die Hände und gehen gemeinsam runter zur Haustür.

»Sie sind ja wirklich im Stress«, sagt die Kommissarin, als wir ins Freie treten.

»Ja. Außerdem komme ich mal wieder zu spät. Thorbens Erzieherin hat mich schon auf dem Kieker. Ist es denn wirklich so dringend?« Ich merke selbst, wie hastig ich zum Auto eile.

»Sie müssten mir ein paar Fragen beantworten«, sagt die Frau, während sie neben mir herläuft. »Es geht um Ihre Aussage bei unseren Kollegen von der Schutzpolizei.«

Eigentlich müsste das Zeit haben. Heute ist Donnerstag. Meine Aussage habe ich bereits am Dienstag gemacht.

»Ich kann ja mitkommen und Sie unterwegs befragen«, schlägt sie vor.

Was soll ich sagen? Ich öffne die Beifahrertür und lasse sie einsteigen.

Kaum dass ich angefahren bin, beginnt sie auch schon zu sprechen: »Entschuldigen Sie, dass sich erst jetzt jemand von der Kriminalpolizei bei Ihnen meldet, aber die letzten beiden Tage ging es bei uns verständlicherweise ziemlich hektisch zu.«

Ich kommentiere das nicht.

»Sie bleiben bei Ihren Aussagen?«, fragt sie.

»Ja.«

»Aber Sie wissen, dass Ihre Geschichte einigermaßen verwirrend klingt, oder?«

»Darüber bin ich mir im Klaren. Worauf wollen Sie hinaus?«

»Ich will darauf hinaus, dass sie nun auch noch Verwirrung *stiftet*. Wir hatten es bislang nie mit Hellsehern zu tun. Aber seit gestern Mittag wissen wir, *wer* der Täter ist, und das rückt Ihre Aussagen in ein völlig neues Licht.«

Ich gebe ihr ein Zeichen, etwas leiser zu sprechen. Im Rückspiegel sehe ich, dass Thorben augenblicklich zwar mit einer Playmobilfigur beschäftigt ist, aber er muss von diesem Gespräch nicht unbedingt was mitbekommen.

»Wir haben vorgestern Abend einen Verdächtigen ausfindig machen können, der auffällig den Beschreibungen entspricht, die Sie abgegeben haben. Und tatsächlich verhält sich auch alles andere so, wie Sie es prophezeit haben«, flüstert sie nun fast. Dann dreht sie sich um, vergewissert sich, dass der Junge abgelenkt ist und beugt sich zu mir rüber. »Der Mann gesteht den Mord an der Rechtsanwaltsgehilfin, bestreitet aber vehement, mit dem Tod von Dr. Galen auch nur das Geringste zu tun zu haben. Eigentlich ist er überführt, weil sämtliche Spuren am Tatort auf ihn deuten, aber wie gesagt: Im Fall Galen beteuert er hartnäckig seine Unschuld. Er spricht von einer Intrige, einem Komplott, und macht nun wiederum Frau Galen für ein Tötungsdelikt verantwortlich, für das uns bislang allerdings weder ein Opfer noch andere Hinweise vorliegen.«

»Genau. Der Mord an dem Strafgefangenen«, wispere ich. »All das habe ich Ihren Kollegen bereits gesagt. Aber ich bin alles andere als ein Hellseher. Ich habe meine Informationen einfach nur von einem Unbekannten erhalten. Ich begreife nicht, was daran so schwer zu verstehen ist.«

Die Frau stöhnt. »Ich weiß. Sie fühlen sich nicht ernst genommen. Aber versetzen Sie sich mal in die Lage dieser Kollegen. Was hätten Sie gedacht?«

Was weiß ich? Ich weiß nur, was mir der Alte über die beiden erzählt hat. Außerdem sind wir bald am Ziel, weshalb ich die Frau bitte, dass wir das Gespräch für einen Moment unterbrechen. Schon von Weitem kann ich nämlich erkennen, dass die lange Erzieherin wieder vor der Eingangstür des Kindergartens steht. Sie hat uns offenbar längst erspäht, denn sie hält ihre Hände demonstrativ in die Hüfte gestemmt und schüttelt energisch den Kopf. Schließlich läuft sie mit zackigem Schritt zum Straßenrand.

»Oh weh, jetzt gibt's Zoff.«

Ich halte direkt vor ihr, vermeide aber, aus dem Fenster zu schauen.

Schließlich steige ich aus, gehe, dabei um ein smartes Lächeln bemüht, in zügigem Schritt um das Auto herum, grüße sie freundlich und öffne die Beifahrertür.

»Nun ist das Maß voll, Herr Semmler«, wettert die Frau jetzt los. »Wir hatten Ihretwegen eine Sitzung, und die Mehrzahl meiner Kolleginnen sind, wie ich, der Ansicht, dass ...« Plötzlich hält sie inne, denn als Erstes steigt die hübsche, junge Beamtin freundlich grüßend aus meinem Zweitürer.

Ich spüre geradezu, wie der Erzieherin bei ihrem Anblick der Atem stockt. Jedenfalls schweigt sie und läuft krebsrot an. Aber sie fasst sich offenbar gleich wieder, denn mit einem Mal zischt sie los: »Also das, Herr Semmler, ist nun wirklich nicht mehr akzeptabel. Sie wissen, dass Sie uns sofort zu informieren haben, wenn sich an Ihren familiären Verhältnissen etwas geändert haben sollte. Jetzt ist mir auch klar, warum ich Ihre Frau so selten zu Gesicht bekomme. Mein Gott, was für Zustände. Das arme, arme Kind. Komm, Thorben.« Sie streckt dem Jungen ihre dürren Arme entgegen und versucht, ihn mit ungeschickten Griffen aus dem Fond zu zerren. Ich muss fast lachen, weil Thorben ihr beim Aussteigen mehrmals auf die großen Füße tritt.

»Das hat ein Nachspiel«, höre ich sie noch mehrere Male zetern, während sie sich mit dem Kleinen an der Hand in Richtung Kindergarten entfernt.

»Puh. Das war ja ein heftiger Auftritt«, bemerkt die Kripobeamtin, als die beiden außer Hörweite sind. »Müssen Sie hier täglich her?«

»So gut wie.«

»Hm.«

Ich ahne, was sie mich gleich fragen wird. »Ich war auch am Montagmorgen hier, falls Sie das wissen möchten«, sage ich deshalb.

»Stimmt, das muss ich wissen. Die Kollegen haben vergessen, Sie nach Ihrem Alibi zu fragen. Kann das jemand bezeugen?«

Ich strecke meinen Daumen in Richtung Kindergarten. »Die Seifenheimer-Piesecke. Ich bin sicher, dass sie sich erinnert. Es war der einzige Tag in diesem Monat, an dem ich Thorben um Punkt halb neun abgeliefert habe. Sie können sie fragen.«

Die Frau winkt ab. »Nicht nötig. Wenn das so ist, dann kann sie sich auch später noch erinnern. Jetzt soll sie sich erst einmal beruhigen.«

Ich stimme ihr zu. Wir steigen wieder ins Auto.

»Und was werden Sie als Nächstes unternehmen?«, frage ich, nachdem ich gewendet habe.

»Nun ja. Wir haben sämtliche Angaben überprüft, die der Verdächtige in puncto Frau Galen und der Ermordung dieses Häftlings gemacht hat. Uns hat nämlich verwundert, dass er den Entlassungstermin eines Straftäters wusste. Sowas wird ja nicht öffentlich bekannt gegeben. An seinen Aussagen hätte demnach was dran sein können. Also haben wir uns bei der entsprechenden Haftanstalt erkundigt. Und siehe da: Nicht nur die Zeitangabe, sondern auch der Name des Entlassenen war korrekt. Daraufhin haben wir diesen Ansitz im Wald besichtigt, unter dem jetzt seine sterblichen Überreste liegen sollen. Aber da fanden wir keine Leiche. Das war für den Mann natürlich eine Hiobsbotschaft, denn damit wurden seine Anschuldigungen zunehmend haltloser. Aber auch das entsprach wiederum genau *Ihren* Vorhersagen. Deshalb und um in dieser Sache absolut sicher zu gehen, haben wir noch Frau Galens Alibis überprüft. Die hat letzten Donnerstagmorgen, ebenfalls entsprechend Ihrer Angaben, ein Café besucht. Dort hat sie gefrühstückt. Vorher war sie bei einer Baufirma. Deren Arbeiter haben tags zuvor beim Abbau eines Baugerüstes Schäden an der Fassade ihres Hauses verursacht. Wir haben den Firmeninhaber befragt. Der hat bestätigt, dass seine Leute die Gerüststangen am Mittwochmorgen abgebaut haben. Aber sie durften sie erst am Freitag abtransportieren, weil Frau Galen darauf bestand, dass sie so lange als Beweismittel auf ihrem Grundstück verbleiben, bis die Firma den Schaden an der Fassade bereinigt hat.«

Jetzt geht mir ein Licht auf. Daher also die Diskrepanz bei der Gegenüberstellung der realen und der schriftlich niedergelegten Ereignisse. Seltsam, wie klein mitunter die Ursache ist und wie groß dennoch die Wirkung ausfallen kann. Wäre das Gerüst nämlich nicht erst zwei Tage später abtransportiert worden, und wäre ich an diesem Tag nicht fast in das Baufahrzeug gerast, hätte ich später nie den Zusammenhang zwischen der einstmals weißen und nun sandfarbenen Villa der Galens herstellen können. Somit wären der Alte und ich wiederum nicht auf Weigels grünes Haus gestoßen, geschweige denn auf die Erkenntnisse, die wir daraus gewonnen haben. Ich hätte den Alten womöglich erst gar nicht kennengelernt, weil ich vor der Villa nie so reagiert hätte, wie vorgestern Mittag geschehen. Aber von all dem kann ich der Kommissarin nicht berichten. Der Alte und ich haben mehrere illegale Aktionen durchgeführt. Ich muss mich erst mit ihm besprechen, bevor ich davon auch nur das Geringste zur Sprache bringe.

»Aber das beantwortet nicht meine Frage. Was haben Sie nun vor?«, frage ich stattdessen. Wir biegen gerade in die Erbsengasse ein. Gleich erreichen wir mein Haus.

Die Frau greift in die Brusttasche ihres Kostümjacketts, zieht von dort ein Handy hervor und tippt mit flinken Fingern darauf herum. »Ich möchte Ihnen gern etwas zeigen.«

Als wir in der Alten Postgasse angekommen sind und ich das Fahrzeug eingeparkt habe, hat sie bereits irgendwas vorbereitet, denn sie dreht das Display in meine Richtung. »Erinnern Sie sich an die Geschichte mit dem Ring? Unser Mann hat bei seiner ersten Befragung behauptet, zur Tatzeit einen Topasring bei Frau Galen gekauft zu haben. Er konnte meinen Kollegen allerdings weder diesen Ring noch eine Quittung vorlegen, und Frau Galen dementierte seine Aussage, genau wie ihre Mitarbeiterin, mit der sie an dem Morgen Kunden in ihrem Geschäft bedient hat. Selbstverständlich haben wir die Angaben kontrolliert, indem wir uns das Band von der Überwachungsanlage ihres Geschäfts angesehen haben. Frau Galen verkauft dort unter anderem recht teuren Schmuck, weshalb sie im Verkaufsraum Kameras installieren ließ. Und nun sehen Sie mal, was wir entdeckt haben.«

Die Frau betätigt eine Taste des Handys. Auf dem Display läuft jetzt ein Film ab. Ich starre auf das kleine Rechteck und kann zuerst kaum etwas erkennen. Aber dann sehe ich doch, dass sich in dem Film drei Personen in einem Ladengeschäft umschauen, während sich eine andere mit einer fünften Person im Gespräch befindet. Dann steht das Bild plötzlich. Die Kommissarin hat es angehalten.

»Der Festgenommene ist übrigens nicht drauf. Aber betrachten Sie mal die Person neben der Glasvitrine«, sagt sie und vergrößert per Tastendruck das Bild. Jetzt erkenne ich, wen sie meint. Und ich kann es kaum fassen: Es ist der kleine Mann.

»Das ist er«, platzt es deshalb förmlich aus mir heraus. »Das ist der Typ, den ich oben im Burghof der Windeck getroffen habe. Eindeutig. Die Körperhaltung, die Nase – und überhaupt. *Der* hat mir all diese Informationen gegeben.«

Die Frau nickt. »Das dachten wir uns.« Sie lässt den Film weiterlaufen.

»Genau«, bestätige ich jetzt, da ich ihn auch in Bewegung sehe. »Dieses Hinken. Ich erkenne ihn wieder. Und *wann* soll das gewesen sein?«

»Am Montagmorgen um Viertel vor neun. Also ziemlich exakt zu der Zeit, als Dr. Galen und Frau Pöschel ermordet wurden. Frau Galen bestätigt, dass sich an diesem Morgen mehrere Leute im Laden befanden, kann sich aber nicht an deren Aussehen erinnern. Sie selbst ist übrigens auch zu erkennen. Es ist die korpulente Frau, die sich gerade mit einer Kundin unterhält.«

Ich weiß nicht, was ich sagen soll. Aber die Beamtin spricht ohnehin weiter.

»Ich zeige Ihnen das deswegen, weil Sie unseren Kollegen gegenüber den Verdacht geäußert haben, dass *dieser Mann* Dr. Galen im Auftrag seiner Frau erschossen hat.«

»Womit ich mich dann ja wohl geirrt haben dürfte«, antworte ich kleinlaut. Ich bin verwirrt. Diese Videoaufzeichnung schmeißt alle meine bis dato aufgestellten Theorien über den Haufen. Der kleine Mann ist definitiv *nicht* Galens Mörder.

Das wirft völlig neue Fragen auf. Wer sonst kann es gewesen sein? Und wie hat der kleine Mann all diese vielen Details dieser grausamen Verbrechen kennen und aufschreiben können, wenn er selbst an keinem von ihnen beteiligt war? Vor allem: Wie hat er das bereits im Voraus tun können?

Ich habe sogar Personen, hat er behauptet. Nicht viele, aber es sind auch nur wenige daran beteiligt. Und ich bin mit dem Ablauf der Handlung bestens vertraut. Das waren seine Worte. Und noch etwas hat er gesagt: *Dabei handelt es sich um eine wahre Begebenheit – um ein Verbrechen. Aber nicht um irgendeines, sondern um einen vom Teufel geplanten perfiden Mord – perfekten Mord.*

Wenn er keiner der Mörder ist, wer ist er dann?

Ist er der Teufel?

»Ja. Es sieht so aus«, sagt die Frau und reißt mich aus meinen Gedanken. »Sie haben sich wohl geirrt.« Sie steckt ihr Handy wieder zurück. »Ich wollte Ihnen das nur zeigen, damit Sie sehen, dass wir Ihre Aussage ernst genommen haben und der Sache ordnungsgemäß nachgegangen sind. Aber vor allem, damit Sie von nun an beruhigt schlafen können. Der Täter ist gefasst. Er befindet sich nicht mehr unter uns.«

Ich nicke.

Aber bin ich wirklich beruhigt?

Die Frau ist weg. Ich muss mich sofort mit dem Alten treffen, rufe bei ihm an. Aber es tönt nur das Besetztzeichen. Ich sehe dafür, dass jemand eine Nachricht auf meiner Mailbox hinterlassen hat.

Es ist Reuss' Stimme. »Sagen Sie dem Alten, dass das Blut von einem Menschen stammt. Und ab jetzt: Arsch lecken.«

17. Kapitel

Beim Einfahren auf den Hinterhof der Bremers fällt mir dort ein silbergrauer Pkw auf. Die Marke kann ich nicht erkennen. Es muss sich um ein neues Modell handeln, denn das Design erinnert an einen Sportschuh. Der Wagen steht mit geöffneter Motorhaube vor der rostigen Werkstatthalle und wirkt in dieser Umgebung wie ein Fremdkörper.

Beim Aussteigen höre ich laute Musik aus der Halle dringen. Auch diesmal ist es Wagner, eine Stelle aus dem Lohengrin.

Ich klopfe an die Tür des »Adria«, aber dort tut sich selbst nach mehreren Versuchen nichts. Deshalb begebe ich mich in die Werkstatt. Aber dort befindet sich auch niemand. Nur die Musik läuft. Also gehe ich nach vorn in die Einfahrt, zur grauen Stahltür. Ich klopfe an, aber nachdem ich das einige Male getan habe, drücke ich die Klinke. Die Tür schnappt auf und ich trete ins Haus ein.

»Hallo.«

Da mir niemand antwortet, durchschreite ich die Diele und poche leise gegen die Tür zum Wohnraum. Nach mehrmaligem Klopfen öffnet dort jemand, aber ich zucke erschrocken zusammen, weil ich zuerst nicht glauben kann, wer plötzlich vor mir steht.

»Tag, Herr Semmler.«

Es ist die Kommissarin. Ich muss schlucken. Zugleich aber wird mein Mund trocken und ich höre aus dem Hintergrund eine tiefe Stimme nach mir rufen. »Komm rein.«

Ich trete ein, allerdings mit extrem gemischten Gefühlen. Was hat diese Beamtin hier verloren?

Der Alte, das sehe ich, ist bester Laune. Gemeinsam mit seiner Frau sitzt er an dem großen Eichentisch vor einer Kaffeekanne und mehreren weißen Tassen. Ich setze mich zu den beiden und bedenke sie mit einem fragenden Blick. Mein Puls rast. Schließlich nimmt die Kommissarin neben mir Platz.

Der Alte deutet auf sie. »Ihr kennt euch ja bereits. Das ist Gudrun Wiese – das beste Stück der hiesigen Kripo.«

Ihr ist nicht anzumerken, was sie von dieser Lobeshymne hält. Für mich sieht sie noch immer wie eine Stewardess aus.

»Ja. Wir haben uns bereits ... Aber, ich verstehe nicht ...«

»Herrmann hat mir alles erzählt«, unterbricht mich die Frau. »Er ist gestern zu mir gekommen. Wir kennen uns schon viele Jahre.«

»Eigentlich müsste ihr Name dir was sagen«, versucht nun der Alte zu erklären.

»So?« Ich frage mich, was hier gespielt wird.

»Ja. Erinnere dich mal an den schwarzen Ordner.«

Ich glaube, mich verhört zu haben. Der Alte wird doch wohl nicht von unserem Einbruch und dem Diebstahl dieser Akte erzählt haben?

»Trautmann & *Wiese*«, fährt er unbeirrt fort. »Ihr Vater war Teilhaber der Kanzlei, bevor Galen sie übernommen hat.«

Natürlich. Jetzt kommt's mir. *Wiese*. Einer der beiden Anwälte hieß so. Demnach ist die Kriminaltante dessen Tochter? Scheiße. Hoffentlich hat ihr der Alte nichts erzählt.

»Ja, ich erinnere mich«, sage ich leise. Ich wage nicht, der Frau ins Gesicht zu schauen. Der Alte hat mich in eine unmögliche Lage gebracht. Ihm kann es egal sein – er ist alt. Aber ich bin noch zu jung, um in den Knast zu wandern.

»Kopf hoch«, sagt er noch immer gut gelaunt. »Gudrun plappert nichts aus.«

So? Wirklich beruhigen kann mich das nicht.

Aber die Frau sucht nun Blickkontakt mit mir. »Ja. Sie können Herrmann ruhig glauben«, sagt sie schließlich bestätigend. »Ihre nächtliche Expedition interessiert mich nicht. Außerdem: Wenn Herrmann nicht zu mir gekommen wäre, hätte ich eine Stunde später auf anderem Weg von Ihren Aktionen erfahren. Gestern Nachmittag hat nämlich einer unserer

Kriminaltechniker menschliches Blut an ein paar Baumwollflusen gefunden. Und bei einem anschließenden DNA-Abgleich mit unserer Datenbank stieß er auf einen ehemaligen Insassen der LVA-Mannheim.«

»Tenner.«

»Genau. Der Kollege hat das Spurenmaterial von Dr. Reuss erhalten. Der war früher mal Mitarbeiter seiner Abteilung. Eigentlich war es ein Privatauftrag. Ein Ergebnis dieser Art durfte unser Kollege jedoch nicht geheim halten. Als er mich anrief, war ich allerdings schon bestens informiert. Wie gesagt, dank Herrmann.«

Puh. Ich bin erleichtert. Die Frau scheint tatsächlich nicht gegen uns vorgehen zu wollen. Um sicher zu gehen, zeige ich mich kooperativ. »Ich stelle Ihnen natürlich gerne meine schriftlichen Aufzeichnungen zur Verfügung. Ich denke, ich hab die Details ziemlich präzise wiedergegeben. Sie werden den Fall nun ja wohl übernehmen, oder?«

Die Frau lacht in sich hinein. »Schön wär's. Der Staatsanwalt hält weitere Ermittlungen für überflüssig. Mein Vorgesetzter übrigens auch.«

»Nun ja, die haben nicht den nötigen Wissensstand. Aber das ändert sich ja jetzt.«

Sie schüttelt den Kopf. »Nein. Nichts ändert sich. Bei uns ändert sich seit Jahren nichts. Der Staatsanwalt öffnet grundsätzlich keine Kiste, die er einmal vernagelt hat, und mein Vorgesetzter würde die letzten zwei Jahre bis zu seiner Pensionierung am liebsten erst gar keine mehr anfassen.«

Ich kann's nicht glauben. »Und nun? Soll Julian Weigel etwa für eine Tat verurteilt werden, die er nicht begangen hat, während die Morde an Galen und Tenner ungesühnt bleiben?«

»Für Detlef Tenners Ermordung fehlt bislang der Nachweis.«

»Sind die Baumwollflusen etwa keiner? An denen befindet sich immerhin sein Blut. Das muss einen Staatsanwalt doch interessieren, zumal Weigel schon von Tenners Ermordung berichtet hat, als diese Flusen noch gar nicht bekannt, geschweige denn untersucht waren.«

»Das stimmt. Aber man muss es nüchtern betrachten. Was könnte der Staatsanwalt tun? Es gibt keine Leiche, und Frau Galen, die den Mord begangen haben soll, hat für den Tatzeitpunkt zwei wasserfeste Alibis.«

»Er könnte versuchen, diesen Widerspruch aufzudecken.«

»Welchen Widerspruch? Für ihn hat Julian Weigel auch in dem Punkt gelogen. Oder schlimmer: *Er* hat Tenner umgebracht. Danach hat er die

Leiche zunächst unter dem Ansitz versteckt, sie später wieder hervorgeholt und dann an einem unbekannten Ort entsorgt.«

»Aber *welchen* Grund sollte er gehabt haben, das zu tun?«

»Gegenfrage: Woher wusste er Tenners Namen und Entlassungsdatum? Erinnern Sie sich? Ich hab das Phänomen heute Morgen in Ihrem Fahrzeug schon angesprochen.«

»Ja. Ich erinnere mich. Das weiß er deshalb, weil er an dessen Ermordung als Helfer beteiligt war. Aber ursprünglich stammen sämtliche diesbezüglichen Informationen von Frau Galen.«

»Das behauptet auch er. Angeblich hat sie mit Tenner in schriftlichem Kontakt gestanden. Aber die Anstaltsleitung widerspricht hier. Und die muss es wissen. Der Schriftwechsel der Häftlinge wird lückenlos kontrolliert. Sie sehen: Weigels Aussagen halten keiner Prüfung stand.«

»Selbstverständlich nicht. Es ist schließlich Bestandteil des Plans, alles auf Julian Weigels Schultern zu laden. *Er* ist das Bauernopfer. Frau Galen und die Person, die ihr geholfen hat, kommen ungeschoren davon. Das perfekte Verbrechen. Aber ich glaube nicht an Perfektion. Jedenfalls gibt es sie nicht auf *dieser* Welt.«

»Und dennoch werden vier Prozent aller Morde und Totschlagsdelikte niemals aufgeklärt.«

»Mag sein. Aber das ist erst recht ein Grund, dranzubleiben. Immerhin liegen die Chancen bei sechsundneunzig Prozent.«

Wieder lacht die Frau, aber diesmal klingt es herzlich. »Dann machen *Sie* es doch.«

»Wie bitte?«, frage ich.

»Ja. Versuchen Sie's. Recherchieren Sie. Die Ermittlungen sind abgeschlossen. Sie schmeißen also keinen Sand in laufende Getriebe.«

»Sie scherzen wohl.« Ich finde allein den Gedanken abstrus.

»Nein. Ich würde mich dieser Sache nämlich ebenfalls gern ein wenig annehmen, aber offiziell läuft da aus besagten Gründen nichts mehr. Wir könnten uns also gegenseitig helfen. Und Herrmann muss sowieso mitmachen, weil er Bewegung braucht.« Sie dreht sich zur Seite und beklopft mit der flachen Hand den Wanst des Alten. »Sollte es gefährlich werden, brechen wir natürlich ab. Wir haben also nichts zu verlieren.« Jetzt schlägt sie ihre schlanken Beine übereinander und wirft mir ein gewinnendes Lächeln zu. Dabei streicht sie sich wieder eine Haarsträhne aus dem Gesicht und klemmt sie hinters rechte Ohr. Sie scheint es ernst zu meinen.

»Ich wundere mich«, sage ich schließlich. »Ich war der Meinung, der Fall sei auch für Sie gestorben.«

Sie schüttelt den Kopf. »Nein. Ist er nicht. Im Gegenteil: Ich hab mich inzwischen ausführlich mit ihm beschäftigt, und gestern abend habe ich sogar noch meinen Vater besucht. Nachdem Herrmann gegangen ist, bin ich zu ihm gefahren. Den schwarzen Ordner habe ich mitgenommen – Sie wissen, welchen. Und es war erstaunlich, was mein alter Herr dazu zu sagen wusste.«

»Zum Fall Tenner?«

»Dazu, sowie zur dubiosen Verteidigungsstrategie seines Anwalts und zu einer Zeugin, die letztlich keine wurde.«

»Hm.«

»Galen war ein ausgezeichneter Anwalt. Aber im Frühjahr 1996, bei der Verteidigung Tenners, ist alles schiefgelaufen. Galen hat auf ganzer Linie versagt. Trautmann wollte ihn rausschmeißen, aber mein Vater hat eingelenkt, weil er fand, dass jeder eine zweite Chance verdient. Mein Vater war allerdings kein Strafrechtler und von daher nicht mit Details des Falles vertraut. Aber später, als Trautmann und er die Kanzlei an Galen übergaben, gerieten ihm beim Ausräumen der Büros auch Akten ehemaliger Fälle in die Hand. Einige gehörten zum Tenner-Prozess. Als er in den Ordnern herumwühlte, fiel ihm die recht horrende Abschlussrechnung einer Detektei auf. Derzufolge hatte Galen diese Firma damit beauftragt, eine junge Frau ausfindig zu machen. Der Auftrag diente laut Rechnung dem Zweck der Beweisermittlung, und der Name der Frau war Simone Wellmann. Da meinem Vater dieser Name bekannt vorkam, hat er sich auch den Rest von Galens Unterlagen angesehen. Dabei stieß er auf die Aussage eines Blumenhändlers, dessen Geschäft sich damals genau gegenüber dem Haus befand, in dem Tenner mit seiner Frau gelebt hatte. Der Mann gab an, dass ihm am Tag von Frau Tenners Ermordung eine blonde, attraktive Frau von Mitte zwanzig aufgefallen sei. Sie habe stundenlang in ihrem Auto gesessen und den Hauseingang beobachtet. Irgendwann sei Tenner aus dem Haus getreten, und nur wenige Augenblicke später soll die Blonde aus dem Auto gestiegen und in eben dieses Haus hineingegangen sein.«

»Aha, verstehe. Galen hat sie für eine möglicherweise wichtige Entlastungszeugin, wenn nicht sogar für eine Tatverdächtige gehalten. Deshalb hat er die Detektei beauftragt, nach ihr zu fahnden. Offenbar mit Erfolg, sonst hätte ihr Name später nicht auf der Rechnung gestanden.«

»Genau. Aber ein besonderer Sachverhalt hat meinen Vater bei der Lektüre der Akte stutzig gemacht. Simone Wellmann tauchte nämlich nicht in Galens Prozessunterlagen auf. Und sie wurde bei keiner Verhandlung auch nur mit einem Wort erwähnt.«

»Und was heißt das?«

»Dass da was faul war. Galen hatte einen nicht unerheblichen Aufwand betrieben, sie zu finden. Und er hatte Erfolg gehabt. Da hätte er sie zumindest befragen können, und wenn ihre Aussagen Einfluss auf den Prozessverlauf gehabt hätten, sogar vorladen müssen. Stattdessen hat er nichts davon getan, sie aber zwei Monate nach der Urteilsverkündung geheiratet.«

»Er hat was?«

»Sie haben richtig verstanden. Aus Frau Wellmann wurde Frau Galen.«

Simone. Nun dämmert's mir: Frau Galens Vorname.

»Das heißt, er hat sie ausfindig machen lassen, sie dann persönlich kennengelernt und sich dabei in sie verliebt? Und er hat sie nicht vorgeladen, weil ... Ja, wieso eigentlich nicht?«

»Vermutlich, weil er herausgefunden hat, dass *sie* Tenners Frau umgebracht hat.«

Ich merke, wie mir der Mund offen steht.

»Jedenfalls hat mein Vater Galen sofort auf diesen merkwürdigen Umstand des Falles angesprochen«, fährt sie fort. »Aber der hat nur behauptet, dass Frau Wellmanns Aussagen letztlich keine Relevanz besaßen, und dass er selbstverständlich erst nach Prozessende ein Verhältnis mit ihr begonnen habe.«

»Hm.« Ich überlege. »Er hat sie zwei Monate nach Urteilsverkündung geheiratet, sagen Sie? Dann muss aber alles Schlag auf Schlag gegangen sein. Damals betrug allein die Frist für die Aufgebotsbestellung sechs Wochen.«

Sie und der Alte nicken.

»Kannst du dich noch an die Aussagen von Frau Seitz und Yvonne Säbel erinnern?«, fragt der Alte jetzt. »Beide haben angegeben, dass Frau Galen ein auffällig unterkühltes Verhältnis zu ihrem Mann hatte, während er sie offenbar vergötterte.«

»Ja. Sie soll oft unglücklich gewirkt haben.«

Mir fällt auf, dass mich der Alte jetzt fixiert, und plötzlich wird mir bewusst, was er soeben in Wirklichkeit angedeutet hat. »Denken Sie etwa, Galen könnte sie erpresst und zur Ehe genötigt haben?«

»Wäre doch möglich. Angenommen, sie hätte Tenners Frau tatsächlich umgebracht, und er hätte ihr den Mord nachweisen können, dann hätte sie wohl kaum anders gekonnt, als sich auf einen Kuhhandel mit ihm einzulassen.«

Ich winke ab. »Sorry. Noch klingt das für mich arg weit hergeholt, auch wenn sich ihre unglückliche Ehe dadurch bestens erklären ließe.«

»Zugegeben«, bestätigt die Kommissarin, »der Beweis fehlt. Aber ist es nicht ein seltsamer Zufall, dass Galen ausgerechnet jetzt ermordet wurde, als Tenner aus dem Knast kam? Warum nicht zu einem anderen Zeitpunkt? Es gibt genug Weigels auf dieser Welt, die sich jederzeit für einen Mord hätten anheuern lassen. Und einen ehemaligen Straftäter, den man beseitigen und dessen Spuren man zur Ablenkung vom eigentlichen Täter am Tatort verteilen könnte, hätte man sicher auch gefunden. Aber Frau Galen hat sich für diesen besonderen Teil des Manövers ausgerechnet jenen Mann ausgesucht und eigenhändig getötet, vor dessen Haus sie vierzehn Jahre zuvor stundenlang auf der Lauer gelegen hat, und dessen Frau just an diesem Tag erschlagen wurde. Ich sage: Nichts davon ist Zufall. Ich vermute, dass es Detlef Tenner deshalb erwischt hat, weil mit seinem Tod zwei Fliegen mit einer Klappe geschlagen werden konnten.«

»Zwei?«

»Ja. Einerseits diente sein Tod und das von ihm gewonnene Spurenmaterial dazu, Julian Weigel in Sicherheit zu wiegen, und andererseits konnte er in dem Zustand niemandem mehr gefährlich werden. Bedenken Sie: Detlef Tenner hatte vierzehn Jahre Zeit, darüber nachzudenken, wer seine Frau ermordet haben könnte. Ist da auszuschließen, dass er es herausfand? Und: Ist es nach allem, was wir jetzt wissen, nicht mehr als wahrscheinlich, dass Frau Galen, damals noch Wellmann, die Täterin war?«

Es klingt alles richtig, was die beiden sagen. Aber irgendwas in mir wehrt sich dagegen, ihre Thesen als Fakten anzuerkennen. Meines Erachtens taugen sie allenfalls dazu, die Verbindung zwischen Frau Galen und Tenner zu erläutern, sagen aber nichts darüber aus, wer Dr. Galen umgebracht hat. Und wie es dazu kam, dass sich auf dem Leichnam der Sekretärin letztlich nicht Tenners, sondern Julian Weigels Spurenmaterial befand, hat mir bislang auch noch keiner der beiden erklärt.

»Also, für mich klingt das Ganze nach einem Eifersuchtsdrama.« Es ist Hildegard Bremer, die plötzlich das Wort ergreift. Sie hat sich bislang schweigend zurückgehalten. Wohl deshalb habe ich völlig vergessen, dass sie auch anwesend ist. »Vielleicht hatten dieser Tenner und Frau Wellmann ja über längere Zeit ein Verhältnis, aber er ist irgendwann doch zu seiner Frau zurückgekehrt. Das könnte sie gekränkt haben, weshalb sie Frau Tenner aus dem Weg geräumt hat. Warum sie nun, vierzehn Jahre später, auch ihn ermordet hat, weiß ich natürlich nicht. Aber Liebe spielt bei dieser Geschichte irgendeine Rolle, das sagt mir meine Intuition.«

Der Alte schmunzelt und greift nach der ölverschmierten Hand seiner Frau. »Ich glaube, in dem Fall täuscht dich deine Intuition. Dass Tenner mit Frau Wellmann ein Liebesverhältnis hatte, kann man so ziemlich ausschließen.«

»Ja? Wieso das denn? Ich dachte, sie war ein hübsches Ding.«

Der Alte lacht. »Das ist es ja gerade. Er hatte andere Präferenzen. Um es auf den Punkt zu bringen: Er liebte es korpulent und schmerzhaft. Seine Frau war ein Fass und seine Geliebten zuvor waren ebenfalls sehr voluminös. Hinzu kam, dass er nur dann Spaß im Bett hatte, wenn ihn die Frauen ordentlich piesackten.«

Seiner Frau entfährt ein bitteres Lächeln.

»Solche Leute gibt's«, füge ich hinzu.

Nun nickt sie. »Das weiß ich. Aber was sagt das über *ihre* Empfindungen aus?«

Mir fällt nicht sofort eine Antwort ein. Ich schweige.

»*Sie* kann ihn trotzdem geliebt haben«, ergänzt sie.

»Schon. Aber ...«

»Nichts aber. Wir Menschen sind komplizierte Wesen. Warum wir uns ausgerechnet zu einer bestimmten Person hingezogen fühlen, können andere oft nicht verstehen. Mitunter bleibt uns der Grund dafür sogar selbst verborgen. Und es kommt vor, dass wir jemanden lieben, der unsere Gefühle nicht nur nicht erwidert, sondern nicht mal verdient, dass wir so für ihn empfinden. Die Vernunft schützt nicht alle, und schon gar nicht zu jeder Zeit.«

Auch darauf finde ich keine Antwort. Aber ich spüre, dass die Alte etwas Wichtiges angesprochen hat, selbst wenn mir im Moment nicht klar ist, was es sein könnte.

Die anderen beiden schweigen ebenfalls. Vor allem der Alte ist jetzt seltsam still. Er regt sich nicht einen Millimeter und ich habe den Eindruck, dass sein gesenkter Kopf soeben rot angelaufen ist. Er reibt außerdem nervös die Hände an der Hose – wie ein Schüler, der gerade vom Rektor ermahnt wird.

»Ich weiß nicht so recht, Hilla«, antwortet die Kommissarin jetzt. »Mal angenommen, es hätte sich so verhalten, wie du sagst: Frau Galen hat Detlef Tenner geliebt und er hat sie zugunsten seiner Frau sitzen lassen. Warum bringt sie ihn dann jetzt noch um? Sie hatte doch ihre Rache. Tenner hat vierzehn lange Jahre unschuldig im Knast gesessen. Selbst wenn ihr die Ermordung seiner Frau nicht die ersehnte Genugtuung gebracht haben sollte, oder wenn sie später erkannt hätte, dass er ihrer Liebe eigentlich nie würdig war, würde das als Strafe doch allemal ausreichen. Nein, ich bin sicher: Detlef Tenner starb, damit sie ihren Ehemann loswerden konnte, denn sie hatte es auf dessen Vermögen abgesehen.«

»*Ihr* seid die Fachleute«, antwortet die Alte kühl und steht auf. »Diese seltsamen Rätsel müsst ihr lösen. Ich hab noch was zu tun. Was ist nun, Gudrun? Soll ich Öl in deinen Karren nachfüllen, oder nicht?«

Die Kommissarin nickt. »Gern. Danke, Hilla.« Dann wendet sie sich mir zu. »Und Sie, Herr Semmler? Haben Sie sich entschieden? Bleiben Sie dran, oder nicht?«

Ich versuche, Blickkontakt zu dem Alten aufzunehmen. Was ist mit ihm? Wird auch er weiter mitmachen? Er hält den Kopf wieder aufrecht und auch seine Gesichtsfarbe ist wieder normal, aber er äußert sich nicht, verzieht keine Miene.

Meine Antwort fällt deshalb unentschieden aus. »Ich geh erst mal raus und denke drüber nach.«

Die Alte steht gerade im Hof und werkelt im Motorraum des futuristisch gestylten Wagens herum. Ich finde noch immer: Er passt wirklich nicht hierher, aber er passt zu der Kommissarin.

»Und? Alles in Ordnung?«, frage ich.

»Das weiß man nie«, antwortet die Alte. »Bei diesen modernen Dingern kann das nur ein Computer beurteilen. Öl und Wasser müssen nachgefüllt werden. Das habe ich immerhin rausgefunden. Und vielleicht brauchen die Reifen Luft. Auch das kann ich prüfen. Aber dann bin ich mit meiner Kunst auch schon am Ende. Eine freudlose Angelegenheit.«

Sie füllt etwas Öl in die Öffnung neben dem matt schimmernden Motorblock. Trotz der speziell geformten Tülle der Kanne gehen ein paar Tropfen daneben. Sofort stellt sie sie auf den Boden, nimmt einen Lappen zur Hand und wischt das daneben gekleckerte Öl ab. Dann reißt sie ein altes T-Shirt in zwei Hälften, teilt diese ein weiteres Mal und säubert mit einem der Fetzen die Stelle gründlich nach. Dabei fällt mir etwas auf, und ich frage mich, warum ich mir bisher noch keine Gedanken darüber gemacht habe. Es scheint mir aber wichtig, und dieser Reuss hat den Sachverhalt bereits angesprochen. Ich laufe deshalb zurück ins Haus.

Der Alte und die Kommissarin sind gerade in ein Gespräch vertieft. Ich unterbreche sie. »Diese Flusen«, sage ich. »Wobei sind die eigentlich entstanden? Reuss hat gemeint, es sei Baumwollgewebe zerrissen oder mit etwas Stumpfem zertrennt worden. Also müsste sich genau das in dem Spalt unter dem Erdsitz zugetragen haben. Aber ich war da unten und hab alles ausgeleuchtet. Etwas Scharfes oder Spitzes, an dem ein Laken beschädigt werden könnte, habe ich nicht gesehen. Beim Darunterschieben oder Herausziehen der umwickelten Leiche können die Flusen also nicht entstanden sein. Das Laken muss dort drinnen aufgetrennt worden sein.«

Der Alte räuspert sich und sieht dabei die Kommissarin an. »Klingt nachvollziehbar«, sagt er.

»Die Frage ist aber: *Warum* ist das Laken überhaupt aufgetrennt worden? Weil jemand unter dem Boden des Erdsitzes einen ominösen verpackten Gegenstand entdeckt hat und nachsehen wollte, was sich unter der Stoffhülle verbirgt? Ein Spaziergänger? Ein Jäger? Wohl kaum, denn die wären sofort zur Polizei geeilt – und die Leiche hätte später noch dagelegen. Bleiben Frau Galen und Weigel. Wieso hätten die das tun sollen? Um noch einmal einen Blick auf den Leichnam zu werfen? Wozu? Und selbst wenn es einen Grund gäbe: Um unter das Laken zu schauen, hätte sich wohl keiner der besagten Personen unter den Ansitz gequetscht – schon gar nicht Frau Galen, denn die ist ziemlich kräftig gebaut, und wir haben gesehen, wie eng es da unten zugeht. Nein, sie alle hätten den Leichnam mit Sicherheit erst nach draußen befördert und *dann* das Laken aufgetrennt.«

»Richtig. Das hätten vermutlich alle getan – sofern du von Menschen sprichst. Tiere verhalten sich anders.«

Ich verstehe nicht gleich, aber dann doch schnell genug. »Ach du Scheiße. Daran hab ich überhaupt nicht gedacht.«

»Die Sitten im Wald sind rau. Viele Ausflügler haben Hunde dabei, die sie frei laufen lassen. Außerdem gibt's auch in unseren Wäldern Aasfresser. Die sind zwar klein, aber sie nagen und knabbern trotzdem gern mal ...«

Ich winke ab. »Ist schon gut. Keine Details, bitte.«

Für mich ist das Thema erledigt und die beiden haben was zu lachen.

Nachdem sie sich ausgiebig befeixt haben, spricht mich die Kommissarin an. »Ich habe vor, in Frau Galens Laden vorbeizuschauen. Kommen Sie mit?«

Ich sehe sie fragend an. Mein Herz pocht.

»Ist nur ein Besuch. Nichts Illegales und absolut ungefährlich. Es geht noch mal um diesen Topasring. Im Gegensatz zu Julian Weigel hat Frau Galen behauptet, dass er ihn nicht zur Tatzeit, sondern bereits zwei Wochen vorher bei ihr gekauft hat. Sie konnte uns auch einen auf den Montag jener Woche datierten Quittungsdurchschlag vorlegen. Das hat uns gereicht. Aber jetzt möchte ich mir doch mal ansehen, was ihre Überwachungsanlage an diesem Tag aufgezeichnet hat.«

»Keine schlechte Idee.« Außerdem hört es sich tatsächlich nach einer harmlosen Unternehmung an. Ich schaue den Alten an. »Und Sie? Kommen Sie auch mit?«

»Nein, lass gut sein. Für sowas reichen zwei Leute. Ich lege lieber ein Mittagsschläfchen ein. Die vorletzte Nacht hängt immer noch fest.«

18. Kapitel

Erst auf den zweiten Blick fallen mir die Striche über dem U auf. Auf dem Schild über der Eingangstür steht »Schmückwaren«. Und beim Betreten des Geschäfts denke ich, dass Frauen hier wohl tatsächlich fast alles bekommen können, was sie schmückt – ansprechende Juwelierartikel ebenso wie günstigen Modeschmuck, ausgesuchte Parfümeriewaren, Oberbekleidung, Handtaschen und allerlei mehr oder minder gefällige Accessoires. Man scheint hier auf ein breit gefächertes Publikum abzuzielen, denn eine favorisierte Stilrichtung kann ich nicht erkennen – weshalb die drei Verkäuferinnen wohl auch nur schick, aber nicht extravagant gekleidet sind. Dass der Laden dennoch zu den besten Adressen der Stadt zählt, weiß ich bereits, aber ich ahne, dass sich mir als Mann nur schwer erschließen würde, worauf sich dieser Ruf begründet.

Die Kommissarin passt in ihrem engen Kostüm jedenfalls bestens hierher, und es vergehen auch keine fünfzehn Sekunden, bis eine brünette Mittvierzigerin auf sie zutritt und sie nach ihren Wünschen befragt.

»Ich würde gern mit Frau Galen sprechen. Ist die da?«

»Nein. Leider nicht. Aber vielleicht kann *ich* Ihnen ja weiterhelfen.«

»Möglich.« Die Kommissarin zeigt der Verkäuferin ihre Blechmarke. Die Frau fährt sofort zusammen. Aber sie fasst sich gleich wieder. In den letzten Tagen hat sie sich vermutlich an den Anblick dieser Marken gewöhnt. »Ich würde mir gern ein Band von Ihrer Videoüberwachung ansehen. Und zwar die Aufnahmen von vorvorletztem Montag.«

Die Verkäuferin verzieht entschuldigend ihr Gesicht. »Tut mir leid. Die haben wir nicht mehr. Wir verfügen nur über einen Wochenbestand. Und die sechs Kassetten überspielen wir in der darauffolgenden Woche, weil sie sich sonst bei uns stapeln würden.«

Der Kommissarin ist die Enttäuschung anzusehen. »Könnten wir kurz nach hinten gehen?«, fragt sie und deutet auf eine halb geschlossene Tür, die ein Hinterzimmer vom Verkaufsraum abzutrennen scheint.

Die Frau meldet sich bei ihren Kolleginnen ab und führt uns tatsächlich in einen mit Kartons und Kleiderständern vollgestellten Raum.

»Kennen Sie Frau Galen schon länger?«, fragt die Kommissarin dort.

»Etwa zehn Jahre. Warum?«

»Was ist sie für ein Mensch?« Wieder eine Leinwandkommissarsfrage. Auch im richtigen Leben wird sie also gestellt.

Die Verkäuferin beißt sichtlich die Zähne aufeinander. »Es ist mir ein bisschen peinlich, darauf zu antworten. Sie ist immerhin meine Chefin.«

»Sie wissen, was passiert ist?«

»Natürlich.«

»Dann verstehen Sie sicher, dass wir auch unangenehme Fragen stellen müssen.«

Die Frau nickt verlegen. »Ja. Aber was soll ich darauf antworten? Ich würde mal behaupten, sie ist ein melancholischer Typ. Sie wirkt oft niedergeschlagen, traurig – aber nicht depressiv, falls Sie verstehen, was ich meine. Außerdem ist sie äußerst durchsetzungsstark, wenn sie etwas will. Und Menschen kann sie gut für sich gewinnen, weil sie eine ehrliche Ausstrahlung hat.«

»Und wie würden Sie Frau Galens Verhältnis zu ihrem Mann beschreiben?«

Ich bin erstaunt, welche Fragen man sich herausnehmen darf, wenn man so eine Marke besitzt. Noch mehr überrascht mich allerdings, wie bereitwillig Menschen sie beantworten, wenn sie ihnen unter die Nase gehalten wurde.

»Den kenne ich nicht.«

»Wie? Sie kennen den Mann Ihrer Chefin nicht? Nach zehn Jahren?«

»Nur von Bildern – aus der Zeitung, und so. Ich habe ihn auch mal auf der Straße gesehen. Aber er war noch nie hier.«

»Seltsam. Aber sie wird doch hin und wieder über ihn reden, oder?«

»Nein, nie.«

Selbst für eine Kommissarin scheint es Antworten zu geben, die sich erst mal setzen müssen, bevor neue Fragen formuliert werden können. Jedenfalls ist es bei ihr sichtlich so. Sie nimmt sich einen Moment Zeit, bevor sie in nüchternem Ton fortfährt.

»Haben Sie dafür eine Erklärung?«

»Eine ehemalige Kollegin hat mal behauptet, dass Frau Galen ihren Mann hasst. Aber da sie keinen Grund nannte, weiß ich bis heute nicht mehr darüber. Und es geht mich ja auch nichts an.«

»Hass? Hat sie wirklich Hass gesagt?«

»Ja. Und da könnte sogar was dran sein. Man hat jedenfalls immer den Eindruck gehabt, dass es ihn gar nicht gab – dass er nicht existierte. Frau Galen führt den Laden seit jeher völlig autark. Er läuft sogar unter ihrem Mädchennamen.«

»Aha.«

»Ja. Simone Wellmann. So hieß sie vor der Ehe. Es gibt sogar Vertreter und Lieferanten, die sie ausschließlich unter diesem Namen kennen, und die Geschäftspost ist auch immer so adressiert. Das hat was von Verleugnung, finden Sie nicht?«

»Gibt es sonst noch Besonderheiten, Auffälligkeiten?«

Die Frau denkt intensiv nach, das ist ihr anzusehen. Aber schließlich schüttelt sie den Kopf. »Nein. Höchstens, dass sie ungewöhnlich stark zugenommen hat. Bis vor fünf Jahren hat sie vielleicht sechzig Kilo gewogen. Nun ist es vermutlich das Doppelte. Und das liegt nicht an irgendeiner Krankheit. Da bin ich sicher. Es liegt an ihrem Essverhalten. Ich hab manchmal das Gefühl, dass sie sich absichtlich mästet. Sie frisst, wann immer sie Gelegenheit dazu hat. Und was für Zeug – Fett und Zucker. Es ist grauenhaft. Aber sie ist die Chefin, und auch in puncto Essen lässt sie sich von niemandem was sagen.«

»Klingt übel.«

»Offen gesagt, sieht es inzwischen auch so aus.«

»Wo könnte sie sich gerade aufhalten?«

»Keine Ahnung. Vielleicht zu Hause.«

Das Tor zum Anwesen der Galens steht weit offen, was uns beide überrascht. Besucher werden hier eigentlich zuerst von einer Kameralinse oberhalb des Klingelknopfes, und dann, beim Betreten des Grundstückes, von zwei weiteren, auf Sandsteinpfeilern installierten, schwenkbaren

Überwachungskameras beobachtet. Aber jetzt bewegen sich beim Betreten des Anwesens weder die Kameras auf uns zu noch ertönt ein Alarm. Die Anlage scheint ausgeschaltet zu sein.

Die Klingel an der Haustür ist offenbar auch stillgelegt worden. Sie gibt kein Geräusch von sich, und selbst nach mehrmaligem Klopfen an der schweren Holztür öffnet niemand. Es erscheint mir unvorstellbar, dass man so ein Anwesen verlässt, das Tor nicht verschließt und es unbewacht seinem Schicksal überlässt. Wir begeben uns zur Rückseite der Villa. Auch da ist niemand. Allerdings sind die Fenster hier hinten nur von hauchdünnen Stores verhangen, und so können wir von der Terrasse aus einen nahezu unversperrten Blick ins Innere der Villa werfen. Es ist tatsächlich nicht eine Menschenseele zu sehen.

»Sieht übereilt verlassen aus«, stelle ich fest.

»Ja, seltsam.«

Beim Verlassen des Anwesens will ich das Tor hinter mir zuziehen, aber die Kommissarin hindert mich im letzten Moment daran.

»Besser nicht. Vielleicht ist sie nur kurz weggegangen und hat den Torschlüssel nicht dabei.« Sie schaut sich um. »Ich hab nur nicht die geringste Ahnung, wo sie hingegangen sein kann. Einkaufsmöglichkeiten gibt's in dieser Gegend schließlich mehr als genug.«

Ich hab auch keine Antwort.

»*Weit* entfernt hat sie sich jedenfalls nicht«, bemerkt sie schließlich. »Ihr Fahrzeug steht noch da.« Sie deutet auf ein dunkelblaues Saab-Kabriolett, das in geöffnetem Zustand auf dem Parkplatz auf der gegenüberliegenden Seite der Institutstraße steht. Ich erkenne die Stelle wieder. In der Parkbucht hat Galen immer seinen Jaguar abgestellt.

»Hat sie einen Hund?«, frage ich. Es könnte ja sein, dass sie einen hat und ihn gerade ausführt.

»Nein.«

Wir gehen rüber zu dem Fahrzeug. Die Kommissarin hält eine Hand auf die Motorhaube. »Ist noch warm.« Das sagt sie mehr zu sich selbst, und welche Rückschlüsse sie daraus zieht, verrät sie nicht. Aber sie verzieht den Mund, kneift die Augen nachdenklich zusammen und sieht sich erneut um.

»Haben Sie Frau Galen schon mal gesehen?«, fragt sie irgendwann.

»Nein. Nicht persönlich. Ich kenne nur ein Foto aus der Zeitung, und heute Morgen hab ich sie auf dem Display Ihres Handys gesehen. Warum?«

»Weil ich mir gerade Gedanken über die Frau mache. Sie haben eben selbst feststellen können, mit was sie sich tagtäglich umgibt. Sie lebt in einer der prächtigsten Villen Weinheims. Haben Sie beim Blick durch die Fenster das Interieur bemerkt? Das Haus ist geschmackvoll und stilsicher eingerichtet. Sie fährt ein optisch ansprechendes Fahrzeug, hatte einen gut aussehenden Mann, und in ihrem Laden verkauft sie Dinge, die in erster Linie der Ästhetik dienen – nennt ihn sogar ›Schmückladen‹. Sie selbst war früher extrem schlank und äußerst ansehnlich gewesen. Und nun? Seit einigen Jahren lässt sie sich konsequent gehen. Die Verkäuferin sprach von Selbstmästung. Das passt nicht zusammen. Und wissen Sie, woran ich in dem Zusammenhang automatisch denken muss?«

Ich schweige. Ausnahmsweise nicht, weil mir nichts dazu einfällt. Im Gegenteil. Mir liegt eine Antwort auf der Zunge, aber ich will die Kommissarin nicht bei ihren Ausführungen unterbrechen.

»An Tenners Vorliebe für korpulente Frauen«, sagt sie. »Vielleicht hat Hilla mit ihrer Vermutung, dass es sich vor vierzehn Jahren um ein Eifersuchtsdrama handelte, gar nicht so Unrecht gehabt. Nehmen wir doch mal an, Frau Galen hätte Tenner tatsächlich geliebt, aber er hat sie verschmäht, weil sie nicht seinem Ideal von einer Frau entsprach. Nun, vierzehn Jahre später, gleicht sie diesem Bild seltsamerweise – aber nicht etwa in Folge physiologisch- oder altersbedingter Gewichtszunahme, sondern dank eines fünf Jahre währenden Fressakts. Möchte man da nicht fast meinen, dass sie das Tenner zuliebe getan hat? Dass sie ihn noch immer liebt? Ich weiß, dass das absurd klingt, aber ich frage mich ernsthaft, ob es sein kann, dass sie sich sozusagen ‚präpariert' hat, um am Tag seiner Entlassung in vollem Saft dazustehen. Den genauen Termin herauszufinden, fiel ihr schließlich nicht schwer. Er war in einem schwarzen Ordner in der Kanzlei ihres Mannes vermerkt worden.«

Genau den gleichen Gedanken hatte ich eben auch gehabt. Aber nun bin ich nicht mehr sicher. Ich finde die Vorstellung abstrus, dass sich jemand auf diese Weise auf ein Wiedersehen mit einem geliebten Menschen vorbereitet. Natürlich: Liebe kann weit gehen. Aber so weit? Vor allem passt nicht dazu, was sie Tenner letzten Endes angetan hat.

»Aber sie hat ihn ermordet«, wende ich deshalb ein. »Und es war zudem geplanter Mord. Man betreibt doch nicht so einen Aufwand, wenn man ohnehin vorhat, denjenigen umzubringen. Vor allem tötet man ihn dann nicht gleich beim ersten Wiedersehen nach vierzehn Jahren. Ganz unabhängig davon müsste ihr bekannt gewesen sein, dass Detlef Tenner neben dem Leibesumfang noch weitere Anforderungen an die Frauen seiner Wahl stellte.«

Die Kommissarin nickt. »Das ist wahr. Taugt Hillas Liebesthese demnach doch nicht?«

Es fällt mir nicht leicht, auf diese Frage eine Antwort zu finden. Außerdem geht mir gerade eine Stelle aus den Aufzeichnungen durch den Kopf. Es ist jene, an der Marlene Willing von ihrem Plan überzeugen wollte.

So dick wie sie (Menzels ermordete Ehefrau) *bin ich, Gott sei Dank, nicht, aber du musst zugeben, dass wir ein wenig Ähnlichkeit haben. Wie wird er wohl reagieren, wenn man bedenkt, dass er seit vierzehn Jahren keine Frau gehabt hat und die, die vor ihm steht, zumindest figürlich sein Typ ist? Ich denke, er wird sich Hoffnungen machen.*

Um Willing bezüglich ihres Vorhabens in Sicherheit zu wiegen, kamen ihr ihre Körpermaße also immerhin gut zu Pass. Aber auch dafür frisst sich kein Mensch vorher fünf Jahre lang Polster an. Außerdem hat sie bereits im nächsten Satz etwas erwähnt, das darauf hindeutet, wie sie zu Tenners anderer Obsession stand.

Wer erst unter Schmerzen aktiv wird, käme bei mir ohnehin nicht auf seine Kosten.

Selbstverständlich kann man den Wahrheitsgehalt von Marlenes Äußerungen generell anzweifeln, da sie mit allem, was sie gesagt und getan hat, unlautere Absichten verfolgte, aber irgendwas in mir – und wenn es der Spießer ist – weigert sich, *dieser Aussage* keinen Glauben zu schenken.

»Ich fürchte«, sage ich, um die Frage der Kommissarin nicht unbeantwortet zu lassen, »das werden wir nicht herausfinden. Aber ist es nicht ohnehin zweitrangig, *warum* sich Frau Galen ausgerechnet Tenner ausgesucht hat? Wäre es nicht wichtiger, einen Nachweis dafür zu erbringen, *dass* sie sich mit ihm in Julian Weigels Haus getroffen hat? Sollte man also nicht erst einmal klären, *wie* sie Tenner überhaupt dazu bringen konnte, direkt nach seiner Entlassung ausgerechnet dorthin zu kommen? Dafür brauchte er doch bereits im Vorfeld entsprechende Informationen. Zumindest brauchte er eine Adresse und die genaue Uhrzeit.«

»Und einen Anlass.«

»Ja, sicher. Aber über den lässt sich, wie gesagt, momentan nur spekulieren. Es könnte ja so simpel zugegangen sein wie in den Aufzeichnungen des kleinen Mannes. Frau Galen könnte Tenner praktische Hilfe und finanzielle Unterstützung nach seiner Entlassung angeboten haben. Trotzdem müsste man sich auch dann die Frage stellen, *wie* sie ihm die für ein gemeinsames Treffen nötigen Informationen zukommen ließ. Außerdem hat sie auch noch eine Rückmeldung gebraucht. Kurz und gut: Ich glaube, man sollte mehr hinterfragen, *wie* die beiden das Treffen in Weigels Haus arrangieren konnten, wenn in der JVA keinerlei Post für Tenner eingegangen ist. Auf *irgendeinem Weg* müssen sie miteinander korrespondiert haben. Per Telefon wohl nicht. Das wird im Gefängnis abgehört. Übers Internet also? Dürfen Strafgefangene das benutzen?«

»Soweit ich weiß, nicht«, antwortet die Kommissarin achselzuckend. »Es gibt inzwischen zwar Einrichtungen, wie zum Beispiel Berufsförderungsprojekte, bei denen ist den Gefangenen der stark eingeschränkte Informationsaustausch über Bildungsserver gestattet. Aber darüber können nur autorisierte Lehrer und eingetragene Strafgefangene mit- und untereinander kommunizieren. Eine Kontaktaufnahme mit Personen von und nach außerhalb ist nicht möglich.«

»Hm.«

Nun scheint die Kommissarin ratlos, aber an ihrem ins Leere starrenden Blick und der gerunzelten Stirn erkenne ich, dass sie intensiv nachdenkt. Schließlich fasst sie einen Entschluss. »Wissen Sie was? Wir fahren einfach mal hin und erkundigen uns.«

»Wohin?«

»Nach Mannheim. Zur JVA.«

Der Leiter der Justizvollzugsanstalt, ein groß gewachsener, breitschultriger Blonder mit kantiger Kinnpartie und Bürstenhaarschnitt, ist mir sofort unsympathisch. Er erinnert mich an einen Football-Spieler. Ich hasse diesen Sport, seit mich mein Vater, dem ich ansonsten egal war, im Alter von zwölf Jahren in einem entsprechenden Verein angemeldet hat und ich mir gleich beim ersten Training eine Schlüsselbeinfraktur zuzog.

Es ist tatsächlich so, wie die Kommissarin vermutete. Kein Internet für Häftlinge. Zudem betont der Mann noch einmal, dass in seiner Einrichtung sowohl der Postverkehr als auch die Telefonate der Insassen streng nach den Regeln des Gesetzes kontrolliert werden. Über Tenner kann er keine Auskünfte geben, weil er erst seit Kurzem im Amt ist und ihm infolgedessen nie persönlich begegnet ist. Aber er ruft einen für dessen ehemaligen Trakt zuständigen Vollzugsbeamten an.

Der kommt zehn Minuten später ins Büro des Direktors, klemmt sich beim Eintreten die Mütze unter den Arm, macht einen übertrieben tiefen Bückling und stellt sich vor. Der Mann heißt Pocke, was er nicht hätte erwähnen müssen, denn meine Fantasie hätte locker gereicht, um ihm genau diesen Namen zuzuteilen. Er trinkt, das ist offensichtlich. Seine Nase ist ein knubbeliges, violettes Gewächs, die Wangen sind von feinen Netzen winziger geplatzter Äderchen gezeichnet und die blauen Lippen weisen darauf hin, dass es herzmäßig nicht gut um ihn steht. Aber Pocke spricht bestes Hochdeutsch, wovon sich der Direktor eine Scheibe abschneiden kann, denn der lispelt mit sächsischem Einschlag.

»Tenner war ein gesitteter Mensch mit Manieren«, stellt er gleich mal klar. »Er hat sich all die Jahre unauffällig verhalten, kam sehr gut mit den Mitgefangenen und dem Personal aus und war nie aggressiv.«

»Nicht ganz«, korrigiert der Direktor in strengem Ton. »In seinen Akten gibt es einen Vermerk.«

Der Beamte winkt ab. »Ja, aber das ist ewig her.«

»Immerhin. Ihr Kollege hat damals Schaden davongetragen.«

»Wann war das, und um was ging es da?«, fragt die Kommissarin.

»Ach. Das muss so ’97 gewesen sein, und Novak, dieser Kollege, ist sowieso ein Spezialfall. Der hat lauter Komplexe, hingegen hatte Tenner auf seine Art Charisma. Mit Menschen dieses Schlages hat Novak grundsätzlich Probleme. Er ist gern die Nummer eins und hält sich für besonders clever. Bei Tenner hatte er Pech. Nachdem er ihn mehrmals schikaniert hat, ist er eines Tages die Treppe runtergefallen.«

»Aha.«

Der Direktor meint, sich jetzt einmischen zu müssen, und erklärt der Kommissarin: »Nicht dass Sie ein falsches Bild bekommen. Das war lange vor meiner Zeit. Heute herrscht hier ...«

»Der Kollege hat sich dabei so einiges gebrochen«, fährt Pocke unbeirrt fort. »Das war tragisch. Aber man muss sagen, dass er durch den Unfall dazugelernt hat.«

»Hat man Tenner für diesen ›Unfall‹ belangt?«

»Nein. Ihm war nichts nachzuweisen. Sämtliche Mithäftlinge, die zugegen waren, haben zu Tenner gehalten. Er war, wie gesagt, beliebt.«

»Und worauf führen Sie seine Beliebtheit zurück?«

»Nun ja, er war ein Kumpeltyp, war meist freundlich, eher still. Ich würde sogar behaupten, er war ein Feingeist. Er hat gern geschrieben. Mit dem Lachen hatte er es nicht so, obwohl er einen messerscharfen und außerordentlich trockenen Humor besaß. Aber weil er Mithäftlingen beim Formulieren ihrer Briefe und Ausfüllen von Formularen behilflich war, konnten sie ihn gut leiden. Er selbst hat meist mit seinen Eltern korrespondiert. Viele Jahre hat er auch an eine Frau geschrieben. Aber die Eltern verstarben vor vier Jahren kurz hintereinander, und der Kontakt zu dieser Frau erlosch dann auch irgendwann. Er hat ihr mit einem Mal nicht mehr geschrieben. Ich glaube, das war so vor etwa zwei Jahren.«

«Wissen Sie, wie die Frau hieß?«

»Ja, Wellmann. Den Vornamen hab ich vergessen. Es war eine Weinheimer Adresse. Hauptstraße, soviel ich noch weiß.«

Die Kommissarin hebt die Augenbrauen und wirft mir einen vielsagenden Blick zu. Frau Galen – Treffer!

»Aha. Und das ging bis vor etwa zwei Jahren und endete dann abrupt, sagen Sie?«

»Ja.«

»Und wie lange hat dieser Briefkontakt insgesamt bestanden?«

Der Mann überlegt kurz. »Ich glaube, er hat schon bei Antritt seiner Haft begonnen«, sagt er schließlich. »Ging also etwa elf, zwölf Jahre.«

»Und sie? Hat sie ihm nach seinem jähen Kontaktabbruch noch mal geschrieben?«

»Nein. Auch nie wieder.«

Die Kommissarin runzelt die Stirn. »Seltsam. Können Sie sich noch an den Charakter dieser Briefe erinnern? Ich meine: Waren es Liebesbriefe oder war es eine Korrespondenz unter guten Freunden? Welchen Inhalt hatten sie?«

»Sie hatten durchweg freundschaftlichen, ja fast schon liebevollen Charakter. Aber als Liebesbriefe würde ich sie nicht bezeichnen. Beide verfassten gern Gedichte und kleinere Erzählungen. Oft beschrieben sie aber einfach nur alltägliche Begebenheiten, philosophierten über dies und jenes und berichteten in stimmungsvoller Art und Weise über das, was sie gedanklich beschäftigte. Anfangs klang ihr Sprachstil ein bisschen altbacken, war ziemlich schnörkelreich, ähnlich dem, den man in der Romantik gepflegt hat. Nach und nach verlor ihre Sprache an Schmuckwerk, dafür ging es inhaltlich zunehmend abstrakter, um nicht zu sagen unverständlicher zu. Ich konnte oft nicht mehr folgen, und im Kollegenkreis haben wir uns, offen gesagt, mitunter lustig gemacht. Manche Wendungen und Satzgebilde waren derart abstrus, dass wir sie zum Schreien komisch fanden.«

Die Kommissarin schüttelt den Kopf. Auch mir kommt ein Verdacht. Verschlüsselte Botschaften. Aber warum haben sie die Korrespondenz abgebrochen, und wie haben sie danach kommuniziert?

Auch die Kommissarin stellt sich diese Frage.

»Aber ich verstehe das richtig?«, fragt sie. »In den vergangenen zwei Jahren hat Tenner keinerlei brieflichen Kontakt mehr zu irgendwem gehabt?«

»Nun ja. Keinen privaten mehr. Nur mit seinem Anwalt hat er sich weiterhin ausgetauscht.«

»Mit seinem Anwalt?« Ich sehe den überraschten Ausdruck im Gesicht der Kommissarin.

»Ja. Ihr Schriftwechsel begann so drei, vier Jahre nach seinem Haftantritt. Sein Anwalt hat damals gleich mehrere Schreiben hintereinander geschickt. Wir haben sofort vermutet, dass es um die Revision ging, denn Tenner hat ja von Anfang an behauptet, unschuldig einzusitzen. Wie auch immer: Revidiert wurde nichts. Aber Tenner blieb hartnäckig. Immer wieder hat er davon gesprochen, dass er es irgendwann mithilfe seines Anwalts schaffen würde, seine Unschuld zu beweisen. Und so blieben die beiden tatsächlich weiterhin sporadisch, aber konstant in schriftlichem Kontakt.«

Dem nun skeptischen Blick der Kommissarin entnehme ich, dass auch sie nicht daran glauben kann, dass Galen für diesen Mann auch nur den kleinsten Finger krumm gemacht hätte.

»Ohne Erfolg offensichtlich«, bemerkt sie mit sarkastischem Unterton. »Oder hat dieser Anwalt tatsächlich irgendwann mal was gefunden, das Tenner zumindest annäherungsweise entlasten könnte?«

»Keine Ahnung. In den Schriftverkehr zwischen Strafgefangenen und ihren Anwälten haben wir ja kein Einsichtsrecht.«

Kein Einsichtsrecht? Was heißt das? Ich suche Blickkontakt zu der Kommissarin. Ihren weit aufgerissenen Augen entnehme ich, dass auch sie gerade von einer bitteren Erkenntnis geschlagen wird. Natürlich! Das war der Trick. Jetzt dringt Licht ins Dunkel. Mein Gott, wie infam ...

»Und Sie sagen, mit diesem Anwalt hat er bis zum Schluss korrespondiert?«, fragt sie Pocke leise.

»Genau. In den letzten paar Monaten seiner Haft hat er sogar wöchentlich an ihn geschrieben. Immer freitags.«

»Wie? Immer am Freitag?«

»Ja. In schönster Regelmäßigkeit. Deshalb erinnere ich mich ja so gut.«

»An die Kanzlei von Dr. Galen?«

Der Mann stutzt. »Stimmt. Genau so hieß der.«

»Danke.«

19. Kapitel

»So eine Scheiße. § 29, Strafvollzugsgesetz: ›Der Schriftwechsel des Gefangenen mit seinem Verteidiger wird *nicht* überwacht‹. Darauf hätte ich kommen müssen.«

Bislang hat sich die Kommissarin sachlich kühl und leidenschaftslos gegeben. Nun bekundet sie bereits zum dritten Mal ihren Unmut über ihr Versagen und verbeißt sich dabei in einen Ärger, den ich nicht nachvollziehen kann. Aber der scheint heftig zu sein, denn sie hat mir beim Verlassen des JVA-Geländes wortlos den Autoschlüssel ihres Audi in die Hand gedrückt und ist mit Leichenbittermiene auf der Beifahrerseite eingestiegen. Dort hat sie ihre Pumps von den Füßen gestriffen, ihre Handtasche lieblos in den Fond geworfen, das Handschuhfach aufgerissen und ihm eine Zigarettenschachtel entnommen. Jetzt, nachdem sie sich einen der Glimmstängel zwischen die Lippen geklemmt und ihn mit zittrigen Händen angezündet hat, wirkt sie entspannter, aber ihre Selbstvorwürfe zeigen, dass es noch immer in ihr gärt.

»Die beiden haben sich all die Jahre geschrieben«, sagt sie mit aufgebracht klingender Stimme. »Zunächst auf ganz normalem Weg; allerdings adressierte sie ihre Post mit ihrem Mädchennamen und mit der Anschrift ihrer Boutique, denn ihr Mann durfte ja nichts erfahren. Dann, als der die Kanzlei übernahm, tat sich ein zweiter Weg auf. Sie benutzte für bestimmte Schreiben einfach das Briefpapier und die Kuverts der Kanzlei, weil sie wusste, dass die Vollzugsbeamten Post zwischen Anwalt und

Häftling nicht öffnen dürfen. Fortan konnten sie und Tenner zumindest sporadisch Tacheles reden. Bis dahin mussten sie, wollten sie sich über mehr als das Wetter austauschen, einen eigens dafür entwickelten Sprachstil verwenden, eine Art Code. Von nun an verschickte Tenner seine ›normale‹ Post also brav an Frau Galens Geschäftsadresse, die selteneren, aber ›wichtigen‹ Briefe sandte er hingegen an die Kanzlei ihres Mannes. Und das hat er immer freitags getan, weil die Post dann am Samstag am Zielort ankam. Und weil samstags keine Sau in der Kanzlei war, konnte Frau Galen sie dort in aller Ruhe aus dem Briefkasten fischen. Die letzten beiden Jahre haben die beiden schließlich nur noch über diesen Weg kommuniziert, weil ihre ›Zukunftspläne‹ zunehmend konkreter wurden und sie sich enger miteinander absprechen mussten.« Sie wirft die Kippe aus dem Fenster und zündet sich sogleich eine neue Zigarette an.

Ich nutze die Gelegenheit zu einer Frage: »Aber warum haben sie nach Galens Kanzleiübernahme nicht ausschließlich den ›offiziellen‹ Weg über die Kanzlei gewählt. Das hätte die ›Codierung‹ ihrer ›normalen‹ Post überflüssig gemacht.«

»Nein. Das wäre wiederum aufgefallen. Ein Sträfling kontaktiert doch nicht monatlich seinen Anwalt, und umgekehrt gibt es dafür wohl auch kaum Anlass. Irgendwann wären die Vollzugsbeamten aufmerksam geworden. Und bei einem berechtigten Verdacht darf auch der § 29 umgangen werden. Gegen Ende von Tenners Haftzeit war es für die beiden jedoch kein Problem mehr, zunehmend häufig über die Kanzleianschrift in Verbindung zu treten, weil Inhaftierten dann vermehrter Schriftverkehr mit ihren Anwälten zugebilligt wird.«

»Verstehe.«

»Sehen Sie. Jetzt können Sie vielleicht nachvollziehen, warum ich mich so ärgere. Ich hab schon in dem Moment, als mir Herrmann von Frau Galens seltsamen Diebstählen erzählt hat, ein komisches Gefühl gehabt.«

»Das hatte ich auch. Aber auf sowas wäre ich nie gekommen.«

»Ja. *Sie* dürfen das. Sie sind nicht bei der Kriminalpolizei. Sie sind auch nicht in Strafrecht ausgebildet worden.« Sie schnippt auch diese Kippe aus dem Fenster und verschränkt die Arme vor der Brust. »Und Sie sind vor allem keine Frau«, fügt sie kaum hörbar hinzu.

»Was hat das denn damit zu tun?«

Sie schweigt, und mir wird bewusst, dass die Frage einigermaßen naiv geklungen haben könnte. »Tut mir leid. Ich dachte, bei der Kripo ist man schon ein Stück weiter«, sage ich deshalb.

Sie nickt. »Ist man auch.« Ihre Stimme nimmt nun wieder einen milderen Ton an. »Aber offenbar bin *ich* noch nicht so weit. Ich hab ständig das Gefühl, dass ich mich ganz besonders anstrengen muss. Das kotzt mich sowas von an, das glauben Sie gar nicht. Es steckt tief in einem drin und man kann nichts dagegen tun. Dabei gibt es nicht einen Mann unter meinen Kollegen, der mir an den Kragen will, mich nicht akzeptiert oder irgendwelche Machoallüren pflegt. Und dennoch …« Sie unterbricht sich, weil das Handy in ihrer Handtasche summt. Da die auf dem Rücksitz liegt, muss sie sich erst aus dem Gurt befreien, um sich umdrehen und nach dem Handy greifen zu können.

Es ist der Alte. Er will wohl wissen, was wir in den letzten Stunden herausgefunden haben. Jedenfalls berichtet die Kommissarin detailliert von unseren Aktivitäten und dem aktuellen Stand der Dinge.

Ich denke währenddessen über das nach, was sie eben angesprochen hat. Bei Carola habe ich ähnliche Neigungen festgestellt, obwohl die in einem Beruf arbeitet, in dem Frauen traditionell ausreichend Ansehen genießen. Aber auch sie ist mitunter von einem seltsamen Ehrgeiz getrieben, so, als wenn sie jemandem etwas beweisen müsse. Das kommt meist anfallsartig und hört auch bald wieder auf. Aber sie wirkt in diesen Phasen immer streng und ist allem und jedem gegenüber kritischer als sonst. Wir kriegen dann jedes Mal Zoff. Findet sie in solchen Momenten nichts, womit sie ihre Qualitäten demonstrieren kann, muss sie zumindest ihre Unersetzbarkeit unter Beweis stellen. Das kann so weit führen, dass sie plötzlich beginnt, das Haus zu putzen. Dabei muss es natürlich laut Klappern und Scheppern, damit mir selbst hinter der verschlossenen Tür meines Arbeitszimmers nichts von der Mühsal entgeht, die sie sich in ihrer grenzenlosen Aufopferungsbereitschaft aufgeladen hat.

»Das ist doch Scheiße, Herrmann«, höre ich die Kommissarin mit einem Mal ins Handy brüllen. »Du weißt genau, was ich von so was halte.« Aber auf der anderen Seite der Leitung scheint bereits aufgelegt worden zu sein, denn sie ruft zweimal »Hallo«, stellt dann wütend ihr Handy aus und kreischt: »So ein Idiot«.

»Was ist denn los?«, frage ich.

»Herrmann ist in Weigels Haus eingebrochen, und wir sollen sofort hinkommen. Es sei wichtig.« Ihre Stimme überschlägt sich fast. »Das ist das Allerletzte. Ihm kann's scheißegal sein. Er spielt den Sheriff und ich verlier meinen Job.«

Ich sage nichts dazu. Ich kenne das Problem.

»Egal«, sagt sie irgendwann. »Wir müssen hin. Und sei es, um den alten Trottel festzunehmen.«

Der Berufsverkehr hat eingesetzt. Auf der B 38 geht es langsam voran. In Weinheim werde ich also besser nicht über die Bahnhofstraße fahren. Das würde unnötig Zeit kosten. Am besten ist es wohl, aus westlicher Richtung, also über den Fabrikweg, zur Institutstraße hochzufahren. Mir kommt dabei noch ein Gedanke.

»Müsste Frau Weigel nicht jeden Moment nach Hause kommen? Die Stadtbibliothek schließt schließlich irgendwann. Hat er das bedacht?«

»Keine Ahnung. Das kann ich nur für ihn hoffen.« Jetzt schlägt sie mit der Faust auf ihren Oberschenkel. »So ein Blödmann.«

»Ich dachte, Sie können ihn gut leiden.«

»Kann ich ja auch. Herrmann ist in Ordnung. Er war der beste Chef, den man sich vorstellen kann. Trotzdem.«

»Chef?«

»Ja. Als mein Erster Hauptkommissar war er das natürlich.«

»Hm. Aber mir hat er erzählt, dass er nur noch im Innendienst tätig war. Wegen einer Erkrankung.«

»Stimmt. Es sei denn, es befand sich ein Klo in der Nähe vom Einsatzort. Aber das war meistens der Fall.«

»Klo?«

»Na ja. Wegen seiner Inkontinenz.«

»Äh?«

»Sagen Sie bloß, Sie haben das nicht mitbekommen. Er ist Windelträger. Eigentlich macht er kein Hehl daraus.«

»Mir hat er nichts gesagt.«

»Nun ja. Gleich als Erstes erzählt er es wohl niemandem. Ist ja verständlich. Aber seine Bauchtasche müsste Ihnen aufgefallen sein. Da sind Ersatzwindeln drin. Und wenn er mit dem Auto unterwegs ist, hat er immer eine schwarze Kunststoffbox dabei. In der befinden sich frische Hosen und Hautreinigungsmittel.«

An meinem geistigen Auge laufen nun nacheinander Bilder von den seltsamen Aktionen des Alten vorbei. Bei Lolli führte sein erster Weg aufs Klo. Hinterher hat er dort ein weißes Plastikbündel in der Küche entsorgt. Dann dieser Spontanausflug in die Striptease-Bar. Er musste vermutlich nur auf die Toilette. Und als er sich frühmorgens in die »Altstadtklause« begab, hat er das demnach auch nicht getan, um sich was Flüssiges zuzuführen, sondern um sich davon zu befreien. Peinlich. Ich hab völlig grundlos oft ziemlich schlecht über den Alten gedacht.

»Sie mögen ihn offenbar«, stelle ich fest.

»Ja. Er hat eine harte Schale, aber einen sanften Charakter. Das war nicht immer so. Früher muss er ein ziemlicher Leuteschinder gewesen sein. Aber dann hat er sich noch mal in die Schule des Lebens begeben, und dort ein paar derbe Lektionen erteilt bekommen.«

»Er hat was angedeutet. Krankheit läutert, hat er gemeint. Geht's darum?«

»Ja. Herrmann hat gern nach den Grundsätzen unserer Großväter gelebt. Das war aus seiner Sicht keine schlechte Entscheidung, denn die waren einfach konstruiert, klar verständlich und wurden allgemein akzeptiert. Zudem entlastete es seinen Geist, wenn er diesen Prinzipien folgte, weil er nie darüber nachdenken musste, ob er sich richtig verhält. Für ihn stand einfach fest: Der Mann ist der Boss – privat und im Beruf. Die Behauptung, dass Hilla seine Klofrau, sein Putz- und Küchenwunder war, hätte er vehement abgestritten, aber leider hat er nie bemerkt, dass irgendwer täglich diese Aufgaben übernahm. Das Einzige, was er zur Kenntnis nahm, war, dass sie sich um die Kinder kümmerte. Diesen Dienst hat er jeden Muttertag mit einer Schachtel »Mon Chéri« honoriert. Bei der Kripo hat er es schnell zu was gebracht. Er hatte kräftigere Ellenbogen als seine Kollegen und war im Umgang mit Verdächtigen weniger zimperlich. Aber dann kam der Tag, der alles veränderte. Das muss so '93 gewesen sein. Da war er zwar erst zweiundfünfzig, hatte aber schon zwei Jahre lang Probleme beim Pinkeln. Einen Arzt hat er natürlich nie aufgesucht und seiner Frau erst recht nichts erzählt. Aber eines Morgens ging nichts mehr – Harnsperre. Seine Blase füllte sich immer mehr, bis die Schmerzen unerträglich wurden. Schließlich verlor er das Bewusstsein und stürzte vor dem Klobecken zu Boden. Hilla musste die Badezimmertür aufbrechen, denn er hatte sie verriegelt. Als sie sah, was mit ihm los war, rief sie den Notarzt. Aber der sagte gleich, dass er nicht sofort kommen könne. Und so verging eine Stunde nach der anderen. In der Zeit kam Herrmann ein paar Mal zu sich, war aber nicht in der Lage, selbst ins Krankenhaus zu fahren. Und Hilla? Die musste sich das ganze Elend mit ansehen. Sie hatte ja keinen Führerschein. Den bräuchte sie nicht, hatte er ihr immer eingeredet, denn Frauen könnten ohnehin nicht Auto fahren. Irgendwann traf der Notarzt ein. Der schaffte Herrmann postwendend ins Krankenhaus. Kurz und gut: Seine Prostata war immens vergrößert, und bei dem Sturz war die übervolle Blase eingerissen, sodass Blut und Urin in den Bauchraum getreten waren. Man musste radikal operieren. Die Folge war, dass er zwar gerade noch überlebte, seither aber impotent ist und in die Hose pinkelt.«

»Mein Gott.«

Mann, Herrmann, wie lange ist's her? Fünf Jahre? Sechs? Siehst prächtig aus. Wie geht's denn? – Nicht mehr. Der Alte hatte es einfach nur ernst gemeint.

»Im Krankenhaus hat ihn keiner besucht. Kollegen kamen schon mal gar nicht, und von seiner Familie ließ sich auch niemand blicken. Das hat ihm zu denken gegeben.«

»Kann ich mir vorstellen. Aber er und seine Frau verstehen sich doch bestens. Jedenfalls hatte ich den Eindruck.«

»Ja. Seit einer gemeinsamen Therapie. Bei der wurde ihnen klar, dass es für sie nur zwei mögliche Richtungen gab: gemeinsam vorwärts oder jeder für sich alleine vorwärts. Sie haben sich für die erste Möglichkeit entschieden. Hilla hat sich in der Fahrschule angemeldet und einen Beruf erlernt. *Er* hat in der Zeit ihr düsteres Fachwerkhaus entkernt und Licht reingelassen. Und als die Spenglerei im Hinterhof auszog, war klar, dass sie deren Werkhalle zu einer Autowerkstatt umbauen würden. Es war ihr erstes gemeinsames Projekt. Bei all diesen Veränderungen hat *sie* sich endlich schätzen gelernt, und Herrmann durfte erkennen, dass er eine Frau hat, die ihm selbst als Windelträger Achtung entgegenbringt. Und er muss wohl begriffen haben, dass Mann sein weniger ist als Mensch sein, denn auch im Umgang mit Kollegen folgte er fortan dem Prinzip, nicht über jemandem, sondern an dessen Seite zu stehen.«

Obwohl wir den günstigeren Weg nehmen, dauert es, bis wir endlich die Institutstraße erreichen. Und noch bevor wir aus dem Auto steigen, regt sich die Kommissarin erneut auf. Diesmal kann ich es nachvollziehen.

»Das darf nicht wahr sein. Der hat Seppel dabei. Jetzt weiß jeder, dass gerade ein Fremder im Haus ist. Ist das Kaltblütigkeit oder schon präseniler Schwachsinn?«

Der Hund des Alten liegt tatsächlich direkt vor der braunen Plastiklattenumzäunung des Hauses. Er ist nicht mal angeleint und döst mitten auf dem Gehweg vor sich hin. Erst als die Kommissarin auf ihn zukommt und ihn beim Namen nennt, öffnet er träge die Augen und gähnt. Schließlich steht er gemächlich auf, kläfft zweimal heiser und stellt sich dann mit wedelndem Stummelschwanz genau vor das schmale Gartentor. Nach einigen Streicheleinheiten lässt er die Kommissarin vorbei. Ich will ihr folgen, aber er stellt sich mir quer in den Weg.

»Kraulen Sie ihm den Kopf, dann macht er Platz.«

Widerwillig befolge ich ihren Ratschlag, und tatsächlich lässt mich der Hund passieren. Dabei sehe ich, dass sich die Eingangstür zum Haus einen Spalt breit öffnet. Von dort winkt uns eine Hand herbei.

»Kommt rein«, sagt die dazugehörige Stimme. Es ist unverkennbar die des Alten. »Aber schnell, damit euch keiner sieht.«

Drinnen wettert die Kommissarin sofort los. »Bist du von allen guten Geistern verlassen? Was soll dieser Irrsinn? Du bringst mich in Teufels Küche. Was ist, wenn die Frau nach Hause kommt? Und was hat Seppel da draußen verloren?«

»Der meldet mir, wenn jemand kommt. Und was Frau Weigel betrifft, kannst du dich beruhigen. Sie ist noch eine Weile in der Bibliothek. Die hat heute bis acht geöffnet.«

»Das ist Einbruch.«

Der Alte winkt ab. »Papperlapapp. Du hast von sechsundneunzigprozentiger Aufklärungsquote gesprochen. Wie die zustande kommt, muss ich dir wohl kaum sagen. Also halt den Ball flach.« Dann wendet er sich mir zu und tippt mir mit dem Finger auf die Brust. »Und dir muss ich ein Lob aussprechen. Du hast mich in Bedrängnis gebracht. Und das sind immer die Momente, in denen es in mir zu rumoren beginnt. Dann will ich Klarheit. Und die habe ich mir verschafft.«

»So?« Ich fühle mich geschmeichelt, verstehe aber kein Wort. Der Kommissarin scheint es nicht besser zu gehen. Sie zeigt ihm einen Vogel.

»Kommt mit«, sagt der Alte unbekümmert. »Ich zeige euch was.« Er dreht sich um und geht geradewegs zu einer Treppe, die vom Korridor aus nach unten führt. Die steigt er hinab, und sowohl ich als auch die mürrisch dreinblickende Kommissarin folgen ihm. Über die Treppe gelangen wir in den Keller des Hauses. Von dort führt eine Tür nach draußen zum rückwärtigen Teil des Gartens. Durch die führt uns der Alte, sodass wir auf eine mit Steinfliesen ausgelegte, ebenerdige Terrasse kommen.

Ich sehe den Haufen, noch bevor ihn die Kommissarin entdeckt. Vor der Rückwand des Hauses liegt eine umgekippte Mülltonne und ihr stinkender Inhalt liegt ausgebreitet davor. Der Alte deutet auf einen Gartentisch. Auf dem liegen drei aufgerissene, verschmutzte Papiertütchen. Eines hebt er mit spitzen Fingern an.

»Das sind Verpackungen von Verbandsmaterial«, sagt er. »Genauer gesagt von Baumwollkompressen und Verbandmull. Was an dem Papier haftet, ist getrocknetes Blut. Und ich bin sicher, dass der Inhalt an ein und demselben Tag benutzt wurde.« Der Alte geht rüber zu dem ausgebreiteten Unrat und tippt mit dem Fuß gegen einen aufgerissenen Müllbeutel. »In dieser Abfalltüte habe ich die Verpackungen gefunden. Sie lagen ganz unten auf dem Boden der Tonne. Ich hab nachgefragt. Die Müllabfuhr kommt in dieser Gegend jeden zweiten Dienstag. Die letzte Leerung erfolgte vergangene Woche. Ihr erinnert euch: Zwei Tage später, am Donnerstag, floss hier Blut, denn da ist Detlef Tenner in diesem Haus ermordet worden. Oder hat Weigel irgendwo eine Verletzung?«

»Nein«, antwortet die Kommissarin unterkühlt.

»Siehst du. Seine Frau auch nicht. Mit der habe ich gesprochen. Ich hab sie in der Bibliothek angerufen und danach befragt.«

Die Kommissarin schüttelt den Kopf. »Klar. In deiner Funktion als Ermittlungsbeamter im Dienst. Du schreckst vor nichts zurück, oder?« Aber sie wartet die Antwort nicht ab, sondern hebt die Hand. »Okay, Herrmann. Das klingt alles extrem spannend. Aber du kannst mir nicht weismachen, dass du hier eingestiegen bist, um mal in Weigels Mülltonnen herumzuschnüffeln.«

»Nein. Ich hab's vorhin schon angedeutet. Jörg hat heute Morgen etwas erwähnt, auf das ich zwar eine Antwort wusste, aber eine, die mich hinterher nicht mehr zufriedengestellt hat. Es ging um das Problem mit dem Aufreißen oder Aufschneiden des Lakens. Du erinnerst dich? Er kam zu dem Ergebnis, dass es hirnrissig sei, unter den Ansitz zu kriechen und dort das Laken zu öffnen, statt den Leichnam zuerst darunter hervorzuziehen. Außerdem hat er sich gefragt, *warum* das Laken überhaupt aufgetrennt wurde. Ich hab was von Tieren gefaselt, weil mir die Antwort, die mir spontan einfiel, albern erschien. Aber als ihr weg wart, fand ich sie mit einem Mal gar nicht mehr so verkehrt und hab meine Tiertheorie noch mal überdacht. Dabei ist mir klar geworden, dass sie nicht stimmen kann. Tenners Leiche ist gegen Mittag in die Höhle gelegt worden. Maßgebliche Aasfresser unserer Wälder sind Füchse, vielleicht noch Dachse und möglicherweise wilde Katzen. Sie alle sind dämmerungs- und nachtaktiv. Der Leichnam hätte meiner Tierfraßthese zufolge also mindestens die erste Nacht unter dem Erdsitz liegen müssen. In dem Fall hätte sich aber vermutlich mehr als nur ein Tier über einen Zeitraum von vielen Stunden über ihn hergemacht. Und damit wäre das keine harmlose Knabberparty mehr geworden, sondern ein Event, von dem hinterher wesentlich mehr Spuren gezeugt hätten als nur ein paar luftige Baumwollflusen.«

Bei der Vorstellung durchfährt es mich eiskalt. Die Kommissarin verzieht ebenfalls das Gesicht. Aber sie wird vor allem ungeduldig.

»Und welche Erklärung hältst du jetzt parat?«, fragt sie deshalb genervt.

»Dass sich Tenner selbst befreit hat.«

Die Kommissarin lacht. Mir ist nicht danach zumute. Bei dem Alten weiß man nie, was noch kommt.

»Klar. Ein Toter befreit sich aus seinem kalten Gefängnis.« Sie grinst spöttisch.

»Nein. Tenner ist nicht tot«, sagt der Alte jetzt bestimmt. »Er lebt!«

Nun nimmt das Gesicht der Kommissarin wieder ernste Züge an. »Herrmann, verarsch mich nicht. Das ist Unfug.«

Das finde ich auch. Ist der Alte jetzt völlig übergeschnappt?

»Ich weiß, was ich sage.« Der Alte gibt uns ein Zeichen, ihm zu folgen. »Kommt mit. Ich zeige euch, was ich meine«, schlägt er vor, dreht sich um und geht ins Haus zurück.

Oben im Erdgeschoss führt er uns in die Küche. Dort stellt er sich neben den Küchentisch, streckt die Arme aus und dreht sich einmal um die eigene Achse. »Darf ich vorstellen«, sagt er dabei, »der angebliche Tatort. Hier in diesem Raum soll Detlef Tenner ermordet worden sein.« Dann hält er inne und deutet mit dem Zeigefinger auf mich. »Vergegenwärtige *du* uns doch noch mal jenen Augenblick, in dem Willing sein Haus betrat. Du kriegst es am besten zusammen. Erinnere dich: Er hat von Marlenes Villa aus Viktor Menzels Ankunft beobachtet. Menzel ist von Marlene empfangen und von ihr in sein Haus eingelassen worden. Daraufhin hat Willing zwei Stunden gewartet, bis Marlene anrief.«

Ich denke nach. Dem Alten scheint es um Details zu gehen, sonst hätte er nicht explizit mich angesprochen. Ich sollte also alles möglichst so wiedergeben, wie es der kleine Buckelige notiert hat.

»Auf den ersten Blick«, beginne ich deshalb, »hat Willing keine Veränderungen in seinem Haus erkannt. Alles stand an seinem Platz. Menzel hatte Marlene demnach nichts angetan. Das hatte Willing nämlich befürchtet. Dann wollte Marlene, dass er ihr in die Küche folgt. Dort lag Menzel. Sie hatte ihn schon in ein Laken gerollt – nur der Kopf und der rechte Arm lagen im Freien. Aber das Laken war blutbefleckt, sodass Willing erschrak. Sie erklärte, dass das Gift nicht richtig gewirkt habe, weshalb sie mit einem Messer nachhelfen musste. Und tatsächlich lag ein blutbesudeltes Messer im Waschbecken. Dann hat Marlene auf den Tisch gedeutet. Auf dem standen zwei Rotweingläser. Außerdem lag dort eine Pistole, ein Gefrierbeutel, ein Briefkuvert und ein Glasröhrchen.«

»Stopp!«, unterbricht mich der Alte. »Erst mal bis hierher. Ist euch was aufgefallen?«

Einen Moment lang herrscht Ruhe. Ich denke krampfhaft nach.

Da sich auch die Kommissarin nicht äußert, fährt der Alte fort. »Das Laken war mit Blut befleckt. Wie stark, wissen wir nicht, aber sollte Frau Galen Tenner tatsächlich erstochen haben, weil das Gift nicht richtig wirkte, wäre die Frage erlaubt, warum Weigel in seinem Haus keine Veränderungen festgestellt hat, und vor allem, warum die Rotweingläser noch immer auf dem Küchentisch standen.« Er dreht sich um. Dabei spricht er weiter. »Die Küche ist nicht klein, aber auch nicht gerade groß. Nun stellt euch vor, ihr sitzt hier bei einem Glas Wein und nehmt plötzlich unerklärliche Sinnesveränderungen oder körperliches Missempfinden wahr. Bleibt ihr dann ruhig auf dem Stuhl sitzen, nickt friedlich am Küchentisch ein und gleitet dann sauber seitwärts zu Boden? Nein, ihr versucht, euch aufzuraffen, versucht aufzustehen, weil euch irgendwas komisch vorkommt. Ihr torkelt daraufhin durch die Landschaft, haltet euch hier und dort fest und reißt dabei mit Sicherheit das eine oder andere herumstehende Teil mit euch. Solltet ihr hingegen trotz Gifteinnahme bei relativ intaktem Bewusstsein bleiben, würdet ihr möglicherweise zwar nicht gleich alles abräumen, was in diesem Raum herumsteht, aber gegen eine Messerattacke würdet ihr euch allemal zur Wehr setzen. Und spätestens bei dem unweigerlich folgenden Handgemenge würde bei den hiesigen Platzverhältnissen wieder mindestens einer der Kontrahenten gegen den Tisch stoßen.«

Die Kommissarin schüttelt ungläubig den Kopf. »Und daraus schließt du, dass Tenner weder vergiftet noch erstochen wurde?«, fragt sie. »Sehr gewagt.«

Der Alte zeigt sein seltenes, aber immer wieder aufs Neue gewinnende Grinsen und bittet uns, mit in den Korridor zu kommen. Gegenüber der Hauseingangstür öffnet er die Tür zu einem Raum. Darin stehen ein Doppelbett, ein Schrank und eine Kommode.

»Das Schlafzimmer der Weigels«, sagt er knapp. »Aber auf dem Bett liegt nur *eine* Garnitur Bettzeug.«

»Klar. Was soll die arme Frau mit einer zweiten?«, entgegnet die Kommissarin. »Ihr Mann kommt schließlich nicht so bald wieder.«

Das ist nicht der Grund, denke ich im selben Augenblick.

»Nein, ich weiß, was Herr Bremer meint«, fahre ich deshalb dazwischen. »In einer Passage der Aufzeichnungen hat Willing darüber sinniert, was er mit dem Geld von Marlene anstellen könnte. Er überlegte, auszuwandern – dachte dabei an Thailand, wollte dort Tauchexkursionen anbieten. Aber er hoffte auch, irgendwann wieder eine Frau kennenzulernen, mit der er in einem Bett schlafen würde. Die Weigels haben getrennt geschlafen!«

»Das machen viele Paare.«

»Stimmt«, bestätigt der Alte. »Dagegen ist auch nichts zu sagen. Im Gegenteil. Mitunter bietet das Vorteile. In diesem Fall sogar für Dritte.«

»Äh?«

»Seid ihr bereit, mir ein Stockwerk höher zu folgen?«

Es ist eine rhetorische Frage, denn er läuft schon in Richtung Treppe.

Unterwegs sehe ich mich grob im Haus um. Ich bin noch nie hier gewesen. Und Carolas Beschreibungen von der Wohnung der Weigels sind mir nur noch vage in Erinnerung. Aber ich erkenne sofort die Ecke im Wohnzimmer, in der immer die Flötensonaten vorgetragen werden. Dort stehen zwei Notenständer, und auf einer Anrichte liegt ein aufgeklapptes Instrumentenetui. Eine zweite Flöte ist allerdings nicht zu sehen. Dafür fällt mir auf, dass sich Ingeborg Weigel tatsächlich darauf vorzubereiten scheint, dass ihr Mann nicht mehr zurückkehren wird. An einer Wand des Wohnzimmers lehnen mehrere noch zusammengefaltete Umzugskartons, und vor dem Kamin stehen welche, die sie bereits aufgeschlagen und gefüllt hat.

Im Obergeschoss angekommen, stelle ich fest, dass sie auch dort bereits begonnen hat, Utensilien ihres Mannes aus dem Haus zu entfernen. In einer Ecke des Treppenflurs liegen Herrenkleidungsstücke zu einem Berg aufgehäuft, und hier und dort stehen schon verschlossene Umzugskartons und volle Kleidersäcke herum.

Der Alte führt uns in einen kleinen Raum, dem anzusehen ist, dass es mal Julian Weigels Schlafzimmer war. Der Kleiderschrank ist leer und das schmale Einzelbett abgeräumt. Bettdecke und Kopfkissen liegen unbezogen auf der Arbeitsplatte seines Schreibtisches.

Ohne sich umzusehen, geht der Alte direkt auf das Fenster zu. Er späht kurz hinaus, winkt uns herbei und bittet uns, einen Blick nach unten auf den Garten zu werfen. Die Kommissarin schaut auf die Uhr. Es drängt sie wohl, das Haus wieder zu verlassen. Aber auch sie geht zum Fenster.

Zunächst ist dort unten nichts Außergewöhnliches zu erkennen. Aber dann deutet der Alte auf einen unregelmäßig gepflasterten, schmalen Streifen, der vom Haus aus zur rückwärtigen Gartenumzäunung führt. Die wird von einem kleinen Türchen durchbrochen, durch das man auf eine enge Gasse hinaustreten kann. Ich erinnere mich an sie. Der Alte und ich haben von dort aus die grün gestrichene Rückseite dieses Hauses entdeckt.

»Soll ich euch jetzt meine Version von den Vorgängen hier und in Galens Kanzlei schildern?«, fragt er plötzlich. Auch diesmal ist es keine wirkliche Frage, denn er wartet unsere Antwort erst gar nicht ab.

»Julian Weigel ist ein arger Dummkopf. Er ist nicht nur Frau Galen, sondern auch Tenner auf den Leim gegangen. Ihr habt in der JVA erfahren, wie die beiden es gedreht haben, trotz lückenloser Postkontrolle nahezu uneingeschränkt miteinander zu kommunizieren. Jedenfalls durfte Weigel vergangenen Donnerstagmorgen von der Galen'schen Villa aus Zeuge eines heiß ersehnten Wiedersehens zweier Menschen sein, die ihr Treffen von langer Hand geplant haben. Was er nicht sehen konnte, war, dass Frau Galen sein Haus bereits kurz nach Schließen der Tür nach hinten raus verließ und Tenner allein dort zurückblieb.« Der Alte zeigt nach unten auf den schmalen, gepflasterten Streifen. Dabei spricht er weiter. »Frau Galen hatte nämlich wichtige Dinge zu erledigen. Zuerst wollte sie eine Baufirma besuchen und dann ein Frühstück in ihrem Lieblingscafé einnehmen. Nach knapp zwei Stunden war das erledigt, und sie kehrte über denselben Weg wieder in Weigels Haus zurück. Inzwischen hatte sich dort einiges getan, denn Tenner war enorm fleißig gewesen. Er hat nämlich das Haus nach dem Topasring durchsucht und, nachdem er ihn fand, Haare und Schuppen von Weigel zusammengetragen. Letzteres war ein Kinderspiel gewesen, denn Frau Galen hatte ihm mitgeteilt, dass die Weigels getrennt schlafen. Tenner musste also nur Weigels Bett aufschlagen, dort das gewünschte Material ernten und in ein Kuvert stecken. Als er bei der Gelegenheit ein benutztes Tempo-Taschentuch in Weigels Papierkorb fand, nahm er auch das an sich. Dann hat er sich ein frisches Bettlaken geschnappt und ist damit in die Küche gegangen. Nachdem er dort das Kuvert mit dem Spurenmaterial abgelegt hatte, richtete er für sich Verbandmaterial. An welcher Körperstelle, weiß ich nicht, aber ich vermute, er wird eines seiner Beine gewählt und sich dort mit dem Küchenmesser eine ausreichend starke Wunde zugefügt haben. Das austretende Blut hat er auf dem Laken verteilt. Dann hat er das Messer in der Spüle abgelegt, die Wunde mit einem Verband versorgt und die Verpackung in den Mülleimer geworfen. Für seine spätere Befreiung hat er sich noch ein kleineres Messer eingesteckt. Frau Galen fand bei ihrer Rückkehr jedenfalls alles bestens präpariert vor, sodass sie Tenner höchstens noch beim Einwickeln in das Laken helfen musste. Dann rief sie Weigel an. Und den Rest kennt ihr.«

Mir stockt der Atem. Mit einem Mal ist alles klar, so nachvollziehbar. Ich sehe die einzelnen Aktionen der beiden bildlich vor mir ablaufen, und mir fällt nichts ein, was ich dagegen vorbringen könnte. Ja, so müssen sie es gemacht haben. So ist Frau Galen zu ihren Alibis gekommen. Und Weigels Spurenmaterial kam an den Tatort, weil er selbst es dorthin transportiert hat – seine eigenen Haare, seine eigenen Hautschuppen. Aber genau an dieser Stelle gibt es einen Haken. Irgendwas fehlt.

Ich sehe die Kommissarin an. Ihre Augen sind weit geöffnet und ihr Teint ist erheblich blasser geworden. Auch sie denkt intensiv nach. Und auch ihr scheint bei alledem noch etwas zu fehlen, denn ihrem Mienenspiel entnehme ich einen Rest an Skepsis.

»Uff«, sagt sie dennoch in leisem Ton. »Ich bin echt baff, Herrmann. Das Bett. Natürlich. Tenner konnte sicher sein, dass sich darin ausschließlich Weigels Haare und Hautpartikel befanden. Eine bessere Quelle für personenbezogenes Spurenmaterial gibt es nicht. Und auch das mit der Wunde kaufe ich dir ab. Aber restlos überzeugt hast du mich nicht. Frau Galen hat Tenner vor Weigels Augen schließlich auch Speichel entnommen. Und wenn ich mich recht erinnere, dann hat sie das gefüllte

Glasröhrchen zu dem Kuvert gelegt, genauso, wie die eingepackte Pistole, auf die sie Tenners Fingerabdrücke angebracht hat. Und wir wissen, dass Weigel den Inhalt dieses Röhrchens später auf dem toten Körper von Frau Pöschel verteilt hat. Die Kriminaltechniker hätten dort also zumindest Tenners Speichelspuren finden müssen.«

Der Alte winkt ab. »Nein. Denn in diesem Glasröhrchen befand sich kein Speichel. Erinnere dich: Weigel musste noch einmal raus, um sein Auto zu holen. Und genau in der Zeit hat Frau Galen das Röhrchen mit dem Speichel einfach gegen eines mit Wasser ausgetauscht. Es war eine geringe Menge, und die ist auf dem warmen Leichnam rasch verdunstet, sodass die Kriminaltechniker später nicht einmal Wassertropfen vorfanden.«

Die Kommissarin nickt. »Mein Gott«, sagt sie kleinlaut. »Stimmt. Weigel ist ja noch mal aus dem Haus gegangen. Daran hab ich nicht mehr gedacht.« Dann starrt sie zu Boden. »Aber war das alles in allem nicht ein unglaublich risikoreiches Unterfangen? Tenner musste sich während der gesamten Aktion tot stellen. Das geht doch gar nicht.«

»Doch«, widerspreche ich jetzt entschieden, denn *zu diesem Punkt* kann ich was beisteuern. »Es ist sogar relativ einfach. Ich kann das vermutlich besser beurteilen, als Sie beide, weil ich Laie bin und noch nie eine Leiche gesehen habe. Und ich erinnere mich noch sehr genau daran, wie stark mich die Schilderungen der Vorgänge in Weigels Küche allein beim Lesen aufgewühlt haben. Aus meiner Sicht war es unfassbar, mit welch kaltschnäuziger Geschäftigkeit Frau Galen zu Werke gegangen ist. Sie dürfen das psychologische Moment nicht unterschätzen. Weigel trat in die Küche und hat dort – vielleicht auch zum ersten Mal – einen Leichnam liegen sehen. Und dann dieses Blut, das verschmierte Messer. Mit einem Anblick dieser Art hatte er schließlich nicht eine Sekunde gerechnet. Und dann drückte und knetete dieselbe Frau, die diese abscheuliche Tat begangen hatte, auch noch an den Fingern und dem Gesicht des Toten herum. Damit noch immer nicht genug, forderte sie Weigel auch noch auf, beim Einwickeln des Leichnams zu helfen. Wieder ging es grob zu. Er sollte den Oberkörper des Toten hochwuchten, damit sie die Schnur um den Körper wickeln konnte. Ich bin sicher: Weigel konnte nur wegschauen, und am liebsten wäre er vermutlich abgehauen. Ich glaube jedenfalls nicht, dass er auch nur eine Sekunde daran gezweifelt hat, es mit einer echten Leiche zu tun zu haben. Ich glaube eher, er hat an allem anderen gezweifelt.«

Der Alte nickt, und die Kommissarin scheint jetzt ebenfalls überzeugt, denn sie fragt ihn, was seiner Ansicht nach anschließend geschah. Im Grunde weiß sie es schon, denn selbst mir ist der weitere Ablauf klar. Der Alte schildert ihn trotzdem.

»Als sich die beiden weit genug vom Ansitz entfernt hatten, befreite sich Tenner mithilfe des mitgeführten Messers aus dem Laken. Vier Tage später, am Montagmorgen, hat er sich zum Marktplatz begeben und gewartet, bis Weigel seinen Teil des Jobs erledigt hatte. Danach ist er ins Treppenhaus gegangen – die Haustür steht tagsüber für Galens Mandanten offen – und begab sich hoch zur Kanzlei. Die zu betreten war ebenfalls einfach, denn Julian Weigel hatte die Kanzleitür, wie mit Frau Galen besprochen, nicht hinter sich verschlossen. Im Sekretariat musste Tenner noch ein paar Minuten auf Galen warten. Als der kam, hat er ihn erschossen. Ein lockerer Job. Er brauchte nicht mal eine Waffe mitzubringen. Die lag ja schon bereit – neben der toten Frau Pöschel. Er musste sie nur vom Boden aufheben, benutzen und hinterher die eigenen Fingerabdrücke abwischen – falls Frau Galen das nicht schon in Weigels Küche für ihn getan hat. Als krönenden Abschluss hat er noch Weigels Taschentuch fallen lassen. Das war's.«

Das war's, wiederhole ich innerlich.

Die Realität ist so banal. Glauben Sie nicht auch, dass gerade in unserer hoch technisierten Zeit der perfekte Mord vor allem eine Frage des Werkzeuges ist, dessen man sich bedient?

Mag sein, und offensichtlich ist es nicht allzu schwer, sich des Menschen als Werkzeug zu bedienen. Aber noch leichter ist es wohl, ihm etwas vorzugaukeln, denn nicht Tenner war das Werkzeug, sondern der, der sich seiner als Werkzeug zu bedienen glaubte. Indes scheint ein wirklich perfektes Verbrechen nicht allein auf einer fiesen Idee, einem sorgfältig erarbeiteten Plan und einer präzisen Ausführung, sondern auch darauf zu beruhen, dass man die Kraft der Intuition nicht unterschätzt. Es gibt nämlich Menschen, die sie besitzen. Der Alte ist so einer.

Die Kommissarin seufzt hörbar. Dabei schaut sie auf die Uhr.

»Kommt«, sagt sie mit gedämpfter Stimme. »Es ist höchste Zeit, mit Frau Galen zu sprechen.«

20. Kapitel

Das Tor steht noch immer offen.

Der Alte sieht mich zweifelnd an. »Du hast es wirklich nicht verschlossen?«

»Nein.«

»Und *wann* seid ihr hier gewesen?«

»Vor sechs Stunden«, antwortet die Kommissarin.

Ich bestätige die Angabe. Dabei werfe ich einen Blick rüber zum Parkplatz. Dort steht noch immer Frau Galens Saab, immer noch mit geöffnetem Verdeck. »Entweder ist sie noch nicht zurückgekehrt, oder Sie war heute Mittag doch da und hat ihr Haus seitdem ...« Ich unterbreche mich. Ich kann mir nicht vorstellen, dass sie sich im Haus aufhält und die ganze Zeit nicht bemerkt hat, dass draußen ihr Tor offen steht. »Geht die Alarmanlage jetzt?«, frage ich deshalb.

»Das werden wir gleich sehen.«

Beim Betreten des Grundstückes tut sich nichts. Wieder ertönt kein Alarmsignal und auch die Kameras bewegen sich nicht.

»Hier ist was faul«, stellt die Kommissarin fest.

Ich bin ihrer Ansicht – und ich hab außerdem das Gefühl, dass auf diesem Anwesen diesmal eine völlig andere Art von Stille herrscht, eine, die sich von der am Mittag auf beklemmende Weise unterscheidet.

Diesmal drückt die Kommissarin nur einmal auf den Knopf der Klingel. Das reicht, um zu erkennen, dass auch sie noch immer abgestellt ist.

»So was merkt man doch, oder?«, frage ich unsicher, ohne einen der beiden speziell anzusprechen.

»Hm«, ist alles, was kommt. Und es kommt vom Alten. Der kratzt sich gerade das Kinn und bedenkt die Kommissarin dabei mit dem Blick eines bußfertigen Kleinganoven. »So ein Mist«, sagt er schließlich. »Ausgerechnet jetzt müsste ich mal ganz dringend aufs Klo.«

»Soso.«

»Ja, ich weiß. Das ist natürlich ausgerechnet jetzt saudumm. Aber ich könnte mir vorstellen, dass es in der Villa eines gibt.«

Die Kommissarin versucht zwar, ihr Schmunzeln zu verbergen, aber sie sieht sich dabei verstohlen um und nickt. »Okay, Herrmann. Tu's. Nennen wir es Gefahr im Verzug. Aber Seppel bleibt draußen.« Sie deutet auf den Boxer. Der gähnt.

Ich verstehe. Und kurz nachdem der Alte in seine Bauchtasche gegriffen hat und von dort ein wohlbekanntes metallisches Geklapper ertönt, darf ich erneut beobachten, wie viel Spaß es ihm macht, Sicherheitsschlösser massiver Haustüren zu knacken.

Im Foyer der Villa ist sowohl die Luft als auch das Ambiente kühl. Die große Terrazzofläche wirkt wie ein Kälteaggregat, und die kahlen Wände sowie das völlige Fehlen von Mobiliar wärmen nicht unbedingt die Sinne. Erst in den Zimmern geht es freundlicher zu. Dort gibt es immerhin Holzparkett- und Dielenböden, die für eine etwas behaglichere Wohnatmosphäre sorgen. Zudem lenken großflächige, moderne Malereien an den Wänden sowie hier und dort dezent, aber wirkungsvoll postierte Plastiken von der kargen Einrichtung der Räume ab. Sofern die Zimmer des Erdgeschosses überhaupt mit Möbeln versehen sind, scheinen sie weniger funktionalen als ästhetischen Zwecken zu dienen, denn die meisten sehen zwar interessant, aber kaum brauchbar aus. Teuer waren sie indes allesamt, das lässt sich erahnen, so, wie auch die Einrichtung der Küche und des Bades ein Vermögen gekostet haben dürfte.

Ein völlig anderes Bild erwartet uns ein Stockwerk höher. Hier wirken die Räume überladen. Sie sind mit schweren Teppichen ausgestattet, und das Interieur besteht zum Großteil aus klobigen Antiquitäten. Entsprechend gedämpft ist die Akustik, und es würde dem Ambiente sicher nicht schaden, wenn die Zimmer mal gelüftet werden würden.

In der dritten Etage wird dessen zu viel getan. Hier zieht es. Und da draußen die Dämmerung bereits in Dunkelheit übergeht, ist es im schmalen Korridor des Obergeschosses ziemlich finster. Gleich beim Betreten des Stockwerks wirbelt kräftig hindurchziehende Luft das lange Haar der Kommissarin durcheinander, weshalb sie sich sofort zum Ende des langen Flurs begibt, um dort ein offen stehendes Fenster zu schließen. Zuvor hätte sie allerdings Licht anmachen sollen, denn kurz bevor sie das Fenster erreicht, rutscht sie auf den glatten Steinfliesen aus und fällt der Länge nach unsanft zu Boden.

Der Alte und ich eilen ihr sofort zu Hilfe. Sie ist nicht zu Schaden gekommen, flucht aber ordentlich, weil sie angeblich in etwas Glitschigem ausgerutscht ist. Der Alte knipst deshalb das Licht an. Im selben Moment schreit die Kommissarin auf.

»Igitt. So eine Scheiße. Seht euch das nur mal an.« Angewidert betrachtet sie den Rock ihres Kostüms und ihre Hände.

Auch ich sehe jetzt, was sie so erregt, und es schüttelt mich. Sie ist in einer Lache angetrockneten Blutes ausgerutscht. Von der geht eine unregelmäßig geformte Schleifspur aus, deren Verlauf bis zu einer verschlossenen Tür nachzuverfolgen ist. Der Alte rast postwendend dorthin, drückt die blutverschmierte Klinke mit dem Ellenbogen herunter, und stemmt sich schließlich mit vollem Körpergewicht gegen das Türblatt. Die Tür schnalzt auf und augenblicklich dringt gleißend helles Licht in den Korridor. »Ach du Scheiße«, hört man ihn daraufhin rufen. »Kommt schnell her.« Dann verschwindet er in dem Raum.

Ich helfe der Kommissarin beim Aufstehen, und kurz darauf befinden auch wir uns dort, wohin der Alte verschwand. Vor uns tut sich ein Bild des Grauens auf. Die Blutspur zieht sich auf einem hellen PVC-Boden diagonal durch die gesamte Länge einer riesigen Mansarde. Sie endet erst vor einer verschlossenen Tür in der hintersten Ecke des Raumes. Dorthin ist der Alte gerade unterwegs, weshalb ich meinen Blick in eine andere Richtung lenke, bis er unvermittelt auf eine grauenhaft zugerichtete Gestalt fällt. Ihr Anblick erschreckt mich derart, dass ich blitzartig zusammenfahre und einen kurzen, spitzen Schrei ausstoße. Dadurch wird auch die Kommissarin auf sie aufmerksam. Auch sie zuckt zusammen. In einigem Abstand zu uns steht – Frau Galen. Sie ist splitternackt, und sowohl ihr Gesicht als auch Bauch und Brüste sind über und über mit dunklem Blut beschmiert. Gleich als Nächstes fällt mir ihre enorme Körperfülle auf, und dass sie sich in fast militärisch aufrechter Haltung seitwärts vor einer gewaltigen Spiegelwand postiert hat. Nun erst erkenne ich, dass wir uns in einem Gymnastik- oder Ballettübungsraum befinden, denn Frau Galen hält sich mit einer Hand an einer Barre, einer vor der großen Spiegelfläche horizontal angebrachten Holzstange, fest. Mit weit aufgerissenen Augen fixiert sie schweigend einen Punkt in der Ferne.

Die Kommissarin spricht sie sofort in ruhigem Ton an, aber selbst nach mehrmaliger Ansprache reagiert Frau Galen weder auf Fragen noch auf Aufforderungen. Sie scheint weit weg zu sein, wie narkotisiert – in Trance. Offenbar steht sie unter Schock.

Jetzt erst wird mir in aller Deutlichkeit klar, dass sich hier oben in diesem Saal ein Schreckensszenario grausamster Art abgespielt haben muss. Ich drehe mich um und halte nach dem Alten Ausschau. Der ist hinter dieser Tür verschwunden. Die steht nun offen, und ich kann sehen, dass die Blutspur in das dahinter befindliche Zimmer führt. Von dort dringt kein Laut nach draußen, sodass ich mich wieder Frau Galen zuwende. Die Kommissarin steht jetzt dicht neben ihr.

»So äußern Sie sich doch, Frau Galen. Was ist hier passiert? Reden Sie. Wo ist Herr Tenner? Ist er hier? Haben Sie ihn getötet?« Immer wieder stellt sie diese Fragen. Als feststeht, dass sie keine Antworten erhalten wird, greift sie mit spitzen Fingern in ihre Jacketttasche und zieht ihr Handy daraus hervor. Aber sie beginnt nicht sofort zu telefonieren, denn mit einem Mal bewegt sich Frau Galen, oder besser: Es scheint, als wenn sich ihr Körper selbst den Befehl erteilt habe, sich in Bewegung zu setzen. Marionettenhaft jedenfalls, und wie vom Bewusstsein entkoppelt, schreitet die dicke Frau die Ballettstange langsam Meter für Meter ab, bis sie kurz vor deren Ende abrupt stehen bleibt und mit einem Mal, für mich gänzlich unerwartet, eine trotz ihrer Körperfülle elegant wirkende Drehung in Richtung Spiegel vollführt. Sodann legt sie ihren Kopf leicht in den Nacken, winkelt ihren freien Arm in Taillenhöhe an und bringt ihre Füße in Balletttänzerposition. Schließlich beugt sie die Knie, erhebt sich aus dieser Position aber gleich wieder fast federnd und streckt dabei eines ihrer Beine langsam seitwärts von sich. Dieses schließlich völlig gerade und bis zur Fußspitze durchgestreckte Bein hebt sie kurz darauf ebenfalls in beeindruckender Leichtigkeit und Langsamkeit weit über Hüfthöhe an und legt es sanft mit der Ferse auf der Holzstange ab. In dieser, einem auf der Seite liegenden T ähnelnden Körperhaltung sind ihre Schenkel weit gespreizt, und der Anblick ihres nackten, wulstigen Gesäßes und Teilen ihres Geschlechts hat etwas Obszönes. Aber sie scheint nicht im Geringsten zu merken, dass man sie beobachtet. Ohne an dieser Haltung auch nur das kleinste Detail zu verändern, bewegen sich ihre Augen nun langsam abwärts, und es ist deutlich zu erkennen, dass sie das Abbild dieses unförmigen Leibes auf der Spiegeloberfläche fokussieren. Schließlich bleiben sie stehen und Frau Galens jetzt völlig starrer Blick ruht nur noch auf einem einzigen wo auch immer befindlichen Punkt. Dabei atmet sie schwer durch die Nase, aber ihr Gesicht verrät weder etwas über ihre Empfindungen noch über ihre Gedanken. Ihre Mimik bleibt selbst in dem Moment wie versteinert, als ihr eine Träne über die Wange rinnt. Sie befindet sich jenseits dieser Welt.

Ich wende mich ab. Es ist mir peinlich, sie so anzuglotzen. Und sie tut mir plötzlich fürchterlich leid – was ich vom Kopf her nicht nachvollziehen kann und mich einigermaßen verwirrt. Diese Frau ist eine Bestie, versuche ich mir deshalb mit aller Kraft einzureden, aber meine innere Stimme klingt alles andere als überzeugend.

Jetzt tritt der Alte mit ernstem Gesichtsausdruck zu uns, und als ich mich zur Seite drehe, sehe ich den fragenden Blick der Kommissarin.

»Es ist Tenner«, sagt der Alte mit gedämpfter Stimme. »Nichts mehr zu machen.« Dann geht er langsam zur Spiegelwand und hängt der noch immer versteinert dastehenden Frau Galen vorsichtig eine Decke über die Schultern. Derweil benutzt die Kommissarin ihr Handy.

Schließlich kommt der Alte auf mich zu. »Du solltest jetzt gehen. Gleich kommen eine Menge Leute hier reingeschneit«, sagt er. »Gibt schon Ärger genug, weil *ich* hier bin. Aber einer muss bei Gudrun bleiben.«

Ich bin froh. Ich hab hier nichts zu suchen.

Dann reicht mir der Alte die Hand. »Wir sehen uns?«

»Wir sehen uns.«

21. Kapitel

Der Sonntag beginnt, wie alle unsere Sonntage, spät. Ich steige erst gegen zehn aus dem Bett und Carola will sogar noch liegen bleiben. Sie habe Lust zu lümmeln und Zeitung zu lesen, sagt sie und überlegt auffällig laut, ob sie nicht einfach mal im Bett frühstücken sollte.

Die Kinder haben mit alledem kein Problem. Dass ihre Eltern sonntags lange schlafen, hat Tradition, weshalb sie es meist einfach auch tun. Aber heute sind sie früh aufgestanden. Bei einem Blick in ihr Zimmer sehe ich unzählige kleine Holzfiguren und Spielunterlagen aus einer Brettspielesammlung auf dem Boden herumliegen. Augenblicklich befinden sich die beiden mitten in einer Partie Halma, und es sieht so aus, als wenn Thorben verlieren würde. Das beruhigt mich, denn damit ist garantiert, dass es noch eine Weile ruhig bleibt.

Carolas Wink war eindeutig, weshalb ich Brötchen in den Ofen schiebe, Kaffee aufsetze und ein Tablett für sie richte. Dann sehe ich auf die Uhr. Zehn nach zehn. Ich habe Carola noch nicht gebeichtet, dass ich heute Morgen was vorhabe.

Ich hole die Sonntagsausgabe vom »Stadtanzeiger« aus dem Briefkasten, aber seit ich dessen Chefredakteur kennengelernt und von seinen seltsamen Gelüsten erfahren habe, ist mir das Blatt zuwider. Die Titelseite nicht zu lesen, ist allerdings kaum möglich. Die Lettern sind monströs. Aber ich bin erstaunt. Auch heute findet das blutige Gemetzel in der Villa

Galen nicht mit einem einzigen Satz Erwähnung, obwohl es bereits vorgestern geschehen ist. Ich blättere die Zeitung grob durch. Nichts.

Der Kaffee ist inzwischen fertig gebrüht und die Eier sind gekocht. Es ist jetzt zehn vor halb elf. Ich muss mich beeilen. Aber als ich das Frühstückstablett zu Carola ins Schlafzimmer hochtrage, klingelt es an der Haustür. Kurz darauf schreit Thorben durchs Haus: »Papa! Da steht ein Mann mit einem Fotoapparat. Der will mal mit dir sprechen.«

»Fotoapparat?«, wiederhole ich fragend in Carolas Richtung und stelle das Tablett auf ihrem Nachttisch ab.

»Klar. Ein Journalist. Der ›Stadtanzeiger‹ hat was spitzgekriegt. Die wollen über den Chiefinspector Semmler schreiben.«

Das wäre der Witz. »Nix werden die. Ich geh höchstens runter und drück dem Kerl die Abo-Kündigung in die Hand. Kein Interview für dieses Sodomistenblatt.«

Carola pfeift durch die Zähne. »Olàlà. Geht's darin um so was? Dann gib's mal gleich her.« Sie greift nach der Zeitung. Ich, der nicht schnell genug reagieren konnte, klaue ihr dafür das Ei aus dem Eierbecher.

»He. Was soll das?«, beschwert sie sich daraufhin. »Gib sofort das Ei her.«

»Nein«, antworte ich. »Wer auf Sodomie steht, dem serviere ich doch nichts Tierisches ans Bett.«

Carola schlägt daraufhin die Bettdecke zur Seite und erhebt sich mit gespielt grimmiger Miene. »Oh, du Fiesling. Du willst mir also den Spaß verder...«

»Papa!«, schreit Thorben nun extra laut. »Kommst du jetzt, oder soll ich den Fotomann wieder nach Hause schicken?«

Ich muss lachen. Schließlich werfe ich Carola das Ei zu und verlasse das Schlafzimmer.

Unten vor der Haustür steht niemand. Die Tür steht sperrangelweit offen, aber ein Fotograf ist weit und breit nicht zu sehen.

»He, Thorben. Wo soll dieser Blödmann denn sein?«, rufe ich deshalb in Richtung Küche.

»Hier«, antwortet von dort eine tiefe Männerstimme. Ich presse peinlich berührt die Lippen aufeinander und begebe mich zur Küche. Beim Eintreten sehe ich zunächst nur die beiden Kinder. Die tollen jetzt hier umher – mit was, ist auch sofort zu erkennen. Es ist Seppel, und am Küchentisch sitzt sein Herrchen.

»Fotoapparat. Das ist gut«, sagt der sichtlich amüsiert, und beklopft seine lederne Bauchtasche. »Tagchen.«

»Guten Tag. Entschuldigung, wegen dem ›Blödmann‹. Ich hab gedacht, es sei jemand von der Presse.«

»Keine Angst. Die wissen von nichts. Nachrichtensperre.«

»So was hab ich mir fast gedacht. In Sandmanns Revolverblatt steht nämlich wieder nichts drin.«

»Das bleibt auch erst mal so.«

»Aha? Warum das denn?«

Der Alte deutet mit einem Kopfnicken zu den Kindern. Die sind gerade mitten in ihrem Element, und Seppel lässt sich ihre teils heftigen Zudringlichkeiten offenbar gern gefallen, denn er macht keine Anstalten zu fliehen. Ich fordere sie auf, in den Garten zu gehen.

Als die beiden mit dem Hund verschwunden sind, wiederhole ich meine Frage.

»Weil die Ermittlungsbehörden noch an einer verdaubaren Version herumdoktern«, antwortet der Alte. »Vor vierzehn Jahren hat man einen Unschuldigen verurteilt, weil ein Anwalt partout die tatsächliche Mörderin heiraten wollte. Jetzt haben zwei Männer im Auftrag eben dieser Frau zwei Morde begangen und sie selbst hat zum Schluss einen dieser beiden Täter abgemurkst. Und was haben Staatsanwaltschaft und Kripochef in der Sache unternommen? Sie haben die Ermittlungen zu früh eingestellt. Und die Krönung des Ganzen ist, dass eine junge Kommissarin daraufhin binnen kürzester Zeit diese Fälle im Alleingang gelöst hat. Das ist erklärungsbedürftig. Wenn jetzt noch herauskäme, dass ihr ein Laie und ein alter Knacker dabei geholfen haben, müssten sich die Herrschaften noch wärmer anziehen.«

»Wissen die das nicht längst? Ich meine, Sie sind doch in der Villa geblieben.«

»Richtig. Aber das hatte seinen Grund. Die junge Frau wollte dort hinein, um mal nach dem Rechten zu sehen. Sie hat sich Sorgen gemacht, weil Tor und Haustür sperrangelweit offen standen. Und weil ich zufällig mit meinem Hund dort vorbeikam und sie sich als Kriminalkommissarin ausweisen konnte, habe ich ihr angeboten, vor der Tür zu warten, bis sie zurückkommt. Aber dann habe ich von drinnen seltsame Geräusche vernommen und bin in die Villa rein. Dass ich dort Zeuge merkwürdiger Vorgänge wurde, dafür kann doch die Kommissarin nichts.«

Dem fällt immer was ein, denke ich. Ich schaue dezent zur Küchenuhr. Halb elf. Eigentlich müsste ich los.

»Demnach gilt es jetzt als erwiesen, dass Frau Galen Tenners Ehefrau umgebracht hat?«, frage ich trotzdem, rein interessehalber.

»Ja. Das ist einer der Gründe, warum ich zu dir komme. Gudrun war bei mir. Frau Galen hat ihre Taten gestanden.«

»Das ging ja schnell.« Ich spüre ein bitteres Ziehen im Brust- und Bauchbereich. Dieses Gefühl kenne ich seit meiner Kindheit. Es keimt immer dann auf, wenn ich den Eindruck habe, dass man mir etwas vorenthält, mich hintergeht oder ungerecht behandelt. Ich habe an der Aufklärung der Fälle nicht nur mitgearbeitet, sondern wesentliche Elemente beigesteuert. Aber inzwischen kennen vermutlich alle möglichen Leute die Gründe für Frau Galens abstruses Handeln – nur *ich* nicht. Und ich ahne, dass sich das nicht so schnell ändern wird.

»Die Sache hat nur einen Haken«, sagt der Alte. »Du hast gesehen, in welchem Zustand sie sich befindet. Die Ärzte nennen das ›Posttraumatisches Psychosyndrom‹. Das kann sich verschieden äußern, und die Symptome können von einem auf den anderen Tag wechseln. Inzwischen redet sie fast ununterbrochen. Dabei dreht sie sich gedanklich und verbal im Kreis. Sie spricht fortwährend über die Vorgänge in der Villa. Auch der Mord an Frau Tenner scheint tiefe Spuren in ihrer Seele hinterlassen zu haben, denn dessen Ablauf schildert sie ebenfalls detailgenau, obwohl er vierzehn Jahre zurückliegt. Und weil sie ihre Angaben ständig wiederholt, ist davon auszugehen, dass sie stimmen.«

»Und worin liegt das Problem? Dass ihre Aussagen aufgrund ihres Geisteszustandes noch nicht offiziell verwertbar sind? Ich kann mir nicht vorstellen, dass sie die mit Erfolg zurücknehmen kann, wenn sich der wieder gebessert haben sollte.«

Der Alte nickt. »Das stimmt. Da müsste sie sich schon einiges einfallen lassen. Vor allem, weil sie auch durchsickern lässt, dass sie Julian Weigel zum Mord an Frau Pöschel angestiftet hat und dass Detlef Tenner der Mörder ihres Mannes ist. Zu keiner dieser Äußerungen ist sie aufgefordert worden.«

»Na also. Dann ist doch alles bestens.« Ich erlaube mir einen leicht verschnupft wirkenden Unterton.

»Wenn du meinst.« Der Alte verschränkt nun die Arme vor der Brust und wirft einen Blick auf die Küchenuhr. Dann hebt er eine Augenbraue und sieht mich auf eigenartig durchdringende Weise an.

»Es ist bald elf«, sagt er mit einem Mal.

»Aha.«

»Ja, zwanzig vor. Müsstest du nicht längst los?«

Ich glaub's nicht. Woher weiß der Alte ...?

»Längst los? Ich weiß nicht, was Sie meinen«, sage ich in meiner Verwirrung.

»Na, zum Nasenkasper.«

Scheiße. Er hat mich ertappt. Ich senke verschämt den Kopf.

»Okay. Stimmt«, gebe ich kleinlaut zu. »Sonntag um elf. So war es mit ihm ausgemacht.«

»Geh nicht hin«, empfiehlt der Alte mit ruhiger Stimme. »Es lohnt nicht. Der kommt eh nicht. So blöd ist der nicht.«

»Wenn ich nicht hingehe, dann erfahre ich nichts.«

Der Alte nickt.

Ich überlege, ob ich darüber reden soll. Eigentlich habe ich mir vorgenommen, es nicht zu tun. Auch ich habe meinen Stolz – und dem Alten was vorzujammern, kommt nicht infrage. Aber schließlich gebe ich mir einen Ruck.

»Die Perspektiven unterscheiden sich. Die Strafverfolger haben alles, was sie wollten. Für sie ist der Job getan, weil sie jetzt wissen, wer was wann getan hat. Und bis zu diesem Punkt hab auch ich vordringen dürfen, weil ich Informationen und Eigenleistung in die Ermittlungen eingebracht habe. Soweit ist alles in Ordnung. Aber nun, wo es um das geht, was *mich* interessiert, weil es über das Wer, Was und Wann hinausgeht, wird man mich im Regen stehen lassen. Für das Ende seiner Geschichte ist der Herr Autor allein verantwortlich. Er muss sich entweder eines ausdenken oder bis zum Prozessbeginn warten, wenn Details der Allgemeinheit zugänglich gemacht werden. Dass sich irgendwo auf dieser Welt ein kleiner Wicht aufhält, der sämtliche Vorgänge und Abläufe exakt vorhergesagt hat, trägt nicht zu neuen Erkenntnissen bei, und dass sich der Schreiberling für ihn interessiert, ist seine Privatangelegenheit. Verstehen Sie, was ich meine?«

Der Alte sieht mich schweigend an. Er schmunzelt. Und da er sich auch nach kurzem Warten nicht äußert, sehe ich noch mal auf die Uhr und stehe auf.

»Ich muss gehen. Ich komme schon jetzt zu spät.«

»Schade«, sagt der Alte und öffnet seine Bauchtasche. In die greift er und zieht ein paar mehrfach gefaltete Papierbögen daraus hervor. Die legt er auf den Tisch und tippt mit dem Finger darauf. »Hätte mich schon interessiert, was *du* dazu sagst.«

»Was soll das sein?«

»Ein Geschenk von Gudrun. An dich.«

»So?«

»Sieh's dir an.«

Ich habe keine Zeit für Spielchen.

»Ich muss los«, sage ich. »Ich seh's mir später an.«

Der Alte verdreht die Augen und stöhnt. »Mann, Jörg. Setz dich wieder. Was glaubst du denn, was gerade vorgeht? Da oben auf der Windeck hält sich momentan ein Dutzend Polizisten in Gebüschen und hinter Bäumen versteckt. Und glaub mir: Es ist kein Betriebsausflug, den die machen. Die warten gemeinsam mit Gudrun auf das Erscheinen von Meister Hinkebein. Meinst du im Ernst, dass die dich da hochlaufen lässt, damit du dich mit einem Kerl triffst, der möglicherweise gefährlich ist?«

Ich lache kurz auf. »Gefährlich? Der Zwerg ist einssechzig und wiegt siebzehneinhalb Kilo.«

»Eine Pistole wiegt nur *ein* Kilo.«

Ich schlucke.

»Und eine Kugel nur wenige Gramm«, ergänzt er.

Scheiße, jetzt reicht es. Was soll das Ganze? Will mir der Alte Angst machen?

»Mann, der ist doch nur Wissensträger. Entweder er erzählt was, oder nicht. Warum soll er was von mir wollen? Ich möchte schließlich nur herausfinden, wie er das alles gemacht hat. Vielleicht verrät er mir ja seinen Trick. Mit den Taten selbst hat er ja nichts zu tun. Und auch, wenn es letztlich keine perfekten Verbrechen wurden – sie hätten es sein können, wenn Frau Galen so gehandelt hätte, wie es von ihr zu erwarten gewesen wäre. Es lag nicht an der Konstruktion. Die war in Ordnung. Er muss sich also nicht mal angepisst fühlen.«

»Stimmt. Die Konstruktion war gut. Aber dass sie nicht standhielt, lag nicht ausschließlich an Frau Galen. Seine eigene Profilsucht hat mindestens genauso dazu beigetragen. Du weißt auf jeden Fall nicht, was jetzt in ihm vorgeht – wie er tickt. Vielleicht macht er ja ausschließlich dich für das Misslingen seines genialen Plans verantwortlich.«

Plötzlich höre ich kindliche Freudenschreie. Sie kommen vom Garten, und als ich aus dem Fenster schaue, sehe ich Imke und Thorben mit Seppel spielen. Die beiden tollen quietschvergnügt auf dem Rasen umher, der Hund mittendrin. Dann schaue ich zur Decke hoch. Ein Stockwerk höher liegt meine Frau in ihrem warmen Bett. Sie liest vermutlich gerade die Kontaktannoncen und amüsiert sich dabei köstlich. Ich bin ein toller Familienvater. An mögliche Gefahren für mich und die Folgen für meine Liebsten habe ich tatsächlich nicht einen Moment gedacht. Resigniert setze ich mich.

»Oh Mann«, sage ich. »Sie haben natürlich recht. Ich hätte mich da vielleicht wirklich in was Übles hineinbegeben. Aber ich würde eben einfach gern mehr über diesen Kerl wissen. Er ist ein Geheimnis, und in Krimis werden nun mal Geheimnisse gelüftet.«

Der Alte macht jetzt eine fast entschuldigende Geste und steht von seinem Platz auf. »Glaub mir, Jörg, ich kann dich verstehen. Und ich bin nicht der Einzige.« Er tippt mit dem Finger auf die gefalteten Papierbögen. »Es ist ein Gedächtnisprotokoll. Die offiziellen Vernehmungsprotokolle sind natürlich unter Verschluss. Aber Gudrun hofft trotzdem, dass dir damit zumindest ein bisschen geholfen ist.«

Gedächtnisprotokoll? Ich bin überrascht, nehme die Bögen sofort an mich und falte sie auseinander. Ich begreife: Die Kommissarin hat darin sämtliche Äußerungen, die Frau Galen bislang in ihrer Gegenwart gemacht hat, aus dem Gedächtnis festgehalten. Schon nach wenigen Zeilen erkenne ich, dass es sich um einen Schatz handelt. Ich habe bereits Taten und kann aus erster Hand von den Ermittlungen berichten. Zudem habe ich Täter. Und dank dieser Aufzeichnung habe ich jetzt sogar deren Motive komplett, denn genau die waren Gegenstand der hier festgehaltenen Befragungen. Somit ist es mir jetzt auch ohne die Figur des kleinen Mannes möglich, eine vollständige Kriminalstory auf die Beine zu stellen. Ich bin hellauf begeistert.

»Mein Gott, das ist genau, was ich brauche. Wahnsinn. Sagen Sie Frau Wiese bitte, dass ich alles vertraulich behandle und sämtliche Angaben so verfremden werde, dass niemand was merkt.«

Der Alte winkt ab. »Das geht schon in Ordnung. Aber lies erst mal. Vielleicht entdeckst du ja Lücken. Dann könnte sie bei ihrer nächsten Begegnung mit Frau Galen nachhaken.«

Ich beginne sofort zu lesen.

»Ich geh derweil mal aufs Klo. Darf ich?«

Ich schaue auf und nicke. »Selbstverständlich. Kein Problem.« Mit einem Fingerzeig deute ich auf die Toilettentür draußen im Gang. Sofort wende ich mich wieder den Blättern zu. »Da steht auch ein kleiner Mülleimer – für die Windel«, füge ich noch hinzu und lese im Text weiter. Aber weit komme ich nicht, denn ich halte plötzlich, wie gelähmt vor Schreck, inne. Mir ist soeben ein unfassbarer Fauxpas passiert. Ich drehe mich sofort mit hochrotem Kopf zu dem Alten um.

Der schaut mich schmunzelnd an.

»Oh Kacke«, sage ich schließlich. Meine Stimme klingt erstickt, und jetzt glüht mein Schädel sogar. »Entschuldigung. Ich bin ein unsäglicher Idiot.«

Der Alte schüttelt den Kopf. »Nein. Ich bin froh, dass du's erwähnt hast. Meist weiß ich nämlich nicht, wohin mit den Dingern.«

Mir ist nicht nach Lachen zumute. »Sie wissen genau, was ich meine. Es tut mir wirklich leid. Ich hab keine Ahnung, was ich mir dabei gedacht habe.«

Der Alte macht eine abweisende Geste. »Mach keinen Aufstand. Ich leb gut damit. Und Hilla sagt immer: Besser, die Hose ist tot als der Mann, der sie trägt. Und sie hat verdammt recht.«

Wieder kann ich nicht lachen. Aber kommentieren kann ich seine Aussage auch nicht mehr, denn er verlässt die Küche.

Nachdem ich mich halbwegs von dem peinlichen Zwischenfall erholt habe, fahre ich fort, mich in die Aufzeichnungen der Kommissarin einzulesen.

Hallo Herr Semmler,

Frau Galens derzeitiger Zustand lässt sich wie folgt beschreiben: Die Apathie, in der Sie sie am Freitagabend erlebt haben, wird inzwischen immer häufiger und länger von Phasen extremer körperlicher Umtriebigkeit unterbrochen, wobei ihre Gemütsverfassung aber selbst dann als tief melancholisch bezeichnet werden muss. Sie wirkt in diesen Phasen entrückt, nestelt mit den Fingern und redet in einem fort, wobei sich Lautstärke, Stimmlage und Redetempo ständig ändern.

Auf Fragen reagiert sie nie, weshalb meine Angaben auch nur Interpretationen dessen sein können, was sie von sich aus und ständig wiederkehrend äußert. Ich denke dennoch, dass sie ein sehr treffendes Abbild der Realität zeichnen. Das bestätigen möglicherweise die in Klammern gesetzten Originalzitate.

Ich hoffe, Ihrem Projekt damit auf die Füße helfen zu können. Vielen Dank jedenfalls für Ihren Einsatz bei unserem.

Mit besten Grüßen
Gudrun Wiese

I. Mord an Myriam Tenner:

1991. Simone Galen, damals Wellmann, Tänzerin, lernt den Toningenieur Detlef Tenner kennen. Zwischen den beiden entwickelt sich ein Liebesverhältnis. Er geht bald fremd – schließlich immer öfter. Sie entdeckt, dass er einen speziellen Frauentyp bevorzugt (Zitat Frau G.: Lokomotiven)*. Er verlässt sie im Jahr 1993. Sie begeht daraufhin drei Selbstmordversuche und wird deshalb vorübergehend in die Psychiatrie eingewiesen. Sie gibt ihren Beruf auf und eröffnet eine Boutique.*

Im Jahr 1995 erfährt Frau Wellmann von Tenners Heirat mit Myriam Fröhling, 26, Krankenschwester (Eine fette, perverse Sau)*. Zwei Monate nach dieser Hochzeit erschlägt sie Myriam Fröhling, inzwischen Tenner, in ihrer Wohnung* (Er sollte sehen, dass so etwas Schmutziges – *sie meint damit seine Ehe mit dieser Frau* – zu nichts Gutem führt).

1996. Dr. Werner Galen, Rechtsanwalt von Tenner, spürt Frau Wellmann auf. Er behauptet, beweisen zu können, dass sie die Frau seines Mandanten ermordet hat. Galen erpresst sie: Wenn sie ihn heiratet, bleibt sie unbehelligt und er plädiert bei Tenner auf Totschlag. Zwei Monate nach Verkündung des Urteils heiraten die beiden.

Fortan schreibt sie Tenner in den Knast. Die beiden lernen sich neu kennen und bald auch wieder lieben (So tief und rein wie beim ersten Mal).

1999 übernimmt Galen die Kanzlei von seinen Vorgängern. Von nun an benutzt Frau Galen auch Papier und Kuverts der Kanzlei. Das Prozedere ist bekannt. *Pläne für eine gemeinsame Zukunft und zur Beseitigung Galens entstehen.*

Frau Galen will Tenner nicht noch einmal verlieren. 2004 beginnt sie zuzunehmen (Ich war ihm ein Opfer schuldig). *Ihre Pläne werden konkreter.*

Zwei Jahre vor Tenners Entlassung nimmt Frau Galen die Suche nach einer geeigneten Täterperson auf. Ihre Korrespondenz mit Tenner läuft von jetzt an ausschließlich über die Kanzlei.

Ein Jahr vor dem Entlassungstermin wird ein Plan B ins Leben gerufen, für den Fall, dass Frau Galen niemanden findet, der sich eignet (Wir wurden nervös, aber nicht ungehalten). *Nachteil von Plan B: Tenner müsste Galen direkt umbringen, mit allen Risiken spuren- und alibitechnischer Art.*

Fünf Monate vor Tenners Entlassungstermin lernt Frau Galen Julian Weigel kennen. Er ist geeignet und willig (Ein Geschenk des Himmels. Ein habgieriger Trottel). *Bald steht fest: Plan A kann durchgeführt werden.*

II. Mord an Frau Pöschel und Dr. Galen:

Ablauf bekannt.

Ergänzung: Tenner kommt nach seiner »Ermordung« bei Frau Galen unter. Sie versteckt ihn im Nebenraum ihres Ballettstudios. Am Montagmorgen begibt er sich zur Kanzlei und begeht den Mord an Dr. Galen (Am Ziel unserer Träume. Wir hatten uns endlich wieder).

III. Mord an Detlef Tenner

Vier Tage später, am Freitag, kommt es in Frau Galens Studio erstmals wieder zu Intimitäten zwischen den beiden (Wir waren bis dahin so angespannt. Aber nun hatte unsere Liebe endlich Raum und Zeit). *Tenner hat jedoch Probleme. Es geht nicht* (Er war so schüchtern und klein). *Er bittet sie, ihn gröber anzufassen. Sie weiß nicht, was er damit meint* (Seinem Liebsten tut man doch nicht weh, oder? Das hat die schlimme Frau gemacht – *sie meint damit Myriam Tenner* – aber ich hatte ihn doch lieb. Das konnte ich nicht). *Tenner lässt nicht locker. Sie soll ihm wehtun. Daraufhin fasst sie ihn härter an. Ein Teilerfolg stellt sich ein* (Er versuchte, aufzustehen, knickte aber immer wieder ein). *Er gibt ihr sein Taschenmesser. Damit soll sie ihre Bemühungen forcieren. Sie weigert sich. Er bedrängt sie daraufhin* (Plötzlich war Detlef nicht mehr lieb zu mir). *Sie zieht sich zurück. Er wird wütend, schreit sie an* (Er hat sich verwandelt und gemeine Dinge über mich behauptet). *Dann verlässt er den Raum. Sie folgt ihm. Draußen auf dem Korridor fragt er nach Geld* (Aber ich hatte doch nichts mehr). *Tenner dreht durch, beschimpft und beleidigt sie* (Wissen Sie, dass ich überhaupt kein Geld mehr besitze? Es ist weg. Aber dafür durfte ich meinen Liebsten behalten. Das ist doch mehr wert, oder?). *Tenner besteht auf seinen Anteil. Mit ihr kann er nichts anfangen. Er wird immer verletzender* (Oh, war Detlef enttäuscht. Er hat schlimme Sachen gesagt. »Dumme, hässliche Kuh! Hast du ernsthaft an Liebe geglaubt? Schön blöd. Ums Geld ging's.« Ja, solche Dinge hat er gesagt). *Er lacht sie aus. Sie ist verletzt, gerät nun ihrerseits außer sich und verliert die Kontrolle. Das Taschenmesser hat sie noch in der Hand. Schließlich geht sie auf ihn zu und sticht in ihrer Verzweiflung gleich mehrmals auf ihn ein. Tenner versucht sich zu wehren, aber sie ist schneller und beweglicher als er. Er bricht zusammen* (Ich weiß nicht, was passiert ist. Aber mit einem Mal war mein Liebster weg. Er war nicht mehr bei mir). *Sie sticht noch etliche Male nach. Dann schleppt sie ihn vom Korridor aus quer durch die Mansarde ins Nebenzimmer. Dort verendet Tenner infolge Blutverlustes aus dreiundvierzig Messerstichen.*

»Schlimm, oder?« Der Alte steht wieder neben mir.

Ich schaue zu ihm hoch und nicke. »Vierzehn Jahre«, sage ich. »So lange hat sie auf ihn gewartet. Ich würde mich auch betrogen fühlen. Aber Mitleid scheint mir nicht angebracht. Sie wird sich nur vorübergehend in ihrem bedauernswerten Zustand befinden. Tenners hingegen ist irreversibel. Aber auch er hat kein Mitgefühl verdient. Auch er war ein Mörder.«

»Um an das Vermögen der Galens zu kommen«, ergänzt der Alte. Er setzt sich neben mich und tippt auf eine Stelle der Aufzeichnungen. »Womit wir auch schon bei *diesem Thema* wären. Frau Galen gibt nämlich an, kein Geld mehr zu haben. Das ist einigermaßen seltsam, weil die Galens als sehr vermögend gelten. Das fand auch Gudrun eigentümlich. Sie hat deshalb Nachforschungen angestellt. Und siehe da: Frau Galen hat im Laufe der Woche die Villa samt Interieur zu einem Spottpreis an ihre Bank verscherbelt und sämtliche Privat- und Geschäftskonten radikal geplündert. Wo sie das viele Geld aufbewahrt, ist allerdings ein Rätsel. Gudrun hat gestern die gesamte Villa auf den Kopf stellen lassen, aber dort befindet sich nicht mal persönlicher Schmuck von Frau Galen. Auch den scheint sie veräußert zu haben.«

»Und was sagt *sie* dazu?«

»Nichts. Auf Fragen reagiert sie ja nicht. Sie redet zwar wie ein Wasserfall, aber eben nur über das, was momentan in ihrem kranken Kopf herumgeistert. Und das Thema Geld scheint ihr nur in Bezug auf Tenners Reaktion wichtig zu sein.«

»Sie wird es beiseite geschafft haben. Schließlich wollte sie sich mit ihrem Liebsten ein schönes Leben machen. Und ich kann mir vorstellen, dass sie sich eine zukünftige Adresse im Ausland vorgestellt hat. Da ist das Geld jetzt und wartet darauf, ausgegeben zu werden.«

Der Alte schüttelt skeptisch den Kopf. »Aber sie hat Tenner doch gesagt, sie habe nichts *mehr.* Das heißt doch, dass sie vorher welches *hatte,* aber nun nichts mehr davon da ist.«

»Tenner wollte seinen Anteil. Als sie erkannt hat, dass es ihm ausschließlich um ihr Geld ging, hat sie Ausflüchte benutzt.«

»Ja, aber Gudrun gegenüber hat sie ebenfalls behauptet, dass alles weg sei. Sie habe nichts mehr, habe dafür aber Tenner behalten dürfen. Das könnte im Umkehrschluss bedeuten, dass sie ihn verloren hätte, wenn sie das Geld, das sie besaß, behalten hätte.«

»Klingt, als wenn sie erpresst wurde«, fällt mir dazu nur ein.

Der Alte schweigt. Aber ich sehe an seinem Blick, dass ich nicht ganz falsch liege.

»Ja«, sage ich deshalb bestimmter. »Deshalb musste sie auch so schnell Geld beschaffen. Der Erpresser wollte Kohle sehen. Ansonsten hätte er die beiden verraten. Und Frau Galen war gern bereit zu zahlen, um den Menschen, auf den sie vierzehn Jahre gewartet hatte, nicht wieder zu verlieren. Ist auch logisch, wenn man bedenkt, was sie alles für seine Liebe getan und auf sich genommen hat. Sie hat Tenners Frau umgebracht, hat mit ihm Morde geplant, hat dafür einen Mörder engagiert und auch ansonsten einen irren Aufwand betrieben. Die einstmals schlanke Tänzerin hat sich für den Mann ihres Herzens sogar dick und fett gefressen. So jemand setzt sein zukünftiges Glück nicht aufs Spiel, weil Geld plötzlich wichtiger ist. Sie hat gezahlt! Um zu überleben, hätte sie schließlich noch ihren Laden gehabt.«

Der Alte klopft mir geradezu freundschaftlich auf die Schulter. »Wärst ein guter Kriminaler geworden. Ich hoffe nur, dass du auch gut schreiben kannst.«

»Wieso?«

»Weil genau an dieser Stelle dein Hutzelmännchen wieder ins Boot springt. Der Gute ist nämlich nicht völlig von der Bühne abgetreten. Allerdings hat er das Kostüm geändert. Er hat das des genialen Planers oder mystischen Sehers gegen das eines hundsordinären Erpressers eingetauscht.«

»Sie meinen, *er* hat ...?«

»Ja. Jetzt verstehst du auch, warum sich oben auf der Windeck jede

Menge Polizisten versammelt haben. Der Gnom wird sich dort natürlich nicht blicken lassen, aber Staatsanwaltschaft und Kripo müssen diesmal allen Hinweisen ernsthaft nachgehen. Einen weiteren Lapsus können die sich nicht leisten.«

Der kleine Mann ein Erpresser? Ich überlege, ob irgendwas von dem, was er gesagt hat, darauf hätte hindeuten können. Aber auch jetzt erinnere ich mich nur, dass er überhebliche und besserwisserische Züge hatte. Aber kriminelle? Außerdem: Verbergen Ganoven ihre Pläne nicht eher vor anderen? Ich befrage den Alten danach.

»Manche nicht«, antwortet der. »Viele wollen sich mittels ihrer Taten ein Denkmal setzen. Sie wollen als der gemeinste Betrüger, der brutalste Mörder, der erfolgreichste Dieb oder sonst was in die Geschichte eingehen. Das ist ja auch schon einigen gelungen, und über die wird groteskerweise mehr geredet als über ihre Opfer. Auf jeden Fall ist Verbrechensplanung fast immer eine einsame Angelegenheit. Nur die Täter selbst wissen im Idealfall von ihren Vorhaben und dürfen nicht mal darüber sprechen. Für die Zeit danach gilt das Gleiche. Das ist für einige nur schwer zu ertragen, besonders dann, wenn sie den Plan, der hinter ihrer Tat steckt, für unschlagbar genial halten und das Außergewöhnliche ihres Tuns und Handelns nicht genügend gewürdigt sehen. Um in den Mittelpunkt des Geschehens zu rücken, geben manche der Polizei oder der Presse anonyme Fingerzeige. Im Fall unserer kleinen Arschgeige hat's dich erwischt. Aber leider handelt es sich bei ihm nicht um einen genialen Planer, sondern höchstens um einen genialen Hinterslichtführer, einen Trittbrettfahrer, der an der Arbeit anderer partizipiert. Er ist im Grunde nichts weiter als ein Parasit mit Segelohren. Er hat sich angedockt und abkassiert.«

Es ist fast enttäuschend. Die ganze Zeit habe ich eine gewisse Hochachtung für den kleinen Mann empfunden. Aber nun ist klar, was er wirklich meinte, als er bei unserem ersten Treffen sagte: *Wer weiß, vielleicht teilen Sie nach der Lektüre meine Ansicht, dass einem die wirklich guten Storys nicht einfallen, sondern zufliegen oder, wie in diesem Fall, zugetragen werden.*

Ihm ist genau das passiert, und er hat sofort zugegriffen und das Aufgelesene zu seinen Gunsten verwertet.

Aber *wie* hat ihm der Plan zu diesem Verbrechen zufliegen oder zugetragen werden können? Er ist schließlich unter völligem Ausschluss Dritter entstanden. Im Grunde kann er ihn nur aus der Hand einer seiner Kreateure erhalten haben. Aber auf gar keinen Fall von Frau Galen. Von Tenner also? Wohl nicht, der saß vierzehn Jahre im Knast.

Knast!

Ich überlege. Mir schießt jetzt was durch den Kopf, das der kleine Mann ebenfalls gesagt hat. Es war gleich zu Beginn unseres Kennenlernens. Da habe ich angemerkt, zum ersten Mal die Burgruine Windeck zu besuchen, obgleich ich schon einige Monate in dieser Gegend lebe.

Das kenne ich, hat er gemeint. *Ich hab schon Jahre an einem Ort verbracht und dort so gut wie nichts von meinem Umfeld mitbekommen. Man hat nicht immer die Gelegenheit.*

Saß der Knilch also mal im Gefängnis?

Natürlich!

»Wir müssen mit Pocke reden«, sage ich zu dem Alten. Dabei überschlägt sich meine Stimme fast. »Tenner muss mit irgendjemandem en détail über das Vorhaben geredet haben.«

»Wer ist denn Pocke?«, fragt der Alte.

»Ein Vollzugsbeamter der Mannheimer JVA. Er kannte Tenner gut. Vielleicht weiß er, ob der zu irgendeinem Mithäftling einen besonders guten Draht hatte. Und vielleicht war derjenige ja klein, hager und besaß eine Hakennase.«

»Auf geht's.«

»Ich sag Carola Bescheid. Seppel kann bei uns bleiben.«

22. Kapitel

Ausgerechnet an diesem Wochenende hat der Mann keinen Dienst. Die Fahrt nach Mannheim haben wir also übereilt angetreten. Aber immerhin erfahren wir von einem seiner Kollegen seine Wohnadresse, und da er zwischen Mannheim und Weinheim wohnt, war die Fahrt hierher kein großer Zeitverlust. Wir können ihn auf der Rückfahrt besuchen.

Waldemar Pocke wohnt in einem heruntergekommenen achtstöckigen Pappwand-Wohnblock mitten in Viernheim. Erbaut in den späten Sechzigern, unterscheidet er sich rein äußerlich nur unwesentlich von jenen Gebäuden, in denen er täglich seinen Dienst verrichtet. Erst als wir nach erfolgreichem Klingeln in den Hausflur treten, zeigt sich der Unterschied. Im Knast ist es heller, sauberer, es klingt dort besser und riecht auch angenehmer. Eine schon halb eingetrocknete Pfütze auf dem Boden der Fahrstuhlkabine lässt erahnen, dass jemand den mit dickem Filzstift an die Innenwand des Aufzugs gekritzelten Appell »Piss off!« falsch übersetzt, zumindest aber falsch befolgt hat. Ob und zu was sich ähnlich schlichte Gemüter von dem an die Decke gesprayten »Fuck you« bereits inspirieren ließen, lasse ich dahingestellt; zum Bedienen des Aufzugknopfes ziehe ich mir jedenfalls den Ärmel meines Pullovers über den Finger.

Auch dieses Mal denke ich bei Pockes Anblick, dass er ein schweres Alkoholproblem hat, aber er wirkt weder angetrunken, noch ist eine Fahne zu riechen, als er uns begrüßt. Er kann sich sogar an mich erinnern, obwohl ich neulich nur die Kommissarin begleitet und mich schweigend im Hintergrund gehalten habe. Zudem hält er auf Sauberkeit und Ordnung in seinen vier Wänden, was nach den Eindrücken in Treppenhaus und Aufzug guttut. Ich habe anderes befürchtet.

Wieder fällt seine sympathische Aussprache auf, die über sein Äußeres hinwegsehen lässt. Ich frage mich nun auch, ob der knollenartige Zinken und die geplatzten Äderchen im Gesicht des Mannes nicht doch eher von einer Krankheit herrühren als vom Saufen.

Mich an die Befragungstechnik meiner professionellen Begleiter erinnernd, nehme ich mit meinem Gegenüber Blickkontakt auf und beginne einfach, eine erste Frage zu formulieren.

»Herr Pocke«, frage ich also. »Neulich haben Sie der Kommissarin und mir berichtet, dass Detlef Tenner ein umgänglicher und beliebter Zeitgenosse war. Pflegte er demnach selbst auch so etwas wie freundschaftliche Beziehungen zu Mithäftlingen?«

»Nun ja. Es gab den einen oder anderen, mit dem er sich besser verstanden hat. Das geht uns allen so. Aber Freundschaften im eigentlichen Sinn bilden sich unter unseren Insassen nicht. Tenner hat da keine Ausnahme gemacht.«

»Aber Sie sagten, er habe sich durch seine Hilfsbereitschaft besonders ausgezeichnet. Sie haben ihn sogar als Feingeist bezeichnet. Kann es da nicht sein, dass er eine Art kongenialen Partner gefunden hat, mit dem er sich hin und wieder intensiver austauschte als mit anderen?«

»Möglicherweise. Aber wenn, dann wechselten diese Partner vermutlich fluktuationsbedingt.«

»Ich rede vor allem von den letzten Jahren seines Aufenthaltes.«

Pocke denkt intensiv nach, das ist zu sehen. Aber die Antwort fällt ernüchternd aus. »Nein. Da fällt mir niemand ein.«

Das sieht nicht gut aus. Ich bin enttäuscht. »Schade«, sage ich deshalb. »Wir suchen nämlich nach jemand Bestimmtem. Tenner könnte ihm wichtige Informationen zu einer geplanten Straftat gegeben haben.«

»Tenner? Zu einer Straftat? Niemals. Da irren Sie sich. Der hatte mit sowas nichts zu tun. Jetzt, hier und privat, kann ich Ihnen ja sagen, was ich von ihm hielt. Er war ein feiner Kerl und hat meines Erachtens tatsächlich unschuldig eingesessen. Das war eine ganz, ganz arme Sau, wissen Sie das? Vierzehn Jahre – für nichts. Und er hat sich dennoch in all den Jahren immer anständig verhalten. Immer. Und trotzdem musste er bis zur letzten Minute absitzen. Eine Schande.«

Ich schweige. Der Mann hält große Stücke auf Tenner, und soweit ich bisher mitbekommen habe, auf seine Schützlinge im Allgemeinen. So jemanden darf man nicht enttäuschen. Es ist wichtig, dass es an seinem Arbeitsplatz solche Menschen gibt.

»Sie mögen Ihren Beruf, oder?«, frage ich, um gar nicht erst eine tief greifende Debatte über Tenners wahres Gesicht zu entfachen.

Pocke wiegelt ab. »Ja und nein. Ja, weil ich glaube, dass sich hinter jedem noch so finster wirkenden Menschen eine Kreatur mit Herz und Seele verbirgt. Nein, weil ich oft erfahren muss, dass es auch die anderen gibt. Aber ich bringe das meist gut in die Waage. Ich hab Kollegen, denen das weniger gelingt. Die leiden regelrecht. Sie leiden, weil sie sich nur innerlich über unsere Schutzbefohlenen erheben dürfen. Mit dieser Haltung kompensieren sie eigene Unzulänglichkeiten, aber effizienter geholfen wäre ihnen vermutlich, wenn sie Gewalt anwenden dürften. Damit wäre auch ihren Familienangehörigen mehr geholfen.«

»Das klingt sehr bitter. Aber ich erinnere mich. Sie haben das Problem neulich schon angeschnitten. Da ging's um einen recht heftigen Zwischenfall.«

Der Mann stutzt. »Zwischenfall?« Dann fällt es ihm wieder ein. »Ach so, ja. Die Sache mit Novak. Das ist Schnee von gestern – liegt ja fast zwölf Jahre zurück. Außerdem ist der Single. Aber es stimmt schon. Im Prinzip ging's da um was Ähnliches. Bei Novak war es die Unzufriedenheit mit seinem Körper. Er ist ein cleverer Bursche, aber er ist in seiner Kindheit lange bettlägerig gewesen und deshalb klein und schmächtig geblieben. Inzwischen hat er auch einen Ansatz zum Buckel, und seit dem ›Treppenunfall‹ von damals hinkt er. Das alles bohrt in seiner Seele.«

Ich glaube, nicht richtig zu hören, und ich bemerke, dass selbst der Alte, der sonst die Gelassenheit in Person ist, nun auch unter Spannung gerät.

»Habe ich das eben richtig verstanden? Sie reden von diesem Kollegen?«, frage ich unnötigerweise. Und weil ich merke, wie überflüssig diese Frage war, füge ich eine wichtigere hinzu: »Hat Herr Novak zufällig auch eine markante Hakennase und recht wulstige Augenbrauen?«

»Ja. Seine Eltern waren Kroaten.«

Der Akzent. Ich erinnere mich: Der osteuropäische Diphthong. Ich bin fassungslos. Wieder sehe ich den Alten an. Der wendet sich jetzt dem Mann zu und übernimmt, Gott sei Dank, das Gespräch. Ich würde vermutlich kein Wort mehr herausbekommen.

»Herr Pocke«, beginnt er. »Ihre Beschreibung passt genau zu der Person, die wir suchen. Wie heißt dieser Kollege vollständig und wo können wir ihn finden?«

Pockes Augen sind nun weit geöffnet und seine Gesichtsfarbe wechselt zu blass. »Tomislav. Er heißt Tomislav Novak. Ich schreibe Ihnen die Adresse gerne auf. Aber ich verstehe nicht ...«

Der Alte unterbricht ihn sofort. »Hatte Herr Novak auffällig mehr Kontakt zu Tenner als Sie und Ihre anderen Kollegen?«

»Nein, im Gegenteil. Er hasste Tenner. Ihm war es schon zu viel, wenn er zu ihm gehen musste, um ihm die Post auszuhändigen oder von ihm entgegenzunehmen. Die beiden haben seit dem Vorfall damals nicht ein Wort miteinander ...«

»Die Post? Sie sagten, die Post. Hat Herr Novak *häufig* mit Tenners Post zu tun gehabt?«

»Nicht öfter als alle anderen«, antwortet Pocke. Aber dann legt sich seine Stirn in Falten. »Doch, das hat er«, fällt ihm plötzlich ein. »In letzter Zeit schon. Seit knapp einem Jahr macht er nur noch Frühdienst. Das war mit uns so abgesprochen. Er sagte, er müsse seinen kranken Vater versorgen. Um uns entgegenzukommen, hat er morgens die unleidige Arbeit mit dem Briefverkehr der Insassen übernommen.«

Der Alte bittet mich jetzt um mein Handy.

23. Kapitel

Eigentlich hatte ich erwartet, dass die Kommissarin direkt im Anschluss an den Anruf des Alten einen Einsatztrupp organisieren und auf schnellstem Weg nach Ofling, zur Adresse von Tomislav Novak, fahren würde. Aber jetzt ist da niemand. Auch der Alte wundert sich, weil wir auf einem weit längeren Weg zu der im Weinheimer Südwesten gelegenen Siedlung gefahren sind.

Nach Minuten des Wartens wird er ungehalten. Schließlich reicht's ihm. Er steigt aus dem Auto und geht zu dem Zweifamilienhaus, in dem Novak den Angaben Pockes zufolge lebt. An der Haustür wirft er einen Blick auf die Namensschilder. Ich kann vom Auto aus erkennen, dass ihn dabei irgendwas irritiert. Er stutzt, wendet sich um und schaut schließlich achselzuckend in meine Richtung. Dann bedient er einen der Klingelknöpfe. Einen kurzen Moment später streckt im oberen Stockwerk eine ältere Frau mit Lockenwicklern den Kopf zum Fenster raus. Die beiden kommen ins Gespräch, aber ich kann aus dieser Entfernung nicht hören, um was es geht. Sie reden nicht lange, dann verabschiedet sich der Alte und kommt zum Auto zurück.

»Novak wohnt seit dem Ersten nicht mehr hier«, sagt er beim Einsteigen. »Die Frau hat gesagt, er habe seine Wohnung von einer Umzugsfirma ausräumen lassen und sei mit nicht mehr als zwei Koffern in den Händen ausgezogen. Sie hat mir seine neue Adresse genannt. Außerdem sei erst vor einer Viertelstunde eine Kommissarin mit großem Gefolge hier aufgekreuzt. Die habe sich ebenfalls nach Novak erkundigt.«

Ich ziehe mein Handy hervor und schaue aufs Display. Alles klar: Der Alte hat es nach seinem Telefonat komplett ausgeschaltet. Ich aktiviere es wieder und verschließe die Tastatur. Dabei sehe ich, dass die Kommissarin eine Nachricht auf der Mailbox hinterlegt hat. Aber der Alte weiß, wo wir hin müssen, sodass wir sofort losfahren.

Die Kommissarin hat einiges auf die Beine gestellt. Ein riesiger Pulk von Einsatz- und Zivilfahrzeugen versperrt die enge Zufahrtstraße zum Gelände einer vor vier Jahren errichteten Appartementanlage. Die aus Glas und Beton kubisch geformten Wohnkisten mit ihren Miniterrassen sollten eigentlich Feriengästen als Domizil dienen, aber so viele Menschen wie erhofft zieht es im Urlaub nicht nach Lützelsachsen, weshalb die kleinen Häuser auch gern an Kurzmieter vermietet werden.

Ich kann sehen, dass vor einem der Appartements Polizisten stehen. Der Alte geht sofort auf sie zu. Ich nicht. Ich bleibe lieber im Auto zurück. Ich habe keine Lust, Ärger zu kriegen. Außerdem komme ich mir wieder deplatziert vor, wie schon neulich Nacht in der Kanzlei und später oben in der Villa, als Frau Galen völlig entblößt vor mir stand. Auch das hier ist so ein Ort, an dem Schreiberlinge, Voyeure und Armchairdetectives wie ich nichts zu suchen haben.

Schließlich beobachte ich, dass einer der Polizisten dem Alten den Weg versperrt. Mit deutlichen Gesten fordert er ihn auf, sich zu entfernen. Ich muss an heute Morgen denken, als Thorben ihm die Tür geöffnet hat. Vielleicht hält dieser Polizist ihn ja auch für einen Fotografen. Aber der Alte lässt sich nicht abwimmeln. Schließlich tritt ein zweiter Beamter hinzu. Den kenne ich. Es ist einer der beiden, die damals meine Aussage aufgenommen haben. Ich weiß: Der Alte und er kennen sich privat, und nach einigem Hin und Her geht er zurück ins Appartement. Als er kurz darauf wiederkommt, befindet sich tatsächlich die rothaarige Kommissarin an seiner Seite. Heute trägt sie einen Hosenanzug, der mindestens so eng tailliert ist wie das Kostüm neulich. Der Alte und sie tauschen einige Sätze aus, dann schaut sie freundlich in meine Richtung und gibt mir ein Zeichen, zu ihnen zu kommen.

Meine Neugier ist jetzt größer als meine Nervosität. Was spielt sich in dem Appartement ab? Hat man Novak gestellt? Vor allem: Welchen Ausdruck wird sein Gesicht wohl annehmen, wenn *ich* ihm gegenübertrete? Wie wird er auf die Tatsache reagieren, dass ausgerechnet dieser einfallslose Kindergeschichtenkritzler dazu beigetragen hat, dass er überführt wurde? Aber dazu kommt es nicht. Novak ist nicht da.

»Er hat sämtliche persönliche Utensilien mitgenommen«, erklärt die Kommissarin. »Ich habe soeben mit dem Besitzer des Appartements gesprochen. Der sagt, dass Novak vor drei Wochen eingecheckt und bis Ende kommender Woche gebucht hat. Der Vermieter hat sich noch gewundert, weil Novak laut Ausweis hier in der Nähe wohnte, während seine Wohngäste normalerweise von weiter her kommen. Aber Novak hat behauptet, vorübergehend eine Unterkunft zu benötigen, bis ein Wasserschaden in seiner Wohnung behoben sei.«

»Das heißt im Klartext, er hat sich aus dem Staub gemacht.« Ich bin enttäuscht. »Und nun?«

»Tja. Das ist die Frage. Wir werden natürlich eine Fahndung einleiten. Aber ich hab den Eindruck, dass die im Sand verlaufen wird. Der Mann hat uns nämlich was hinterlassen, oder besser gesagt – Ihnen.« Sie zeigt mit dem Finger auf mich.

»Mir?« Ich bin überrascht.

»Ja, Ihnen.« Sie deutet auf den Eingang des Appartements. »Kommen Sie. Wir gehen rein. Da können Sie es sich ansehen.«

Ziemlich genau in der Mitte von Wohn- und Esszimmer des kleinen Hauses stehen zwei Stühle und ein Tisch. Er ist schon von daher nicht zu übersehen, vor allem aber, weil er mit einer grässlich bunten Tischdecke bezogen ist. Darauf liegen zwei Bücher und ein hellblaues Briefkuvert. Und da sich in dem Raum auf den ersten Blick ansonsten keine Bücher befinden, wirken sie wie Fremdkörper. Ich ahne bereits, dass sie Novaks geheimnisvolle Hinterlassenschaft darstellen. Und tatsächlich weist die Kommissarin auf die Gegenstände.

Zuerst werfe ich einen Blick auf die Einbände. Es sind Sachbücher. Worum es in »Ungelöste Kriminalfälle des zwanzigsten Jahrhunderts« und »Justitias Irrtum« geht, ist leicht vorstellbar. Soll ich den Kram etwa lesen? Ist das wieder einer seiner Seitenhiebe gegen den unvermögenden Autor Semmler?

Erst als ich den Briefumschlag geöffnet und den ersten Abschnitt des sich darin befindenden Schreibens gelesen habe, wird so manches klarer.

Guten Tag, Herr Semmler,

was macht Ihr Krimi? Schon die ersten Zeilen geschrieben? Stoff haben Sie ja jetzt – aus erster Hand, sozusagen. Wenn Sie diesen Brief lesen, haben Sie es geschafft. Sie haben herausgefunden, wer Dr. Galen getötet hat, wie die Taten geplant und durchgeführt wurden, und Sie haben etwas über Frau Galens Vergangenheit erfahren.

Vielleicht erfüllt es Sie ein wenig mit Stolz, wenn ich Ihnen meine Bewunderung ausspreche. Sie sind möglicherweise der erste Krimiautor, der sich die Mühe gemacht hat, seine Fälle erst selbst zu lösen, bevor er sie niederschreibt. Können Sie sich erinnern, was ich Ihnen in diesem Zusammenhang gesagt habe? Das Schöne ist, dass man sich in dem Metier keine Geschichten ausdenken muss. Man liest nur auf, was das reale Leben zu bieten hat, und überführt es in eine lesbare Form. *Und erinnern Sie sich noch, wie empört Sie reagiert haben?*

Die Tatsache, dass Sie diesen Brief in der Hand halten, besagt, dass Sie meine Identität gelüftet haben. Auch dazu: meine Gratulation. Ich muss Ihnen allerdings auch gleich gestehen, dass mich das nicht sonderlich stört, da Sie meinen derzeitigen Aufenthaltsort nicht kennen. Vielleicht interessiert es Sie aber, dass ich mich im Gegensatz zu dem Mörderpaar an einem freundlichen Ort aufhalte, mich einer relativen Gesundheit erfreue und dank einer großen Portion Liquides auch meiner Bekannten ein angenehmes Leben ermöglichen kann.

Ist Ihnen meine Bekannte noch ein Begriff? Ich denke schon, denn ich hatte Ihnen von ihr und unserem gemeinsamen Hobby berichtet, und darüber, wie viel uns vor allem an diesem Fall lag.

Glauben Sie mir, Herr Semmler: Ich habe Tenner aus tiefstem Herzen gehasst. Aber als ich das erste Mal einen heimlichen Blick in eines der Kuverts seines »Anwalts« geworfen habe, war ich beeindruckt. Der Plan, einen Menschen ohne sein Wissen als Werkzeug für eine Straftat zu benutzen, indem man ihn glauben macht, dass er selbst eine Person – und dessen genetisches Material – als Werkzeug für eine Straftat einsetzt, imponierte mir. Je mehr Kuverts ich – nun auch von Tenner – öffnete, desto mehr wurde mir klar, dass er und Frau Galen einen Mord planten, der, wenn er richtig ausgeführt würde, für alle Zeiten ungeahndet bliebe. Ich weiß nicht, ob Sie nachvollziehen können, wie hoch die Herzen meiner Bekannten und mir schlugen. Bis dato hatten wir es schließlich nur mit Kriminalfällen zu tun gehabt, die bereits geschehen und als ungeklärt zu den Akten gelegt worden waren. Nun aber bot sich die einmalige Chance, solch einem Verbrechen von den Anfängen seiner Pla-

nung an, über seine Durchführung hinaus, bis hin zu den völlig aussichtslosen Ermittlungen der Polizei, als Beobachter beizuwohnen.

Das Problem war nur, dass Frau Galen niemanden fand, der sich als Mörder eignete. Ihr Plan drohte zu scheitern.

In dieser für uns sehr betrüblichen Situation hatte meine Bekannte eine grandiose Idee. Die lautete: Frau Galen müsste dringend geholfen werden! Im Klartext hieß das: Wir werden ihr den geeigneten Kandidaten zuspielen. Zusätzlicher Effekt für uns: Sollte das Vorhaben des Verbrecherpärchens gelingen, könnten wir hinterher bei Frau Galen vorstellig werden. Unser umfangreiches Wissen und die Kopien, die ich von ihrem Schriftwechsel mit Tenner angefertigt hatte, würden sie bestimmt davon überzeugen, dass unser bis dahin bereits geleisteter Einsatz und unsere zukünftige Verschwiegenheit angemessen entlohnt werden müssten.

Bei der Wahl des Kandidaten taten wir uns leicht. Julian Weigel bot sich geradezu an, denn er war zu allem bereit, um aus seinem tristen Dasein raus-, von seiner Frau los- und an Geld ranzukommen.

Sollten Sie nun geneigt sein, den moralischen Zeigefinger zu erheben und unser Tun mit einer hundsordinären Erpressung gleichzusetzen, empfehle ich, das nicht vorschnell zu tun. Es könnte immerhin sein, dass Sie unser primäres Anliegen, den Plan der beiden nach Kräften zu stützen, zu gering schätzen, und dass Sie sich noch nicht ausreichend bewusst gemacht haben, in welch hohem Maße auch Sie partizipieren – Sie dürften jetzt im Besitz einer einmaligen Story sein!

Daran, dass es letztlich doch keine perfekten Morde wurden, sollten Sie sich nicht stören. Erstens waren sie trotz allem mit beneidenswerter Finesse geplant und zweitens darf uns alle trösten, dass dafür eine andere Straftat für alle Zeiten ungesühnt bleiben wird, da die Täter spurlos verschwunden sind.

Das Einzige, was wir vor unserer Abreise nicht mehr geschafft haben, war die Rückgabe dieser beiden Bücher. Ich hoffe, dass Sie es nicht für unverfroren halten, wenn wir Sie höflichst bitten, sie an die Bibliothek zurückzugeben. Leider muss ich gestehen, dass wir die Leihfrist ein wenig überzogen haben, sodass nun möglicherweise eine kleine Strafgebühr anfällt. Damit Ihnen keine Kosten entstehen, empfehlen wir, die Bücher direkt bei der freundlichen Leiterin abzugeben. Sie drückt gern ein Auge zu.

Was nun wiederum Ihre Bücher betrifft, so wünsche ich Ihnen für die Zukunft viel Erfolg und weiterhin einen geschärften Blick für reale Geschehnisse.

Mit besten Grüßen
Tomislav Novak

»Ich fürchte, Sie haben recht. Das war's«, sage ich zu der Kommissarin und lege den Brief beiseite. »Und wissen Sie, wie es der Kerl bei unserem ersten Treffen ausgedrückt hat?«, frage ich. »Er sagte: ›Ich helfe meiner Bekannten gerade, ihren Hausstand aufzulösen. Wir wollen uns gemeinsam woanders niederlassen‹. Woanders niederlassen! Schön ausgedrückt. Und als wir uns zum zweiten Mal getroffen haben, hat er sogar den Zeitpunkt genannt. ›Ich bin noch etwa eine Woche in der Gegend. Dann dürfte ihr Haus leer geräumt sein‹. Mein Gott, wie dreist. Der Kerl begibt sich seelenruhig hoch zur Windeck, obwohl er weiß, dass unten in der Stadt zur selben Zeit zwei Menschen hingerichtet werden. Dann sitzt er neben mir auf einer Bierbank und verfolgt in aller Gelassenheit das Heranrücken der Einsatzkräfte zum Tatort. Er weiß sogar schon, dass man am nächsten Tag einen der beiden Mörder verhaften wird, weil ihn die Partnerin des zweiten denunziert. Und er hat eine genaue Vorstellung davon, wie lange es dauern wird, bis diese Frau ihre Konten für ihn geräumt hat. Nur wenige Tage, aber lange genug, damit seine ›Bekannte‹ gemütlich ihren ›Umzug‹ organisieren kann. Mir fehlen die Worte.«

Der Alte klopft mir beruhigend auf die Schulter. »Lass es erst gar nicht so weit kommen«, sagt er. »Du brauchst Worte. Ab morgen musst du jede Menge Papier damit füllen.«

Ich winke kopfschüttelnd ab. »Ab morgen, sagen Sie? Auf gar keinen Fall. Morgen früh werde ich erst mal die Dinger hier abgeben«, ich nehme die Bücher an mich, »und dann wird meine Familie endlich mal wieder anständig bekocht.«

24. Kapitel

»Ich möchte gerne diese Bücher hier zurückgeben. Ein Herr Novak hat sie ausgeliehen. Aber der ist momentan verhindert.«

Die junge Bibliotheksangestellte fährt mit einem Scanner über die Markierung auf der Innenseite des Buchdeckels. »Die Leihfrist ist überzogen«, stellt sie fest. »Ich muss Ihnen leider vier Euro berechnen.«

Ich überlege, ob ich das Geld einfach zahlen soll. Das würde schneller gehen, denn ich muss noch einkaufen gehen. Ich hab schon genug Zeit vertrödelt, als ich Thorben im Kindergarten abgab. Fast eine Stunde lang hat mich die Seifenheimer-Pieseke in Beschlag genommen. Sie hat mir dringend sagen müssen, dass sie erst jetzt erfahren habe, dass ich Kinderbuchautor sei. Und dann hat sie mit ihrer krächzenden Stimme mehrmals wiederholt, wie stolz man in der Einrichtung doch sei, den Sohn eines Autors betreuen zu dürfen. Ganz besonders leid täte ihr deshalb, was ihr am Freitag in Bezug auf meine junge Beifahrerin rausgerutscht sei. Sie habe die Situation völlig verkannt. Das sei ihr erst bewusst geworden, als sie von meiner Frau erfuhr, dass es sich bei ihr um meine Agentin für den außereuropäischen Buchmarkt gehandelt habe. Ich möge ihr also bitte verzeihen, hat sie angefügt, aber es gebe nun mal Eltern, deren Lebensführung ›äußerst zwielichtig‹ sei, und im Interesse der Kinder sei es nun mal Aufgabe einer Erzieherin, auffällige Zustände zu reklamieren.

Die Laterne hat sich ordentlich Mühe gegeben, sich besonders gestelzt auszudrücken, und ich hatte auch den Eindruck, dass sie sich extra für mich in Schale geworfen hat. Für das grüngepunktete, weiße Kleid hätte sie sich sonst womöglich nicht entschieden, und ihre knallroten Gesundheitsschuhe waren noch zu neu, um bequem zu sein. Warum sie den Aufwand betrieb, stellte sich bald heraus. Noch knappe drei Monate, hat sie nämlich irgendwann wie beiläufig einfließen lassen, dann käme die Weihnachtszeit. Und für dieses Jahr habe sich der Träger der Einrichtung überlegt, Bücher an die Kinder zu verschenken. Aber dann habe man die Kosten überschlagen und festgestellt, dass die Mittel ... Und ob ich da nicht vielleicht ...

»Vier Euro, wie gesagt«, unterbricht die Büchereiangestellte meinen Gedankenausflug. »Haben Sie es passend?«

Vier Euro sind nicht die Welt. Für einen Erpresser in die Bresche zu springen kommt jedoch nicht in Frage.

»Aber *ich* habe die Bücher nicht ausgeliehen«, wende ich deshalb ein.

»Das weiß ich. Ich kenne Herrn Novak.« Sie weist auf die Bücher. »Außerdem interessieren sich nicht viele Menschen für Themen wie diese.«

»Hm. Der Mann ist spontan weggezogen und hat die Bücher einfach zurückgelassen. Ist es unter diesen Umständen möglich, zuerst mal mit Ihrer Leiterin zu sprechen?«, frage ich.

»Mit Frau Weigel?«

Ja, mit ihr, denke ich, und mir ist natürlich klar, dass es ein höchst eigenartiges Anliegen ist, mit dem ich ausgerechnet an diese Frau herantreten will. Ich bringe Bücher von jemandem zurück, der dazu beigetragen hat, dass ihr Ehemann einen Mord beging und nun womöglich ein Leben lang im Knast sitzen wird. Und ausgerechnet *sie* soll ihm die Überziehungsgebühren erlassen. Hier schließt sich auf wirklich bizarre Weise ein düsterer Kreis.

»Ja. Genau«, sage ich dennoch.

»Die ist nicht da«, antwortet die junge Frau.

»Na gut, dann komme ich eben morgen wieder.« Das passt mir zwar nicht, aber ich habe mich für eine Haltung entschieden.

Nun schüttelt sie verneinend den Kopf. »Ich befürchte, das hat keinen Sinn. Frau Weigel hat gekündigt. Wir haben derzeit keine Leitung.«

»Gekündigt?«, wiederhole ich.

»Ja. Und nicht unbedingt in allerbestem Stil. Heute Morgen durften wir ein Schreiben von ihr im Briefkasten finden. ›Sorry‹, hieß es darin. ›Habe mein Haus ausgeräumt. Ziehe weit weg. Komme nie wieder‹. Schön, oder?«

Weggezogen? Weit weg? Nie wieder? Mein Gott, ich verstehe. Natürlich! Das Haus! Die Umzugskartons! Sie hat für *sich* ausgeräumt.

»Was ist denn nun? Zahlen Sie?«

»Nein.«

Ich habe mit einem Mal das dringende Bedürfnis, diesen Ort zu verlassen. Die Einwände der jungen Frau nehme ich nur mehr wie unter einer Glocke wahr. Aber bevor ich zur Tür hinaustrete, fällt mir noch eine Frage ein. Ich drehe mich zu ihr um und halte eines der Bücher hoch.

»Sie sagten, für Themen dieser Art interessieren sich nur wenige. Kennen Sie noch jemanden?«

»Ja. Frau Weigel.«

Draußen auf der Straße rasen in irrsinnigem Tempo – und sich jeder Ordnung verweigernd – wahllos Erinnerungsfetzen durch meinen Kopf. Erst als ich im Auto sitze und mich angeschnallt habe, fügen sich diese Fragmente zu einem Ganzen zusammen.

Ingeborg Weigel!

Ich starte meinen alten BMW und fahre langsam nach Hause.

Dort begebe ich mich an meinen Schreibtisch, schalte den PC ein und beginne das erste Kapitel meines Buches niederzuschreiben.

Boris Nemek wusste, was geschehen würde, sobald er die große Drehtür passiert hatte. Wie immer, wenn er in die Bibliothek trat, würden die beiden jungen Frauen hinter der Kanzel ihre Augen auf ihn richten und ihn mit scheinheiliger Nettigkeit begrüßen. Später, wenn er sich weit genug von ihnen entfernt haben würde, würden sie sich ausgiebig über ihn lustig machen. Sie wussten nicht, dass er darum wusste, aber Unwissenheit war ein Privileg der Jugend, das zu nehmen ihm nicht zustand, weshalb er sich vorgenommen hatte, sie niemals auf ihr Verhalten anzusprechen.

Heute indes gerieten ihnen ihre falschen Freundlichkeiten derart überzeugend, dass er fast geneigt war, ihnen Echtheit zu unterstellen. Aber Boris Nemek war ein vorsichtiger Mensch. Er arbeitete im Strafvollzug, und er wusste: Dinge und Personen änderten sich nicht von heute auf morgen, und besonders junge Menschen ließen höchstens einzeln und von sich aus von Unarten ab, aber niemals, wenn sie im Paar oder in der Gruppe auftraten. Das hatte er oft erfahren, denn »Boris« war er schon in seiner Kindheit nur in jenen seltenen Momenten gewesen, in denen Menschen unter vier Augen mit ihm gesprochen hatten. Im Verband hatten sie ihn aufgezogen. »Der Minusmann« war er dann wegen seiner geringen Körpergröße und schmächtigen Gestalt genannt worden. Später, nach der Adoleszenz, als das körperliche Wachstum nahezu beendet und seine Nase übermächtig geraten war, hatten sie daraus »Der Minusmann mit nur einem Plus« gemacht.

Vielleicht hatten die jungen Frauen an der Kanzel einen Wink von einem Dritten erhalten oder inzwischen mittels eigener Beobachtung herausgefunden, dass er längst kein gewöhnlicher Bibliotheksbesucher mehr war, und grüßten ihn aus einem dieser Gründe heute anders. Jedenfalls erwiderte er ihren Gruß und hinkte an ihnen vorbei nach hinten in Richtung Lesesaal. Dorthin begab er sich auch heute nicht, um Regale nach Lektüre zu durchstöbern oder sich in der Stille der hiesigen Örtlichkeiten in solche einzulesen, sondern weil er hinter der weiß gestrichenen Bürotür am Ende des Saales von der Bibliotheksleiterin erwartet wurde.

Eine gemeinsame Leidenschaft hatte Boris Nemek und sie vor Monaten zusammengeführt. Dabei waren sich die beiden nähergekommen, so nahe, dass er zum ersten Mal im Leben einem Menschen sogar von seinen Verletzungen berichten mochte – von all den seelischen, aber auch jener körperlichen, die ihm einst von einem Häftling zugefügt worden war, und derentwegen er ein Bein hinter sich herzog. Und sie? Sie hatte von ihrem Leben an der Seite eines unnützen Mannes berichtet, den sie abgrundtief verachtete, von dem sie jedoch nicht loskommen würde, ohne teuer dafür zu bezahlen.

Aber heute kam Boris Nemek nicht, um mit ihr über ungeschlossene Wunden zu sprechen. Er kam auch nicht, damit sie ungelöste Kriminalfälle oder juristische Fehlleistungen aufrollten. Er kam, um mit ihr ihren gemeinsam erstellten Entwurf für ein perfektes Verbrechen voranzutreiben. Und so befanden sich auch an diesem Tag weder Sachbücher noch Fachjournale in seiner abgewetzten Ledertasche, sondern Kopien von Briefen, in denen zwei Personen den gewaltsamen Tod zweier Menschen planten.

Als er in das Büro trat, empfing sie ihn mit zuversichtlichem Lächeln, und als er sich gesetzt hatte, überraschte sie ihn mit einer Nachricht, die positiver nicht hätte klingen können.

»Mein Mann scheint angebissen zu haben. Er geht jetzt beinahe jeden Morgen heimlich in den Stadtpark, um sich mit der Dicken zu treffen.«

»Sehr gut. Dann wird er auch schon bald bereit sein, für sie zu töten. Und was ist mit dem Ehemann deiner Bekannten? Diesem Kinderbuchautor? Bist du sicher, dass er noch immer an einer Kriminalgeschichte interessiert ist?«

»Sie behauptet, er suche seit Wochen danach.«

»Nun ja. Wir könnten ihm beim Suchen helfen. Finden muss er sie allerdings selbst.«

»Das sehe ich auch so.«

»Schreibt er gut?«

»Er bemüht sich, wenn der Stoff stimmt.«

ENDE

Weitere Bücher aus dem

KEHL-VERLAG

Leseprobe

Limesblut

Der Bergstraßen-Krimi (Band 4)
von Jo Arnold

Prolog

158 A.D. Durch das Schreien der draußen sterbenden Männer hindurch hörte Marcus das Blut in seinen Ohren rauschen. Er musste das Kleinod in Sicherheit bringen. Und zwar schnell. Sie würden den Turm nicht mehr lange halten können. Dafür waren es zu viele. Die Wurfkugeln richteten nichts mehr aus. Wie die Ameisen fielen die wilden Waldmänner über sie her. Marcus öffnete die hölzerne Klappe zum Vorratskeller. Es war pures Glück, dass er in dem Turm war, der über einen Keller verfügte. Eigentlich hatte er sich nur Verpflegung holen wollen, bevor er nach Rom aufbrechen sollte. Aber Rom würde er nie wieder sehen. Das Letzte, was er für Rom tun konnte, war, diesen Repräsentanten seiner Macht in Sicherheit zu bringen. Die Grenze würde fallen. Rom würde eine neue Grenze festlegen. Näher am Fluss, wo die Verteidigung leichter fiel. Marcus würde das nicht mehr erleben. Er würde hier sterben. Hier im Wald an der Ostgrenze.

1622 A.D. Durch die Schreie der vor der Tür sterbenden Frauen und Kinder hindurch hörte Abel sein Blut in den Ohren rauschen. Er hatte geahnt, dass der Fund ein schlechtes Omen war. Der heidnische Talisman war des Teufels. Abel hätte aber niemals gedacht, dass Gott Eulbach so strafen würde. Abel hatte gehofft, durch den Verkauf des Heidengoldes der katholischen Kirche in Eulbach zu Ehren zu verhelfen. Eine große Kirche hatte er bauen wollen. Jetzt wurde die Gemeinde für seinen Hochmut bestraft. Die Gottlosen fielen über das Dorf her wie eine biblische Plage. Abel musste dafür sorgen, dass niemand diesen Unglücksbringer jemals wiederfand. Er hastete zum Altar.

Das Dach seiner kleinen Kirche stand bereits in Flammen. Er öffnete die hölzerne Falltür. Sie führte in jenen Bereich der Kirche, der schon bestanden hatte, als das kleine Gotteshaus errichtet worden war. Der Keller war der Ursprung all dieses Übels. Abel musste dem Teufel zurückgeben, was des Teufels war.

Heute. Dieses Kleinod durfte nicht in die falschen Hände gelangen. Heinrich hielt es zitternd vor sich. Vor Ehrfurcht erstarrt, betrachtete er seinen Fund und tat kleine, flache Atemzüge. Sein Blut rauschte ihm in den Ohren. Etwas Derartiges hatte er hier nicht erwartet. Nicht hier, mitten im Odenwald. Andererseits, wenn nicht hier, wo dann? Es übertraf alles Dagewesene. Das war wie der Fund der Himmelsscheibe von Nebra. Man würde die regionale Geschichte umschreiben müssen! Heinrichs Lebenstraum war Wirklichkeit geworden.

1

»Schau hin, Bastl, da hocken sie wieder, die Maulwürfe.«

Der Angesprochene sah über sein Bier hinweg zum Tisch gegenüber. »Ja, eine ganz besondere Spezies, der gemeine Odenwald-Mulbert.«

Die beiden Männer lachten laut.

»Wo ist denn der dritte Schatzsucher, hm? Noch am Wühlen?«, schallte es quer durch die Gaststube.

»Halt die Klappe, Karl«, kam die Antwort vom Gegentisch.

»Was denn, heute zu viel Erde geschluckt?«

Weiteres Gelächter.

Die Maulwürfe rutschten ein Stück weiter in Richtung Wand und hielten sich stumm an ihren Biergläsern fest.

»Was ist denn mit denen los, sonst nehmen sie das doch nicht so krumm. Man könnt meinen, es wär was passiert«, murmelte Karl.

Sebastian nickte. »Aber unser Paul ist ja auch noch nicht da. Heute sind halt alle zu spät. Und wenn der noch lange braucht, müssen wir mit dem Skatspielen gar nicht mehr anfangen, dann bin ich zu besoffen.«

Tanja, die stämmige Bedienung, brachte ein Tablett frisch gezapfte Biertulpen und hellte damit die Stimmung auf. Von den Gläsern prosteten den Männern gut genährte, grinsende Odenwälder in schwarz-roter Tracht mit Dreispitz auf dem Kopf zu.

Karl nahm einen tiefen Zug, stöhnte wohlig und sah wieder zu den Maulwürfen hinüber.

»Trinken wie sonst tun die auch nicht. Man könnt meinen, da ist einer ge...«

Die Tür zur Dorfschenke wurde aufgerissen. Zusammen mit einem Schwall heißer Sommernachtluft kam lautstark Paul Frei hereingepoltert. Die ursprüngliche Freude, die Sebastian und Karl über sein Erscheinen empfanden, wich Erstaunen, als sie Pauls Gesicht sahen. Der übergewichtige Mittfünfziger versuchte, zu Atem zu kommen. Schwer schnaufend, mit auf die Oberschenkel gestützten Händen, stand er da und stammelte: »Tot! Tot! De..., de...«

Paul zog pfeifend Luft in die Lunge und richtete sich auf.

»Der Hasselbächer Heiner liegt tot im Wald. Der Lucas und die Marie ham ihn gefunden. Die Polizei ist schon da.«

In der Gaststube wurde es mucksmäuschenstill. Alle Blicke richteten sich auf den Tisch der Maulwürfe. Nachdem die aber keinerlei Anstalten machten, sich zu dem Gehörten zu äußern, überwog schließlich die Sensationsgier. Die Gäste der Dorfschenke fielen fast übereinander bei dem Versuch, als Erste zur Tür hinauszukommen, um einen echten Toten zu sehen.

* * *

Tanja beobachtete den Tumult staunend und bemühte sich, ihr volles Tablett vor den Vorbeistürmenden in Sicherheit zu bringen. Sie bewegte sich dabei grazil wie eine Balletttänzerin. Zum guten Schluss drehte sie noch eine Pirouette, bevor sie in dem leeren Raum das schwere Tablett wieder ausbalancieren konnte und es stöhnend auf den nächsten Tisch stellte. Sie stützte sich an der Tischkante ab. Ihr Blick schweifte verblüfft durch die Gaststube. Die war doch eben noch voll gewesen! Nur einer der Tische war besetzt. Rainer Schaller und Jürgen Dentler, die Hobby-Archäologen. Und eigentlich die, die als Erste zur Tür hätten hinausrennen sollen, dachte Tanja bei sich. Aber es war nicht ihre Angewohnheit, sich in die Angelegenheiten ihrer Gäste einzumischen. Außer, es ging um die Zeche. Und um die wollte sie sich nicht prellen lassen, also stellte sie dem Schaller und dem Dentler prophylaktisch noch ein Bier vor die Nase und eilte ihren säumigen Gästen hinterher.

Tanja musste nicht weit laufen. Die Dorfschenke lag am Waldrand, ein

Stück abseits von Hirschbach. Ein Abkürzungsweg durch den Wald, diagonal zur Bundesstraße 47, keine zweihundert Meter entfernt, war der Ort des allgemeinen Interesses. Bereits von Weitem konnte Tanja die Leute sehen, die sich vor einem rot-weißen Absperrband drängten. Sie wischte sich mit dem Handrücken den Schweiß von der Stirn, raffte mit einem entnervten Stöhnen ihren Kellnerinnenrock samt Schürze und ging los. Sie blickte nach links. Im Osten wurde der Himmel schon schwarz, während auf der anderen Seite über den Baumkronen noch ein orangefarbener Schimmer auszumachen war. Ein stickiges Zwielicht. Durch die Bäume sah Tanja die Straße und die wenigen vorbeischleichenden Autos. Anscheinend war auch von der B 47 aus zu sehen, dass hier etwas passiert war. Und sie sah Hans Gockert, der die Straße entlang Richtung Hirschbach eilte. Einen Moment lang wunderte sie sich, dann fiel ihr ein, dass der Gockert ja Leichenbestatter war und hier sicher ein Geschäft witterte. Tanja grinste über so viel Geschäftssinn.

Als Tanja bei den anderen neugierigen Hirschbachern ankam, war sie schweißgebadet, was ihre Laune nicht hob. Unwirsch schritt sie die Reihe der Gaffer ab und kassierte. Nur nebenbei bemerkte sie das Absperrband, das sich von Baum zu Baum zog und sie einhundert Meter vom eigentlichen Schauplatz des Verbrechens fernhielt. Hier unter den Bäumen war es so dunkel, dass man ohnehin nichts sah. Das änderte sich in dem Moment, als die geschäftig herumlaufenden Polizisten drei Flutlichtscheinwerfer einschalteten. Tanja rechnete pflichtbewusst mit ihrem letzten Gast ab und gab dann ebenfalls ihrer Neugier nach. Ihre geschulten Augen überflogen die Szene wie sonst ihre Schenke. Links, in einer Ausweiche auf der Bundesstraße, ein Polizeieinsatzmobil, aus dem sich eine Kabelschlange in den Wald wand, um vielköpfig innerhalb der abgesperrten Waldsektion wieder aufzutauchen. Diese maß, leidlich rechteckig, hundert auf hundert Meter. In der Mitte lag Heinrich Hasselbach, mit dem Gesicht nach unten. Um ihn herum standen und hockten drei Personen. Eine Frau und zwei Männer. Der eine sah aus, als zischte er gerne mal ein frisch Gezapftes. Er erinnerte Tanja an einen ganz bestimmten Fernsehkommissar. Es fiel ihr aber nicht ein, an welchen. Die Frau war eher der joggende Diät-Cola-Typ. Sehr schlank mit dunkelblondem Pferdeschwanz. Der andere Mann hatte Tanja den Rücken zugedreht. Er trug Gummihandschuhe und untersuchte Heiners Schaufel, die neben ihm lag. Schließlich hob er sie auf und steckte sie in einen großen Plastiksack, den ein schwitzender Uniformierter diensteifrig aufhielt, vorsichtig verschloss und dann im Laufschritt zu einem blau-silbernen Benz-Bus brachte. Die Frau hob ein Stück Dreck auf und versenkte es in einem erheblich kleineren Säckchen; ein weiterer schwitzender Beamter trabte zum selben Bus. Tanja wollte sich gerade abwenden, als ein Zinksarg herangetragen wurde.

Der Gockert wird sich ärgern, dachte Tanja feixend. *Die ham sich ihren eignen Sarg mitgebracht.*

Es dauerte ihr zu lange darauf zu warten, bis der Hasselbächer in den Sarg gehievt wurde. Die drei Kommissare, oder was sie waren, machten sich noch immer an ihm zu schaffen und ein Mann machte Fotos. Das war Tanja wurscht. Ihr war heiß und sie musste sowieso zurück in die Wirtschaft.

Als sie in der Dorfschenke ankam, war diese völlig verwaist. Die Maulwürfe waren gegangen, ohne ihr letztes Bier angerührt zu haben.

Wenigstens haben sie für alles bezahlt. Tanja nahm das Geld vom Tisch und steckte es in ihren großen schwarzen Kellnerinnengeldbeutel. *Aber beim Trinkgeld war'n se wieder knauserig.*

* * *

Oberkommissar Gröllich beugte sich gelangweilt über sein neustes Opfer. Ein Odenwälder. Mitten im Odenwald mit einer Schaufel erschlagen. Wie originell war das denn? Er sah zu seiner jungen Kollegin hinüber und dem forensischen Tatortermittler, der nebenbei die Beweise sicherte und hauptsächlich mit Flirten beschäftigt war. Wäre Gröllich ein paar Jährchen jünger, hätte er es bei Frau Kommissarin Flügel sicherlich auch versucht. Polizeibeamtin in der zweiten Generation. Mit dem Geruch von Blut und Formaldehyd groß geworden. Das Ergebnis aus einer Verbindung zwischen genialem Superpolizisten und Gerichtsmedizinerin. Was konnte da schon schiefgehen. Zu allem Überfluss hatten es die nicht besonders attraktiven Eltern geschafft, ihre besten Gene zu vereinen und eine intelligente wie hübsche Tochter zu produzieren. Besonders die vollen Lippen und die hohen Wangenknochen fand Gröllich immer wieder faszinierend. Dazu kam, dass Vera Flügel auch noch einen natürlichen Charme mitbrachte, dem sich nicht einmal Gröllich zu entziehen vermochte. Die Frau war einfach eine runde Sache. In jeder Hinsicht. Die kurzärmlige weiße Bluse, die Gröllichs Meinung nach mindestens eine Größe zu klein war, betonte dies auf das Angenehmste. Gröllich beneidete den jungen Mann gegenüber, der gerade das Mordwerkzeug in den Händen drehte. Der Don Juan tütete die Schaufel dann ein und ließ seinen Fotografen einige Fotos schießen. Viel gab es da allerdings nicht abzulichten. Der Tote lag bäuchlings hingestreckt auf dem trockenen Waldboden, mit einer blutigen Platzwunde am schütter behaarten Hinterkopf. Unspektakulär. Fräulein Flügel, wie Gröllich sie in Gedanken immer nannte, bückte sich, was ihren Po in der grauen Tweedhose attraktiv betonte, und hob ein weiteres Stück Schmutz auf. Bei genauerem Hinsehen hielt Gröllich es für Lehm. Das Stück war länglich und auf einer Seite glatt.

»Das scheint von deiner Schaufel gefallen oder abgebrochen zu sein«, sagte die junge Frau zu Don Juan.

Aha, die sind schon per Du. Gröllich spürte einen kleinen Eifersuchtsstich.

Don Juan strahlte Fräulein Flügel an.

Diese betrachtete das Lehmstück. »Da klebt ein angelaufenes Zwei-Cent-Stück drin, glaub ich. Nein, scheint was Ausländisches zu sein.«

Sie zog die Mundwinkel leicht nach unten – selbst das sah süß aus bei dieser Frau – und guckte dann Gröllich an.

»Eintüten«, sagte er in seinem monotonen Bariton.

Fräulein Flügel tat, wie ihr geheißen, strich sich eine blonde Strähne aus der Stirn und baute sich dann neben Gröllich auf, die Hände in den Hüften.

Ob da auch noch ein Soldat mit drinsteckt? Gröllich musste unwillkürlich lächeln.

Seine Kollegin sah zu ihm hoch und lächelte zurück. »Bin gespannt, was uns der Gerichtsmediziner zu sagen hat.«

Gröllich zog die Augenbrauen hoch und fasste sich theatralisch an die Stirn. »Lassen sie mich eine Prophezeiung wagen: Tod durch Schädeltrauma. Zugefügt mit einem stumpfen Gegenstand. Wahrscheinlich einem Schaufelblatt.«

Die Kommissarin grinste breit. »Und das Motiv?«

Gröllich rieb sich kreisförmig die Schläfen. »Unter Berücksichtigung der ländlichen Umgebung und der hiesigen Umstände: Mord aus Eifersucht.«

Die junge Frau kicherte. »Mein Tipp: Unstimmigkeiten über Geld.«

»Habgier? Wegen eines Zwei-Cent-Stücks?« Gröllich lächelte breiter.

»Na ja, Sie haben noch nicht mal sein Gesicht gesehen, Chef! Woher wollen Sie wissen, ob den irgendeine Frau rangelassen hätte?«

»Wir sind hier im Odenwald. Da ist die Auswahl an Männern nicht so groß.«

Don Juan unterbrach das Geplänkel, indem er sagte: »Ich bin dann hier fertig!«

Er warf Kommissarin Flügel noch einen begehrlichen Blick zu und wandte sich zum Gehen.

Oberkommissar Gröllich winkte den beiden Männern, die die Leiche bergen sollten. Auf das lang erwartete Signal hin kamen sie mit dem Zinksarg heran. Gröllich konnte sich nicht helfen: Für ihn sahen die Weißkittel jedes Mal aus wie Geier, die Aas anflogen. Halb erwartete er, dass die zwei Männer mit dem Sarg zwischen sich noch eine Runde um den Toten ziehen würden, bevor sie sich zur Körperbergung niederließen. Sie taten es nicht, sondern kamen auf direktem Weg. Sie hoben die Leiche gekonnt hoch, drehten sie noch im Heben um und senkten sie sanft in den Leichensack aus schwarzem Plastik innerhalb des Sarges.

Gröllich betrachtete das überraschend saubere Gesicht des Toten. Diverse Druckstellen vom unebenen Untergrund, aber kaum Dreck. Der Waldboden musste wirklich sehr trocken sein. Er hatte die Waldbrandwarnungen an der kurvigen B 47, die sie hierher gebracht hatte, gesehen.

Fräulein Flügel könnte die besseren Karten haben. Schön war der Kerl wirklich nicht, dachte er.

Er sah hinüber zum Einsatzmobil. Seine Fahnder waren inzwischen auch hier. Er würde sie auf die Schaulustigen loslassen. Erst mal musste er herausfinden, wer der Mann war. Angeblich gab es schon einen Namen, den das Pärchen ihnen genannt hatte, das das Opfer gefunden hatte. Wo waren die zwei eigentlich? Gröllich hoffte inständig, einer der Wachpolizisten hatte sie zur Station gefahren, um ihre Aussage aufzunehmen und sie festzuhalten, bis er und Fräulein Flügel kamen. Aber bei der Hektik, die ausgebrochen war, um den Tatort zu sichern, bevor es völlig dunkel wurde … womöglich hatte man sie einfach nach Hause gehen lassen.

Als hätte Fräulein Flügel seine Gedanken gelesen, sagte sie: »Das junge Paar habe ich nach Erbach in die Polizeistation bringen lassen, Chef!«

Gröllich liebte diese Frau. Das musste er ganz offen zugeben. Er wünschte, sie wäre seine Tochter. Andererseits könnte er dann nicht mit ihr zusammenarbeiten, und sich auch nicht seinen Fantasien über sich und sie überlassen.

»Dann sollten wir uns Romeo und Julia vom Lande mal genauer ansehen. Vielleicht klärt sich die ganze Sache ja schneller, als wir denken. Das dankbare Publikum hier überlassen wir Clasen und Bercks. Die werden mit den Einheimischen ihren Spaß haben. Ob Clasen die überhaupt versteht, bezweifle ich.«

Kommissarin Flügel lachte glockenhell und warf ihren blonden Pferdeschwanz nach hinten. Gemeinsam gingen die beiden Mordermittler zu ihrem Fahrzeug. Ihnen kamen sechs Personen in weißen Einwegoveralls und Gummistiefeln entgegen. Mit den Kapuzen sahen sie aus wie Aliens. Gröllich bezweifelte, dass auf den hundert mal hundert Metern etwas zu finden war. Die fleißigen Heinzelmännchen würden es trotzdem versuchen.

2009 bereits erschienen!

Mannheim-Krimi, Band 2

Daniel Morawek
Die Vergessenen

Umfang: 320 Seiten
im Format 13,5 x 20,5 cm
ISBN: 978-3-935651-36-3

Preis: Euro 12,80

Sie können das Buch ab sofort online bestellen:
www.kehl-verlag.de

Gab es in Deutschland während der NS-Zeit einen organisierten Widerstand? Und wenn ja – wohin sind die Untergrundkämpfer, die den Krieg überlebet haben, verschwunden?

Der Privatdetektiv und ehemalige SEK-Beamte Leonard Kimski erhält einen sonderbaren Auftrag: Für eine wohlhabende Heidelbergerin soll er die verschollenen Mitglieder einer Mannheimer Widerstandsgruppe aus der Zeit des Dritten Reichs aufspüren, der ihr Mann angehört hat.

Kimskis Suche nach den sogenannten Vergessenen wird lebensgefährlich, als er einen Zusammenhang zwischen seinen Nachforschungen und dem mysteriösen Mord an einem jungen Historiker feststellt. Denn es sind seine Fragen, die die Geister der Vergangenheit wecken.

Mehr Infos zum Buch unter: **www.mannheim-krimi.de**

2008 bereits erschienen!

Der Bergstraßen-Krimi, Band 4
2. Auflage in Vorbereitung

Jo Arnold
Limesblut

Umfang: 207 Seiten
im Format 13,5 x 20,5 cm
ISBN: 978-3-935651-31-8

Preis: Euro 11,00

Online bestellen:
www.kehl-verlag.de

Ein scheinbar unspektakulärer Mord in einem kleinen Dorf bei *Michelstadt* im zentralen Odenwald entfesselt eine Lawine der Ereignisse. In dem beschaulichen Örtchen Hirschbach werden kriminelle Energien frei, die selbst die erfahrenen Kommissare der Darmstädter Polizei erschrecken. Jeder neue Mord ist bizarrer als der vorhergehende. Eine Mordserie? Oder doch nur die Verquickung unglückseliger Zufälle? Haben die Opfer alle etwas mit dem zu tun, was im Odenwald vor 1.800 Jahren passierte? Welche Rolle spielt der Limes: die alte römische Grenze, das Ende der zivilisierten Welt? Und was hat es mit den Gerüchten um einen fluchbeladenen Römerschatz in der Gegend auf sich?

An Unglücksfälle glaubt Oberkommissar Gröllich nicht, und er treibt, zusammen mit seiner Junior-Ermittlerin Vera Flügel, das Darmstädter Soko-Team zu Höchstleistungen an. Die Beamten stellen dabei fest, dass der Odenwald eine ganz eigene Welt für sich ist, und nicht so simpel, wie es die Landbevölkerung vermuten lässt.

Der Odenwald ist gefährlich für arglose Stadtmenschen – in vielerlei Hinsicht – und manchmal sogar tödlich!

Weitere Infos unter: **www.bergstrassen-krimi.de**

2008 bereits erschienen!

Hohlbein-Trilogie, Erster Teil

Marcus Murken
EGO - Gefälschte Morde

Umfang: 223 Seiten
im Format 13,5 x 20,5 cm
ISBN: 978-3-935651-96-7

Preis: Euro 7,95

Online bestellen unter:
www.kehl-verlag.de

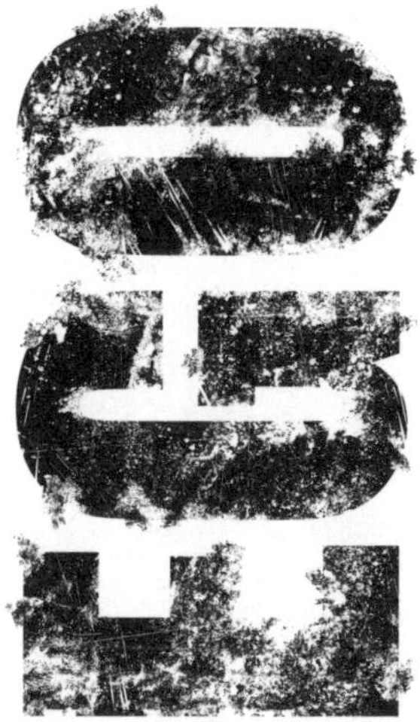

Hamburg, 1997: Ein Serienmörder, der seine Opfer mit fortlaufenden Zahlen markiert, versetzt die Hansestadt in Aufregung. Die Sonderkommission des leitenden Ermittlers Udo Hohlbein ist ratlos. Irgendwann verschwindet der Täter ohne jede Spur.

Berlin, 2007: 10 Jahre später wird die Berliner Polizei mit Morden konfrontiert, die den damaligen bis ins Detail gleichen. Nach dem zweiten Opfer wird Hohlbein reaktiviert. Er ist inzwischen ein trinkendes, zynisches Wrack geworden – und das hängt direkt mit den damaligen Verbrechen zusammen. Ist er überhaupt noch in der Lage, sich dem Fall zu stellen? Weder seine Kollegen noch er selbst glauben daran.

Aber Hohlbein ist nicht der Einzige, der die Spur aufnimmt. Einem Mann aus Hamburg ist jedes Mittel recht, um den Kopisten zu finden und für seine Unverschämtheit zu bestrafen: so zu morden, wie er es getan hat. Durch den gewaltigen Medienrummel der Mordserie droht die Hauptstadt im Chaos zu versinken, denn plötzlich scheint jeder verdächtig zu sein. Und auch der berüchtigte Akim Fuat, dessen jüngerer Bruder Opfer des Serienmörders wurde, sucht nach dem Täter. Mit einem Kopfgeld, das er in Berlins Unterwelt aussetzt, sorgt er für zusätzliche Unruhe.